TABEA BACH

Sonne über dem Salzgarten

Weitere Titel der Autorin:

Die Kamelien-Insel
Die Frauen der Kamelien-Insel
Winterliebe auf der Kamelien-Insel
Heimkehr auf die Kamelien-Insel

Die Seidenvilla
Im Glanz der Seidenvilla
Das Vermächtnis der Seidenvilla
Weihnachten in der Seidenvilla

Sonne über dem Salzgarten
Himmel über dem Salzgarten (erscheint im Sommer 2022)
Weihnachtszauber im Salzgarten (in Vorbereitung)
Sterne über dem Salzgarten (in Vorbereitung)

Alle Titel sind in der Regel auch als Hörbuch erhältlich.

Über die Autorin:

Tabea Bach war Operndramaturgin, bevor sie sich ganz dem Schreiben widmete. Sie wurde in der Hölderlin-Stadt Tübingen geboren und wuchs in Süddeutschland sowie in Frankreich auf. Ihr Studium führte sie nach München und Florenz. Heute lebt sie mit ihrem Mann in einem idyllischen Dorf im Schwarzwald, Ausgangspunkt zahlreicher Reisen in die ganze Welt. Die herrlichen Landschaften, die sie dabei kennenlernt, finden sich als atmosphärische Kulisse in ihren Romanen wieder. Mit ihrer *Kamelien-Insel*-Saga gelangte sie sofort auf die Bestsellerliste. In den erfolgreichen *Seidenvilla*-Romanen wechselte der Schauplatz zu einer Seidenweberei in Venetien. Mit ihrer *Salzgarten*-Reihe führt uns Tabea Bach auf die Kanarischen Inseln.

Tabea Bach

Sonne über dem Salzgarten

Roman

lübbe

Dieser Titel ist auch als E-Book erschienen.

Die Bastei Lübbe AG verfolgt eine nachhaltige Buchproduktion. Wir verwenden Papiere aus nachhaltiger Forstwirtschaft und verzichten darauf, Bücher einzeln in Folie zu verpacken. Wir stellen unsere Bücher in Deutschland und Europa (EU) her und arbeiten mit den Druckereien kontinuierlich an einer positiven Ökobilanz.

FSC www.fsc.org MIX Papier aus verantwortungsvollen Quellen FSC® C014496

Originalausgabe

Lektorat: Melanie Blank-Schröder
Textredaktion: Dr. Ulrike Brandt-Schwarze, Bonn
Titelillustration:© plainpicture/AWL/Walter Bibikow; © Richard Jenkins Photography; © www.buersosued.de; © Kathrin Ziegler/getty-images
Umschlaggestaltung: www.buerosued.de
Satz: hanseatenSatz-bremen, Bremen
Gesetzt aus der Adobe Garamond Pro
Druck und Verarbeitung: GGP Media GmbH, Pößneck
Printed in Germany
ISBN 978-3-404-18484-2

2 4 5 3 1

Sie finden uns im Internet unter:
luebbe.de
Bitte beachten Sie auch: lesejury.de

»Salz ist von den reinsten Eltern geboren,
der Sonne und dem Meer.«
Pythagoras

1

Grießbrei für die Seele

Julia probierte die Sauce, schloss kurz die Augen, und einen winzigen Moment lang trat die glänzende Restaurantküche aus Chromstahl samt ihrer Mannschaft in den Hintergrund. Auf Julias Zunge explodierte ein wahres Bouquet an Aromen: pfeffrig, fruchtig mit einem feinen Anteil an Bitterstoffen, den nur herausschmeckte, wer sich wirklich auskannte. Dann eine Spur von Zimt, Koriander und – das war ihr Geheimnis – Vanille. Das Fruchtfleisch einer halben Ananastomate spendete gleichzeitig Süße und Säure. So musste es schmecken, kein bisschen anders. Auch die Menge an Salz, natürlich feinstes aus dem Himalaja, stimmte genau. Der Begriff Sauce kam ja schließlich vom lateinischen *salsus* und bedeutete »gesalzen«. Julias Saucen jedoch waren weit mehr als »gesalzen«, sie waren es, die ihren Gerichten erst die unverwechselbare Note gaben. An jeder einzelnen Sauce, die an diesem Abend auf ihren großen Moment wartete, hatte Julia jahrelang gefeilt. Diese hier würde dem schonend gebratenen Heilbutt einen glanzvollen Auftritt bescheren. Mit dem iranischen Beluga Malossol Kaviar, von dem sie am Ende ein paar Perlen über das fertige Gericht streuen würde, erhielt dieses kulinarische Meisterwerk seine finale Note. Unter anderem dafür hatte sie erst vor wenigen Wochen den heiß begehrten Michelin-Stern für das Savoir Vivre errungen, und das im Alter von nur zweiunddreißig Jahren.

Sie hatte keine Ahnung gehabt, dass die gefürchteten Inspektoren des Guide Michelin in dem Restaurant am Fuße des

Schwarzwalds gewesen waren, und als ein früherer Kollege sie anrief, um ihr zu gratulieren, hatte sie im ersten Moment geglaubt, er nähme sie auf den Arm. Als sie endlich begriffen hatte, dass sie nun wirklich und wahrhaftig zu den Sterneköchen zählte, hatte sie ein unbeschreibliches Glücksgefühl durchflutet, das sie alle Strapazen, die zu diesem Beruf gehörten, vergessen ließ und sie weiter anspornte, ihr Bestes zu geben.

Amelie, die den Service leitete, kam in die Küche und reichte Julia einen Zettel mit den neuen Bestellungen.

»Zweimal das Frühlingsmenü«, rief Julia ihrer Mannschaft zu. »Je einmal das vegetarische und das Degustationsmenü.«

Kaum hatte sie die neue Order ausgerufen, als sich ihre Kollegen auch schon als gut eingespieltes Team in Bewegung setzten. Jeder wusste genau, was er zu tun hatte, um zum Ganzen beizutragen. Paul, der als Entremetier für Gemüse, Eierspeisen und sonstige Beilagen zuständig war, holte bereits die Zutaten für das vegetarische Menü aus seiner Kühlschublade, in der jeder Koch die Rohprodukte für die ihm anvertrauten Gerichte griffbereit aufbewahrte. Julias Souschef René wendete gekonnt das Filetsteak in der Pfanne, das gleich gemeinsam mit dem Heilbutt an Tisch eins serviert werden würde. Julia mochte den jungen Koch aus dem Elsass. Sie hatte ihn erst vor wenigen Monaten in einem Colmarer Lokal entdeckt und ihn im Auftrag des Restaurantbesitzers für das Savoir Vivre angeworben. René hatte zwar noch nicht die Finesse eines Sternekochs, doch er lernte schnell und arbeitete effizient. Und das zählte in einer so anspruchsvollen Restaurantküche, in der es stets hoch herging.

»Briggi«, rief Julia ihrer Kaltmamsell zu, während sie den Heilbutt aus der Pfanne nahm, wo sie ihn von beiden Seiten exakt eine Minute lang zartgolden angebraten hatte, »hast du die Vorspeisen im Griff? Oder soll Markus dir helfen?«

Markus sprang als Tournant stets dort ein, wo es am meisten eilte.

»Alles im Griff«, gab Briggi zurück, zählte wie immer leise die unterschiedlichen Gerichte vor sich hin, die sie nun vorzubereiten hatte, und griff bereits mit geübten Händen in die vorbereiteten Körbe mit den verschiedenen Salatsorten.

Julia nahm einen der vorgewärmten Teller aus dem Rechaud, gab kreisförmig Sauce darauf, was man in der Gourmetküche »einen Spiegel gießen« nannte, und setzte den Fisch hinein. Dann formte sie aus dem cremigen Champagnerrisotto mit dem Löffel zwei perfekte Nocken und platzierte sie neben dem Heilbutt, dekorierte ihn mit ein wenig Brunnenkresse, legte einen Faden aus mildem, kalt gepresstem Taggiasca-Olivenöl aus Albenga darum, holte die Dose mit dem erlesenen Kaviar hervor und verteilte einen halben Teelöffel von diesen prächtigen, hellgrau glänzenden Körnern über dem Gericht.

»Amelie«, rief sie. »Schnell. Der Fisch muss serviert werden.«

Auch René hatte seinen Teller fertig und stellte ihn neben den Heilbutt auf die Durchreiche. Da erschien Amelies bestürztes Gesicht in dem Fensterchen.

»Schlechte Nachrichten«, sagte sie. »Die Dame von Tisch eins hat es sich anders überlegt. Sie will den Heilbutt nicht mehr, sie sagt, sie fühle sich plötzlich nicht gut, und Fisch wäre jetzt eine ganz schlechte Idee. Sie will lieber ein Omelett.«

Julia glaubte, nicht richtig zu hören. »Ein Omelett? Das kommt nicht infrage. Bitte geh hin und erklär ihr, dass es zu spät ist fürs Umbestellen. Der Fisch ist fertig. Amelie, das ist Heilbutt. Mit erstklassigem iranischem Beluga Malossol!«

»Würde ich ja gern«, sagte Amelie leise und behielt dabei das Restaurant im Auge. »Aber Kercher hat ihr gerade gesagt, dass das gar kein Problem sei.«

Julia stieß einen frustrierten Laut aus. Kercher war zwar der Besitzer des Lokals, in ihren Augen jedoch ein Dilettant erster Güte. Er hatte weder Ahnung vom Kochen noch davon, wie man ein solches Restaurant zu führen hatte. Das Einzige, was er in die Waagschale werfen konnte, war sein offenbar unerschöpfliches Vermögen. Denn mit einem Sternelokal viel Gewinn zu erwirtschaften war schlechterdings unmöglich. Dazu waren die Gerichte zu aufwendig und die Zutaten zu teuer. Die Anzahl der Tische war zu gering und das Personal zu zahlreich. Die alteingesessenen Sterneküchen hatten meistens ein Hotel und noch ein oder zwei weitere Gaststätten mit ganz normaler Küche und großer Auslastung im Hintergrund, die genügend Umsatz brachten. Das Sternelokal betrieb man lediglich aus Prestigegründen. Das Savoir Vivre allerdings hatte nichts dergleichen. Sein einziger Trumpf war Julia.

»Machst du jetzt das Omelett?«, fragte Amelie und sah über die Schulter zurück ins Restaurant.

»Paul«, sagte Julia aufgebracht zu ihrem Entremetier. »Ein Omelett für Tisch eins, bitte.« Sie atmete tief durch, um ihren Ärger zu dämpfen. »Und das Filet kommt solange in den Wärmeschrank. Mit dem Fisch geht das ja leider nicht, den können wir keinem anderen Gast mehr servieren.« Zu Amelie gewandt fügte sie, noch immer empört, hinzu: »Ist dir klar, was wir da wegwerfen müssen? Dieser Kaviar kostet achttausend Euro das Kilo und …«

»Bitte, Julia«, unterbrach Amelie sie. »Ich finde das auch blöd. Aber es hilft ja nichts. Und es ist schließlich nicht dein Geld, das in den Müll wandert.«

Das tröstete Julia kein bisschen. Ihr ging es doch gar nicht ums Geld. Ihr ging es ums Prinzip. Und um die skandalöse Verschwendung kostbarer Zutaten. Ihr ging es um die Liebe, die sie in diese Gerichte steckte. Deshalb bin ich nicht Köchin geworden, dachte sie erbittert, während sie die ersten fertigen Vorspeisen der neuen Bestellungen kontrollierte. »Eine Schande ist das«, murmelte sie halblaut vor sich hin und probierte, ob das Dressing für den Frühlingssalat die richtige Säure hatte.

»Was machen wir jetzt damit?«, fragte Kevin, der Jüngste in der Truppe und fürs Ab- und Aufräumen zuständig. Er wies auf den wunderschön angerichteten Teller mit dem Heilbutt. »Soll ich das wirklich wegtun?«

Julia zögerte. Nein, sie brachte es einfach nicht übers Herz.

»Pack es in Folie und stell es in den Kühlschrank«, bat sie Kevin.

Ihr Zorn war verraucht und einer riesigen Niedergeschlagenheit gewichen. So viele entbehrungsvolle Jahre lagen hinter ihr. Und eine Karriere, so steil wie der Aufstieg zum Montblanc – und wofür? Sie erinnerte sich an die schwierigen Lehrjahre unter strengen Chefs, die sie als Frau besonders hart herangenommen hatten. »Frauen haben in den Küchen der gehobenen Gastronomie nichts zu suchen«, hatte ein weltberühmter Maître de Cuisine ihr ins Gesicht gesagt und ihr das Leben so schwer wie nur möglich gemacht. Aber Julia hatte sich durchgebissen, hatte sich nicht unterkriegen lassen. War immer die Beste gewesen. Und wofür? Dass man ihr Essen in den Müll warf, weil so eine dumme Pute auf einmal lieber ein Omelett wollte? Wenn das ein Einzelfall wäre, dachte Julia, dann könnte man ja darüber hinweggehen. Leider kamen solche Szenen viel zu häufig vor.

Nein, wegwerfen würde sie den Heilbutt nicht. Wie so oft würde sie die Delikatesse der obdachlosen alten Frau in dem Park geben, an dem sie auf ihrem Nachhauseweg vorüberkam.

Sie selbst aß außerhalb der Restaurantküche selten mehr als ein Müsli am Morgen. Der tagtägliche Umgang mit Speisen machte sie im Gegensatz zu vielen Kollegen nicht hungrig, sondern eher von vornherein satt. Außerdem musste sie ja häufig probieren. Obwohl es sich dabei stets um minimale Mengen handelte, kam im Laufe eines Tages doch einiges zusammen. Während andere Küchenchefs mit den Jahren auseinandergingen wie Julias berühmte Germknödel, war sie bislang schlank geblieben, und das lag sicher an der allgegenwärtigen Hektik. So wie jetzt, als es galt, nicht nur die Speisefolge der vier Menüs für Tisch fünf so abzuarbeiten, dass jeder Gang den vier Gästen gleichzeitig serviert werden konnte, sondern auch die Bestellungen der übrigen Tische umzusetzen.

Die ersten Gänge für Tisch fünf waren fertig, die Teller standen in Reih und Glied. Julia inspizierte jeden einzelnen, korrigierte hier eine Dekoration, wischte dort mit einem sauberen Tuch über einen Tellerrand.

»In Ordnung«, sagte sie, und die Vorspeisen verließen die Küche.

Die Messer der Köche blitzten und zerkleinerten in rasender Geschwindigkeit marktfrisches Gemüse. Der Dampfgarer wurde geöffnet und entließ eine kleine Wolke. In Renés Pfanne zischte ein Entrecôte vom Angusrind. Markus prüfte die Lammkeule und schnitt sie in perfekte, acht Millimeter dicke Scheiben auf. In der Patisserie nebenan zerteilte Henry ein Blech glacierten Zitronenbiskuit in Rauten und richtete diese mit feinem Himbeerpüree, frischen Waldbeeren und Eis von der Tonkabohne sowie einem winzigen Gläschen mit Mousse au Chocolat an. Dann verzierte er das Ganze mit einem hauchfeinen Fächer aus gitterförmiger Bitterschokolade.

Amelie brachte neue Order in die Küche. Julia gab sie weiter, und ihre Mitarbeiter fingen sie auf wie imaginäre Bälle, jedes Gericht eine Komposition aus der Welt der Sinne. Und wieder geschah es, alles fügte sich, wie es sollte: Die Jakobsmuscheln verwandelten sich unter den Händen ihrer Köche in Zungenschmeichler, das Lauchsoufflé in eine Wolke aus Gartenträumen, der karamellisierte grüne Spargel in ein kulinarisches Erlebnis. Nein, es musste nicht immer Kaviar sein. Radieschen konnten ebenso ihren Charme entfalten – wie etwa in einer Vorspeise, in der sie ganz und mit der kleinen Wurzel serviert wurden an einer Vinaigrette, die ihresgleichen suchte.

Und so vergingen die folgenden Stunden, bis auf einmal Kercher in der Küche erschien und streng sagte: »Ich habe Ihnen doch gesagt, dass Sie während des Restaurantbetriebs nicht zu sprechen sein sollen.«

»Bin ich auch nicht«, gab Julia knapp zurück.

René hatte gerade unter ihrer Anleitung einen wundervoll zarten Käse aus Schafsmilch frittiert, sodass er außen knusprig und innen cremig geworden war, und der musste nun so schnell wie möglich hinaus und auf den Tisch.

»Da ist ein Mann für Sie am Telefon«, fuhr Kercher fort, und erst jetzt bemerkte Julia das Restauranttelefon in seiner Hand. »Er sagt, er sei Ihr Bruder.«

»Jens?« Auf einmal war Julia ganz Ohr. Jens lebte auf der Kanareninsel La Palma und rief nie an. Und wenn er es tat, hieß das meistens nichts Gutes. »Bitte sagen Sie ihm, dass ich ihn später zurückrufe.«

»Das hab ich schon, aber er lässt sich nicht abwimmeln. Hier.« Kercher hielt ihr erbost das Telefon hin. »Sagen Sie es ihm selbst.«

Julia stöhnte innerlich auf und wischte sich die Hände ab. Dann griff sie nach dem Hörer. »Jens?«

»Herrgott, Julia, du hast dein Handy ausgeschaltet«, drang die aufgebrachte Stimme ihres Bruders an ihr Ohr.

»Natürlich. Ich arbeite«, gab sie zurück. »Lass uns morgen sprechen. Gegen drei Uhr hab ich Zeit.«

»Emil ist abgehauen«, fuhr Jens fort. Julia erstarrte. Emil war ihr zwölfjähriger Neffe, Jens' Sohn. »Das Internat hat gerade angerufen. Du musst unbedingt etwas unternehmen.«

Julia schluckte. Sie liebte Emil. Er war zwar eine Nervensäge und hatte einen unfassbaren Dickschädel, doch das änderte nichts daran, dass er einen ganz besonderen Platz in ihrem Herzen einnahm. Sie sah auf die große Uhr in der Restaurantküche. Es war kurz vor zehn. In einer halben Stunde würden Tisch drei und fünf neu besetzt werden, eine Gesellschaft, die zuvor ein Konzert besucht hatte. Vor zwei Uhr würde sie auch in dieser Nacht nicht nach Hause kommen.

»Hör zu«, sagte sie, nachdem sie sich wieder gefasst hatte. »Ich kann jetzt überhaupt nichts tun. Das Restaurant ist voller Gäste und …«

»Es ist dir also völlig egal, wenn Emil etwas zustößt?«

Manchmal konnte ihr Bruder so ein Idiot sein. Die beste Strategie war, das einfach zu ignorieren.

»Ich muss jetzt Schluss machen«, sagte sie. »Aber schick mir alle Details per Mail. Dann kümmere ich mich morgen darum.«

»Du bist so was von unflexibel! Hat dir das schon mal jemand gesagt?«

»Ich leg jetzt auf, Jens«, sagte Julia entschlossen und drückte den roten Knopf.

»Ist etwas passiert?« Kercher betrachtete sie neugierig unter seinen Hängelidern hervor.

»Mein Neffe ist aus dem Internat abgehauen«, sagte sie. Und auf einmal wurden ihr die Knie weich.

Wie sie es vorhergesehen hatte, war es kurz nach zwei Uhr morgens, als sie das Restaurant verließ. Sie hatte all ihre Reserven mobilisieren müssen, um bis zuletzt die Leistung zu erbringen, die man von ihr erwartete – und vor allem sie von sich selbst. Ständig hatte sich Emils Gesicht vor ihre Arbeit geschoben, seine schlaksige Gestalt und sein blonder Schopf mit den vielen Wirbeln. Wenn er nur keinen Blödsinn machte. Julia durfte gar nicht daran denken, was ihm alles passieren konnte!

Dass er das Internat am Bodensee hasste, in das ihn sein Vater gesteckt hatte, seit er gemeinsam mit dieser blutjungen Frau nach La Palma ausgewandert war, das wusste Julia schon lange. Wann immer sie es möglich machen konnte – und das war leider nicht oft der

Fall –, fuhr sie zu Emils Internat oder zahlte ihm die Fahrkarte, damit er sie am Wochenende besuchen konnte, auch wenn sie eigentlich überhaupt keine Zeit für ihn hatte. Es war verantwortungslos von ihrem Bruder, seinen Sohn so bald nach dem Unfalltod seiner Mutter allein zu lassen. Doch mit Jens war nicht zu reden gewesen. Zu allem Überfluss hatte Emil sich mit Tanja, der neuen Partnerin seines Vaters so gründlich zerstritten, dass weder er noch die junge Frau bereit gewesen waren, gemeinsam unter einem Dach zu leben.

Was für eine verfahrene Situation, dachte Julia, als sie das windschiefe, vielfach geflickte Zelt der Stadtstreicherin im Schutz eines riesigen Kirschlorbeerstrauchs in der Ecke der Grünanlage erreichte, das von den Behörden seit Wochen übersehen oder stillschweigend geduldet wurde. Leise stellte sie die Plastiktüte mit dem Essen davor und ging rasch nach Hause.

An der Eingangstür des Mietshauses angekommen, in dem sie wohnte, lehnte sie kurz die Stirn gegen das Sicherheitsglas. Sie war so unendlich müde. Dann schloss sie auf und ging die vier Stockwerke hinauf, vorüber an drei Wohnungstüren pro Etage, hinter denen jetzt Menschen schliefen – Julia hatte keine Ahnung, wer oder wie viele. Sie war viel zu selten zu Hause, um ihre Mitbewohner zu kennen. Der Vorteil der Wohnung unter dem Dach war, dass sie keine Nachbarn hatte, hier oben befand sich nur ihr Apartment. Sie war ganz benommen vor Erschöpfung, sehnte sich nach ihrem Bett. Auf einmal schreckte sie zusammen. In dem düsteren Winkel hinter ihrer Wohnungstür bewegte sich eine zusammengerollte Gestalt. Mit einem Schlag war sie hellwach, das Herz hämmerte gegen ihren Brustkorb. War hier etwa jemand eingedrungen und lauerte ihr auf?

»Julia?« Nylonstoff raschelte. Die Gestalt setzte sich auf und rieb sich die Augen.

»Emil!«, stöhnte Julia auf. »Mein Gott, hast du mich erschreckt. Ist alles in Ordnung mit dir?«

»Ja klar.« Umständlich krabbelte der Junge aus seinem Schlafsack. Seine blonden Haare standen in alle Richtungen ab. Julia hätte weinen können vor Erleichterung, ihn zu sehen. »Ich bin abgehauen, Julia.«

»Ich weiß«, antwortete Julia und schloss ihren Neffen in die Arme.

»Für eine Köchin ist dein Kühlschrank ziemlich leer.«

Julia hatte eben die Couch im Wohnzimmer ausgezogen und das Bettzeug hergerichtet. Als sie nun in die Küche kam, musste sie über Emils enttäuschtes Gesicht lachen, das bläulich von der Lampe im offenen Kühlschrank beleuchtet wurde.

»Bist du hungrig?«, fragte sie und begann in ihrem Vorratsschrank zu kramen. Fehlanzeige.

»Ja, ziemlich«, antwortete Emil. Er hatte die Kühlschranktür geschlossen und beobachtete Julias Suche hoffnungsvoll. »Hast du nicht wenigstens Kekse oder so was?«

»Ich fürchte nicht«, gestand Julia und zog sich ihre Jacke wieder an.

»Wo willst du hin?«, fragte Emil misstrauisch.

»Ins Restaurant«, erklärte Julia. »Ist nur ein Katzensprung. Da gibt es alles.«

Sie gingen schweigend nebeneinanderher. Julia legte dem Jungen den Arm um die Schulter, was dieser nur widerwillig zuließ. Alles kam ihr so unwirklich vor. Jens fiel ihr wieder ein, vor lauter Müdigkeit hatte sie ihn ganz vergessen.

»Wir sollten deinen Vater anrufen«, sagte sie schuldbewusst und schloss die Hintertür des Restaurants auf.

»Lieber nicht«, antwortete Emil trotzig.

»Morgen«, entschied Julia und schaltete die Deckenleuchten in der Küche ein. »Worauf hast du Appetit?«, fragte sie und rieb sich die müden Augen. Sie wusste auswendig, was sich im Kühlraum befand. »Ein Kalbsschnitzel? Oder lieber Lammcarrée? Oder soll ich dir eine Forelle braten?«

Emil wirkte blass in dem hellen Neonlicht. »Kannst du mir nicht einen Grießbrei machen?«, fragte er mit kleiner Stimme, so als wäre er keine zwölf Jahre alt, sondern höchstens acht.

»Grießbrei?« Julia rieb sich den verspannten Nacken. »Lass mich mal nachsehen.«

Im Schrank fand sie tatsächlich eine Packung Weizengrieß. Sie nahm eine kleine Kupferkasserolle vom Haken und maß einen halben Liter Milch ab. Dann fügte sie Zucker und eine Prise Salz hinzu und schabte das Innere einer Vanilleschote hinein. Als die Milch kochte, ließ sie den Grieß einrieseln und rührte kräftig weiter, während es im Topf brodelte wie in einem kleinen Vulkan. Sie reduzierte die Hitze, trennte ein Ei und ließ eine Küchenmaschine das Eiklar im Handumdrehen zu festem Schnee schlagen, während sie den Topf vom Herd nahm, einen Schuss Schlagrahm zum Brei gab und den Dotter einrührte, ehe sie den Eischnee unterhob. Emil, der auf einem der Küchenhocker saß, sah ihr fasziniert dabei zu.

»Das sieht alles so easy aus bei dir«, staunte er, als Julia den luftigen Brei auf einen Teller füllte.

»Zucker und Zimt?«, fragte sie, und als Emil nickte, stäubte sie die Mischung, die Henry stets parat hatte, über die duftende Oberfläche.

Sie zog einen weiteren Hocker heran und sah ihrem Neffen zu, wie er auf seinen Löffel mit dem heißen Brei pustete.

»Das riecht nach früher«, sagte er, und Julia zog es das Herz zusammen.

Sie hatte Emils Mutter sehr gemocht. Mit Alice hatte sie sich viel besser verstanden als mit ihrem Bruder. Außerdem war Jens an der Seite dieser fabelhaften Frau, die als Kinderkrankenschwester gearbeitet hatte, viel umgänglicher gewesen. Vor drei Jahren war sie auf dem Nachhauseweg von einer Nachtschicht von der Straße abgekommen und gegen einen Baum geprallt. Ihr überraschender Tod hatte nicht nur Emil aus der Bahn geworfen, sondern auch ihn.

»Jetzt erzähl mal«, forderte Julia ihren Neffen sanft auf, um das Thema zu wechseln. »Warum bist du vom Internat weggelaufen?«

»Weil die spinnen«, erklärte er und probierte vorsichtig, um sich nicht die Zunge zu verbrennen. »Ich geh da nie wieder hin.«

»Dein Vater wird wohl ein Wörtchen mitreden wollen«, entgegnete Julia.

»Papa kann mich mal!«, gab Emil heftig zurück. »Weißt du, dass er mich noch kein einziges Mal im Internat besucht hat?« Ja, Julia wusste das, und sie war entsetzt darüber. Dennoch hielt sie es für klüger, jetzt nicht zu antworten. »Es interessiert ihn einen Scheiß, wie es mir geht.«

»Emil«, mahnte Julia leise.

»Es stimmt. Das findest du doch auch.« Emils tiefblaue Augen waren fest auf sie gerichtet. »Kannst es ruhig zugeben. Ich verrat es ihm bestimmt nicht.«

»Ich finde es auch nicht gut, wie Jens sich verhält«, räumte Julia ein. »Ich bin allerdings nur deine Tante und habe nicht das Sorgerecht für dich. Und du bist erst zwölf.«

Emil schwieg und starrte finster auf seinen Teller.

»Was ist? Schmeckt es dir nicht?«

»Doch, schon«, sagte Emil und nahm einen weiteren Löffel. »Aber eins musst du wissen: Ich geh nie mehr ins Internat zurück. Ganz egal, was Papa sagt.«

»Warum? Was ist denn passiert?« Emil tat so, als hätte er ihre Frage nicht gehört, und widmete sich ganz und gar seinem Grießbrei. »Willst du es mir nicht erzählen?«

»Nein«, sagte Emil und sah sie trotzig an. »Es gibt nichts zu erzählen. Der ganze Laden ist unterirdisch. Die haben Erziehungsmethoden wie im Mittelalter. Das tu ich mir nicht länger an.«

»Und was willst du sonst machen?«, fragte Julia. »Du musst schließlich zur Schule gehen.«

Emil kratzte den letzten Rest Brei aus dem Teller. Dann legte er den Löffel hin und sah sie an. Der Ausdruck in seinen Augen hätte einen Stein zum Erweichen gebracht. »Kann ich nicht bei dir wohnen?«, fragte er flehentlich. »Hier gibt es doch garantiert auch eine Schule. Ehrlich, Julia. Du bist die Einzige auf der Welt, der ich nicht egal bin.«

Julia schluckte. Vor Müdigkeit flimmerte es ihr vor den Augen. Im Grunde hatte er recht. Der Haken war nur – wie sollte sie sich bei ihrem Beruf um einen Zwölfjährigen kümmern?

»Lass uns morgen darüber sprechen«, schlug sie vor und erhob sich.

Mechanisch stellte sie Topf und Teller ins Spülbecken und ließ ein wenig Wasser hinein.

»Du willst mich auch nicht«, hörte sie Emil hinter sich sagen, und seine Stimme klang so unfassbar traurig, dass ihr die Tränen in die Augen schossen. »Sogar dir bin ich egal.«

»Sag so was nicht«, bat sie und schloss ihn in die Arme. »Ich hab dich lieb, Emil. Wir werden eine Lösung finden. Das verspreche ich dir.«

Emil schlief längst tief und fest im Wohnzimmer, davon hatte sich Julia überzeugt. Sie hingegen lag wach und starrte an ihre Schlafzimmerdecke.

Eine Lösung finden, ja, das sagte sich so einfach. Aber welche? Sie war Sterneköchin, ein Beruf, der sie rund um die Uhr beanspruchte. Nicht nur abends stand sie in der Küche, auch wenn das Savoir Vivre zum Glück erst ab 18 Uhr geöffnet hatte. In aller Herrgottsfrühe fuhr sie zum Großmarkt, um frische Lebensmittel einzukaufen, erstklassiges Gemüse, Obst, Fisch und Fleisch. Ein paarmal hatte sie bereits René mitgenommen, um ihn bei den

Händlern bekannt zu machen, noch traute sie ihm die Auswahl der kostspieligen Ware nicht allein zu.

Bis sie alles im Kühlraum verstaut hatte, war es zehn, und dann galt es, die Vorbereitungen für den Abend zu treffen.

Julia drehte sich auf die andere Seite, ging im Geiste die Arbeitsschritte vom kommenden Tag durch und überlegte, was sie vereinfachen könnte. Denn ihr blieb nur die Zeitspanne zwischen diesen Vorarbeiten und dem Beginn des Restaurantbetriebs, um gemeinsam mit Emil nach einer Lösung zu suchen. Ein Zeitfenster von zwei, drei Stunden.

Sie warf sich wieder auf die andere Seite und blinzelte aus vor Müdigkeit brennenden Lidern zu den Leuchtziffern ihres Weckers hinüber. 04:13 zeigte er an. Julia seufzte. In etwas mehr als einer Stunde würde er läuten. Eigentlich konnte sie ebenso gut jetzt gleich aufstehen. Und genau, als sie das dachte, schlief sie ein.

Als der Wecker klingelte, fuhr sie aus bleiernem Schlaf hoch und brauchte ein paar Sekunden, um sich zu orientieren. Mühsam kämpfte sie sich aus dem Bett und ging unter die heiße Dusche, die sie nach einigen Minuten auf kalt einstellte und die Zähne zusammenbiss, bis ihre Haut fühllos wurde und ihr Kopf klar. Sie rubbelte sich mit dem Handtuch ab, schlüpfte in ihren Bademantel und ging leise zurück ins Schlafzimmer, um sich anzuziehen.

»Was machst du denn so früh?« Emil stand in der Tür, fuhr sich durch sein ohnehin schon verstrubbeltes Haar und gähnte herzhaft.

»Ich muss zum Großmarkt«, antwortete Julia. »Einkaufen. Aber du kannst noch eine Runde schlafen.«

»Wann kommst du wieder?«

Julia biss sich auf die Unterlippe. »Am Nachmittag«, sagte sie und warf Emil einen schuldbewussten Blick zu. »Gegen drei.«

Emil riss die Augen auf. In seinem Kopf schien es zu arbeiten.

»Dann komm ich mit«, sagte er entschlossen und ging zurück ins Wohnzimmer. Kurz darauf erschien er wieder in Jeans, T-Shirt und Anorak. Auch Julia war bereits startklar.

»Und du willst wirklich mitkommen?«, fragte sie skeptisch, prüfte den Inhalt ihrer Handtasche und schaltete ihr Handy an.

»Was ist mit Frühstück?«, fragte Emil.

»Später«, antwortete Julia. »Du weißt ja, ich hab eh nichts im Haus.«

Im Großmarkt ging sie wie immer zuerst zu ihrem Fischhändler, denn hier galt es, den besten Fang zu ergattern. An diesem Morgen gab es Seeteufel aus der Bretagne und – Julia wurde ganz aufgeregt, als sie das sah – Seeigel, eine Rarität. Sie erwarb das letzte Dutzend und entschied sich außerdem für wilde Austern, komponierte im Geiste bereits ein neues Menü und hoffte auf Gäste, die derart seltene Genüsse zu schätzen wüssten. Sie gab Emil den Autoschlüssel, damit der Gehilfe des Fischhändlers die eisgekühlten Boxen direkt in ihren Kombi laden konnte.

»Wir treffen uns bei dem Obsthändler da drüben«, sagte Julia zu ihrem Neffen und machte sich bereits auf den Weg.

Konzentriert prüfte sie das Angebot und wählte rasch. Natürlich nahm sie weißen Spargel, es war der erste der Saison. Außerdem empfahl ihr der Händler junge, zarte Artischocken von einem Biobauern aus Sizilien. Dazu passten Blutorangen der Sorte Il Fragolino, die Julia ganz besonders mochte und die auch Henry gern bei seinen Desserts verwendete. Sie probierte gerade eine Himbeere, als ihr Handy klingelte.

»Ja, bitte?«, meldete sie sich und bereute es sofort. Es war Jens, und er war in heller Aufregung.

»Das Internat will die Polizei verständigen«, überfiel er sie. »Emil muss etwas passiert sein.«

»Er ist bei mir«, antwortete Julia und erlebte etwas, was sehr selten vorkam: Jens blieb offenbar die Luft weg. Dann setzte ein solches Donnerwetter ein, dass Julia den Hörer ein Stück vom Ohr weghielt. Sie drehte sich um und sah Emil durch den Gang auf sich zukommen. Er wirkte übermüdet, aber ansonsten erstaunlich glücklich. Dass sie ihn ernst nahm und wie einem Küchengehilfen den Autoschlüssel anvertraut hatte, machte ihn offensichtlich stolz.

»Jetzt halt mal die Luft an«, unterbrach Julia den Redeschwall ihres Bruders. »Dein Sohn saß vor meiner Wohnungstür, als ich gestern von der Arbeit kam. Es war zwei Uhr nachts. Wir wollten dich nicht stören. Überhaupt«, fügte sie hinzu und sah auf ihre Armbanduhr. »Wieso bist du so früh schon auf?«

Emil hatte sie erreicht, sein Lächeln erstarb. Offenbar erriet er, mit wem Julia telefonierte.

»Ich will ihn sofort sprechen«, schrie Jens aus dem Hörer.

»Dein Vater will dich sprechen«, wiederholte sie unnötigerweise für Emil und reichte ihm das Handy.

Der griff nur zögernd danach. »Ja?«, fragte er. Dann sagte er eine Weile gar nichts mehr, sondern lauschte den Worten seines Vaters. Seine Miene verschloss sich immer mehr. »Nein«, sagte er nach einer Weile. »Nein.« Und immer wieder: »Nein.«

»So geht das nicht«, sagte Julia entschlossen und nahm ihm das Telefon aus der Hand. »Hör zu, Jens. Emil will nicht mehr zurück ins Internat, begreif das bitte. Und bei mir kann er nicht bleiben.« Die Enttäuschung in Emils Gesicht zu sehen tat ihr weh, aber es ging nicht anders. »Mit meinem Beruf ist das unvereinbar. Leider. Wie wäre es denn mit La Palma?« Emil fing an, abwehrend mit den Händen herumzufuchteln, und auch Jens schien nicht begeistert von dem Vorschlag zu sein. »Nun hört doch mal zu«, insistierte Julia und sah mit Bedauern, wie ein Konkurrent die ganzen Himbeeren aufkaufte, die sie gern gehabt hätte. »Es muss ja nicht für immer sein. Wie lange ist es her, dass du deinen Sohn gesehen hast?

Ein halbes Jahr? Länger? Das ist kein Zustand, Jens. Zumindest müsst ihr euch aussprechen und gemeinsam überlegen ...«

»Aber nur, wenn du mitkommst«, erklärte Emil und zerrte an ihrem Arm.

»Ich fürchte, da brauchen wir dich als Mediatorin«, sagte Jens gleichzeitig. »Sonst garantiere ich für nichts.«

»Prima«, meinte Julia. »Dann komm her und hol ihn ab.«

»Ausgeschlossen«, tönte es aus dem Telefon. »Wir sind die nächsten Monate ausgebucht. Tauchergruppen. Wandergruppen. Mountainbiker. Der Laden läuft endlich. Es hat lange genug gedauert. Das kriegt Tanja nicht allein hin. Warum kommst du nicht mit und machst ein bisschen Urlaub auf der Isla?«

»Ich fliege da sowieso nur hin, wenn du mitkommst«, wiederholte Emil störrisch.

»Ich. Muss. Arbeiten«, entgegnete Julia aufgebracht. »Und weil wir gerade dabei sind: Wir vertagen das Gespräch. Sonst schnappen mir die anderen die besten Produkte vor der Nase weg. Wir hören uns, Jens. Bis bald.«

Sofort warf sie sich ins Getümmel, um sich eine Charge Walderdbeeren zu sichern sowie wundervolle Freilandkräuter und den ersten Bärlauch der Saison. Und weiter ging es zu verschiedenen Fleischlieferanten.

Es war halb neun, als sie endlich alles beisammen hatten und Julia ihren Neffen zu einem kurzen Frühstück am Stand eines französischen Bäckers einlud.

»Ich will nicht auf die blöde Insel«, protestierte Emil und bemerkte gar nicht, dass er Puderzucker von dem Vanillehörnchen auf seiner Nasenspitze hatte.

»Andere machen da Urlaub«, entgegnete Julia. Und plötzlich kam ihr ein Gedanke. Urlaub. Wann hatte sie ihren letzten gehabt? Sie konnte sich nicht daran erinnern. Sie hatte so rasant von einer Gourmetküche in die nächste gewechselt, um so viele Erfahrungen wie nur möglich zu sammeln, dass sie sich außer ein paar freien Tagen hier und dort keine Auszeit erlaubt hatte.

»Also, ich geh da wirklich nur hin, wenn du mitkommst«, quengelte Emil und verteilte mit dem Handrücken den Puderzucker im ganzen Gesicht. »Du musst Papa erklären …«

»In Ordnung«, hörte Julia sich sagen und erschrak sofort. War sie verrückt geworden? Wer sollte im Savoir Vivre nach dem Rechten sehen?

Eine Woche kommen die auch ohne mich klar, beruhigte sie sich dann selbst. Und wenn nicht, weiß Kercher wenigstens, was er an mir hat.

2

Nudeln mit Tomatensauce

»Urlaub?« Kercher sah sie an, als verlange sie etwas ganz und gar Ungeheuerliches. »Eine ganze Woche? Wie stellen Sie sich das vor?«

»Ich hab es mir genau überlegt«, antwortete Julia. »Wenn ich die Menüs im Voraus plane und mit René durchgehe, dann müsste das eigentlich klappen.«

»Müsste? Eigentlich?« Kercher riss die Augen noch weiter auf. »Eine Sterneküche ist ein Präzisionslabor. Da muss alles hundertprozentig sein. Ach was, hundertfünfzigprozentig. Experimente können wir uns nicht leisten.«

»René kann mich eine Woche lang vertreten«, gab Julia zurück. »Gut, er ist noch jung. Es kann allerdings nicht schaden, ihm etwas Verantwortung zu …«

»Ich halte das für keine gute Idee«, fiel ihr Kercher ins Wort. »Sie können jetzt nicht fort. In einem halben Jahr vielleicht. Aber nicht jetzt.«

»Es wird nie den idealen Zeitpunkt geben«, gab Julia zu bedenken. »Außer Sie schließen das Restaurant für zwei oder drei Wochen, und wir machen alle Urlaub. Das haben Sie ja nicht im Sinn«, fügte sie schnell hinzu, als sie sah, wie Kercher aufbegehren wollte. »Und ich brauche *jetzt* eine Woche. Es muss einfach sein.«

»Ausgeschlossen«, beharrte Kercher und wandte sich irgendwelchen Papieren auf seinem Schreibtisch zu, so als sei das Gespräch für ihn beendet.

Unschlüssig blieb Julia in dem großzügigen Büro des Restaurantbesitzers stehen und sah sich um. Sie war schon viele Male hier gewesen, und doch hatte sie sich nie die Zeit genommen, genauer hinzuschauen. Eine maßgeschreinerte Bücherwand aus massivem Nussbaumholz, wenn sie das richtig einschätzte, in der die einschlägigen Werke der berühmtesten Köche standen. Ob Kercher je darin gelesen hatte? Ein paar Jahrgänge des Guide Michelin standen daneben, einige Ordner, dazwischen viel Freiraum. Und waren diese Lederrücken dort oben nicht Buchattrappen? Der Schreibtisch, hinter dem Kercher sich verschanzte, war aus demselben Holz wie die Bücherwand und wirkte wuchtig und abweisend. Julias Füße versanken in dem dichten Flor eines Perserteppichs. Alles war zu groß, zu üppig, irgendwie falsch.

»Es handelt sich um einen Notfall«, versuchte sie es erneut. »Ich muss meinen Neffen zu seinem Vater bringen. Der Junge ist erst zwölf. Bitte. Wir kriegen das hin, ganz bestimmt.« Julia fühlte, wie ihr heiß wurde vor Scham und aufsteigendem Zorn. Sie fand es nicht richtig, Bittstellerin sein zu müssen. Sie war Küchenchefin und gewohnt, dass Dinge rasch und vernünftig geregelt wurden und vor allem, dass man ihr vertraute. »Es muss auch mal ohne mich gehen«, fuhr sie eine Spur lauter fort. »Sollte ich irgendwann mal krank werden …«

»Krank? Sie sind aber nicht krank!«, fiel ihr Kercher zornig ins Wort. »Und hüten Sie sich ja, jemals krank zu werden. Wir stehen noch ganz am Anfang. Den Stern haben wir erst seit ein paar Wochen. Sagen Sie mal, was bilden Sie sich überhaupt ein?«

Julia musste sich schwer zusammenreißen, um nicht aus der Haut zu fahren, denn damit war bei Kercher überhaupt nichts zu erreichen, das wusste sie aus Erfahrung. Und es war auch nicht hilfreich, ihn darauf hinzuweisen, dass *sie* den Stern errungen hatte, nicht er. Denn ein Michelin-Stern wurde einem Restaurant verliehen, nicht dem Koch. Falls sie je das Savoir Vivre verlassen würde, könnte sie diese Auszeichnung nicht mitnehmen wie eine Trophäe. Sie müsste ihn an ihrer neuen Wirkungsstätte abermals erringen.

Das alles war schrecklich ungerecht. Und wenn sie ihren Beruf nicht so lieben würde, dass sie sich für ihr Leben überhaupt nichts anderes vorstellen konnte, dann hätte sie bestimmt schon hundert Mal das Handtuch geworfen. Aber das kam nicht infrage. Nicht wegen einer Woche Urlaub, der ihr zustand.

»René wird mich vertreten«, sagte sie ruhig und bestimmt. »Früher oder später muss er ins kalte Wasser springen, er ist mein Souschef und zeigt tagtäglich, was er draufhat. Er kann das, Sie werden sehen.«

»Das entscheide immer noch ich!«, gab Kercher zurück.

»Jeder hat ein Recht auf Urlaub«, erklärte sie so ruhig, wie sie es vermochte. »Letztes Jahr habe ich schon darauf verzichtet. Jetzt brauche ich ihn wirklich. Nicht für mich. Für die Familie. Am Donnerstag geht der Flug, und eine Woche später bin ich wieder zurück.«

Kercher lief so hochrot an, dass Julia befürchtete, es würde ihn gleich der Schlag treffen. Den Wutausbruch, der nun folgte, ließ Julia an sich abperlen wie einen Gewitterregen, jedenfalls bemühte sie sich darum. Sie hatte das schon viel zu oft erlebt, um sich davon beeindrucken zu lassen. Und trotzdem. Irgendwann riss ihr der Geduldsfaden.

»Das reicht jetzt«, unterbrach sie ihn kalt vor Zorn. »Wenn Sie mich langfristig hier halten wollen, dann behandeln Sie mich bitte anständig. Es ist nicht so, dass ich keine Angebote von anderen erstklassigen Häusern bekäme.« Sie biss sich auf die Zunge. Davon hatte sie Kercher eigentlich nichts erzählen wollen. Es war nicht klug, mit Kündigung zu drohen, wenn man es nicht ernst damit meinte. Und sie hatte nicht vor, das Savoir Vivre zu verlassen. Schließlich hatte sie gerade erst das Team beisammen, von dem sie überzeugt war, dass sie gemeinsam Großes leisten konnten. Jeder ihrer Mitarbeiter hatte einzigartige Qualitäten, obwohl René beispielsweise noch nicht auf der Höhe seines Könnens war, dazu war er einfach noch zu jung. Aber er würde rasch lernen. In einem Jahr oder zwei würde er vermutlich schwer zu halten sein, und sie müsste ihn zwar mit Bedauern, doch auch mit Stolz ziehen lassen.

»Na gut«, sagte Kercher plötzlich und wirkte, als hätte er soeben eine Eingebung gehabt. »Sie fliegen am Montag, da haben wir ohnehin unseren Ruhetag. Und kommen am Mittwoch zurück. Am Abend will ich Sie dann wieder hier in der Küche sehen.«

»So geht das nicht«, versuchte sie zu widersprechen.

»Dieses Gespräch ist beendet«, sagte Kercher. »Ich rate Ihnen nur eines, Madame mit den tausend erstklassigen Angeboten: Verschwinden Sie jetzt in Ihre Küche.«

Einen Moment lang musste sie sich an dem chromblitzenden Handlauf festhalten, als sie die Treppe zum Restaurant hinunterging. In ihrem Kopf dröhnte es, und etwas ballte sich schmerzhaft zwischen Herz und Magen zusammen. Am liebsten wäre sie zurück in Kerchers Büro gestürmt und hätte mit der Faust auf seinem protzigen Schreibtisch herumgetrommelt, so zornig war sie. Dann fiel ihre Wut auch schon in sich zusammen wie ein Soufflé, das zu früh aus dem Ofen genommen wurde.

»Was ist denn mit dir los?«, fragte Amelie erschrocken, als sie Julia ins Restaurant kommen sah.

»Ach, nichts«, brachte Julia hervor und fuhr sich mit der Hand über ihr Gesicht. »Ich muss Emil zu Jens auf die Kanaren bringen. Kercher tut so, als wäre Urlaub eine Todsünde.«

»Du willst verreisen?« Amelie sah sie mit kugelrunden Augen an.

»Ist das so schockierend?«, fragte Julia zurück und musste trotz allem lachen.

»Du bist noch nie verreist, seit wir uns kennen«, versuchte Amelie, sich zu rechtfertigen. »Und wie soll das in der Küche laufen ohne dich?«

Julia ließ sich resigniert auf einen Stuhl neben der Theke fallen und ließ ihren Blick durch das Restaurant schweifen. Jeder Tisch war tadellos eingedeckt. Bei Tage mochte der Raum ein wenig schlicht wirken, seinen Zauber entfaltete er erst gegen Abend mit der raffinierten, indirekten Beleuchtung, die ihn in ein warmes, goldenes Licht tauchte. Auch bei der Einrichtung hatte sie Kercher beraten und auf einem dezenten, modernen Ambiente bestanden. Kein Schwarzwald-Kitsch, sondern warme, ruhige Farben und viel Raum für täglich frische Blumenarrangements, die sie von einer jungen Floristin vor Ort anfertigen ließen. Die Stühle waren bequem, was in den wenigsten anderen Restaurants der Fall war, wie Julia aus Erfahrung wusste. Das Savoir Vivre war ein Ort zum Wohlfühlen, an dem die Gäste einen Abend lang die Hektik des Alltags hinter sich lassen konnten.

Es war schon nach vierzehn Uhr, und es wurde Zeit, nach Hause zu gehen und Emil schonend beizubringen, dass sie ihn nur kurz abliefern würde, statt wie versprochen eine Woche lang zu bleiben.

»Keiner ist unersetzlich«, antwortete sie schließlich auf Amelies Frage. »René kann das schaffen, wenn er sich zusammenreißt, und das wird er tun, so ehrgeizig wie er ist. Wenn Kercher nicht so knickrig wäre und den zusätzlichen Koch eingestellt hätte, wegen dem ich ihm seit Wochen in den Ohren liege, dann wäre das noch viel einfacher. Aber er hört ja nicht auf mich.« Sie erhob sich. »Ich muss los. Emil wartet.« Sie straffte sich. Das Gespräch mit Kercher war eine herbe Enttäuschung gewesen, doch sie würde sich nicht unterkriegen lassen.

»Du siehst irgendwie … müde aus«, hörte sie Amelie sagen. »Ist alles in Ordnung mit dir?«

»Natürlich«, antwortete Julia mechanisch und sah auf ihre Armbanduhr. Es war fast halb drei. »Ich geh jetzt mal die Flüge buchen. Wir sehen uns später.

Julia trat durch die magische Schwingtür, die Restaurant und Küche voneinander trennte. Alles war bereit für den allabendlichen großen Auftritt. Seit der Guide Michelin vor gut zwei Monaten seine Wertung veröffentlich hatte und außerdem mehrseitige Reportagen über Julia in den einschlägigen Magazinen erschienen waren, stand das Telefon nicht mehr still. Julia war der neue Star am Gourmethimmel und das Savoir Vivre bis ins nächste Jahr hinein ausgebucht – wer jetzt einen Tisch wollte, musste sich zehn Monate lang gedulden. Vermutlich hatte Kercher, das Ekel, sogar recht. Eine solche Wirkungsstätte ließ man nicht einfach so eine ganze Woche lang im Stich. Und doch. Mit Bedauern wurde ihr bewusst, wie sehr sie sich bereits auf die unverhoffte Auszeit gefreut hatte.

Es war nicht leicht, den Flug so zu buchen, dass sie schon am übernächsten Tag nach ihrer Ankunft die Rückreise antreten konnte, die internationalen Linien flogen die Insel nicht täglich an. Emil war sauer auf sie, weil sie nicht, wie versprochen, noch ein paar Tage bleiben würde, um zwischen ihm und seinem Vater zu vermitteln. Denn das hielt er für absolut notwendig.

»Es geht nicht«, sagte Julia niedergeschlagen wohl schon zum zwanzigsten Mal. »Ich krieg nicht länger frei.«

»Du schwindelst mich an«, warf Emil ihr aufgebracht vor. »Bist du nun die Chefin oder nicht? Na also. Dann kannst du alles selbst bestimmen.«

»Ich bin Chef in der Küche«, versuchte Julia zu erklären. »Das Restaurant gehört mir leider nicht.«

»Blödsinn!« Emils Augen blitzten kämpferisch. »Schließlich bist du eine Frau. Also heißt das Chefin. Falls du überhaupt eine bist.«

Julia verzichtete darauf, ihrem Neffen zu erklären, dass das »Gendern« in der Welt der Gastronomie noch nicht angekommen war und dass auch die wenigen Frauen, die es an die Spitze der

Gourmetküchen geschafft hatten, Chef genannt wurden und die meisten sogar stolz darauf waren. Trotzdem musste sie Emil im Stillen recht geben. Was war das nur für eine verrückte Welt.

»Hilf mir lieber, einen passenden Flug zu finden«, bat sie Emil mit einem Seufzen. Es war schon kurz nach fünf. In einer Viertelstunde musste sie wieder los.

»In Wirklichkeit hast du überhaupt nichts zu bestimmen«, murrte der Junge und nahm ihr die Computermaus aus der Hand. »Lass mich mal. Du willst also tatsächlich gleich am Mittwoch …«

»Es geht nicht anders«, sagte sie und machte ihm Platz.

»Da brauchst du einen Gabelflug«, erklärte Emil resigniert und wirkte auf einmal schrecklich erwachsen. »Billig wird das nicht, das kannst du mir glauben.« Er warf ihr einen langen, vorwurfsvollen Blick zu, unter dem ihr ganz heiß wurde. »Na los, geh schon in dein bescheuertes Restaurant. Ich seh dir doch an, dass du keine Ruhe mehr hast.« Bis in die Haarspitzen angefüllt mit schlechtem Gewissen wandte sich Julia zum Gehen. »Aber lass mir deine Kreditkarte da«, rief Emil ihr nach. Und als sie sich verblüfft zu ihm umwandte, fügte er hinzu: »Wie soll ich dir sonst einen Flug buchen?«

Zumindest ihre Köche samt Briggi, der Kaltmamsell, reagierten ausgesprochen gelassen auf die Nachricht, dass sie zwei Tage ohne sie den Laden schmeißen mussten.

»Kein Problem, Chef«, versicherte ihr René in seinem weichen, singenden Akzent.

»Du vertrittst mich«, sagte Julia zu ihm. »Und Markus nimmt deine Position als Souschef ein.« Markus nickte erfreut. »René, morgen früh kommst du mit mir zum Großmarkt, und danach besprechen wir die Menüs.«

»Alles klar«, antwortete der junge Koch. Ganz wie sie es erwartet hatte, las Julia in seinen Augen Ehrgeiz und Begeisterung, und sie war erleichtert darüber. Es würde alles klappen. Sie hatte bereits genaue Vorstellungen von zwei todsicheren und dennoch erstklassigen Speisekarten. Kercher würde staunen, wie reibungslos alles funktionieren würde.

»Leute, es geht los.« Amelie reichte Julia den Zettel mit den allerersten Orders für diesen Abend, und die Vorstellung begann aufs Neue.

Alles lief wie in einer gut geölten Maschine. Gegen neun erschien Amelie in der Küche und bat Julia, kurz ins Restaurant zu kommen, man habe eine Frage an sie.

»Sind es glückliche Menschen, oder ist es eine Beschwerde?«, fragte sie, während sie blitzschnell ihre Arbeitsschürze mit einer sauberen vertauschte und prüfte, ob auch nicht die kleinste Strähne ihres langen dunkelblonden Haars unter der Kochmütze hervorblitzte.

»An Tisch drei sitzt ein kleines Mädchen, und ich glaube, die Leute wissen nicht, was sie für sie bestellen sollen«, flüsterte Amelie ihr rasch zu. »Kercher ist oben in seinem Büro. Sonst hätte er sich sicher längst eingemischt.«

Na, da soll er ruhig noch eine Weile bleiben, dachte Julia und folgte Amelie durch die Schwingtür. Sogleich umfing sie die zauberhafte Atmosphäre des geschmackvoll eingerichteten Restaurants, das im Licht der vielen indirekten Wandleuchten erstrahlte.

An Tisch drei saß ein älteres Paar mit einem festlich herausgeputzten, vielleicht achtjährigen Mädchen. Vermögende Großeltern, die ihre Enkelin ausführen wollen, fuhr es Julia durch den Kopf. Dabei hätte sich das Kind sicherlich mehr über einen Besuch im Erlebnispark Rust gefreut oder gar im Disneyland bei Paris, statt den ganzen Abend artig am Tisch eines Sternerestaurants sitzen zu müssen.

Sie begrüßte die Herrschaften höflich und erkundigte sich nach ihrem Wohlbefinden.

»Wie kann ich Ihnen helfen?«, fragte sie dann.

Ein Diamantarmband blitzte auf, als die Dame die Karte ergriff.

»Sie haben ja gar nichts für Kinder«, sagte sie vorwurfsvoll. »Austern. Lammcarrée. Und was soll das denn sein: Seeigel?«

»Eine seltene Delikatesse«, antwortete Julia geduldig. Ja, sie war stolz darauf, an diesem Morgen erneut ein Dutzend dieser außergewöhnlichen Meerestiere ergattert zu haben. »Schmackhaft und gesund. Ich finde, man kann Kinder nicht früh genug an solche besonderen Aromen gewöhnen, nicht wahr? Das ist doch sicher der Grund, warum Sie diese kleine Prinzessin heute zu uns gebracht haben.« Sie strahlte das Mädchen an, und es lächelte tatsächlich zurück. »Worauf hast du denn Appetit?«, fragte sie es.

»Weiß nicht«, antwortete das Kind. Rasch warf es seiner Großmutter einen scheuen Blick zu und starrte dann auf das hinreißende Tischgesteck aus weißen Rosen und rosafarbenen Levkojen.

»Nun, hier ist nichts dabei, was ihr schmecken würde«, ergriff die Dame wieder das Wort und betrachtete Julia mit gerunzelter Stirn. »Ich verstehe nicht, warum Sie an so etwas nicht denken. Dass auch Kinder etwas finden sollten, was ihnen mundet.«

»Wie heißt du denn?«, fragte Julia das Mädchen.

»Alexandra«, hauchte es.

»Und was würdest du jetzt am liebsten essen?«, hakte Julia nach, ohne von den Erwachsenen am Tisch mehr Notiz zu nehmen.

»Weiß nicht.« Verlegen ließ die Kleine ihre Beine baumeln.

»Was ist denn deine Lieblingsspeise?«

Die kleine Alexandra wurde rosarot im Gesicht und zuckte mit den Achseln.

»Hören Sie«, mischte sich die ältere Dame wieder ein. »So geht das nicht. Es ist schließlich an Ihnen, uns Vorschläge zu machen, und nicht umgekehrt.«

»Sie haben recht«, antwortete Julia freundlich. »Geben Sie mir fünf Minuten, und Alexandra wird ihre eigene Speisekarte bekommen.«

Julia nickte kurz den beiden Erwachsenen zu und kehrte zu Amelie an der Theke zurück.

»Schnell«, bat sie. »Reich mir eine Blanko-Speisekarte und den schwarzen Edding.«

»Wozu brauchst du denn …«

»Bitte, ich hab jetzt keine Zeit.«

Julia spürte den missbilligenden Blick der alten Dame auf sich, während sie mit schwungvollen Buchstaben *MENÜ FÜR ALEXANDRA* auf die Titelseite schrieb und die Speisekarte aufschlug.

Handgemachte Nudeln an Püree von der Edeltomate Nonna Antonia setzte sie mit ihrer schönsten Schrift auf die rechte Innenseite. Diese Tomatensorte war äußerst selten und ungeheuer schmackhaft.

Würstchen vom Schwarzwälder Hinterwälder-Rind mit mildem Curry-Schaum und Belgischen Kartoffelstiften

Stäbchen vom Kabeljau in Mandelhülle mit buntem Feensalat

Julia hielt kurz inne. Zu viel Auswahl war sicher auch nicht gut für das Kind. Fehlte noch das Dessert. Entschlossen schrieb sie:

Hausgemachtes Vanilleeis mit geschmolzener Schokolade und in Gedanken an Emil fügte sie noch *Grießflammeri nach Art des Hauses mit Erdbeerpüree* hinzu. Dann begab sie sich wieder an Tisch drei.

»Hier ist deine ganz persönliche Speisekarte«, sagte sie zu dem Mädchen und überreichte ihr die Karte. »Ich bin sicher, da findest du bestimmt etwas, was dir schmeckt.« Und zu der strengen, älteren Dame sagte sie mit einem Lächeln: »Meine Kollegin nimmt Ihre Bestellungen gerne entgegen.«

Wenig später drückte ihr Amelie mit einem Grinsen die Order von Tisch drei in die Hand.

»Wie du das wieder gemacht hast«, sagte sie bewundernd,

während Julia neugierig nachsah, was das kleine Mädchen ausgesucht hatte. Es waren die Nudeln. Und danach das Eis.

»Vielleicht hat die Dame recht«, antwortete sie nachdenklich. »Ab jetzt werden wir immer auch eine Kinderkarte bereithalten.«

»Als ob wir so oft Kinder hier hätten«, wandte Amelie ein. »Soweit ich mich erinnern kann, ist Alexandra die Erste, seit …«

»Egal«, unterbrach Julia ihre Freundin. Sie konnte sich nicht länger aufhalten lassen. »Auf diese seltenen Fälle müssen wir künftig vorbereitet sein.«

Vorbereitet war sie allerdings nicht auf den Aufruhr, den Alexandras Großmutter beim Begleichen der Rechnung verursachte.

»Für Nudeln mit Tomatensauce berechnen Sie allen Ernstes vierundzwanzig Euro?«, wetterte sie los, nachdem Amelie Julia schon wieder aus der Küche geholt hatte. Einige Gäste an den Nebentischen wandten sich interessiert zu ihnen um. »Und für eine Kugel Eis …«

»Es sind nicht irgendwelche Nudeln, sie wurden handgemacht«, erklärte Julia. »Und diese Tomaten sind eine Rarität …«

»Wir werden das prüfen«, hörte Julia Kerchers Stimme hinter sich sagen und unterdrückte einen Fluch. »Worum geht es?«

In weithin vernehmbarer Lautstärke brachte Alexandras Großmutter ihren Unmut zum Ausdruck. Zuerst habe man nichts für das Kind auf der offiziellen Speisekarte gefunden. Dann habe diese »Köchin« aus dem Stegreif Allerweltsgerichte auf eine Karte geschrieben und sie mit schönen Worten ausgeschmückt. »Man kennt das ja«, setzte sie sarkastisch hinzu. »Ein ganz normaler Fisch heißt in so einem Restaurant gleich mal ›Firlefanz an Morchel-Irgendwas‹, und schon glauben Sie, Preise dafür verlangen zu können, dass einem Hören und Sehen vergeht. Belgische Kartoffelstifte«, höhnte sie weiter. »Auch eine schöne Bezeichnung für schlichte Pommes frites.«

Verzweifelt suchte Julia nach einer Gelegenheit, um die Frau zum Schweigen zu bringen. Doch außer ihr die Serviette in ihren unzufriedenen Mund zu stopfen fiel ihr beim besten Willen nichts ein, und sie erschrak über sich selbst, über diese unbändige Wut, die in ihr aufstieg und die es ihr unmöglich machte, klug und begütigend einzuschreiten, wie es ihr sonst immer so gut gelang.

»Hat es dir denn geschmeckt?«, unterbrach sie dennoch den Redeschwall der Frau und wandte sich wieder an das Kind.

Alexandra nickte heftig, wagte jedoch nicht, etwas zu sagen.

»Natürlich hat es ihr geschmeckt«, fauchte die Großmutter. »Nudeln mit Tomatensauce schmecken jedem Kind. Darum geht es gar nicht …«

»Mir schon«, fiel ihr Julia erneut ins Wort. »Und Ihnen? Hat Ihnen Ihr Menü geschmeckt?«

Einen Augenblick lang schnappte die Dame nach Luft. Lange genug für ihren Begleiter, ihr die Hand auf den Unterarm zu legen und sanft zu Julia zu sagen: »Es war sehr gut.«

»Dann betrachten Sie sich heute als unsere Gäste«, preschte Kercher vor. »Ich entschuldige mich für meine Küchenchefin. Ich weiß wirklich nicht, wie sie dazu kommt, in einem Sternerestaurant Nudeln mit Tomatensauce zu servieren.«

In der peinlichen Stille, die nun eintrat, ließ sich ein feines Stimmchen vernehmen.

»Darf ich die mit nach Hause nehmen?« Alexandra hielt die handgeschriebene Speisekarte fest an ihre Brust gedrückt. Ihre Augen hatte sie bittend auf Julia gerichtet, die gerade um Fassung rang angesichts der Tatsache, wie Kercher ihr in den Rücken fiel.

»Selbstverständlich«, sagte sie und hörte selbst, wie brüchig ihre Stimme klang. »Schließlich steht dein Name darauf. Ich hoffe, du behältst diesen Abend in guter Erinnerung.«

Erhobenen Hauptes wandte sie sich den anderen Tischen zu. Unter Aufbietung all ihrer Fähigkeiten zur Selbstbeherrschung trat sie mit einem Lächeln an Tisch zwei.

»Nun, wie mundet Ihnen die Bernsteinmakrele?«, fragte sie das Paar, das schon einige Male im Savoir Vivre zu Gast gewesen war.

»Ausgezeichnet«, antwortete der Herr mit einem verächtlichen Seitenblick auf Alexandras Großmutter, während seine Frau den Restaurantbesitzer mit schmalen Augen taxierte. »Sie haben sich einmal mehr selbst übertroffen, Frau Brunner.«

»Danke, das freut mich«, antwortete Julia erleichtert, wechselte hier und dort noch ein paar freundliche Worte und zog sich in die Küche zurück. Kercher folgte ihr auf dem Fuße.

»Was bilden Sie sich eigentlich ein?«, schrie sie ihn an, als die Tür hinter ihm zugefallen war, und wunderte sich über sich selbst. Doch jetzt gab es kein Halten mehr. Und es tat gut, ihrem Ärger Luft zu machen, unendlich gut. »Sind Sie noch bei Trost? Mir so in den Rücken zu fallen, ohne den geringsten Schimmer davon zu haben, worum es eigentlich ging?« Es war mucksmäuschenstill in der Küche geworden. Alle standen da wie erstarrt. Julia war es, als halle ihre Stimme von den verchromten Stahlwänden wider. Es war ihr egal. Es wurde Zeit, dass hier mal jemand Tacheles mit diesem Mann redete. »Wenn Sie so weitermachen«, fuhr sie zwar ruhiger, doch mit großem Nachdruck fort, »ruinieren Sie mit Ihren unüberlegten Worten alles, was wir hier aufgebaut haben. Und jetzt verschwinden Sie aus meiner Küche. Ich will Sie heute nicht mehr sehen.«

Kercher war bleich geworden, doch er ging tatsächlich, und als wäre ein Bann gebrochen, widmeten sich alle so emsig wie immer ihren Aufgaben. In den Blicken ihrer Kollegen las Julia Überraschung und Anerkennung. Keiner sagte auch nur ein einziges Wort. Und das war gut so, denn Julia saß noch immer der Ärger über die demütigende Szene im Restaurant in den Knochen.

»So kenne ich dich gar nicht.« Amelie saß noch bei einer Tasse Abendtee mit Julia in der wieder blitzblanken Küche. Es war wieder spät geworden, und Julia fühlte sich wie gerädert. »Richtig zornig. Sonst bist du immer die Geduld in Person.«

Julia rührte in ihrem Becher und sog tief den beruhigenden Duft der Lindenblüten ein.

»Vielleicht ist das ein Fehler«, sagte sie nachdenklich. »Vermutlich sollte ich öfter sagen, was Sache ist.« Müde schüttelte sie den Kopf. »Womit hab ich das verdient?«, fuhr sie frustriert fort. »Ich schufte bis zum Umfallen, um das Savoir Vivre zu dem zu machen, was es jetzt ist. Und dann kommt ausgerechnet der Besitzer des Ganzen und macht alles kaputt.«

»Ja, man müsste ihm mal irgendwie erklären, dass das nicht so gut ist fürs Geschäft«, räumte Amelie vorsichtig ein.

Julia lachte freudlos. »Erklär es ihm gerne«, schlug sie vor. »Wenn du mich fragst, ist bei diesem Mann Hopfen und Malz verloren. Er ist eitel«, fügte sie bitter hinzu. »Das steht ihm im Weg. Er will den Ruhm für sich und kann es nicht ertragen, dass ich es bin, der er das alles verdankt.«

»So ist das in vielen guten Restaurants«, versuchte Amelie sie zu trösten. »Das brauche ich dir ja nicht zu sagen. Sie wollen einen Star als Chef, und wenn er einer ist, dann sind sie eifersüchtig auf seinen Ruf.«

Julia nickte. Theoretisch wusste sie das alles. Es am eigenen Leib zu erfahren war dennoch bitter. Amelie hatte in den besten Häusern ihre Ausbildung gemacht und dort ihre ersten Berufserfahrungen gesammelt. Genau wie Julia. Und an einer dieser Wirkungsstätten in der Schweiz hatten sie sich vor vielen Jahren kennengelernt. Seit damals hatten sie versucht, wieder gemeinsam irgendwo etwas Besonderes aufzubauen. Hier in der beschaulichen Ortenau am Fuße des Schwarzwalds hatte es endlich geklappt.

»Ich muss ins Bett.« Julia trank ihren Becher leer und erhob sich.

»Ich finde das echt mies von dir.«

Es war mitten in der Nacht. Julia schreckte aus tiefem Schlaf auf. Im ersten Moment glaubte sie zu träumen. Vor ihrem Bett stand Emil in seinem Star-Wars-Schlafanzug mit dem Bild des Jedi-Meisters Yoda auf dem Oberteil und wischte sich die Tränen von den Wangen.

»Emil«, brachte sie heraus. Ihre Stimme klang wie Sandpapier. Sie räusperte sich. »Was ist denn? Ach … ich kann doch auch nichts dafür.« Sie hörte selbst, wie jämmerlich das klang.

Im Licht der Straßenlaterne, die ihr Zimmer in ockerfarbenes Licht tauchte, sah sie, wie Emil einen Schritt näher kam. In dieser Beleuchtung und in seinem verwaschenen Schlafanzug wirkte ihr Neffe, der vor ein paar Stunden noch souverän mit ihrer Kreditkarte hantiert und Tickets für sie beide gebucht hatte, wie ein kleiner Junge. So alt wie diese Alexandra oder noch jünger. Julia rutschte ein wenig zur Seite und schlug die Zudecke auf.

»Na komm«, sagte sie versöhnlich.

Nach kurzem Zögern kroch Emil zu ihr ins Bett.

»Es gibt nichts Mieseres von euch Erwachsenen, als wenn ihr immer behauptet, dass ihr nicht anders könnt«, schniefte er.

Julia schwieg bedrückt. Was hätte sie daraufhin schon sagen sollen? »Wenn ich erwachsen bin, mach ich immer, was ich für richtig halte. Ganz egal, was andere sagen.«

Julia schluckte. Ihre Augen brannten. Ihr Kopf, ja, ihr ganzer Körper fühlte sich zentnerschwer an. Das Richtige tun, dachte sie noch. Wenn das so einfach wäre. Es war, als würde dieses bleierne Gefühl sie immer weiter in die Tiefe ziehen. Bis sie sich nicht mehr dagegen wehren konnte und erneut in einen traumlosen Schlaf sank.

3

Papas arrugadas – Kanarische Kartoffeln mit Salzkruste

Julia verschlief den gesamten dreieinhalb Stunden währenden Flug und wachte erst wieder auf, als die Maschine unsanft auf dem Rollfeld landete und so scharf abbremste, dass sie in den Gurt geschleudert wurde.

»Ich hab versucht, dich aufzuwecken«, hörte sie Emil an ihrer Seite vorwurfsvoll sagen. »Aber du hast echt geschlafen wie ein Stein. Warst du so fertig?«

Julia rieb sich Stirn und Augen, um die Benommenheit zu vertreiben, die von ihr Besitz ergriffen hatte. Sie waren früh am Morgen gestartet, was bedeutete, dass sie kaum ein paar Stunden Schlaf gefunden hatte. Am vergangenen Abend, dem Sonntag, hatte Kercher sich im Restaurant nicht blicken lassen, und Julia war das nur recht gewesen. Noch immer war sie unglaublich wütend, wenn sie nur an ihn dachte.

»Sind wir etwa schon da?«, fragte sie und versuchte ihre verspannten Schultern zu lockern.

»Schon ist gut«, beschwerte sich Emil. »Das Bordkino funktioniert nicht, und der Akku ist leer.« Emil hielt anklagend sein Smartphone hoch, als sei sie daran schuld. Julia vermutete jedoch, dass der Junge deswegen so schlecht gelaunt war, weil er gleich seinem Vater gegenüberstehen würde.

Neugierig spähte sie aus den Kabinenfenstern. Auf der linken

Seite ragten karg bewachsene Berghänge empor, auf der rechten rollte in gewaltigen Wogen das Meer erschreckend nah heran. Julia wusste nichts über diese Insel. Und noch immer hielt sie diese bleierne Müdigkeit fest im Griff.

Das Flugzeug hatte seine Parkposition erreicht. Unter den Passagieren brach die übliche Hektik aus. Jeder wollte so schnell wie möglich sein Handgepäck aus den Fächern holen und raus aus diesem Vogel aus Metall. Nur Emil schien es überhaupt nicht eilig zu haben. Er saß von Julia abgewandt da und starrte aus dem Fenster.

»Vielleicht sehen wir dieses Mal Delfine«, hörte Julia ein junges Mädchen aufgeregt zu ihrem Vater sagen. »Wir machen doch wieder einen Ausflug mit diesem gläsernen Boot, nicht? Ach bitte!«

»Alles nur Geldmacherei«, murrte der Vater. »Dieses Mal wird gewandert. Schließlich haben wir die Tour durch die Lorbeerwälder gebucht.«

Das Mädchen zog einen Flunsch. Langsam kam Bewegung in die dicht gedrängt Wartenden, die ersten Passagiere stiegen aus, und nach und nach leerte sich das Flugzeug.

»Nun komm schon«, sagte Julia zu Emil, der noch immer aus dem Fenster starrte, als gäbe es dort etwas Spannendes zu sehen. Draußen wurden gerade die Koffer ausgeladen und wenig sanft auf einen Transportwagen verfrachtet. Julia war froh, nur mit Handgepäck unterwegs zu sein. Was hätte sie auch für zwei Nächte groß einpacken sollen? »Komm, wir sind gleich die Letzten«, bat sie und holte ihre Reisetasche aus dem Gepäckfach.

Endlich kam Bewegung in den Jungen. Ergeben, als würde er zur Schlachtbank geführt, schulterte er seinen Rucksack und schob sich aus der Sitzreihe.

Draußen auf der Gangway schlug Julia ein feuchtheißer Wind ins Gesicht, riss an ihren Haaren und wehte ihr eine Ladung Staub in die Augen. Wieder verspürte sie dieses Surren und Dröhnen in ihrem Kopf und tastete nach dem Geländer.

»Alles in Ordnung?«, hörte sie eine besorgte Stewardess hinter sich fragen. »Geht es Ihnen gut?«

»Jaja«, antwortete sie und rieb sich den Sand aus den Augen. »Alles bestens.«

Emil stand bereits unten und sah zum Flughafengebäude hinüber. Zu Julias Erstaunen überquerten die Reisenden das Rollfeld zu Fuß und strebten dem ultramodernen Bau aus Glas und Beton entgegen. Sie konnte es nicht fassen, wie schmal die Start- und Landebahn war. Die Piloten mussten ihr Handwerk wirklich gut beherrschen, damit das Flugzeug nicht entweder am Berg zerschellte oder ins Meer stürzte.

In der Ankunftshalle wandten sie sich dem Ausgang zu. Zuerst konnte Julia ihren Bruder in dem Gewühl von Menschen nicht erkennen, die offenbar alle irgendjemanden abholen kamen, Namen ausriefen oder Schilder hochhielten. Endlich entdeckte sie seine große, breitschultrige Gestalt. Mit großen Schritten kam er ihnen entgegen. Jens war braun gebrannt, sein dunkelblondes Haar war von der Sonne gebleicht, und seine leuchtend blauen Augen, die denen seines Sohnes so ähnlich waren, blitzten forschend unter seinen buschigen Brauen hervor. Julia suchte vergeblich ein Lächeln auf seinem Gesicht. Auch Emil musste seinen Vater gesehen haben, denn er wandte sich demonstrativ ab und wirkte, als wolle er gleich in der Menschenmenge verschwinden, könne sich jedoch gerade noch beherrschen.

»Da seid ihr ja«, rief Jens und taxierte seinen Sohn mit verengten Augen. »Tag, Julia. Hallo, Emil.« Julia fühlte die Nervosität ihres Bruders und fragte sich wie so oft, wann und warum es eigentlich zwischen den beiden so schwierig geworden war. Emil schwieg, sah an seinem Vater vorbei und ignorierte die Hand, die Jens ihm entgegenstreckte. Der schlug ihm stattdessen kameradschaftlich ein wenig zu heftig auf die Schulter. »Na, dann kommt mal mit. Wie war der Flug?«

»Keine Ahnung«, antwortete Julia, während sie sich den Weg in Richtung Ausgang bahnten. »Ich hab ihn komplett verschlafen.«

Draußen im Sonnenlicht kniff sie die Augen zusammen, die immer noch brannten. Palmen bogen sich mit einem Geräusch wie von raschelndem Papier im Wind. »Ist es hier immer so stürmisch?«, fragte sie und wechselte ihre Reisetasche in die andere Hand. Natürlich kam ihr Bruder nicht auf die Idee, ihr oder seinem Sohn das Gepäck abzunehmen.

»Wind gehört zu den Kanaren wie die Sonne und das Meer«, antwortete Jens. »Aber heute ist es wirklich ein bisschen heftig. Gut möglich, dass da etwas in der Luft liegt.«

»Was meinst du damit?«, wollte Julia wissen, doch Jens war vorausgeeilt, um einen Mann zu begrüßen, mit dem er erregte Worte auf Spanisch wechselte. Julia hatte ein Jahr in einem Hotel in Barcelona gearbeitet und verstand beim Näherkommen etwas von einem Boot, das nicht zur Verfügung stand, worüber Jens sich schrecklich aufregte.

»Müssen wir jetzt hier ewig rumstehen?«, maulte Emil und scharrte mit seinen Turnschuhen auf dem asphaltierten Boden.

»Na, wenigstens hast du deine Sprache wiedergefunden«, sagte Julia und grinste ihn an. Er wandte den Blick ab.

Endlich klopfte Jens dem Mann genauso heftig wie eben seinem Sohn auf die Schulter und stapfte davon. Einen Augenblick lang wirkte es, als habe er Julia und Emil vollkommen vergessen, und die beiden konnten sehen, dass sie hinter ihm herkamen.

Das fängt ja gut an, dachte Julia, als sie endlich am äußersten Ende des Parkplatzes zu einem olivfarbenen Kleinbus gelangten, auf dem die Umrisse der Insel aufgemalt waren und in großen Buchstaben *Jens Brunner, Der Outdoor-Profi* stand. Wortlos schloss Jens die Türen auf und verstaute ihr überschaubares Gepäck.

Seufzend beobachtete Julia, wie Emil sich in der hintersten Reihe des Kleinbusses auf einen Sitz schob und den Sicherheitsgurt anlegte, und nahm selbst auf dem Beifahrersitz Platz, in dessen Fußraum eine große Kühlbox dafür sorgte, dass sie die Beine anziehen musste.

»Wie geht es dir?«, fragte sie, als Jens den Wagen startete. »Was macht das Geschäft?«

»Läuft«, antwortete er knapp und kurvte vom Parkplatz. »Der Anfang war nicht leicht«, setzte er hinzu. »Es gibt da noch zwei andere Tourenanbieter. Die waren nicht gerade erfreut, dass ich mich hier auch noch breitmache. Und natürlich diese Umweltfreaks. Inzwischen haben wir das geklärt.«

Irgendetwas in seiner Stimme ließ Julia aufhorchen. Es klang eher so, als müsste ihr Bruder sich selbst davon überzeugen, dass die Sache wirklich »geklärt« war. Sie dachte an die Szene mit dem Mann gerade eben, an den Wortwechsel wegen des Bootes. Aber vermutlich hatte das gar nichts zu bedeuten.

»Also bist du gut im Geschäft?«, fragte sie nach.

»Ich kann nicht klagen«, antwortete Jens. Julia bemerkte, dass er immer wieder in dem Rückspiegel nach Emil sah. »Ist er immer so schweigsam? Er wird doch nicht stumm geworden sein?« Er lachte freudlos über seinen schlechten Witz.

»Es ist nicht einfach für ihn«, gab Julia leise zurück. Sie fand es nicht in Ordnung, in Emils Gegenwart so über ihn zu sprechen.

»Na, das kann ich mir vorstellen«, entgegnete Jens verärgert. »Ganz schön schwierig, einem solchen Ärger zu machen.«

»Jens«, mahnte Julia und warf einen Blick über ihre Schulter dorthin, wo Emil steif wie ein Brett dasaß und aus dem Fenster starrte. »Es wäre schön, wenn du ein bisschen auf ihn eingehen könntest. Er ist schließlich dein Sohn.«

In Jens' Gesicht zuckte es kurz schmerzlich auf, dann hatte er sich wieder unter Kontrolle. Schwungvoll bog er an einem Kreisverkehr in Richtung einer Ferienanlage ab.

»Wohnst du hier?«, fragte Julia interessiert.

»Oh nein.« Jens lachte amüsiert auf. »Ich wohn doch nicht in diesen Bienenwaben.« Vor einem Komplex mit Apartments hielt er an. Zwei rüstige Paare im Frührentneralter und eine rotblonde Frau um die vierzig warteten hier, alle trugen sie Outdoor-Bekleidung und Wanderschuhe und waren mit Rucksäcken und Sonnenhüten ausgerüstet.

Jens sprang aus dem Wagen und verwandelte sich innerhalb von Sekunden in einen vor guter Laune nur so sprühenden Ferienanimateur. Sprachlos beobachtete Julia, wie er seine Kunden begrüßte, Späße machte, mit Komplimenten nicht sparte, und sie einsteigen ließ. Emil rückte in die hinterste Ecke, als sich die rotblonde Frau neben ihn setzte.

»Ziemlich viel Wind heute«, meinte einer der älteren Herren, der sich hinter Julia gesetzt hatte und sich nun über ihre Schulter nach vorn zu Jens beugte.

»Drüben auf der anderen Inselseite ist es wie immer viel ruhiger«, antwortete der und fuhr los. »Aber wer weiß. Der Südwind bringt selten Gutes.«

Bald verließen sie die Küstenstraße und nahmen Kurs auf die Berge, die Julia bereits vom Flugplatz aus gesehen hatte. Hartnäckig kämpfte sich der Kleinbus die kurvenreiche Straße aufwärts, vorbei an Tankstellen und riesigen Supermärkten, immer höher ging es, bis nur noch Villen ihren Weg säumten, umgeben von prächtigen Gärten und Plantagen.

»Was wächst denn dort?«, fragte Julia.

»Bananen«, antwortete Jens. »Und zwar die kanarische Variante, klein, wunderbar süß und aromatisch. Ich warne dich: Wenn du die einmal gekostet hast, willst du keine anderen mehr. Leider kann man sie nicht exportieren, sie sind zu klein für die europäische Norm.«

»Die fressen aber auch schrecklich viel Wasser«, wusste der ältere Herr hinter Julia. »Und all die Chemie, die dafür eingesetzt wird …«

»Na, so schlimm ist es nicht«, gab Jens zurück. »Viele stellen jetzt auf biologischen Anbau um. Sicher. Alles hat seinen Preis. Von allein wächst die Banane hier nicht.«

»Was ist das eigentlich für ein riesiger Berg?«, fragte Julia und deutete auf die steilen Serpentinen, die sie über ihnen an der fast senkrecht aufragenden, karg bewachsenen Bergflanke erkennen konnte. Es schien ihr unvorstellbar, dass sie tatsächlich diese Straße nehmen würden, die wie an den Hang geklebt wirkte. An vielen Stellen glichen gemauerte Brücken kleinere und größere Abgründe aus, und die Fahrzeuge, die dort oben fuhren, wirkten winzig klein wie Spielzeuge.

Jens warf ihr einen überraschten Blick zu.

»Wie meinst du das?«, fragte er zurück. »Die ganze Insel ist ein einziger Berg. Zum Roque de los Muchachos, wohin ich diese Herrschaften hier bringen werde, geht es bis auf 2426 Meter hoch. Unter dem Meeresspiegel fällt der Berg weitere 4000 Meter ab. Insgesamt ist dieser Berg vom Meeresgrund an gerechnet also gut und gern 6400 Meter hoch.«

Jens nahm mit Schwung eine atemberaubend enge Haarnadelkurve, und Julia hielt sich am Türgriff fest.

»Hast du etwa Höhenangst?«, fragte ihr Bruder amüsiert.

»Nicht dass ich wüsste«, antwortete sie und schloss trotzdem kurz die Augen. Aus dem Dröhnen in ihrem Kopf wurde langsam ein ausgewachsener Kopfschmerz. Die Tatsache, dass es rechts von ihrem Sitzplatz keinen Meter entfernt steil abwärts ging – wie viele Meter wollte sie jetzt gar nicht so genau wissen –, machte es nicht besser. Immer wieder stach ihr die Sonne in die Augen, und sie hatte vergessen, wohin sie ihre Sonnenbrille gesteckt hatte. Außerdem fiel ihr ein, dass sie seit dem Kaffee am frühen Morgen nichts getrunken hatte. Und gefrühstückt hatten sie auch nicht.

»Ist es noch weit?«, fragte sie matt.

»Nein«, antwortete Jens. »Eine knappe Stunde, dann sind wir

da. Sag mal, das ist doch nicht dein Ernst, dass du übermorgen schon wieder zurückfliegen willst?«

»Von wollen kann keine Rede sein.« Julia seufzte. »Leider muss ich. Sag mal, hast du vielleicht etwas zu trinken dabei?«

Wortlos deutete Jens auf die Kühltasche zu ihren Füßen.

»Bedien dich«, sagte er. »Ist im Preis inbegriffen.« Er grinste sie an.

Julia zog die Beine an, um den Deckel zu öffnen, und nahm sich eine der kleinen Wasserflaschen.

»Noch jemand durstig außer mir?«, fragte sie in den Rückraum und bat den älteren Herrn hinter ihr, Emil eine Flasche weiterzureichen.

Julia trank ihre in einem Zug leer und öffnete gleich eine zweite. Mein Gott, tat das gut!

Den Rest der Fahrt nahm Julia wie durch einen dichten Schleier aus Erschöpfung wahr. Die schier endlos ansteigende Straße, die mächtigen Hänge, fantasievoll gezackte Felsnasen, spärlich bewachsen wie von einem grünen struppigen Pelz, oder auch kahl, schwarz oder rötlich, bizarr geformt und verwittert. Immer wieder schwindelerregende Ausblicke hinunter zur Küste, wo sie ab und zu winzig klein den Flughafen zu sehen bekam. Und dann endlich die Öffnung eines Tunnels, der, wie Jens ihr erklärte, die östliche Seite der Insel mit der westlichen verband.

Ein so strahlend blauer Himmel empfing sie am Ende der Röhre, der am Horizont in ein ebenso blaues, unendlich erscheinendes Meer überging, dass Julia blinzeln musste und nicht wusste, wohin sie zuerst sehen sollte, so fremd und wild und wunderschön war alles. Offenbar waren sie gerade mitten durch das Herz der Insel gefahren, nun ging es wieder abwärts, und zwar sanfter als beim Aufstieg, in weiten Bögen, und wie ein sich immer wieder neu auffaltendes Bilderbuch lag die Landschaft vor ihr. Überwältigt schloss sie ihre vor Müdigkeit brennenden Augen. Sie kam sich vor wie ein Maulwurf, der lange im Innern der Erde gewesen war und nun unvermittelt dem Sonnenlicht ausgesetzt wurde. Die Küche des Savoir Vivre ist so etwas wie ein Maulwurfsbau für mich geworden, dachte sie schmunzelnd, mein Fokus hat sich auf die Dimensionen eines perfekt angerichteten Tellers reduziert.

Jens hatte sein Fenster heruntergelassen, milde, würzige Luft drang herein. Erschöpft lauschte Julia dem Schnurren des Motors und den Stimmen der Touristen im Fond. Der Mann hinter ihr hatte im Ton eines Lehrers eine Menge Wissen weiterzugeben, er sprach von geologischen Schichten und einer Fauna, die ihresgleichen suche. Bald schlummerte Julia erneut ein, dann glitt sie hinüber in einen tiefen Schlaf.

Sie wachte auf, weil ihr kalt war. Sie saß allein in Jens' Kleinbus, Stille umfing sie. Fröstelnd versuchte sie, sich zu orientieren. Wo war Emil? Und wo waren die anderen? Der Bus stand auf einem Parkplatz neben zahlreichen fremden Autos. Um sie herum sah sie anthrazitfarbene und rötliche Felsen, von denen ein unwirklicher, silbriger Schimmer ausging, aber keine Menschen. Der Himmel über ihr war tiefblau, aber irgendetwas war falsch an diesem Landschaftsbild, und es brauchte eine Weile, bis Julia darauf kam, was es war. Jenseits der Felsen schwebten dicke Wolken vorüber, von denen sie die sonnenbeschienene Oberseite sehen konnte, sie hingen tiefer als das Niveau, auf dem sie sich befand. Oder anders gesagt: Sie befand sich über den Wolken. Ja, sie konnte sogar über die Wolken hinwegblicken und sah in weiter Ferne den eisblauen Spiegel des Meeres.

Verwirrt öffnete sie die Beifahrertür und stieg aus. Wo war sie hier? Warum war es mit einem Mal so kalt geworden, am Flughafen hatte sie doch noch geschwitzt? Und wo zum Teufel waren die anderen?

Ein eisiger Windstoß fuhr ihr unter das T-Shirt. Julia probierte, ob sich die Heckklappe öffnen ließ, hinter der sich ihr Gepäck befand. Zum Glück war sie unverschlossen. Mit zitternden Fingern holte sie ihre Windjacke aus dem Rucksack und schlüpfte hinein, zog auch gleich die Kapuze über den Kopf.

Sie sah sich um und entdeckte ein Schild. ROQUE DE LOS MUCHACHOS, las sie, ALTITUD 2426 m. War das nicht der Gipfel, von dem Jens erzählt hatte? Gleich dahinter ragten mehrere schwarze Basaltsäulen senkrecht in den Himmel. Julia konnte es nicht fassen. Jens war mit ihnen tatsächlich direkt bis auf die höchste Stelle der Insel gefahren!

Sie fühlte sich beobachtet und sah sich um. Auf einem hölzernen Geländer, hinter dem sich, wie sie erst jetzt begriff, ein Abgrund auftat, saß ein großer schwarzer Vogel, vielleicht ein Rabe, und starrte sie an. Dann breitete er seine Schwingen aus und schwang sich in den Wind, ließ sich von ihm über die Kante tragen und verschwand in der Tiefe.

Sie suchte den Autoschlüssel und fand ihn im Zündschloss, nahm ihn an sich und sperrte den Wagen ab. Überlegte, ob sie noch den Pulli überziehen sollte, den sie eingepackt hatte, denn der Wind war verdammt kalt. Stattdessen beschloss sie nachzusehen, wo die anderen waren. Von dem Schild zweigte ein bequem gepflasterter Weg ab in Richtung … ja, wohin eigentlich? In den wenigen Minuten, während deren Julia sich die Jacke angezogen hatte, waren die Wolken gewachsen, hatten um ein Vielfaches an Größe zugenommen und begannen nun an den Steilhängen emporzuquellen. Im Nebeldunst konnte Julia gerade noch einen Pfad erkennen, der über einen schmalen Felsengrat wie über einen Steg weit ins Nichts des Abgrunds zu führen schien und sich in der herandrängenden Wolkenwand im Nirgendwo verlor.

Unter Julias Schritten klirrte und knirschte es. Ein feines Sirren und Klingen lag in der Luft, so als ob Gläser ganz leicht gegeneinanderstießen. Und dann begriff Julia. Das, was wie ein silberner Zauber wirkte, der über der gesamten Szenerie schwebte, war nichts anderes als Eis, eine feine Schicht aus gefrorenem Tau, die sich um jeden Stein, jeden einzelnen Zweig, um Blätter und Dornen der kargen Sträucher gelegt hatte, die im Wind wie ein riesiges Glockenspiel aneinanderschlugen und dieses feine Sirren und Klingen verursachten. Ein Reich der Eiskönigin, verzaubert und kalt. Und auf einmal war es Julia, als sei dieses Flirren und Klirren in ihrem Kopf, die Kälte breitete sich in ihr aus, und vor ihren Augen wurde alles silbern und weiß.

Schemen tauchten aus der Wolkenwand auf, eilten auf sie zu. Julia lehnte sich gegen einen der Basalttürme, fühlte wohl, wie scharfkantig dieses Gestein war, doch es war, als geschehe das nicht ihr, sondern einer anderen. Erstaunt stellte sie fest, dass sie sich kaum noch auf den Beinen halten konnte.

»Julia«, rief eine helle Jungenstimme. »Ich bin gleich bei dir!«

Es war Emil. Mit aller Kraft versuchte sie, dieses silberne Flirren vor ihren Augen zu vertreiben. Es gelang ihr nicht.

»Meine Güte, Julia«, hörte sie die genervte Stimme ihres Bruders. »Wieso bist du nicht im Wagen geblieben?«

Das Sirren in ihren Ohren schwoll an, sodass sie nichts anderes mehr vernahm. Etwas in ihr gab nach. Jemand hielt sie. Und dann wusste sie nichts mehr, sondern ließ los. Endlich. Los.

Der Geschmack nach Schokolade in ihrem Mund brachte sie wieder zu sich. Sie lag im Wagen unter einer Notfalldecke, und Emil versuchte, ihr noch mehr kleine Stücke eines Riegels in den Mund zu stopfen.

»Danke«, nuschelte sie.

Jens' besorgtes Gesicht tauchte über ihr auf. Die anderen Gäste spähten neugierig in den Wagen.

»Geht es dir besser?«, fragte ihr Bruder. »Dann wollen wir mal sehen, dass wir unsere nächste Etappe …«

»Du bringst sie jetzt sofort zu dir nach Hause«, fiel Emil ihm wütend ins Wort. »Siehst du nicht, dass es ihr nicht gut geht und …«

»Sachte, sachte, junger Mann«, unterbrach Jens ihn leise und drohend.

Julia versuchte, sich aufzurichten. Noch immer surrte und flirrte es in ihrem Kopf. So schwach sie sich auch fühlte, sie musste jetzt eingreifen, ehe die beiden sich ernsthaft in die Haare kriegten. Doch einer der Touristen kam ihr zuvor.

»Ich denke, unter diesen Wetterbedingungen, können wir die Wandertour sowieso nicht antreten«, sagte der ältere Mann, den Julia für einen Lehrer hielt, und sie war ihm überaus dankbar dafür. »In fünf Minuten wird man nicht mehr die Hand vor Augen sehen.« Er wies in die Richtung, aus der sich die Nebelwand inzwischen drohend heranwälzte. Aus den harmlos wirkenden weißen Schäfchenwolken, die Julia vor Kurzem noch jenseits der Felsen gesehen hatte, war ein düsteres Heer aus dunklen Schwaden geworden.

»Da hat man ja gar nichts davon«, warf seine Frau vorwurfsvoll ein. »Normalerweise sieht man von hier bis nach Teneriffa. Das kann man heute vergessen.«

»Ich hab's ja gleich gesagt«, ergänzte der andere ältere Herr. »Mir war das schon beim Frühstück klar, dass das heute nichts wird …«

»Gut«, unterbrach Jens grimmig die Diskussion. »Wir kehren um. Die restliche Tour holen wir an einem anderen Tag nach …«

Julia schloss wieder die Augen. Was war nur los mit ihr? Ihr Herz raste, als hätte sie einen Spurt hinter sich. Und der Schmerz hinter ihrer Stirn kehrte mit aller Macht zurück. Eine der Frauen beklagte sich, dass sie am folgenden Tag schon abreisen würde und lieber ihr Geld zurückhaben wollte. Julia hatte keinen Nerv für ausgefallene oder abgebrochene Touren, sie brauchte endlich ihre Ruhe. Am liebsten zu Hause. Nur war das viele Tausend Kilometer entfernt.

»Würden Sie bitte vorn neben meinem Vater Platz nehmen?«, hörte sie Emil höflich fragen, dann glitt er neben Julia auf die hinterste Bank. »Komm, lehn dich an mich«, raunte er ihr zu, und sie tat es, streckte sich dankbar aus. Eine Weile noch drehte sich die besorgte Unterhaltung auf den vorderen Bänken um Julias Schwächeanfall und warum jemand einfach so zusammenklappte. Endlich vergaß man sie, und sie gab sich ganz der Wärme hin, die von Emil auf sie abstrahlte, seiner linkischen Hand, die hin und wieder ihre Schulter tätschelte, dem Ruckeln und Schaukeln des Wagens.

Was ist bloß los mit mir, fragte sie sich erneut. Kaum aus meiner Restaurantküche heraus, mache ich schlapp.

»Konnte ich doch nicht wissen, dass ihr den ganzen Tag nichts gegessen habt. So was Unvernünftiges.«

»Es gab nichts im Flieger.« Das war Emils Stimme. »Überhaupt nichts. Das weiß jeder. Mama hätte auf jeden Fall etwas zum Essen an den Flughafen mitgebracht …«

»Mama ist aber nicht mehr da«, gab Jens schroff zurück.

Julia lauschte nur mit einem Ohr dem Wortwechsel zwischen Emil und seinem Vater. Sie hatte schon mehrfach versucht einzugreifen, aber das war zwecklos, immer wieder ging es zwischen den beiden Streithähnen von Neuem los. Sie ruhte auf einer einfachen Couch, deren Gestell aussah, als hätte man sie selbst aus Paletten zusammengezimmert und Matratzen daraufgelegt. Julia schaute aus dem Fenster. In ihrem Rücken hatte sie ein paar große Kissen, die mit demselben Stoff bezogen waren wie die Couch – in den Farbschattierungen eines Sonnenuntergangs. Auch von hier aus sah sie das Meer, das sich bis zu einem weit entfernten Horizont ausdehnte und dort mit dem Himmel zu verschmelzen schien. Vor der Fensterfront lag eine Terrasse, die mit unregelmäßig geformten grauen Platten belegt und von blühenden Sträuchern und Stauden umrahmt war. Julia entdeckte einen mächtigen zartlila blühenden

Rosmarinstrauch, eine Staude, von der sie vermutete, dass es sich um Zitronengras handelte, und einige Strelizien. Die Floristin, die das Savoir Vivre regelmäßig mit Blumengestecken versorgte, hatte einmal diese Papageienblüten verwendet, aber Kercher hatte das nicht gefallen. »Zu bunt«, hatte er entschieden. Zu exotisch. Julia hingegen war fasziniert gewesen von diesen fremdartigen Gebilden. Sobald diese schrecklichen Kopfschmerzen nachließen, würde sie sich den Garten etwas genauer anschauen. Denn wenn sie sich nicht sehr täuschte, stand dahinten am unteren Rand des abfallenden Geländes ein Limettenbaum.

Ihr Magen knurrte laut, und all ihre Sinne nahmen den Duft wahr, der von irgendwo jenseits des Flurs herüberströmte, vermutlich aus der Küche. So wie andere ein absolutes Gehör in die Wiege gelegt bekamen und wieder andere ein angeborenes Gefühl für Farben besaßen, war ihr vom Schicksal ein ungewöhnlich ausgeprägter Geruchs- und Geschmackssinn geschenkt worden. Das war Fluch und Segen in einem, denn es machte Julia empfindlich gegenüber Gestank und lieblosem Essen. Und doch war diese Gabe der Grund für ihre Berufung als Köchin. Und der Duft, den sie nun wahrnahm, war süßlich und herb zugleich, ein erdiges Aroma mit einer salzigen Note. Es waren zweifellos Kartoffeln, die da fast fertig gekocht waren, dennoch war der Duft anders, als sie es von Pellkartoffeln her kannte. Dazu gesellte sich das volle Aroma eines gebratenen Käses, mit einem rauchigen Aroma, das Julia vom Scamorza her kannte, dem Brühkäse aus Mittelitalien, den es auch in geräucherter Variante gab und den Julia sehr mochte. Scamorza wurde allerdings aus Kuhmilch hergestellt, aber hier handelte es sich eindeutig um Ziegenkäse. Julia lief das Wasser im Mund zusammen.

»Ob ich Tanja etwas helfen kann?«, fragte sie in das angespannte Schweigen, das zwischen Vater und Sohn inzwischen herrschte.

»Du bleibst schön liegen«, bestimmte Jens. »Außerdem würdest du sie nur nervös machen. Sie hat ziemlich großen Respekt vor dir, immerhin bist du eine Sterneköchin. Ich hoffe, sie lässt vor Aufregung nichts anbrennen.« Etwas leiser fügte Jens mit einem Grinsen hinzu: »Kochen ist nicht so ihre Kernkompetenz.«

»Und was ist dann ihre Kernkompetenz?«, fragte Emil spitz. Jens zog es vor, ihn zu ignorieren, denn auf dem Flur waren Schritte zu hören.

Tanja war eine hochgewachsene Blondine mit einer hübschen Figur, die genausogut zur Geltung gekommen wäre, hätte sie nicht ein T-Shirt angehabt, das eigentlich eine Nummer zu klein für sie war. Julia hatte sie zuvor nur flüchtig kennengelernt, damals, als Jens Hals über Kopf seine Zelte in Deutschland abgebrochen hatte, um nach La Palma auszuwandern. Tanja hatte zu jener Zeit bereits auf der Insel gelebt und offensichtlich seinen Entschluss beschleunigt, diesen Schritt zu tun, der für ihn als ehemaligen Profisportler mit einer beachtlichen Karriere als Downhill Mountainbiker im Grunde gar nicht so überraschend kam. Überraschend war für Julia jedoch der Zeitpunkt seiner Entscheidung gewesen, nämlich kaum sechs Monate nach dem Unfalltod seiner Frau und mitten in einer schweren Krise seines damals erst zehnjährigen Sohnes. Und noch heute konnte Julia beim besten Willen nicht verstehen, wie ihr Bruder den Jungen nach einem heftigen Streit ins Internat abgeschoben hatte. Insgeheim gab sie, so wurde ihr jetzt bewusst, Tanja die Schuld daran, obwohl sie eigentlich nicht wissen konnte, inwiefern die junge Frau an dieser Entscheidung beteiligt gewesen war.

»Es gibt nur eine Kleinigkeit«, sagte Tanja und warf Julia einen unsicheren Blick zu. »Ich hoffe, du bist nicht enttäuscht …«

»Es duftet köstlich«, beeilte sich Julia zu sagen. »Und, um ehrlich zu sein, sterbe ich beinahe vor Hunger. Irgendwie sind wir heute überhaupt nicht dazu gekommen, etwas zu essen.«

»Hättest du halt was gesagt«, tönte es vom Tisch herüber. Jens war aufgestanden und räumte ein paar Zeitungen weg, während

Tanja begann, den Tisch zu decken. »Du hast ja so fest geschlafen, da dachte ich …«

»Weil sie total erschöpft ist«, sagte Emil patzig. »Und weil man seine eigene Schwester nicht so empfängt, so als … als wäre sie ein Stück Gepäck. Dass ich dir egal bin, das weiß ich ja inzwischen.«

»Lass es gut sein, Emil.« Julia erhob sich langsam und vorsichtig, noch immer tat ihr Kopf weh. Und doch rührte es sie, dass ihr Neffe für sie kämpfte und dafür sogar sein Schweigen brach, das er sich bislang offenbar auferlegt hatte. »Jens hat es nicht böse gemeint.«

»Nein, das hat er nicht«, konterte Jens pampig. »Jens hat ja nur Kunden, die er nicht vernachlässigen kann. Vielleicht liegt das außerhalb deiner Vorstellungskraft, du Besserwisser, aber Erwachsene gehen ihrer Arbeit nach und haben Verpflichtungen. Sie laufen nicht einfach weg, wenn es ihnen nicht mehr gefällt. Und die können nicht einfach so mir nichts, dir nichts alles über den Haufen werfen, nur weil …«

»Wir sind dir alle egal«, schrie Emil zornig. »Und da du gerade vom Weglaufen redest – was hast denn du gemacht, damals, als Mama …«

»Emil, bitte«, rief Julia, aber der Junge sprang auf und rannte aus dem Zimmer, im nächsten Augenblick knallte die Tür ins Schloss. Jens war hochrot im Gesicht angelaufen und stand im Begriff, ihm nachzueilen, als Tanja ihm die Hand auf die Schulter legte.

»Lass ihn«, sagte sie leise. »Er wird sich schon daran gewöhnen.«

Woran denn?, fragte Julia sich traurig. An den Egoismus seines Vaters? Bei dem Gedanken, wie bald sie schon wieder fortmusste, wurde ihr weh ums Herz.

»Jetzt gibt es erst mal was zu essen. Tut mir leid, es gibt nur Papas arrugadas mit Ziegenkäse und ein bisschen Mojo verde«, fügte Tanja hinzu und sah Julia an. »Jens hat mir erst heute Morgen gesagt, dass ihr kommt.«

»Das … das macht doch nichts«, stammelte Julia und warf ihrem Bruder einen langen Blick zu, unter dem er sich wand und schließlich die Augen senkte. Immerhin wusste er seit Samstag, dass sie kommen würden. Julia schluckte und wandte sich Tanja zu. »*Papas* … sind das Kartoffeln? Es riecht ausgesprochen lecker. Und … Tanja, hättest du vielleicht eine Kopfschmerztablette für mich?«

Mit Mühe gelang es ihr, Emil aus dem Gästezimmer zu locken, das sie miteinander teilten. Offenbar, so nahm Julia an, siegte dann doch der Hunger, denn außer ein bisschen Schokolade hatte auch der Junge den ganzen Tag über noch nichts gegessen.

Sowohl Jens mit seiner mürrischen Miene als auch Emil, der ihm in dieser Hinsicht in nichts nachstand, rückten in den Hintergrund, während Julia gespannt diese winzigen Kartoffeln probierte, die ihrem Namen alle Ehre machten. Papas arrugadas hieß nämlich übersetzt »runzelige Kartoffeln«.

»Was ist denn das für eine Sorte?«, fragte Julia interessiert und kostete das gelbliche Fleisch einer der Knollen.

»Keine Ahnung«, antwortete Tanja und warf Jens einen unsicheren Blick zu. »Ich kauf sie auf dem Markt. Schmecken sie dir? Ich weiß, du bist der absolute Kochprofi, was man von mir nicht gerade behaupten kann …«

»Sie schmecken toll«, versicherte ihr Julia. »Verrätst du mir, wie du die so hinbekommst, so schrumpelig? Und was ist das für eine weiße Kruste?«

»Sie werden in Meerwasser gekocht«, erklärte ihr Tanja sichtlich erleichtert. »Und wenn man das nicht zur Hand hat, fügt man auf einen Liter Wasser ein halbes Pfund Meersalz hinzu.«

»So viel? Das ist doch total ungesund«, warf Emil altklug ein und wollte schon sein Besteck weglegen. »Mama hat immer gesagt, man darf nicht so viel Salz essen.«

Bei dem Wort »Mama« verschwand das Lächeln aus Tanjas Gesicht.

»Das meiste wird ja vermutlich wieder abgegossen«, sagte Julia und sah Tanja fragend an.

»Na ja, etwas schon«, räumte diese ein. »Sobald die Kartoffeln kochen, reduziert man die Hitze. Früher, als noch über Holzfeuer gekocht wurde, haben sie den Topf ganz an den Rand des Herdes gestellt, wo die Hitze am kleinsten ist. Statt eines Deckels wird ein Küchentuch darübergelegt, damit das Wasser verdunsten kann. Und wenn die *papas* gar sind und noch Wasser übrig geblieben ist, gießt man es ab und lässt sie noch einige Minuten im heißen Topf. Auf diese Weise verschrumpelt die Schale, und sie bekommen diese Salzkruste.«

Julia hatte das Gefühl, als kehrten ihre Lebensgeister zurück. Besonders das Salz in der köstlichen Schale der winzigen Kartoffeln, jede nicht größer als ein Tischtennisball, schien ihrem ausgelaugten Organismus wieder auf die Sprünge zu helfen.

»Nimmst du mich mal mit auf den Markt?«, fragte sie Tanja.

»Na ja, das würde ich gerne«, antwortete die. »Aber der ist immer freitags. Und Jens hat gesagt, am Mittwoch fliegst du wieder zurück.«

»Stimmt«, sagte Julia ernüchtert. Das hatte sie tatsächlich vollkommen vergessen. Hoffentlich geht es mir bis dahin wieder besser, dachte sie und nahm sich noch drei weitere der köstlichen kleinen Kartoffeln. Die grünliche Paste, die Tanja Mojo genannt hatte, ließ sie nun lieber weg. Julia hatte viel zu viel Säure herausgeschmeckt und jede Menge Konservierungsstoffe. Tanja hatte sie garantiert nicht selbst zubereitet. »Und den Käse?«, fragte sie. »Bekommst du den auch auf dem Markt?«

Tanja nickte. »Den gibt's hier überall.«

Julia lehnte sich in ihrem Stuhl zurück. Auch von hier hatte sie einen fantastischen Ausblick über die Terrasse hinweg aufs Meer. »Wie schön ihr es habt«, sagte sie versonnen. »Emil, zwick mich mal. Ich hab immer noch das Gefühl zu träumen.«

Doch Emil tat so, als höre er gar nicht zu. Er starrte auf seinen leer gegessenen Teller. Julias Herz zog sich beim Anblick seines blassen Gesichts mit den dunklen Rändern unter den Augen zusammen.

»Ihr seht alle beide aus wie Kellerasseln«, sagte Jens. »Ein paar Wochen auf der Isla, und ihr werdet euch wieder wie Menschen fühlen.«

Emil sah auf. Wenn Blicke töten könnten, dachte Julia erschrocken, würde sein Vater jetzt tot vom Stuhl fallen.

»Wenn man dann so wird wie du, bleib ich lieber eine Kellerassel.«

Jens öffnete schon den Mund, um heftig zu antworten, doch zu Julias Erleichterung ließ er es sein. Stattdessen stand er auf und ging zur Tür.

»Muss mich um meine Arbeit kümmern«, sagte er, da hatte er bereits die Klinke in der Hand. »Man sieht sich.«

Tanja war rosarot angelaufen und betrachtete Emil voller Abscheu.

»Wenn du vorhast, die ganze Zeit so eklig zu sein«, sagte sie patzig, »werde ich dafür sorgen, dass du nicht lange bei uns wohnen bleibst.«

Betroffen schaute Julia Emil an und sah gerade noch, wie sehr ihn Tanjas Worte trafen. Dann verdeckte ein hässliches Grinsen seine Gefühle. »Ach ja?«, blaffte er die Partnerin seines Vaters an. »Na, dann weiß ich ja, was ich zu tun habe. Denn hier will ich garantiert nicht bleiben.« Und damit verließ auch er das Zimmer.

Tanja begann, die Teller abzuräumen, und als Julia sich überwand und ihr dabei helfen wollte, wehrte sie freundlich, aber bestimmt ab. »Ruh dich lieber aus. Wirkt die Tablette schon? Wenn nicht – ich leg dir noch eine hier auf den Tisch.«

Damit ließ sie Julia einfach sitzen.

4

Truffes au chocolat – Gefüllte Schokoladentrüffel

»Ich flieg mit dir zurück.«

Emil lag auf seinem Bett und starrte an die Zimmerdecke. Julia antwortete nicht. Er wusste ja genau, dass das unmöglich war, und sie fühlte sich außerstande, ständig mit ihm darüber zu diskutieren. Die Kopfschmerzen hatten endlich etwas nachgelassen, ihre Kräfte waren zurückgekehrt, und nach dem langen Sitzen hatte sie Lust, ein paar Schritte zu gehen, die Umgebung zu erkunden, um herauszufinden, wo sie sich hier eigentlich befanden.

»Ich geh ein bisschen an die Luft«, sagte sie und zog sich ihre festen Schuhe wieder an. »Kommst du mit?«

Zuerst reagierte Emil nicht, doch als sie ihre Windjacke vom Haken nahm und Tanja um einen Hausschlüssel bat, war er plötzlich an ihrer Seite.

»Vom Garten führt ein Fußweg runter zur Steilküste«, erklärte Tanja. »Könnt ihr gar nicht verfehlen.«

Auf der Terrasse war der Ausblick noch atemberaubender als vom Wohnzimmer aus. Unter ihnen lag wie eine unendlich wirkende blauschimmernde Ebene der Atlantische Ozean. Zum Berg hin standen in einiger Entfernung ein paar Häuser, der Blick aufs Meer war allerdings unverstellt.

Sie fanden den Pfad, von dem Tanja gesprochen hatte, und folgten ihm durch unwegsames Gelände bergab. Struppige Sträucher, olivgrün und silbrig schimmernd, überwucherten das Geröll. An manchen Stellen, wo sich ein wenig Erde angesammelt hatte, sprossen Gräser und winzige, gelb leuchtende Blumen. Hier und dort ragten stachelige Feigenkakteen auf wie skurrile Skulpturen.

Emil lief voraus und war schon ein gutes Stück von ihr entfernt, leichtfüßig sprang er über den steinigen Pfad. Schließlich erreichten sie die fast senkrecht abfallende Kante und sahen hinunter in die brodelnden Wellen, die gegen das feste Land anstürmte. Seltsam, dachte Julia. Von Jens' Haus aus hatte das Meer gewirkt wie ein Spiegel. Doch hier, vielleicht zwei-, dreihundert Meter über dem Wasser, sah man erst, wie aufgepeitscht der Atlantik war.

»Sieh mal.« Emil zeigte mit ausgestrecktem Arm auf eine Klippe vor der Küste, an der sich meterhohe Wogen brachen, zu Gischt versprühten und in beeindruckenden Fontänen aufstiegen.

Vögel rauschten mit spitzen Schreien jäh an ihnen vorüber und tauchten hinab, durchstießen die Wasseroberfläche und blieben eine Zeit lang verschwunden. Dann streckten sie an ganz anderer Stelle ihre Hälse aus den Wellen, erhoben sich aus den Fluten und schwangen sich auf einen Felsvorsprung, um ihre Beute zu vertilgen. Möwen kreischten dicht über Julias und Emils Köpfen, die Luft war schwer von Salz und Feuchtigkeit.

Julia konnte sich nicht sattsehen. So viel Blau, so viel Weite, so viel Licht – beinahe war es zu viel. Sie fühlte sich klein und unbedeutend angesichts dieser Naturgewalten und sehnte sich nach der Sicherheit und Geborgenheit ihrer Küche. Während der Fahrt vom Roque de los Muchachos nach unten hatte sie aus den Gesprächen der anderen herausgehört, dass Vulkane diese Insel erschaffen hatten und dass das Feuer noch immer unter ihr brodelte.

Dieses unsichtbare Feuer unter der kargen, schartigen Erde, auf der sie stand, die unerschöpfliche Menge an Wasser, die sie umgab, das gleißende Licht der Sonne und die mit tausend Aromen angefüllte Luft – es war überwältigend. Wenn Julia daran dachte, dass der Grund unter ihren Füßen nichts anderes war als das flüssige Innere der Erde, das hier vor langer Zeit von innen nach außen gekehrt worden war, wurde ihr ganz anders. »Einer der Vulkane kann jederzeit wieder ausbrechen«, hatte ein Tourist behauptet. Und Jens hatte gesagt, dass es Tausende von Metern steil bergab gehe, dort, unter der sich aufbäumenden Oberfläche des Meeres.

Julia sah sich nach ihrem Neffen um, und ihr blieb beinahe das Herz stehen.

»Emil«, rief sie. »Komm zurück!«

Die Abbruchkante war an vielen Stellen porös, nur an manchen Stellen, wo das Gestein offenbar solider war, hatten sich Vorsprünge gebildet. Ganz vorn auf einem besonders schmalen Grat, der weit in den Abgrund hinausragte, stand Emil. Julia fühlte, wie ihre Handflächen bei seinem Anblick feucht wurden und ihr Magen einen Purzelbaum schlug. Ein weiterer Schritt, und er würde in die Tiefe stürzen.

Wieder rief Julia seinen Namen. Emil schien sie gar nicht zu hören. Fieberhaft überlegte sie, was sie tun könnte. Bis ihr klar wurde, dass sie völlig machtlos war. Entweder er kam zurück oder nicht. Es lag ganz allein in seiner Hand.

Eine Schar schwarzer Seevögel flog vom Meer heran und begann, kreischend über Emils Kopf zu kreisen. Der Junge breitete die Arme weit aus und sah zu ihnen empor.

»Emil«, rief Julia erneut. »Ich hab dich lieb. Bitte komm zurück!« Egal, wie er sich entscheiden würde, diese Worte sollte er mitnehmen. Auf seinem Weg ins Leben oder in den Tod.

Da kam Bewegung in den Jungen. Als befände er sich nicht einige Hundert Meter über einem Abgrund, drehte er sich auf dem schmalen Grat um und war mit ein paar Schritten neben ihr.

»Hast du gedacht, ich springe?«, fragte er.

»Ich weiß nicht«, antwortete sie und versuchte, ihr wild

klopfendes Herz zu beruhigen. »Es sah so aus. Aber das würdest du nicht tun, oder?«

Emil antwortete nicht. Er sah an ihr vorbei hoch zum Haus seines Vaters. Nach kurzem Zögern machte er sich auf den Weg zurück. Julia folgte ihm ratlos. Erst jetzt bemerkte sie, dass der Himmel längst nicht mehr so makellos blau war wie vorhin. Von der Landseite her zog eine dicke Wolkenfront auf. Ein Windstoß ließ Julia frösteln. War es erst wenige Stunden her, dass sie auf einem Eisfeld gestanden hatte? Alles, was an diesem Tag geschehen war, kam ihr absolut unwirklich vor.

Ein paar Meter weiter bei einem abgeflachten Felsen holte sie Emil ein. Hier lag ein Häuflein von der Sonne ausgebleichter Muscheln. Offenbar hatten die Seevögel ihre Beute bis hier hochgetragen und die Schalen fallen lassen.

»Es ist schön hier, findest du nicht?« Julia setzte sich auf eine Ecke des Felsens und sah zurück aufs Meer. Emil antwortete nicht. Eine Eidechse huschte über den mit weißen und gelben Flechten bewachsenen Stein. »Hier kannst du deine freie Zeit in der Natur verbringen.«

»Netter Versuch«, gab Emil zurück und warf ihr einen genervten Blick zu. »Du brauchst dich gar nicht erst bemühen, mir das hier schmackhaft zu machen. Es gelingt dir ja doch nicht.«

»Warum denn nicht? Sicher kann man irgendwo baden.«

»Klar«, gab Emil grimmig zurück. »In Tazacorte ist ein Strand. Es gibt auch viele Stellen in der Steilküste, wo man ans Wasser kann.«

Verblüfft starrte Julia ihn an. »Woher weißt du das alles?«

»Weil wir schon mal hier waren«, erklärte Emil und sah sie finster an. »Damals, bevor Mama …«

Er wandte sich brüsk ab und begann, den Weg zurückzustapfen. Julia sprang auf und folgte ihm.

»Jetzt warte halt mal«, rief sie, musste ihn jedoch erst einholen und sich ihm den Weg stellen, bis er endlich anhielt. »Ihr wart schon mal hier?« Julia dachte fieberhaft nach. Irgendetwas musste damals geschehen sein. Aber was? »Du hast die Insel in keiner guten Erinnerung, stimmt's?«

Emil wirkte unschlüssig, ob er antworten sollte. Julia wartete.

»Was wäre denn so schlimm daran, wenn ich einfach über die Klippe ginge«, sagte er plötzlich. »Die können mich doch nicht gebrauchen.« Er machte eine Geste hoch in Richtung von Jens' Haus. »Und bei dir kann ich auch nicht sein. Ehrlich, mir würde es nichts ausmachen. Das ist wie ein Bungee Jump nur ohne Seil, und dann ist es gleich vorüber. Und ihr alle habt ein Problem weniger.« Julias Herz zog sich schmerzhaft zusammen. Tränen schossen ihr in die Augen. Als Emil es bemerkte, kam er rasch zu ihr und streichelte ihr unbeholfen übers Haar. »Ich will dich nicht traurig machen, Julia, ehrlich nicht. Du bist die Einzige, an der mir überhaupt was liegt. Aber du kannst mir nicht helfen, und ich seh das ja ein. Ich bin nur eine Last für dich.« Julia sah, wie es in seinen Augen verdächtig schimmerte. »Und das fühlt sich verdammt scheiße an«, flüsterte er rau.

Er setzte sich neben sie auf den Stein, und sie legte ihren Arm um seine mageren Schultern.

»Emil«, begann Julia, »Jens ist dein Papa. Was immer zwischen euch war, es gibt nichts, was man nicht wieder in Ordnung bringen kann. Und Tanja kann bestimmt auch ganz nett sein, wenn ihr alle zu einem freundlicheren Ton gefunden habt.«

»Nett?« Emil sprang auf und sah sie mit blitzenden Augen an. »Glaub mir, die ist nicht nett. Das ist eine ganz gemeine, hinterhältige, blöde …« Sein Gesicht war rot angelaufen, seine Augen waren voller Verachtung.

»Warum denn? Was hat sie getan?« Emil kickte verbissen mit dem Schuh gegen einen Stein, der aus dem Boden ragte, bekam ihn aber nicht heraus. »Komm, erzähl es mir«, bat Julia. »Was hast du ihr vorzuwerfen?«

Emil sog verächtlich die Luft ein und stieß sie wieder aus.

»Na schön«, sagte er widerstrebend. Er schluckte noch ein paarmal, endlich begann er. »In dem Sommer, kurz bevor Mama ... na, du weißt schon ...« Offenbar brachte er es nicht über sich, auszusprechen, was mit seiner Mutter geschehen war. »Also in den Sommerferien waren wir hier auf der Insel. Mama, Papa und ich. Und da hat es schon angefangen ...«

Julia wartete vergeblich darauf, dass er weitersprach.

»Was hat schon angefangen?«, fragte sie.

»Na, das zwischen Papa und Tanja«, presste Emil zwischen den Lippen hervor. »Sie hat damals auf dem Markt so blöde Ketten verkauft. Aus Drachenbaumsamen und all solchen Kram. Mama hat sich eine ausgesucht. Und Papa hat sich Tanja ausgesucht.« Der letzte Satz sollte wohl sarkastisch klingen, doch an dem Zittern seines Kinns war deutlich zu sehen, wie sehr ihm das alles zusetzte. »Er hat uns dann ein paar Tage lang zum Baden nach Tazacorte gefahren, aber geblieben ist er nicht. Er hat immer irgendwelche Ausreden gehabt, was er unbedingt erledigen musste. Am Abend hat er uns wieder abgeholt. Mama ist immer trauriger geworden, und sie haben sich krass gestritten. Papa hat sie lächerlich gemacht. Dass sie krankhaft eifersüchtig sei und so. Eines Tages hat es uns einer erzählt. Der war auch so ein deutscher Aussteiger, Tanjas Ex, der wollte Papa eins auswischen. Und der hat uns am Strand von Tazacorte alles erzählt. Er hat sogar Bilder gemacht von den beiden. Und die hat er Mama gezeigt.«

Julia saß wie erstarrt. Das hatte sie nicht gewusst. Zuzutrauen war es ihrem Bruder, Alice hatte ihr bereits vor Jahren anvertraut, dass sie den Verdacht hatte, er ginge hin und wieder fremd. Das bringe sein Beruf als Profisportler einfach mit sich, hatte Alice es sich damals schöngeredet. Schließlich war er als Downhill Mountainbiker auf der ganzen Welt unterwegs, wenn er an den internationalen Wettbewerben teilnahm. Und dass es dort überall Mädchen gab, die sich diesen verwegenen Helden, die auf ihren Rädern die steilsten Abhänge hinunterrasten, an den Hals warfen, das war ja klar. Dass er allerdings so weit gegangen war, während eines Familienurlaubs vor den Augen seiner Frau und seines Sohnes eine Affäre anzufangen – das war unglaublich.

»Kannst du jetzt verstehen, warum ich diese Frau hasse?« Verzweiflung brannte in Emils Augen, als er sie ansah. »Und warum ich Papa das einfach nicht ...« Der Rest des Satzes ging in einem Schluchzen unter.

Julia nahm ihn in ihre Arme. Und so standen sie eine lange Zeit und hielten sich aneinander fest. Ja, dachte Julia. Das kann ich verstehen. Und begann darüber nachzudenken, ob es nicht doch einen Weg gab, Emil bei sich in Deutschland aufzunehmen.

In dieser Nacht lag Julia lange wach und starrte in die Dunkelheit. Sie war es nicht gewohnt, vor zwei, halb drei Uhr ins Bett zu gehen. Hinzu kamen die Sorgen um Emil. Glücklicherweise schlief wenigstens er tief und fest.

Irgendwann stand sie leise auf, fand im Dunkeln Jeans und T-Shirt und schlich sich aus dem Zimmer. Aus dem Wohnzimmer drang zu ihrer Überraschung gedämpftes Licht. Zunächst zögerte Julia, überlegte, ob sie sich vielleicht draußen eine Ecke suchen sollte, um allein zu sein und hinunter aufs Meer zu schauen. Vielleicht schien ja der Mond?

Als sie die Haustür öffnete, hätte der Wind sie ihr beinahe aus der Hand gerissen.

»Ist zu windig heute Nacht.« Jens stand in der offenen Wohnzimmertür. Hinter ihm sah sie auf dem Tisch ein paar Kerzen flackern. »Komm rein. Willst du ein Glas Wein?«

»Gern.« Julia folgte ihrem Bruder in den gemütlichen Raum und sah sich nach seiner Lebensgefährtin um. Sie war nicht da. »Schläft Tanja?«, fragte sie vorsichtshalber und nahm in einem der

Sessel Platz, die mit demselben farbenfrohen Stoff bezogen waren wie das Sofa.

»Wie ein Murmeltier«, antwortete Jens und holte ein zweites Weinglas aus der Vitrine. Julia beobachtete ihren Bruder, wie er ihr einschenkte und sich dann in den anderen Sessel fallen ließ. Sie fragte sich, was Amelie über ihn sagen würde. Ihre Freundin hatte eine unfehlbare Gabe, Menschen zu durchschauen – ein großer Vorteil, wenn man Serviceleiterin in einem Sternelokal war.

Julia und ihr Bruder waren sich immer fremd gewesen, schon als Kinder. Jens war drei Jahre älter als sie, hatte seine wilden Freunde gehabt, mit denen er schon in jungen Jahren auf dem Mountainbike die Hänge hinuntergejagt war. Er hatte sich nie für seine kleine Schwester interessiert. Eine Zeit lang hatte sie ihn bewundert, war stolz auf ihn gewesen, vor allem in der Zeit, als alle ihre Teenagerfreundinnen für ihn geschwärmt hatten. Das hatte sich bald wieder gelegt, Jens war oft ziemlich gemein zu seiner pubertierenden Schwester gewesen. Vor allem über ihr Interesse am Kochen hatte er sich stets abfällig geäußert.

An all diese Dinge hatte Julia seit Jahren überhaupt nicht mehr gedacht. Sie hatten selten Gelegenheit gehabt, sich zu begegnen. Jens war den Trophäen hinterhergereist, um auf der ganzen Welt die berühmtesten Downhill-Strecken zu bezwingen, eine nach der anderen. Und sie hatte ihr Leben als Profiköchin begonnen, eine Welt, die von seiner so weit entfernt war wie der Süd- vom Nordpol.

Bis Emil zur Welt gekommen war und ihre Schwägerin sie gefragt hatte, ob sie die Patenschaft übernehmen wollte. Von da an war ihr Kontakt ein wenig enger geworden, sofern es ihr Berufsleben zugelassen hatte.

»Was ist?«, riss Jens sie aus ihren Gedanken. »Du heckst doch irgendwas aus. Also raus mit der Sprache.«

Julia schreckte auf. Wo sollte sie anfangen? Auf wie viel

Vertrautheit konnte sie noch bauen? Hatte es sie je zwischen ihnen gegeben?

»Ich überlege mir tatsächlich, ob es nicht besser wäre, Emil zu mir zu nehmen.« Jetzt, als sie es sagte, fühlte es sich noch unmöglicher an als zuvor.

»Quatsch«, erklärte Jens kategorisch. »Ich kenn doch dein Leben. Ein Zwölfjähriger hat da einfach keinen Platz.« Und als er ihre Miene sah, fügte er rasch hinzu: »Ich weiß dein Engagement zu schätzen, Julia. Aber Emil muss endlich lernen, dass nicht immer alles nach seiner Nase geht. Dass er in dem Internat nicht bleiben will, ist schlimm genug. Jetzt muss er eben die Konsequenzen tragen.«

»Und die wären?« Julia ertappte sich dabei, dass sie wütend wurde. »Hast du dir denn schon Gedanken darüber gemacht, welche Schule er hier besuchen könnte? Er spricht kein Spanisch, vielleicht bräuchte er zusätzlich Sprachunterricht …«

»Hör auf, dir meinen Kopf zu zerbrechen«, fiel ihr Jens ärgerlich ins Wort. »Das wird sich alles finden. Er ist *mein* Sohn, nicht deiner.«

Julia schwieg verblüfft. Bislang hatte ihr Bruder jede Gelegenheit genutzt, um seine Verantwortung auf sie abzuwälzen. Wenn er das jetzt ändern wollte, umso besser. Nur …

»Ich mach mir eben Gedanken um ihn«, sagte sie in ruhigerem Ton. »Schließlich bin ich seine Patentante. Du hast recht, bei mir zu leben wäre schwierig, wenn nicht unmöglich.«

»Du sagst es.« Jens schien erleichtert. Am liebsten, dachte Julia, würde er jetzt über etwas anderes reden. Doch sie war noch nicht fertig.

»Tanja hat heute Mittag etwas gesagt, was mich beunruhigt«, fuhr sie fort. »Dass sie dafür sorgen würde, dass er nicht lange hier wohnen bleibt, falls er weiterhin so eklig zu euch wäre.«

Jens sah sie überrascht an, dann warf er den Kopf in den

Nacken und begann so schallend zu lachen, dass Julia fürchtete, Emil oder gar Tanja könnten davon aufwachen.

»Das ist meine Tanja, wie sie leibt und lebt«, sagte er und schüttelte amüsiert den Kopf. »Aber glaub mir«, fügte er überraschend finster hinzu. »Wer hier wohnt oder nicht, das entscheide immer noch ich. Gibt es sonst noch was, das dich beunruhigt, Schwesterherz?«

Julia hasste den ironischen Unterton, sie hatte ihn schon immer verabscheut. Und auf einmal fühlte sie sich wieder wie früher, als Jens sie noch als Heranwachsende behandelt hatte, als sei sie ein kleines Kind.

»Ja«, antwortete sie. »Mir ist nämlich inzwischen klar geworden, warum Emil Tanja nicht mag. Stimmt es, dass du mit ihr schon etwas angefangen hast, als du mit Alice und dem Jungen hier im Urlaub warst? Vor den Augen deiner Frau und deines Kindes?«

Aller Charme war von Jens gewichen. Er sah sie an, und sie erschrak vor der Kälte in seinem Blick.

»Und wenn? Was geht dich das an? Was schert dich mein Liebesleben? Weil du selbst keines hast? Ja, reiß ruhig deine hübschen blauen Augen auf. Nur weil du mit deinem Kochlöffel verheiratet bist, brauchst du nicht mit dem Finger auf andere zu zeigen. Was war das mit diesem Alain, he? Wie lange hat das gehalten? Sechs Monate oder sieben? Julia, du bist ein feiner Kerl. Aber was die Liebe anbelangt, hast du nicht den leisesten Schimmer.«

Julia schluckte. Das war harter Tobak, und so etwas brauchte sie nicht auf sich sitzen zu lassen.

»Es geht hier nicht um mich«, gab sie gekränkt zurück. »Sondern um Emil. Versetz dich doch mal in seine Lage. Stell dir vor, wie du reagiert hättest, im Alter von neun Jahren, wenn Papa …«

»Lass unsere Eltern aus dem Spiel, ja?« Jens trank sein Glas aus und stand auf. »Und misch dich nicht in mein Leben ein. Gute Nacht, Julia. War nett, mit dir zu plaudern.«

Die Tür schloss sich hinter Jens, und Julia blieb allein zurück im unruhig flackernden Kerzenschein. Erst jetzt drang der Wind in ihr Bewusstsein, der um das Haus heulte. Frustriert ließ sie ihren Blick durch den Raum schweifen. Auf einem Regalbrett standen die Pokale und Trophäen, die ihr Bruder im Laufe seiner Karriere gesammelt hatte, gleich daneben hingen hübsch eingerahmt seine Urkunden. Nach Alice' Tod hatte Jens seine Karriere ziemlich abrupt beendet, hatte seine Zelte in Deutschland abgebrochen, Emil im Internat untergebracht und war hierhergezogen. Ohnehin hatte er schon längere Zeit mit den Folgen einer Verletzung zu tun gehabt, vielleicht war es einfach an der Zeit gewesen, mit den Rennen aufzuhören und ein neues Leben zu beginnen.

Und sie? Es tat weh, was Jens ihr eben an den Kopf geworfen hatte. Dabei hatte er nicht unrecht. Die wahre Liebe hatte bislang einen großen Bogen um sie gemacht. »Du gibst ihr einfach keine Chance«, hatte Amelie einmal gesagt. Und das stimmte. Wann um alles in der Welt sollte sie einen Mann kennenlernen? Etwa im Großmarkt, morgens um sechs? Oder in der Küche, wie damals Alain, als sie noch im Epicure in Paris gearbeitet hatte?

Ja, damals hatte sie geglaubt, die Liebe fürs Leben gefunden zu haben. Sie und Alain schienen so gut zueinander zu passen. Sie auf dem Weg zum Chef, er einer der besten Pâtissiers Frankreichs. Er war außerdem Meister-Chocolatier, und seine Schokoladenkreationen waren einfach unübertrefflich gewesen. Nie würde Julia seine unvergleichlichen gefüllten Trüffel vergessen, mit denen er sie einst verwöhnt hatte. Seither schmeckten ihr keine anderen mehr.

Ja, sie hatten davon geträumt, irgendwann gemeinsam ein Restaurant zu eröffnen, doch dann hatte Alain ein fantastisches Angebot von einem Hotel in Grenoble erhalten, das er nicht hatte ausschlagen wollen. Obwohl er ganz genau wusste, dass dies das Ende bedeutete. Eine Wochenendbeziehung konnte man in ihrer Branche beim besten Willen nicht führen, ganz einfach, weil es ein

Wochenende für sie nicht gab. Eine Zeit lang hatte Julia noch versucht, ihm nach Grenoble zu folgen, und auch Alain schien sich darum bemüht zu haben. Es hatte nichts geholfen, eine entsprechende Position in der Küche war einfach nicht frei geworden. Es war, als wäre er in ein anderes Universum abgetaucht. Wann und wie hätten sie sich denn treffen sollen?

Ein knappes Jahr später hatte Alain sich mit der Tochter des Hotelbesitzers verlobt, und Julia, die immer noch dem Traum von einem eigenen Restaurant nachhing oder wenigstens von einem, das sie ganz nach ihren Vorstellungen prägen konnte, hatte das verlockende Angebot angenommen, für Kercher das Savoir Vivre von Grund auf aufzubauen. Um es allein zu stemmen, hatte ihr das Kapital gefehlt, und vielleicht auch der Mut. Kercher hatte sie mit einem außergewöhnlich guten Honorar gelockt und damit, dass er ihr freie Hand lassen würde. Das war vor drei Jahren gewesen. Und jetzt? Was war aus ihr geworden, mal von dem Michelin-Stern abgesehen? Sie lebte das Leben einer Nonne, anders konnte man es nicht nennen. Ein Leben mit streng ritualisierten Tagesabläufen, in dem eigene Bedürfnisse keinen Raum hatten. Und das war nach der Trennung von Alain ihre eigene Entscheidung gewesen. Ein Leben, nach dem sie sich mit aller Kraft zurücksehnte, gerade jetzt. Gut, dass sie nicht eine ganze Woche bleiben musste. Auf einmal kam ihr der Wunsch nach einer Auszeit absolut unsinnig vor.

Julia gähnte. Sie sah auf die Uhr, es war bald zwei. Zeit zum Schlafen. Seufzend stand sie auf und ging leise zu Bett.

5

Galletas de Almendras – Mandelkekse

Am nächsten Morgen wachte sie davon auf, dass ein Hahn laut krähte. Es war schon hell, und als sie sich nach Emil umdrehte, fand sie sein Bett leer. Sie konnte es nicht fassen, als sie sah, wie spät es schon war. Sie hatte bis neun Uhr geschlafen. Und fühlte sich immer noch erschöpft.

Es war eine Müdigkeit, die von ganz tief innen kam, und Julia befürchtete, dass sie, wenn sie ihr nachgab und noch länger im Bett bleiben würde, nie wieder aufstehen würde.

Der späte Hahn krähte erneut, in der Nähe bellten ein paar Hunde, und als Julia aus dem Fenster sah, hätte sie sich tatsächlich am liebsten wieder die Decke über den Kopf gezogen. Dunkle Wolken jagten tief über der Insel hinweg, die strahlenden Farben, die sie nach ihrer Ankunft so geblendet hatten, waren wie mit einem schmutzigen Schwamm ausgewischt. Trotzdem musste sie leise lachen. War das nicht typisch für sie? Jetzt befand sie sich ein einziges Mal auf einer Ferieninsel, auf der angeblich das ganze Jahr über Frühling sein sollte, und dann das.

Sie überwand sich und stand auf. Es war kühl, und sie streifte ihren Pullover über den Pyjama, hätte sich am liebsten warme Wollsocken übergezogen, aber sie war beim Packen leider nicht auf die Idee gekommen, dass man auf den Kanaren im Mai so etwas brauchen könnte.

Sie machte sich auf die Suche nach Emil, doch wie es aussah, waren alle ausgeflogen. Auf dem Esszimmertisch fand sie einen

Zettel, auf dem stand: *Bedient euch in der Küche. Komme erst am Nachmittag zurück. Tanja.*

Auch von Jens war nichts zu sehen, von Emil ganz zu schweigen.

Sie entdeckte ihn schließlich im Garten. Ganz still saß er auf einem Mäuerchen in der Nähe des Limettenbaums, die Kapuze seines Anoraks über den Kopf gezogen, und sah hinunter aufs Meer. Einigermaßen beruhigt ging Julia zurück in ihr Zimmer, um sich anzuziehen, duschen konnte sie später.

In der Küche erwartete sie ein für ihre Begriffe unerträgliches Durcheinander. Seufzend dachte sie an ihre Restaurantküche, in der alles so wohlgeordnet war, dass sie mit verbundenen Augen ein Gericht hätte zubereiten können. Hier steckten Briefe von der Sorte Rechnungen in einer Schale zwischen Orangen und Bananen, eine halb leere Flasche Wein stand auf dem Tisch neben einer Kaffeekanne, an deren Boden gerade ein dunkler Rest eintrocknete. Bunte Geschirrtücher lagen zusammengeknüllt zwischen unbenutztem Geschirr, die Arbeitsfläche neben der Spüle war voll gestellt mit Gewürzdosen, einer angeschnittenen Zwiebel und einer fettigen Flasche Olivenöl.

Vielleicht ist das alles ganz normal, überlegte Julia und sah sich nach Brot und Butter um. *Vermutlich bin ich diejenige, die nicht mehr weiß, wie eine Alltagsküche aussieht.* Ihr Blick fiel auf eine Tüte mit Haferflocken. Und als sie im Schrank außerdem Mandeln entdeckte, die laut Tütenaufschrift sogar von der Insel stammten, war sie zuversichtlich, zusammen mit dem Obst ein leckeres Müsli zubereiten zu können. Im Kühlschrank fand sie Joghurt und Kokosmilch. Gar nicht mal so schlecht, dachte sie und machte sich an die Arbeit.

Als sie den Tisch abgeräumt und gedeckt, Tee zubereitet und das Müsli in zwei Schalen gefüllt hatte, war Emil nicht mehr beim Limettenbaum und auch sonst nirgendwo zu sehen. Sie schlüpfte in ihre Jacke und ging hinaus auf die Terrasse. Kein Emil weit und breit. Sie umrundete das Haus und entdeckte auf seiner Rückseite eine in Stein gemauerte Treppe, die aufs flache Dach hinaufführte.

Hier oben fand sie ihn, eine heftige Böe riss an seiner Kapuze.

»Guten Morgen«, rief Julia gegen den Wind an. »Frühstück ist fertig.«

Sie stellte sich neben ihn und versuchte zu erkennen, was ihn so fesselte.

»Morgen«, brummte er und schaute weiter angestrengt übers Meer. Und dann sah auch Julia es. Ein riesiger Schwarm schwarzer Vögel flog über der stürmischen See seine halsbrecherischen Runden, verdichtete sich, bildete faszinierenden Formationen, teilte sich, um sich in Sturzflügen wieder zu vereinigen. »So fliegen können«, hörte Julia ihren Neffen sehnsuchtsvoll sagen. »So frei sein.«

Unwillkürlich legte Julia ihm den Arm um die Schultern. Fühlte, wie er sich versteifte und sich sacht wieder entwand. Er hat recht, dachte sie traurig. Morgen fliege ich davon wie diese Vögel und lasse ihn im Stich. Vielleicht ist es besser für ihn, sich jetzt schon von mir zu lösen.

»Was ist«, sagte sie betont heiter. »Hast du keinen Hunger? Drunten wartet Müsli auf uns.«

»Sag mal«, fragte Emil beim Frühstück, »stimmt es, dass du den Motorradführerschein hast?«

Julia hätte sich beinahe an ihrem Kaffee verschluckt.

»Ja«, antwortete sie verblüfft. »Woher weißt du das?«

»Von Papa.« Emil nahm vorsichtig die zu einer Rosette geformte Orangenscheibe, mit der Julia seine Schale verziert hatte, und schob sie sich genüsslich in den Mund. »Er hat gesagt, dass wir seine Vespa nehmen könnten«, nuschelte er mit vollem Mund. »Falls wir einen Ausflug machen wollen.«

Es war schon eine Weile her, dass Julia auf einem Zweirad

gesessen hatte. Den Führerschein hatte sie Alain zuliebe gemacht, der ein leidenschaftlicher Motorradfahrer gewesen war. Nach ihrer Trennung hatte sie ihr Bike verkauft. Nun ja, warum nicht? Eine Vespa konnte doch jeder fahren.

»Und? Wohin möchtest du?«

Emil zuckte mit den Schultern.

»Egal. Immer der Nase nach«, sagte er schließlich. »Wir können ja nicht den ganzen Tag hier rumsitzen.«

Also inspizierte Julia nach dem Frühstück die Garage ihres Bruders und fand eine hübsche schwarze Primavera samt Helmen. Julia schickte Emil in die Küche, um zwei Flaschen Mineralwasser zu holen, und packte zwei Regenjacken, die sie an der Garderobe gefunden hatte, in einen Rucksack. Emil wären sie zwar viel zu groß, aber besser als nichts war es allemal. Dann brachen sie auf.

Immer der Nase nach, hatte Emil gesagt. Nach einem guten Kilometer bergauf stießen sie auf eine größere Straße, der sie in südlicher Richtung folgten. Noch immer hingen schwere Wolken über der Insel.

Die Straße führte sie immer an der Bergseite entlang, und da die Hänge extrem zerklüftet waren und eine Schlucht auf die nächste folgte, zogen sie Kurve um Kurve, mal hinaus in Richtung offenes Meer, dann wieder landeinwärts, um einen dieser tiefen Einschnitte zu umrunden. Auf der Vespa machte das Spaß, gemächlich tuckerten sie in weiten Schleifen um diese seltsame Insel herum, die wie ein riesiges Tier eine Vielzahl von Pranken in den Atlantik hinausstreckte. Oder die, wie Emil meinte, einem mächtigen Gugelhupf glich mit seinen charakteristischen Längsrillen.

Schließlich konnten sie schon von Weitem eine Ansammlung von Häusern erkennen, die in vielen kräftigen Farben gestrichen waren und aussahen, als hätte ein Kind seine Kiste mit bunten Spielklötzen ausgeschüttet. Die Sonne brach überraschend durch die Wolken, ihre goldenen Strahlen fielen auf das Städtchen und ließen die Häuser wie Halbedelsteine aufglühen. Als sie an einen Kreisverkehr kamen, folgte Julia dem Schild, das in Richtung Zentrum wies.

Auf einem mit Bäumen bestandenen Platz vor einer Kirche hielten sie an. Julia nahm den Helm ab und sah sich um. Die Kronen der Bäume waren kugelig zurechtgeschnitten, aus dem dichten dunkelgrünen Laub drang lebhaftes Vogelgezwitscher. Gegenüber der Kirche befand sich hinter Arkaden eine große Halle, aus der Stimmengewirr drang. Menschen mit gefüllten Einkaufstaschen kamen dort heraus.

»Eine Markthalle«, sagte Julia begeistert, und Emil, der ebenfalls gerade seinen Helm abgezogen hatte, verdrehte die Augen. »Macht es dir etwas aus, wenn wir uns die ansehen?«

»Nein, natürlich nicht«, antwortete Emil und zog eine lustige Grimasse. »Ist ja klar, dass du an so etwas nicht vorbeikommst. Was für Mama früher Museen waren, sind für dich wohl Markthallen, was?«

Julia lachte verlegen und kämpfte mit einem Anflug von schlechtem Gewissen.

»Oder willst du lieber was anderes machen?«, fragte sie schuldbewusst. »Sollen wir uns die Kirche ansehen?«

»Nein, bloß nicht«, gab der Junge zurück. »Das ist ja noch langweiliger. Lass uns endlich reingehen. Aber denk daran, wir haben keinen Kombi dabei.« Er grinste sie an, und Julia schloss erleichtert die Vespa ab.

Kaum hatten sie die Halle betreten, sog Julia prüfend die Luft ein und schnupperte. Es roch nach frischen Zitrusfrüchten, nach erdigem Gemüse, Kräutern und Gewürzen und kaum merklich nach frischem Fisch, der, wie sie nun entdeckte, im hinteren Teil der Markthalle angeboten wurde. Auch für das Auge war dieser Ort ein wahrer Genuss. Direkt vor ihr hatte ein Händler seine Früchte zu kunstvollen Pyramiden gestapelt, Julias geschulter Blick glitt über Papayas, Passionsfrüchte, Orangen, Zitronen und Bananen. Am nächsten Stand fand sie Berge von einem spinatähnlichen Gemüse, das sie nicht kannte, und als sie die verhärmte, in Schwarz gekleidete Frau darauf ansprach, erhielt sie einen ganzen Schwall von Informationen, von denen sie leider kaum etwas verstand.

»Was hat sie gesagt?«, wollte Emil wissen und musterte das grüne Kraut misstrauisch.

»Keine Ahnung«, räumte Julia ein.

»Ich denke, du sprichst Spanisch?«

»Hier wird ein eigenartiger Dialekt gesprochen«, rechtfertigte Julia sich und ließ sich etwas von dem Gemüse einpacken.

»Denk dran …«, begann Emil, doch Julia winkte grinsend ab.

»Ich weiß, wir haben keinen Kombi«, kam sie ihm zuvor. »Das bisschen Grünzeug kriegen wir auf alle Fälle unter.«

Weiter ging es, und Julia steuerte mit einem kleinen Laut des Entzückens einen Kartoffelstand an. Da waren sie, all jene Sorten, die in Deutschland nur schwer zu bekommen waren, violette, fast schwarze, weinrote, orangefarbene, gelbliche und natürlich braune Kartoffeln in allen Größen und Formen. Julia erkundigte sich, was der Händler für die Papas arrugadas empfahl, und war sogleich in eine lebhafte Unterhaltung mit ihm über die Kartoffel im Allgemeinen und die *papas* im Besonderen verwickelt, und zu ihrer Freude gab sich der Mann alle Mühe, sich ihr verständlich zu machen. Am Ende konnte sie nicht widerstehen und ließ sich je eine Handvoll von fünf verschiedenen Sorten einpacken, alle in der Größe von Wachteleiern. Sie hatte unbändige Lust, an diesem Abend zum Abschied etwas Besonderes zuzubereiten, in ihrem Kopf nahm das Menü schon Gestalt an. Das würde ihren Bruder hoffentlich versöhnlicher stimmen und auch Tanja freuen, die ja offensichtlich nicht so gern kochte.

»Und jetzt zum Fisch«, sagte sie und merkte, wie ihre Lebensgeister wieder erwachten.

»Aber …«

»Zum Abendessen«, kam Julia ihrem Neffen zuvor. »Welchen Fisch magst du am liebsten?«

Sie wählte mit Bedacht zwischen den beiden Händlern, die den Fang der vergangenen Nacht feilboten, und wie immer führte ihre feine Nase sie zu dem mit der besten Ware. Mit Emil einigte sie sich auf einen wunderschönen Bonito, einem kleineren Verwandten des Thunfischs mit köstlichem weißem Fleisch, und nahm ihn zur Freude des Verkäufers ganz und am Stück. Während er ihn unter Julias kritischen Augen ausnahm und schuppte, war Emil bereits weitergegangen, und Julia fand ihn später an einem Stand, an dem frisch gepresster Zuckerrohrsaft angeboten wurde. GUARAPO stand auf einem großen Schild über einer archaisch wirkenden Walze, mit deren Hilfe eine junge Frau aus den Stielen der Zuckerrohrpflanze einen gelblichen Saft heraus und direkt in Gläser presste.

»Trinkt man das pur?«, fragte Julia. Die Frau hatte beeindruckend dichtes, langes Haar, das wie dunkles Holz glänzte und ihr bis zu den Hüften reichte.

»Ja, pur«, antwortete sie und zeigte beim Lächeln ihre schönen weißen Zähne. »Oder mit Orangensaft gemischt. Am beliebtesten ist die *Guarapo* allerdings mit einem Schuss weißem Rum.« Sie grinste und musterte Julia und Emil neugierig. Julia fand, dass sie aussah wie eine Königin mit ihren großen schwarzen Augen und dem zimtfarbenen Teint.

»Den Rum lassen wir lieber weg«, lachte sie und orderte zwei Mal Zuckerrohrsaft pur. Sie wollten beide unbedingt den unverfälschten Geschmack kennenlernen. Wer weiß, dachte Julia entzückt, während die junge Frau die langen Zuckerrohre durch die Walze trieb, vielleicht lässt sich daraus ein neues Dessert kreieren. Oder eine raffinierte Sauce. Etwas, was man in Deutschland auf den Speisekarten der Sternerestaurants bislang nicht fand.

»Lasst ihn euch schmecken«, sagte die Frau und schob ihnen die beiden gefüllten Gläser hin. »Ist übrigens total gesund«, fügte sie hinzu. »*Guarapo* enthält eine Menge Vitamine und Mineralstoffe.«

Julia kostete wie immer zunächst nur einen winzigen Schluck, sie erwartete ein ausgesprochen süßes Getränk, schließlich bestand es aus dem Saft von Zuckerrohr. Umso überraschter war sie, als das gar nicht der Fall war, sondern neben der Süße auch eine Menge anderer Aromen in ihrem Mund zu explodieren schienen. Konzentriert verkostete sie immer weiter kleine Mengen des Saftes, hielt dabei die Augen geschlossen, und erst als Emil ungeduldig an ihrem Ärmel zupfte, sah sie wieder um sich.

»Das ist echt peinlich«, beschwerte sich der Zwölfjährige, und tatsächlich waren zwei, drei Einheimische stehen geblieben, um Julia neugierig zu mustern. »Können wir jetzt bitte gehen?«

»Kontrolliert die da deinen Saft, Serena?«, hörte Julia eine Frau halblaut zu der *Guarapo*-Verkäuferin sagen. »Womöglich ist die von der Lebensmittelaufsicht …«

»Nein«, antwortete Julia rasch an deren Stelle und schenkte der misstrauischen Frau ein strahlendes Lächeln. »Ganz bestimmt nicht. Ich habe diesen wunderbaren Zuckerrohrsaft noch nie zuvor probiert. Einfach köstlich.« Dann trank sie ihr Glas aus, bezahlte und machte sich mit Emil eilig davon.

Julia hatte noch einige Käsestände erspäht, doch Emil zog sie entschlossen an ihnen vorbei und in Richtung Ausgang, und ihm zuliebe verzichtete sie auf die verlockende Gelegenheit, sich auch durch dieses Angebot hindurchzuprobieren.

Unter den Arkaden blieben sie allerdings bestürzt stehen. Es regnete in Strömen. Ratlos zog Julia die Regenjacken aus ihrem Rucksack.

»Das regnet viel zu stark«, sagte Emil und hielt prüfend einen Arm unter der Überdachung hervor. Sofort war er klitschnass.

»Sicher hört das bald wieder auf«, rief Julia durch das Prasseln und Rauschen. »Komm, gehen wir lieber wieder rein.«

Fast bereute Julia inzwischen, den großen Fisch gekauft zu haben. Der Verkäufer hatte ihn auf ihren Wunsch zusammen mit einer großen Ladung Eiswürfel eingepackt, was das Paket schwerer und voluminöser machte, als es ohnehin schon war. Julia entdeckte einen Stand mit Gebäck, an dem auch heiße Schokolade ausgeschenkt wurde, und spendierte Emil und sich einen großen Becher davon, nicht ohne die Gelegenheit zu nutzen, von dem Mandelgebäck zu probieren.

»Lecker!«, entfuhr es Julia.

»Alles hausgemacht«, erklärte die Verkäuferin stolz. Es war eine stattliche Dame in einem schlichten schwarzen Kleid, über dem sie eine weiße Jacke aus Häkelspitze trug. Julia schätzte sie auf Mitte fünfzig. »Wir sind eine Kooperative von Hausfrauen. Kommt mal alle her!«, rief die Frau so plötzlich laut in die Halle, dass Julia erschrocken zusammenfuhr. »Rosaria! Nunzia! Candelaria!« Weitere in Schwarz gekleidete ältere Frauen kamen neugierig herbei. »Nunzia macht die besten Kokosplätzchen«, stellte die Keksverkäuferin eine kleine, rundliche Frau mit grauen Locken vor. »Und Candelaria kocht Marmelade aus Feigenkakteen und backt diese hier.« Sie wies auf Kekse, die innen ein orangefarbenes Auge aus Marmelade hatten. »Rosaria ist für die Butterkekse verantwortlich.«

»Und die mit den Mandeln stammen alle aus Pilars Backofen«, sagte Rosaria und wies auf die Dame in der Häkelspitze, die offensichtlich ihre Anführerin war. »Die wachsen übrigens im Norden bei Puntagorda.« Eifrig griff die Frau mit den kurz geschnittenen, blondierten Haaren nach einer versilberten Gebäckzange und reichte ihnen beiden einen Butterkeks. »Die müssen Sie auch probieren«, sagte sie mit einem verschmitzten Lächeln. »Sie verstehen doch was davon, das sehe ich Ihnen an der Nasenspitze an.«

»Vielen Dank!« Verlegen begann Julia an dem Gebäck zu knabbern. »Das ist sehr nett von Ihnen. Und was für eine großartige Idee, dass Sie alle zusammen …«

»Die Witwenrente reicht ja vorn und hinten nicht«, fiel ihr die Frau ins Wort, die ihr als Candelaria vorgestellt worden war. Sie wirkte auf Julia wie eine pensionierte Lehrerin mit ihrer Brille und dem streng im Nacken zu einem Knoten gebundenen Haar. »Und da wir alle gerne backen, haben wir uns eben zusammengetan.«

»Wir beliefern die kleineren Supermärkte hier im Westen der Insel«, fügte Pilar stolz hinzu.

»Dann haben Sie ja ein richtiges Unternehmen gegründet«, sagte Julia und betrachtete interessiert das Logo, das auf allen Kekstüten aufgedruckt war. *Horno de la delicia* las sie, was übersetzt so viel hieß wie »Ofen des Hochgenusses«.

Am Ende mussten sie alle Kekssorten probieren, und da Julia keine der Frauen enttäuschen wollte, ließ sie sich außerdem von Pilar eine Mischung von allen Sorten einpacken.

Sie tranken ihre Schokolade aus, verabschiedeten sich von den geschäftstüchtigen und freundlichen Frauen, nahmen erneut den inzwischen recht schweren Rucksack auf und verließen die Markthalle.

Zwar hingen noch immer schwere Wolken über der Insel, doch der Regen hatte aufgehört. Erleichtert schloss Julia die Vespa auf, und gut gelaunt machten sie sich auf den Heimweg.

Sie hatten jedoch kaum den Kreisverkehr hinter sich gelassen, als sich die dunkel dräuenden Wolken erneut entluden, und diesmal mit aller Wucht. Noch schlimmer war allerdings der Wind, der ihnen den Regen ins Gesicht peitschte, sodass Julia unter ihrem Helm kaum noch etwas erkennen konnte. Sturmböen trafen sie so heftig von der Seite, dass Julia an den Straßenrand fuhr und anhielt. Autos preschten an ihnen vorüber, deren Reifen den Inhalt der Pfützen gegen sie spritzten. Doch darauf kam es nun auch nicht mehr an. Trotz der Regenjacken waren sie beide durchnässt bis auf die Haut.

Und jetzt, fragte sich Julia und sah sich nach Emil um. Der stand ganz still hinter der Vespa, den Rucksack auf dem Rücken, und blinzelte in den strömenden Regen.

»Hast du dein Handy dabei?«, fragte sie ihn. Er nickte und fummelte es unter der Regenjacke aus der Tasche seines Anoraks hervor.

»Ich kann dir jetzt schon sagen, dass er uns nicht abholen wird«, sagte er und reichte es ihr. »Hier, die Nummer ist eingespeichert.« Er wandte sich ab.

Die Mailbox sprang an. Julia wollte eben ihre Situation schildern, als ein Pick-up mit offener Ladefläche neben ihnen anhielt. Der Fahrer beugte sich zum Beifahrerfenster herüber und winkte sie heran.

»Wo müsst ihr denn hin?«

Julia sah Emil ratlos an.

»Ehrlich gesagt hab ich keine Ahnung, wie der Ort heißt«, bekannte sie verlegen. »Ein paar Kilometer in diese Richtung und dann links runter.« Sie wies mit dem Arm dahin, wo sie hergekommen waren, und kam sich lächerlich vor.

Der Mann lachte. Julia konnte nur ein wettergebräuntes Gesicht erkennen, blitzende Augen und leuchtend weiße Zähne.

»Mit dem Roller kommt ihr bei dem Wetter jedenfalls nicht weit«, konstatierte er und stieg aus, wobei es ihm vollkommen gleichgültig zu sein schien, dass er ebenfalls binnen weniger Sekunden klatschnass wurde. Er stellte sich an den Straßenrand und winkte das nächste Auto heran, wechselte ein paar Worte mit dem Fahrer, und schon stieg auch der aus. Verblüfft sah Julia zu, wie die beiden umstandslos die Vespa auf die Ladefläche des Pick-ups hievten und mit Spanngurten befestigten, so als würden sie so etwas tagtäglich tun. Dann hob der andere Mann grüßend die Hand, stieg wieder in seinen Wagen und fuhr davon.

»Steigt ein«, sagte der Fahrer des Pick-ups und musterte Julia mit einem neugierigen Grinsen. Jetzt erst sah sie, wie verdammt gut er aussah, selbst die Tatsache, dass ihm sein dunkles Haar, das er zu einem kleinen Knoten am Hinterkopf zusammengebunden trug, am Kopf klebte und ihm der Regen die markante Nase herunterrann, tat dem keinen Abbruch. Julia schätzte ihn Mitte bis Ende dreißig. Seine hohen Wangenknochen und die hohe Stirn verliehen ihm etwas Exotisches, während seine Augen ungewöhnlich hell waren, von einem seltsamen grünlichen Braun, Julia hatte noch nie in ihrem Leben solche Augen gesehen. »Oder wollt ihr hier Wurzeln schlagen?«

»Nein, natürlich nicht«, beeilte Julia sich zu sagen, stieg dankbar in den Pick-up und zog Emil mit sich. »Vielen Dank«, schob sie hinterher, nachdem der Mann ebenfalls in den Wagen geklettert war und den Motor startete. »Das ist sehr nett von dir. Ich heiße übrigens Julia. Und das ist Emil.«

»Álvaro«, sagte der Mann und warf ihr einen amüsierten Blick aus seinen faszinierenden Augen zu, der ihr durch und durch ging. »Keine gute Idee an einem solchen Tag mit deinem Sohn einen Ausflug mit diesem Spielzeug dahinten zu machen«, meinte er und wies mit dem Daumen über seine Schulter nach hinten. Dass sich hier auf der Insel alle zu duzen schienen, hatte Julia bereits begriffen.

»Emil ist mein Neffe«, antwortete Julia und wunderte sich, warum es ihr so wichtig war, dies gegenüber diesem Fremden klarzustellen. »Und … nun ja, wir hatten gehofft, dass das Wetter sich bessert.«

»Wenn es von Süden her so stürmt, dann wird es nicht besser, sondern schlimmer«, erklärte Álvaro, und es klang keineswegs belehrend, sondern freundlich und besorgt. »Da kann dich eine Böe leicht aus der Kurve fegen«, fügte er hinzu. Und mit Blick auf den tropfenden Rucksack, den Emil auf dem Schoß hatte, fragte er: »Ihr wart einkaufen?«

»Ja«, antwortete Julia, erleichtert, bei einem neutralen Thema angelangt zu sein. »Die Markthalle ist ja eine wahre Fundgrube.«

»Das sind alles lokale Produkte«, erklärte Álvaro stolz. »Wart ihr auch bei den Gewürzen?«

»Nein, leider nicht.«

»Worüber redest du mit dem Mann?« Emil sah sie irritiert von der Seite an.

»Über den Markt«, antwortete Julia auf Deutsch.

»Ihr seid Touristen, hab ich recht? Wohnt ihr in einem Hotel? Oder in einem Ferienhaus? Wenn du mir sagst, wie es heißt, weiß ich bestimmt, wo das ist.« Álvaro sah von ihr zu Emil, dann widmete er sich wieder der kurvenreichen Straße. »Nächste Woche wird es übrigens wieder schön. Komm doch am übernächsten Wochenende in unser Dorf, da findet ein großes, traditionelles Fest statt. Das wird dir gefallen. Nichts für Touristen, da gehen nur Einheimische hin. Hier«, er angelte einen Zettel aus dem Handschuhfach und reichte ihn Julia. Es war eine Fotokopie mit dem Namen des Dorfes, Datum und den Ereignissen, die zu erwarten waren. Am Nachmittag würde ein Umzug mit einer Heiligenfigur stattfinden, abends Tanz auf dem Dorfplatz.

»Ich werde nicht kommen können«, sagte Julia bedauernd. »Emil bleibt zwar hier bei seinem Vater. Ich muss leider morgen wieder zurück nach Deutschland fliegen.«

»Oh«, machte Álvaro und wirkte erstaunt. »Morgen? Würde mich wundern.« Er wandte sich ihr wieder zu und lachte sie an.

Julia konnte nicht anders, als zurückzustrahlen. Es fiel ihr schwer, den Blick von diesen sinnlichen Lippen wenden. Dann fielen ihr Álvaros Hände auf, denen man ansah, dass sie zupacken konnten und die dennoch unglaublich wohlgeformt waren. Wie es sich wohl anfühlen mochte, von ihnen gestreichelt zu werden?

»Da vorn geht es links ab«, riss Emil sie aus ihren Gedanken, und Julia stellte erschrocken fest, dass sie gar nicht mehr auf den Weg geachtet hatte. Überhaupt beschloss sie, sich zusammenzureißen. Hatte sie diesen fremden Mann tatsächlich die ganze Zeit angestarrt?

»Wie gut, dass du aufpasst«, lobte sie Emil und bat Álvaro abzubiegen.

Wenige Minuten später hielten sie vor Jens' Haus. Als sich Julia zu Álvaro umwandte, hatte sich sein Ausdruck vollkommen verwandelt. Sein Gesicht wirkte verschlossen, sein Blick kühl.

»Sie sind die Schwester von El Alemán«, sagte er und schürzte die Lippen. Es war eine Feststellung, keine Frage. Außerdem siezte er sie auf einmal, was Julia mehr bestürzte als sein distanzierter Blick. El Alemán – der Deutsche. Das war wohl Jens' Spitzname. Und dass er nicht besonders beliebt war, jedenfalls nicht bei Álvaro, das war nur allzu offensichtlich.

»Jens Brunner ist mein Bruder, ja«, antwortete sie leise. »Du kannst trotzdem weiterhin du zu mir sagen. Und ich hoffe, du hilfst mir noch, die Vespa von deinem Wagen zu hieven?« Sie versuchte ein Lächeln und tatsächlich, Álvaro lächelte zurück, wenn auch verhalten.

Die Haustür wurde aufgerissen, und Jens erschien auf der Schwelle. Als er Álvaro erkannte, lief sein Gesicht rot an, seine Augen wurden hart und schmal.

»Was ist denn hier los?«, schrie er. »Hast du etwa die Vespa geschrottet? Und wieso kommst du mit diesem Typen hier an?«

»Hör nicht auf ihn«, bat sie ihren Retter. »Mein Bruder und ich …« Sie stockte. Was ging es diesen Fremden an, wie sie zu ihrem Bruder stand? Schließlich kannte sie Álvaro ja überhaupt nicht.

»Schon gut«, murmelte er und streifte sie mit einem Blick, in dem ein Anflug von Bedauern lag. »Keiner kann sich seine Verwandtschaft aussuchen, *verdad?*«

Ja, dachte Julia, da hat er wirklich recht.

»Dass du dir ausgerechnet von diesem Typen aus der Patsche helfen lassen musst …«, schimpfte Jens noch immer, als sie geduscht und trockene Kleider angezogen hatten. Julia war nichts anderes übrig geblieben, als sich eine Jeans von Tanja zu leihen, denn sie hatte nur die eine mitgenommen, die sie auf dem Leibe trug und die jetzt zum Trocknen im Badezimmer hing. Glücklicherweise hatten sie beide annähernd dieselbe Größe.

»Ich weiß nicht, was du hast«, konterte Emil wütend. »Das war verdammt nett von dem Mann, dass er uns hergebracht hat. Sonst würden wir da immer noch stehen. Denn du hast ja dein Handy ausgeschaltet. Das ist mal wieder typisch. Wenn man dich einmal im Leben braucht, Papa, dann bist du nicht zu erreichen und …«

»Jetzt hört schon auf«, bat Julia. »Ich hab übrigens Fisch gekauft und werde heute für uns alle kochen. Was haltet ihr davon?«

Sie sah von Jens zu Tanja und stellte fest, dass keiner von beiden sich zu freuen schien.

»Die Mühe kannst du dir sparen.« Jens sah sie an, als hätte sie ihm ein unverschämtes Angebot gemacht. »Wir sind heute Abend eingeladen.«

»Von einem der Hotelbesitzer hier an der Küste«, sprang Tanja ihm bei. »Quasi ein Arbeitsessen. Der vermittelt Jens nämlich die meisten Kunden.«

Enttäuscht unterdrückte Julia ein Seufzen.

»Ich hab einen ganzen Bonito gekauft«, sagte sie traurig. »Nehmt ihr Emil denn mit zu dem Essen?«

»Nein«, riefen Jens und Emil gleichzeitig aus.

»Da sind wir uns ja ausnahmsweise einig.« Jens' Stimme klang eisig, und Julia hätte ihn am liebsten geschüttelt dafür, wie er mit seinem Sohn umging. »Tut mir leid, dass ich deinen Plan durchkreuze, Tanja mit deinen Kochkünsten in Verlegenheit zu bringen«, sagte er. »Ab morgen kannst du ja wieder die reichen Affen in deinem Sternelokal beeindrucken. Hier zieht die Nummer nicht.«

Julia öffnete den Mund und schloss ihn wieder. Dass Jens ein riesengroßer Idiot war, das wusste sie schon seit Langem. Dass er jedoch so gemein sein konnte, hatte sie bislang nicht für möglich gehalten.

»Und bei diesen Arschlöchern soll ich bleiben?« Emil hatte die Worte kaum ausgesprochen, als Jens ihm auch schon eine heftige Ohrfeige versetzt hatte.

»Jens!«, schrie Julia auf.

»So redest du nicht mit mir«, brüllte Jens. »Und du halt dich da raus, du Muster-Patentante. Wir sind alle froh, wenn du morgen hier wieder verschwindest.«

6

Bonito – Weißer Thunfisch

Emil war wortlos ins Gästezimmer gegangen, und Julia hatte sich in Tanjas Küche zurückgezogen, nicht ohne sie vorher förmlich um Erlaubnis gefragt zu haben. Dass Jens dermaßen ausgeflippt war, schien allerdings sogar seiner Lebensgefährtin unangenehm zu sein.

»Das hat er nicht so gemeint«, hatte sie gesagt, nachdem sie Julia gezeigt hatte, wo sich die Töpfe befanden. »Er ist ziemlich mit den Nerven runter, weißt du …«

Julia hatte sich auf keine Diskussion eingelassen, sich höflich bedankt und die Tür hinter Tanja geschlossen. Dann hatte sie die Messer geschliffen und sorgte nun gründlich für Ordnung. Mochte Jens später darüber sagen, was er wollte, es war ihr egal. Nicht egal war ihr, dass Emil in einer derartigen Situation auf der Insel zurückbleiben musste. Und während sie den Spülstein schrubbte und den Verkrustungen am Gasherd zu Leibe rückte, fragte sie sich immer wieder, ob es nicht ein gewaltiger Fehler war, den Jungen hierzulassen. Doch Jens war nun mal sein Vater, und eine andere Lösung fiel ihr nicht ein.

Als die Küche einen Zustand erreicht hatte, in dem sie guten Gewissens einen wundervollen Fisch auspacken konnte, begann sie mit dem Zerteilen. Der Bonito war natürlich viel zu groß für zwei Personen, aber Julia hatte bereits eine Idee, was sie mit dem überzähligen Fischfleisch anfangen würde, damit Emil auch am folgenden Tag ein gutes, gesundes Essen vorfinden würde. Während sie eine Fischhälfte für den Abend beiseitelegte, schnitt sie die andere in zwei Zentimeter große Würfel, füllte sie in eine Glasschüssel und träufelte den Saft von ein paar Limetten darüber, die sie im Garten gepflückt hatte.

»Sie sind weg.« Emil lümmelte sich auf einen Küchenhocker und sah Julia dabei zu, wie sie vorsichtig den Limettensaft mit den Stücken vermengte, damit die darin enthaltene Säure in den nächsten Stunden im Kühlschrank den Fisch einem Prozess unterziehen konnte, der dem Erhitzen vergleichbar war. Eine schonende und bekömmliche Art des Garens.

»Jetzt schon?«

Emil zuckte mit den Schultern. »Hauptsache, sie gehen uns nicht mehr auf die Nerven«, sagte er unversöhnlich. »Was machst du da?«

»Es ist ein peruanisches Rezept und heißt Ceviche«, antwortete Julia. »Jetzt kommt die Schüssel erst einmal in den Kühlschrank, damit das Ganze durchziehen kann. Heute Abend gib es gebackenen Bonito.«

»Und das da?« Emil wies auf die Schüssel.

»Das kannst du morgen essen, es hält sich ein paar Tage.«

Emil warf ihr einen Blick zu, der Steine hätte erweichen können. »Morgen esse ich gar nichts. Und übermorgen auch nicht. Ich trete in den Hungerstreik.« Er verschränkte die Arme vor der Brust.

»Dazu bist du viel zu gierig«, versuchte Julia, ihn zu necken.

»Tanja kann ja gar nicht kochen«, fuhr Emil fort. »Diese Schrumpelkartoffeln … das war ja wohl ein Witz.«

»Diese Schrumpelkartoffeln sind eine kanarische Spezialität, ich hab es mir auf dem Markt noch mal genau erklären lassen. Und weißt du was? Wenn du Wert auf gutes Essen legst, dann lern einfach, selbst zu kochen. Als ich in deinem Alter war, hab ich schon ein mehrgängiges Menü zustande gebracht.«

»Klar«, Emil grinste sie an. »Und ich konnte als Baby schon jodeln.«

Sie lachten. Und doch stimmte es, Julia hatte mit zwölf Jahren bei einem Familienfest für zwanzig Personen fünf Gänge gekocht, und alles hatte geklappt. Ein Grund mehr für ihre Mutter, sie abzulehnen, so wie auch alle anderen Frauen der Verwandtschaft ihr seither mit Misstrauen begegnet waren. Warum nur fühlten sich viele Frauen durch ihren Beruf persönlich bedroht? Dabei freute sie sich so sehr, wenn jemand anderes für sie kochte, ganz egal, was es war, Hauptsache, er oder sie hatte sich ein klein wenig Mühe gegeben. Ohnehin waren es meist die einfachen Dinge, die Julia am liebsten aß. Perfekt gegarte Kartoffeln zum Beispiel wie am Tag zuvor von Tanja. Oder so wie Emil neulich, der glücklich gewesen war angesichts eines anständigen Grießbreis. Alles, was Julia von jemandem erwartete, der Essen zubereitete, war, dass er das Lebensmittel, das er in Händen hatte, achtete und mit Sorgfalt behandelte. Im Grunde war dies schon das ganze Geheimnis einer ausgezeichneten Küche. Respekt und eine Portion Wissen darüber, was einem Fisch, einer Tomate oder einem Löffel Grieß oder was immer am besten bekam.

Der Wind heulte um das Haus, während Julia und Emil gemeinsam in aller Ruhe ihr Abendessen zubereiteten. Nachdem Julia die Küche aufgeräumt hatte, war es hier drinnen richtig gemütlich. Emil stellte viele Fragen, zum Beispiel, warum sie Wert darauf legte, dass die Zwiebeln so und nicht anders geschnitten wurden, und was der Unterschied zwischen der weißen und roten Sorte war. Julia erklärte es ihm bereitwillig, und dabei wurde ihr bewusst, wie selten sie in den vergangenen Jahren selbst gekocht hatte, denn als Chef de Cuisine war das nicht mehr ihre Aufgabe. Dafür hatte sie ihre ausgezeichneten Köche, von denen jeder für einen bestimmten Aufgabenbereich ausgebildet war. Dennoch vermisste sie es sehr und durchbrach hin und wieder das Tabu, um selbst mit anzufassen. Im Grunde ihres Herzens liebte sie den Prozess des Dünstens, Bratens, Sautierens und was es alles für herrliche Arten gab, aus rohen Zutaten ein bekömmliches und wohlschmeckendes Gericht zu zaubern.

»Wann hast du eigentlich gewusst, dass du Köchin werden wolltest?«, fragte Emil, während er das Korianderkraut, das man in Spanien *cilantro* nannte, bedächtig klein schnitt.

Julia musste kurz nachdenken. »Irgendwie wusste ich das immer schon«, antwortete sie schließlich. »Oma hat nicht gern gekocht, weißt du«, begann sie zu erzählen. »Es war ihr einfach egal, was sie aß, aber mir nicht, und ich war schrecklich dünn als Kind, weil ich ihr Essen nicht mochte. Dann hat mich eines Tages eine Schulfreundin zum Mittagessen eingeladen, da war ich, glaube ich, sieben oder acht. Du kennst sie übrigens, sie heißt Claire …«

»Die Anwältin mit den unmöglichen Zwillingen?« Emil sah auf, zog eine Grimasse und brachte Julia damit zum Lachen. Sie hatte ihn einmal zu einem Besuch bei ihrer Freundin mitgenommen, die inzwischen am Bodensee lebte, nicht weit von Emils Internat entfernt, und die beiden kleinen Mädchen waren Emil mächtig auf die Nerven gegangen.

»Ja, genau, das ist Claire.« Julia nahm die Gartenmelde, als die sie das spinatartige Gemüse identifiziert hatte, aus dem klaren Wasser und ließ die Blätter in einem Sieb abtropfen. »Ihre Mutter stammt aus Frankreich, und ich habe nie vergessen, was es damals gab: Coq au Vin – Hähnchen in Rotweinsauce. Das ist ein ganz einfaches Gericht, aber ich habe den Geschmack noch heute auf der Zunge, als wäre es gestern erst gewesen. Ich habe Claires Mutter gefragt, ob sie mir zeigt, wie sie das gemacht hat, und das hat sie tatsächlich getan. Eine Art Kochkurs für Kinder, für mich, Claire und noch ein Mädchen aus unserer Klasse. Für die anderen war es Spaß, für mich heiliger Ernst. Und als Claires Mutter gesehen hat, wie wichtig es mir war, hat sie mir die Grundzüge der Zubereitung von Speisen beigebracht, und alles, was ich bei ihr gelernt habe, hab ich zu Hause ausprobiert.« Nachdenklich sah Julia aus der Fenstertür, durch die man wie vom Wohnzimmer aus auf die Terrasse gelangte, und hinunter zum Meer, von dem vor lauter Wolken und Regenschwaden kaum etwas zu erkennen war. Doch das nahm sie gar nicht wahr. Sie hatte sich in ihre Kindheit zurückversetzt, an die sie lange nicht mehr gedacht hatte, daran, wie sehr sich ihre Mutter zuerst über ihr Engagement in der Küche gefreut hatte, bis die Freude in Eifersucht und am Ende in Ablehnung umgeschlagen war. Denn ihr Vater, der ohnehin keine Gelegenheit ausgelassen hatte, mit seiner Frau zu zanken, warf ihr nun auch noch vor, dass ihre kleine Tochter besser kochte als sie selbst.

Julia seufzte tief. Schon damals war ihre Leidenschaft Anlass für Streit und Unfrieden in der Familie gewesen. Ob Jens deswegen so harsch zu ihr gewesen war? Hatte er womöglich genau wie sie unter dem ständigen elterlichen Streit gelitten, der wahrlich nicht nur wegen des Essens entbrannt war, sondern unterschwellig ihre gesamte Kindheit begleitet hatte? Bis der Vater weggegangen war und mit einer anderen Frau eine neue Familie gegründet hatte. Und ihre Mutter, kaum waren sie beide aus dem Haus gewesen, nach Australien ausgewandert war und sich seither rarmachte.

»Jetzt denkst du an was Trauriges.«

Emil musste sie schon eine ganze Weile beobachtet haben.

»Woher weißt du das?« Julia zog eine Grimasse und bemühte sich, die Erinnerungen zu verscheuchen.

»Weil du dann immer so eine Falte zwischen den Augenbrauen bekommst.« Emil rieb sich mit dem Zeigefinger genau an dieser Stelle und hinterließ einen grünlichen Fleck von den Kräutern, die er gerade schnitt. Es sah aus wie ein missglücktes Bindi, und Julia musste lachen.

»Du hast Koriander auf der Stirn«, sagte sie und wischte es mit einem Küchentuch weg. »Ja, ich hab an früher gedacht«, räumte sie dann ein. »An damals, als Opa ausgezogen ist, um eine andere Frau zu heiraten. Du weißt ja, dass er eine neue Familie hat.«

Emil nickte.

»Wir sind eine schräge Familie«, sagte er resigniert. »Nichts ist, wie es sein sollte. Unser Opa will von uns nichts wissen, und unsere Oma lebt am anderen Ende der Welt. Dass Papa spinnt, wissen wir beide. Und du hast noch nicht mal einen Mann und Kinder.«

Julia schwieg betroffen. So unverblümt hatte es schon lange keiner mehr ausgedrückt, dabei stimmte es. Sie hatte keinen Mann und würde vermutlich keinen finden, der ihr extremes Arbeitsleben akzeptierte. Eine schräge Familie, da hatte Emil recht. Aber herrschte bei anderen eitel Sonnenschein?

»Gibt es denn Familien, in denen alles so ist, wie es sein sollte?«, fragte sie.

Emil zuckte mit den Schultern. »Wahrscheinlich nicht«, antwortete er. »Patrick schreibt auch nur ganz üble Sachen von zu Hause.«

Julia horchte auf. Von einem Patrick hatte Emil bislang noch nie etwas erzählt.

»Ist das dein Freund?«, fragte sie ins Blaue hinein. Emil nickte. »Vom Internat?«

»Ja, er war der einzige vernünftige Mensch dort.« Julia glaubte, ein leises Seufzen zu hören.

»Und warum bist du dann weggelaufen?«

»Weil sie ihn rausgeschmissen haben.« Emil schnitt konzentriert die restlichen Kräuter klein. Endlich legte er das Messer beiseite. »Sie haben ihn gefeuert und mich verwarnt. Da bin ich lieber auch gegangen. Er ist ja mein Freund. Was hätte ich denn da machen sollen ohne Patrick?«

Julia befreite eine Zwiebel von ihren Schalen. Das musste sie erst einmal verdauen.

»Und wo ist Patrick jetzt?«

»Zu Hause«, antwortete Emil niedergeschlagen. »Aber da kann er nicht bleiben. Sie stecken ihn in ein anderes Internat, irgendwo in England. Genaues weiß er noch nicht.«

Himmel, dachte Julia. Lauter Kinder, die keiner bei sich haben will. »Und … woher weißt du das alles?«

»Na, weil wir uns schreiben.« Emil deutete auf sein Smartphone. »Glaub mir, ohne seine Nachrichten würde ich das alles hier gar nicht aushalten.«

»Schade, dass er heute Abend nicht hier sein kann«, sagte Julia und merkte erst dann, dass das Emil womöglich noch trauriger machen würde. Doch er lächelte, und seine blauen Augen strahlten.

»Du würdest ihn einladen, ja?«

»Klar«, gab Julia zurück.

»Weißt du, was Patrick heute geschrieben hat?« Julia schüttelte den Kopf. Emil nahm sein Smartphone zur Hand und drückte darauf herum. »Hier ist es: *Julia scheint ja echt in Ordnung zu sein. Keine meiner Tanten würde sich jemals bei dem krassen Wetter auf eine Vespa setzen. Nicht mal bei schönem Wetter.*« Er legte das Gerät wieder weg und grinste.

Julia fühlte, wie ihr Tränen in die Augen stiegen, sie wusste auch nicht, warum. Weil ihr diese Jungen so einsam erschienen. Und weil sie Emil bald zurücklassen musste. Sie riss sich zusammen und atmete die Tränen tapfer weg. Das hatte sie in der Küche in Paris gelernt, nachdem Alain sich verlobt hatte. Wegatmen oder sich rasch eine Zwiebel holen, wenn die Augen trotzdem feucht wurden. Aber Wegatmen war besser. Nur keine Schwäche zeigen. Eine aus Liebeskummer heulende Frau unter lauter männlichen Kollegen wäre die ideale Zielscheibe für Spott und Häme gewesen.

»So, jetzt zeig ich dir, was ich mit den bunten Kartoffeln vorhabe«, wechselte sie das Thema. Gemeinsam steckten sie eine der kleinen Knollen von jeder Farbe auf dünne Grillspieße, die Julia in einer Schublade gefunden hatte. Fünf winzige Kartoffeln auf jeden Spieß, die sie anschließend im Ofen in einer feuerfesten Schale mit Salz garten. Das grüne Blattgemüse ließen sie kurz in kochendem Wasser aufwallen, dann schwenkte Julia es in einer Pfanne mit zerlassener Butter und Knoblauch. Gleichzeitig mit den Kartoffeln wurde auch das Fischfilet fertig, das sie kurz vor Ende der Garzeit ebenfalls in den Ofen geschoben hatten.

»Zu Tisch!«, rief Julia übermütig.

Da flog plötzlich die Terrassentür auf, die offenbar nicht richtig geschlossen gewesen war, und eine Windböe schleuderte eine Ladung Regenwasser herein, so als hätte sie jemand mit einem riesigen Eimer hereingekippt. Julia schrie erschrocken auf und stürzte zur Tür, um sie wieder zu schließen, und in den wenigen Sekunden, die sie dafür brauchte, war sie klatschnass geworden.

»Das gibt es doch nicht!«, rief sie aus und sah an sich hinunter. »Jetzt ist Tanjas Jeans auch nass.«

Emil hatte beide Hände gegen den Mund gepresst, um ein Kichern zu unterdrücken, und selbst Julia konnte nicht mehr an sich halten.

»Was ist das nur für ein Wetter!«, lachte sie. »Da hab ich einen einzigen Tag Urlaub, und auf den Kanaren bricht die Hölle los.«

Es dauerte einen Moment, bis sie die nasse Hose ausgezogen und sich ein großes Badetuch um die Hüften geschlungen hatte. Inzwischen hatte Emil das Regenwasser in der Küche aufgewischt. Sie wollten eben mit dem Essen beginnen, als ein Klingelzeichen das Eingehen einer neuen Nachricht auf Emils Handy angekündigte.

»Patrick kann jetzt bitte warten«, sagte Julia, doch Emil hatte sich bereits über das Gerät gebeugt.

»Das ist nicht von Patrick«, erklärte er. »Es ist eine E-Mail. Und zwar von deiner Fluggesellschaft.«

»Emil, ich möchte jetzt gerne essen«, mahnte sie, denn wenn sie etwas hasste, dann Menschen, die dem Essen, das sie zubereitet hatte, keine Beachtung schenkten. Als sie das glückselige Leuchten sah, das mehr und mehr von Emils Miene ausging, hielt sie sich zurück. »Was gibt es denn so Schönes?«, fragte sie und bemühte sich um Geduld.

»Etwas ganz Wunderbares«, antwortete Emil und reichte ihr das Gerät. »Der Flughafen ist bis auf Weiteres geschlossen. Du kannst morgen nicht fliegen. Alle Flüge sind abgesagt. Für morgen und für übermorgen. Du bleibst hier! Ist das nicht großartig?«

»Was?«, rief Julia erschrocken und griff nach dem Smartphone. Hastig überflog sie den Text, den die Fluggesellschaft an die Passagiere versendet hatte und der auf Emils Smartphone gelandet war, weil er die Flüge gebucht hatte. Da stand es: *Wegen des Unwetters wurden alle Flüge annulliert.*

»Das ist unmöglich«, murmelte sie. »Morgen Abend muss ich im Savoir Vivre sein. Alles andere wäre eine Katastrophe.«

Am Ende war sie es, die das Essen stehen ließ und keinen Bissen davon kostete. Die folgende Stunde verbrachte sie mit dem Versuch, Kontakt mit dem Flughafen aufzunehmen, alle Leitungen waren jedoch belegt. Die automatische Sprachansage während der Warteschleife riet, sich auf der Internetseite über die aktuellen Änderungen zu informieren. Dort fand Julia die Hiobsbotschaft bestätigt.

»Das kann unmöglich sein«, sagte sie wieder und wieder, während Emil mit großem Appetit und bei bester Laune seinen Bonito verspeiste. »Man kann doch eine Insel nicht einfach sperren.«

»Na, bei dem Sturm«, sagte Emil ungerührt und nahm sich noch einen Kartoffel-Spieß. »Hast du nicht gesehen, wie eng die Startbahn ist? Willst du gegen den Berg geschleudert werden? Besser, du bleibst hier.«

Julia verzichtete darauf, ihrem Neffen zu erklären, was das für sie bedeutete. Sie mochte sich gar nicht ausmalen, was passieren würde, wenn sie mit zwei- oder dreitägiger Verspätung zu ihrer

Arbeitsstelle zurückkehrte. Außerdem hatte ihr Jens unmissverständlich zu verstehen gegeben, dass sie in seinem Haus nicht mehr erwünscht war. Vermutlich war sie zu weit gegangen, als sie ihn auf seine Untreue gegenüber Alice angesprochen hatte. Wenn sie jetzt tatsächlich noch bleiben musste … nein, noch war sie nicht bereit, das zu akzeptieren.

»Vielleicht sieht morgen alles ganz anders aus«, sagte sie mehr zu sich selbst. So ein Sturm konnte sich schließlich wieder legen. Oder etwa nicht?

Sie waren schon zu Bett gegangen, als Jens und Tanja nach Hause kamen. Offenbar hatten die beiden sich gestritten und führten ihren Disput ohne Rücksicht auf ihre Gäste im Wohnzimmer fort. Worum es dabei ging, konnte und wollte Julia gar nicht verstehen. Sie hatte ihre eigenen Sorgen. Unablässig kreisten ihre Gedanken um das Savoir Vivre.

Sie hatte kurz vor dem Schlafengehen Amelie angerufen, und die Restaurantleiterin war tatsächlich an ihr Handy gegangen. Alles liefe wie am Schnürchen, hatte ihre Freundin sie beruhigt. Und Julia hatte es nicht übers Herz gebracht, ihr von der Flugstornierung zu erzählen. Sie wusste, wie anstrengend Amelies Job war und wollte sie auf keinen Fall aus dem Konzept bringen. Außerdem hoffte Julia noch immer, dass sich über Nacht die Situation wieder ändern würde. Ganz bestimmt. Wie um das zu bestätigen, hatte es inzwischen aufgehört zu regnen, und der Wind schien an Intensität nachgelassen zu haben.

Endlich schlief sie ein und fand sich in einem seltsamen Gewirr aus Traumfäden wieder. Ihre Mutter kam in die Küche und kritisierte die Unordnung. Julia räumte auf, doch kaum war sie damit fertig, war schon wieder alles durcheinander, und sie begann von vorn. Dann war sie an einer Steilküste und suchte nach Emil, als auf einmal ein Unwetter losbrach. Schließlich entdeckte sie ihn, er stand auf einem Felsen und breitete die Arme aus, als wolle er die Welt umarmen. Sie wusste, sie musste zu ihm, aber ihre Füße waren auf einmal schwer wie Blei, kaum konnte sie sie vom Boden heben. Und dann regnete es, Tropfen fielen ihr auf die Stirn, unablässig, und sie kam keinen Schritt voran …

Als sie erwachte, stellte sie fest, dass es tatsächlich auf ihre Stirn tropfte. Das Dach musste undicht sein, ihr Kopfkissen war schon durchnässt. Sie knipste ihre Nachttischlampe an, Emil stöhnte im Schlaf und rollte sich auf die andere Seite.

Leise stand Julia auf und rieb sich die Augen. Sie musste etwas unternehmen, ein Gefäß aus der Küche holen, sonst wäre bald das ganze Bett nass. Als sie zur Tür tapste, traf sie erneut ein Rinnsal von oben. Ach, du liebe Zeit, dachte sie. Das ganze Dach scheint marode zu sein.

Sie holte zwei Plastikschüsseln aus der Küche und platzierte sie unter den undichten Stellen.

»Was isn los?«, murmelte Emil, der dadurch aufgewacht war und sie mit schlaftrunkenen Augen anstarrte.

»Das Dach ist undicht«, erklärte Julia. »Schlaf weiter. Bei dir scheint ja alles in Ordnung zu sein.«

Das brauchte sie dem Jungen nicht zweimal zu sagen, im nächsten Moment hatte er sich die Decke über die Ohren gezogen und war wieder eingeschlafen. Julia jedoch war hellwach. In das nasse Bett wollte sie sich nicht mehr legen. Leise nahm sie ihre Zudecke, die weitgehend trocken geblieben war, und schlich ins Wohnzimmer. Nach kurzem Zögern legte sie sich dort auf die Couch.

Ans Einschlafen war nicht mehr zu denken, überhaupt war das Sofa zu kurz. Mit offenen Augen lag sie da und starrte durch die Fensterfront hinaus in die schwarze stürmische Nacht. Der Wind war wieder stärker geworden und rüttelte an dem Haus, irgendwo schlug ein Laden oder sonst etwas gegen die Fassade, eine jähe Böe fegte die Terrakottatöpfe von der Terrasse, sodass Julia aufschreckte und dem Krachen und Klirren nachlauschte. Unendlich langsam lichtete sich das Dunkel draußen, aus dem Schwarz wurde ein düsteres Grau. Der Sturm hielt unvermindert an.

Langsam begriff Julia, dass sie an diesem Tag tatsächlich nicht abreisen würde, und auf einmal fiel ihr dieser attraktive Mann wieder ein, Álvaro, der bei ihren Worten, dass sie schon am nächsten Tag wieder fliegen würde, gelacht hatte. »Würde mich wundern«, hatte er erwidert, und sie hatte das für einen so dahingesagten Spruch gehalten. Er hatte sie zu diesem Fest eingeladen, zu dem nur Einheimische gingen. Dann hatte er erfahren, dass sie Jens' Schwester war, und vermutlich galt diese Einladung nun nicht mehr.

Aber was zerbrach sie sich den Kopf über traditionelle Feste auf der Insel, wo sie bedeutend größere Probleme hatte, denn wer sollte im Savoir Vivre die Küche leiten, wenn sie nicht nach Hause kam? René machte seine Sache offenbar gut. Sicher kann er noch zwei weitere Tage überbrücken, versuchte sie sich zu beruhigen. Sie musste unbedingt bald mit ihm sprechen und ihn bei der Planung unterstützen. Das Restaurant war dafür bekannt geworden, dass sie täglich ein wechselndes Spezialmenü anboten, was andere Sterneküchen tunlichst vermieden, weil das eine Menge zusätzlichen Aufwand bedeutete.. Ob René das stemmen könnte? Und schon begann Julias Kopf zu arbeiten, ging die Speisen durch, die am wenigsten kompliziert waren und dennoch einzigartig, doch im Grunde blieb das alles hypothetisch, solange sie nicht wusste, was am betreffenden Morgen frisch und überraschend im Großmarkt zu bekommen war. So wie die Seeigel neulich. Da musste man reagieren und spontan entscheiden, was gut zueinander passte. Dazu brauchte es eine Menge Erfahrung. Und bei allem Talent – die besaß René einfach noch nicht.

Irgendwann musste sie eingeschlafen sein, denn als sie aufschreckte, war es heller Tag. So hell jedenfalls, wie es an diesem stürmischen Morgen überhaupt werden konnte. Julia rieb ihr steifes Genick und richtete sich auf. Stöhnend bemerkte sie, dass ihr linkes Bein vom unbequemen Abwinkeln eingeschlafen war. Tanja stürmte ins Wohnzimmer und blieb wie angewurzelt stehen, als sie Julia sah.

»Das Dach ist undicht«, erklärte sie und versuchte, ihre schmerzenden Glieder zu bewegen. »Es tropfte aufs Bett.«

Tanja schien sich dafür nicht zu interessieren, hastig raffte sie ein paar Gegenstände vom Tisch und stopfte sie in ihre Handtasche.

»Ich muss los«, sagte sie und war schon an der Tür. Dort verharrte sie kurz und drehte sich noch einmal um. »Tschüss, Julia«, sagte sie, und ein flüchtiges Lächeln erschien auf ihrem Gesicht. »Guten Heimflug.« Und noch ehe Julia etwas erwidern konnte, war sie weg.

Es war kurz vor acht, als Julia einen besonders starken Kaffee machte. Sie nahm einen großen Schluck, dann schaltete sie ihr Smartphone an und ging auf die Seite des Flughafens von La Palma. Das rot unterlegte Wort *Anulado* leuchtete ihr vielfach entgegen. Kein Zweifel, sämtliche Flüge waren noch immer abgesagt. Julia nahm einen weiteren Schluck von dem bitteren Kaffee und begriff, dass sie sich ins Unvermeidbare fügen musste. Sie musste ihren Chef verständigen und sich mit René kurzschließen.

Jens kam in die Küche und schenkte sich wortlos ebenfalls von dem Kaffee ein.

»Guten Morgen«, sagte Julia. »Wir haben ein Problem. Mein Flug ist gecancelt.«

Ihr Bruder sah sie an, er hatte rot geränderte Augen und wirkte verkatert. Wie so oft bei Emil standen seine Haare wirr vom Kopf ab.

»Natürlich ist er das«, sagte er, stürzte den Kaffee hinunter und nahm sich den Rest der Kanne. »Bei diesem Orkan kann kein Flugzeug starten oder landen.«

Julia holte tief Luft, dann sagte sie: »Ich werde wohl besser ein Hotelzimmer nehmen. Bist du so nett und hilfst mir dabei? Einen

Mietwagen brauche ich auch.« Jens sah sie überrascht an. Zunächst sah es so aus, als wollte er widersprechen, doch Julia dachte an seine hässlichen Worte am Abend zuvor und an das undichte Dach über dem Gästezimmer, und überhaupt hatte sie auf einmal die Nase tüchtig voll von ihrem Bruder und seiner Lebensgefährtin. »Ich werde dir nicht länger zur Last fallen«, sagte sie rasch. »Außerdem regnet es ins Gästebett. Ich musste mitten in der Nacht auf die Couch umziehen.«

Augenblicklich verfinsterte sich Jens' Miene. »Gut«, sagte er gedehnt. »Wenn es der Dame nicht genehm bei mir ist, kann sie selbstverständlich in ein Hotel umziehen. Tut mir leid, dass mein Haus keine Sterne zu bieten hat und …«

»Lass es gut sein«, unterbrach Julia ihn wütend. »Ich hab es satt, dass du mich behandelst wie ein lästige Verwandte, die man nicht eingeladen hat. Darf ich dich daran erinnern, dass ich überhaupt nur hier bin, weil du es nicht einrichten konntest, deinen Sohn abzuholen? Dass ich jetzt hier festsitze und deswegen ein Riesenproblem habe, das ist dir natürlich egal.«

»Willst du mir jetzt auch noch den Sturm in die Schuhe schieben?«, konterte Jens. »Ja, sprich es ruhig aus. An allem bin ich schuld. Aber so weit reicht mein Einfluss nicht, dass ich Flugzeuge daran hindere zu starten.«

»Warum streitet ihr euch? Ist es wieder wegen mir?« Jetzt erst entdeckte Julia Emil im Türrahmen, und augenblicklich fühlte sie sich schuldig.

»Nein«, antwortete Jens trocken und stellte die Tasse in die Spüle. »Wir streiten, weil wir Geschwister sind. Sei bloß froh, dass du keine hast.« Er holte tief Luft. Dann sagte er zu Emil in völlig verändertem Ton: »Was ist, kommst du mit nachsehen, wie hoch die Wellen im Norden gegen die Küste schlagen? Ich wette mit dir, dass sie diesmal die Zehnmetergrenze übersteigen.«

»Zehn Meter?«, fragte Emil skeptisch, doch sein Interesse war geweckt. »Klar komm ich mit.« Sein Blick fiel auf Julia. »Und was ist mit dir?«

»Fahrt ruhig«, sagte Julia, die begriff, dass Jens sich endlich auf seine Weise um seinen Sohn bemühte. »Und heute Abend erzählst du mir alles ganz genau. Ich muss mit Deutschland telefonieren, weißt du? Damit die den Laden ohne mich schmeißen.«

Von ihrem Umzug in ein Hotel konnte sie ihm später noch erzählen. Kurz zögerte Emil, sah von ihr zu Jens, am Ende siegte offenbar seine Abenteuerlust. Er verschwand in sein Zimmer, um sich anzuziehen, und Julia ließ sich von Jens die Telefonnummer eines nahe gelegenen Hotels aufschreiben.

»Ich ruf Gonzo an«, sagte Jens versöhnlich. »Der wird dir einen Wagen bringen. Der geht auf mich. Du hast ohnehin schon genug für den Jungen getan.«

»Danke.« Julia atmete erleichtert auf. Allein Emil zuliebe sollten sie sich beide zusammenreißen und sich um einen vernünftigen Umgang miteinander bemühen. An ihr sollte es jedenfalls nicht liegen.

Kaum war Jens mit Emil losgefahren, rief sie im Hotel an und buchte ein Zimmer. Ihre Tasche hatte sie im Handumdrehen gepackt, und während sie auf den Mietwagen wartete, beschloss sie, dass es an der Zeit war, Kercher zu informieren. Es war kurz nach zehn, um diese Zeit hielt er sich meistens im Büro auf.

Sie hatte richtig vermutet, er nahm gleich nach dem ersten Klingeln ab. Hörte sich in aller Ruhe an, was sie ihm zu sagen hatte. Ganz gegen seine Gewohnheit ließ er sie ausreden, und sie atmete bereits auf, als er sagte:

»Verstehe ich Sie richtig, dass Sie unsere Vereinbarung nicht einhalten und erst in ein paar Tagen zurückkommen?«

Julia stutzte kurz. »Ich hab es Ihnen ja gerade erklärt«, antwortete sie verwirrt. »Der Flughafen wurde wegen eines Sturms geschlossen. Mein Flug wurde gestrichen.«

»Wissen Sie, was mich das interessiert?«, schrie Kercher ansatzlos ins Telefon, sodass Julia zusammenfuhr. »Nicht die Bohne, Frau Brunner. Ich habe gesagt: bis Mittwoch. Heute ist Mittwoch. Wenn sie heute nicht erscheinen, werde ich die Konsequenzen ziehen.«

»Was … was meinen Sie damit?«

»Sie sind gefeuert!«

»Aber … Herr Kercher«, stammelte Julia, doch ihr Chef hatte die Verbindung unterbrochen.

Draußen hupte es. Julia saß auf der Couch, das Handy in der Hand, unfähig zu glauben, was sie gerade gehört hatte. Es hupte erneut. Dann klingelte es an der Tür. Wie in Trance erhob sie sich, nahm ihre Tasche und ging nach draußen. Ein Mann mit einem gutmütigen Mondgesicht und schwarzen Igelhaaren stand vor der Haustür. Hinter ihm entdeckte sie einen silbergrauen alten VW Käfer.

»Bist du Julia?«, fragte er. Sie nickte. Dann fiel ihr Blick auf die Frau, die am Steuer eines Landrovers saß und zu ihnen herübersah. »Das ist dein Wagen«, sagte Gonzo und wies auf den Käfer.

»Wie alt ist der denn?«, fragte Julia bestürzt. Ihres Wissens wurde dieser Autotyp seit bald zwanzig Jahren nicht mehr hergestellt. »Ist er zuverlässig?«

Gonzo lachte. »Und das fragt eine Deutsche? Keine Sorge. Der Käfer läuft und läuft …« Doch als er Julias besorgte Miene sah, fügte er hinzu: »Das ist ein erstklassig überholtes Mexiko-Modell. Ich handle mit gebrauchten Wagen, reparier sie selbst und verleihe manchmal welche. Für den lege ich meine Hand ins Feuer. Schlüssel steckt. Die Papiere sind im Handschuhfach. Und falls mal was sein sollte – meine Telefonnummer findest du da auch.« Die Frau am Steuer des Landrovers hupte ungeduldig. *»Hasta luego«*, sagte Gonzo hastig und hob grüßend die Hand. »Wir sehen uns.«

Er stieg zu der Frau in den Wagen, und sie brausten davon. Erst jetzt fiel Julia auf, dass der Regen aufgehört hatte. Wasser rann von den Dachziegeln, der Asphalt auf der Einfahrt glänzte vor Nässe. Am Himmel jagten sich dunkle Wolken, die aussahen, als würde es jeden Moment wieder anfangen.

Das Handy hatte sie noch immer in der Hand, sie hob es und drückte die Wiederwahltaste. Sie musste sich getäuscht haben. Oder Kercher hatte einen Witz gemacht. Er konnte sie nicht einfach rausschmeißen, nur weil sie ein paar Tage länger dem Restaurant fernbleiben musste.

»Ich spreche nicht mehr mit Ihnen«, brüllte ihr Kercher ins Ohr. »Mein Anwalt wird sich bei Ihnen melden.«

Und dann war die Verbindung unterbrochen.

Julia ging zurück ins Wohnzimmer und ließ sich auf einen der Sessel fallen. Versuchte, ihre Gedanken zu ordnen. Nie und nimmer würde Kercher damit durchkommen. Schließlich gab es einen Arbeitsvertrag. Und es war ihr ein Leichtes, nachzuweisen, dass es höhere Gewalt war, die sie daran hinderte, zu ihrer Arbeit zurückzukehren. Wenn Kercher glaubte, sie so einfach loszuwerden, hatte er sich getäuscht.

Sie wusste, dass Amelie um diese Zeit schlief. Sie würde ihre Freundin am Nachmittag anrufen. Und inzwischen ins Hotel umziehen.

Das war tatsächlich so leicht zu finden, wie Jens es ihr beschrieben hatte, und befand sich keine fünf Minuten von seinem Haus entfernt. Das Zimmer war einfach, hatte dafür einen Balkon mit Blick aufs Meer, auch wenn man davon an diesem Tag so gut wie nichts sehen konnte.

Julia ließ sich auf das Bett fallen und starrte zur Decke. Auf einmal begann sich alles um sie zu drehen. Das war alles ein bisschen viel gewesen, war ihr letzter Gedanke, ehe sie einschlief.

Es war früher Nachmittag, als sie aufwachte. Zuerst wusste sie nicht, wo sie war, dann fiel ihr alles wieder ein. Zeit, Amelie anzurufen. Doch die Freundin klang bedrückt.

»Wenn du mich fragst«, sagte Amelie, »hat René ihm das eingeflüstert. Dass man dich gar nicht braucht und er das genauso gut kann.«

»Das ist nicht dein Ernst«, entgegnete Julia fassungslos.

»Den Jungen hat der Ehrgeiz gepackt«, schilderte Amelie ihren Eindruck. »Dass gestern alles so gut lief, ist ihm zu Kopf gestiegen.«

»Das war ein einziger Abend …«

»Ich glaube, René hatte das schon länger im Sinn«, mutmaßte Amelie. »Mir war er mit seiner aalglatten Art von Anfang an nicht geheuer.«

Julia schwieg betroffen. Da zeigte sich mal wieder Amelies Menschenkenntnis, die ihrer meilenweit überlegen war.

»Wirklich?«, fragte sie schockiert. »Warum hast du das nie erwähnt?«

»Na ja, du warst so begeistert von ihm«, antwortete Amelie. »Und ich hätte mich ja auch täuschen können.«

»Bislang hast du dich noch nie getäuscht«, sagte Julia, doch Amelie lachte traurig auf.

»Und ob ich das habe«, entgegnete sie. »Bei anderen sehe ich es oft klarer. Aber was meine Partnerschaften anbelangt …«

Sie beendete den angefangenen Satz mit einem tiefen Seufzer, und Julia wusste, wovon Amelie sprach. Ihre Freundin hatte sich immer in die absolut falschen Männer verliebt, ihre Beziehungen waren allesamt grandios gescheitert.

»Kercher wird mit René auf die Nase fallen«, lenkte sie deshalb das Gespräch zurück auf ihr Problem. »Ich bin die Letzte, die nicht zugibt, dass er ein guter Koch ist. Schließlich hab ich ihn für uns entdeckt. Trotzdem. Auf Dauer kann er unser Niveau nicht halten. So weit ist er noch nicht.«

»Mir brauchst du das nicht zu sagen«, entgegnete Amelie. »Die Sache ist nur die: Kercher ist richtig sauer auf dich. Schon bevor du angerufen hast. Vielleicht trägt er dir nach, wie du ihn angeschrien hast wegen dieser Sache mit dem kleinen Mädchen und dem Kindermenü. Außerdem kostet ihn René viel weniger als du.«

So war das also. Kercher wollte sie loswerden, und ihr Souschef intrigierte gegen sie.

»Na gut«, sagte Julia. »Dann ziehen wir eben vors Arbeitsgericht.«

»Ach, Julia«, hörte sie Amelie mit einem Seufzen sagen. »Das ist alles wirklich furchtbar. Aber erzähl doch mal. Wie läuft es so mit dir und deinem Bruder?«

Julia schnaubte. »Wie es so läuft? Keine Ahnung. Ich bin ins Hotel umgezogen. Wir haben uns ständig in die Haare gekriegt.«

»Kannst du es wenigstens genießen?«

»Genießen?« Julia sah aus dem Fenster. Draußen ging erneut ein Sturzregen nieder. Es war so dunkel geworden, dass sie eigentlich das Licht hätte anschalten müssen. »Amelie, ich sitze hier wegen eines Jahrhundertsturms fest. Draußen geht fast die Welt unter. Was bitte sollte ich daran genießen?«

7

Ceviche – In Limettensaft marinierter Fisch

Es war einer der ödesten Nachmittage ihres Lebens, den sie im Hotel *La Isla Bonita* verbrachte. Draußen tobten die Elemente sich aus, und sie fragte sich, was Jens und Emil eigentlich von ihrem Ausflug hatten und ob es nicht gefährlich war, bei diesem Wetter an die nördliche Steilküste zu fahren. Doch Jens musste es ja wissen, jedenfalls hoffte Julia das.

Sie sollte aufhören, sich um den Jungen Sorgen zu machen. Vielleicht hatte ihr Bruder ja recht, und sie mimte jetzt die Super-Patentante, weil sie sich die ganze Zeit über nicht ausreichend um Emil gekümmert hatte. Hätte sie das getan, wäre er vermutlich gar nicht erst aus dem Internat weggelaufen.

Stöhnend warf sie sich auf das Bett. Im Zimmer gab es sonst nur noch einen kleinen Sessel und einen Miniaturtisch, das war alles. Der Fernseher, der knapp unter der Decke an der Wand klebte, zeigte nur Schneetreiben. Laut des Besitzers hatte der Sturm die Satellitenschüssel abgerissen.

Kurz bereute sie ihren Stolz, der sie zum Umziehen veranlasst hatte. In Jens' Haus war es trotz des Chaos, das Tanja ihrer Meinung nach auf Schritt und Tritt verbreitete, gemütlicher als in diesem vielleicht fünfzehn Quadratmeter großen Zimmer. Hoffentlich legte sich der Sturm bald. Die Aussicht, länger als eine weitere Nacht hier mehr oder weniger eingesperrt zu sein, fand sie unerträglich.

Sie ließ das groteske Gespräch mit Kercher noch einmal Revue passieren und überdachte es wieder und wieder, bis sie zu dem Schluss kam, dass ihm die Sache mit dem abgesagten Flug womöglich gerade recht gekommen war. Es war durchaus möglich, dass er sie ohnehin hatte abservieren wollen und nun die Chance dazu witterte. Aber warum? Immerhin hatte sie alles gegeben, das Restaurant innerhalb weniger Jahre bekannt zu machen und den ersehnten Stern zu erringen. Warum also wurde sie jetzt so schäbig behandelt?

Verschiedene Wortwechsel kamen ihr in den Sinn, die sie mit ihrem Arbeitgeber geführt hatte. Und schließlich der Streit an ihrem vorletzten Abend wegen des Kindermenüs, das sie aus dem Stegreif improvisiert hatte. Vermutlich hätte sie es der Großmutter des kleinen Mädchens auf keinen Fall recht machen können, egal, wie sie auf deren Kritik, dass nichts für Kinder auf der Karte stand, reagiert hätte. Das war ihr jedoch gleichgültig gewesen, es würde immer Gäste geben, die herummäkelten, das blieb bei dieser verwöhnten Klientel nun mal nicht aus. Sie hatte dem Mädchen einen schönen Abend bescheren wollen, Alexandra, die ihren vermutlich allerersten Besuch in der Spitzengastronomie in bleibender Erinnerung behalten sollte. Denn Kinder waren noch neugierig und empfänglich für Qualität, davon war Julia überzeugt. Egal, wie lange es her war, sie konnte sich deutlich daran erinnern, wie sehr sie unter dem lieblosen Essen ihrer Mutter gelitten hatte. Andere Kinder mochten so etwas vielleicht leichter hinnehmen, doch für Julia mit ihrer Gabe eines überdurchschnittlichen Geschmacksinns war es eine Qual gewesen. Man hatte sie deswegen kritisiert und sie als mäkelig, ja, als schwierig bezeichnet. Und sie selbst hatte das Gefühl gehabt, nicht normal zu sein, nur weil ihr von den stets leicht angebrannten Bratkartoffeln ihrer Mutter übel geworden war und sie es nicht geschafft hatte, die Fertiggerichte, die penetrant nach Glutamat oder Zitronensäure und anderen chemischen Stoffen geschmeckt hatten, hinunterzuwürgen.

Ja, selbst wenn es sich viele Erwachsene nicht vorstellen

konnten – es gab tatsächlich Kinder, die *nicht* glücklich waren, wenn man ihnen fettige Pommes und Ketchup vorsetzte. Kinder mit absolutem Gehör waren ja auch nicht allzu häufig anzutreffen. Jedenfalls war es für Julia Offenbarung und Erlösung zugleich gewesen, als ihr die Welt des liebevollen Kochens eröffnet worden war. Und deshalb nahm sie Kinder ernst und war sich nicht zu schade, für sie eine Brücke zwischen Gerichten, die sie kannten, wie Nudeln mit Tomatensauce, und der Spitzenküche zu schlagen.

Aber einer wie Kercher konnte so etwas natürlich nicht verstehen. Warum ausgerechnet jemand wie er, der von Essen wenig verstand und auch im Umgang mit Menschen nicht besonders geschickt war, einen Gourmettempel errichten wollte, war Julia schleierhaft.

Sie warf sich auf die andere Seite und sah zum Fenster hinaus. Ein unwirkliches Licht erfüllte auf einmal das Zimmer. Irgendwie war es der Sonne gelungen, sich durch die dicken Wolkenschichten hindurchzuarbeiten, und sie ließ den Himmel in einem fahlen Goldton erglühen. Julia stand auf und trat auf den kleinen Balkon. Feiner Regen sprühte ihr ins Gesicht, und zu ihrem Entzücken sah sie in der Richtung, wo das Meer sein musste, die Hälfte eines Regenbogens aufleuchten. In aller Intensität waren die Spektralfarben zu erkennen, so als brauche man nur die Hand auszustrecken, um sie zu berühren – dann verblassten sie so rasch, wie sie gekommen waren, und das Leuchten erlosch.

Dennoch blieb in Julia eine Spur von dem Entzücken zurück, das dieses kurze Schauspiel in ihr ausgelöst hatte. Auch wenn sie die nächste halbe Stunde vergeblich nach ähnlichem Zauber Ausschau hielt, so hatte sich ihre Laune doch deutlich gehoben.

Und dann rief Emil an, der wissen wollte, wo sie steckte. Keiner hatte eine Ahnung, wie man den in Limettensaft eingelegten Fisch fertig zubereitete, und alle, ausnahmslos *alle*, wie Emil ausdrücklich betonte, würden sich freuen, wenn sie herüberkäme.

Das ließ Julia sich nicht zweimal sagen, setzte sich in den Käfer und ratterte zum Haus ihres Bruders.

Emil empfing sie fast schon überdreht, und während Julia eine rote Zwiebel in hauchfeine Ringe schnitt und mit dem frischen Chili, Koriander, Salz und Pfeffer unter die Fischstücke mischte, schilderte er die Erlebnisse, die er an diesem Tag mit seinem Vater gehabt hatte in den abenteuerlichsten Farben. Julia drehte sich beinahe der Magen um, als sie erfuhr, dass sie eine »megasteile« Felswand hinuntergeklettert waren, die zu einer Bucht führte, von der bekannt war, dass sich an ihren Klippen die Wellen auf spektakuläre Weise brachen, vor allem, wenn der Sturm von Süden kam. Doch sie hörte zu, schluckte Sätze wie: »War das denn nicht gefährlich?« hinunter und war im Grunde sehr erleichtert darüber, dass Emil mit seinem Vater nach der langen Zeit der Entfremdung offenbar einen großartigen Tag verbracht hatte.

»Wie lange bleibst du denn noch?« Inzwischen saßen sie alle gemeinsam am gedeckten Esstisch, und Emil schnappte sich vergnügt noch ein Stück von dem gebeizten Fisch.

»Keine Ahnung«, antwortete Julia mit einem Seufzen. »Vorhin hab ich im Netz nachgesehen, da gab es noch keine Auskunft darüber.«

»Der Flughafen wird frühestens Ende der Woche öffnen«, erklärte Jens und entkorkte eine Flasche Weißwein. »Was nicht heißen muss, dass es die ganze Zeit so fürchterlich schüttet. Aber die Sturmböen sind gefährlich. Da geht die Flugsicherheit vor.« Während Emil jubelnd die Arme hochriss, schwieg Julia bedrückt. »Am besten nutzt du die Zeit und siehst dir die Insel an«, schlug Jens vor.

»Bei diesem Wetter?«

»Morgen wird der Regen aufhören«, versicherte er ihr. »Wenn du wegen der Böen achtgibst, kannst du ruhig ein bisschen rumfahren.«

»Ich komme mit«, erklärte Emil strahlend. »Und pass auf dich auf.«

Julia konnte sich ein Grinsen nicht verkneifen. Sie atmete tief durch. Am besten fügte sie sich in ihr Schicksal und machte das Beste aus ihrer Zwangspause. Und natürlich war es gut, am nächsten Tag ein bisschen rauszukommen und Ablenkung zu haben. Denn sonst würde sie ja doch nur die ganze Zeit an Kercher und Renés Verrat denken.

Sie starteten gleich nach dem Frühstück. Noch jagte der Wind Wolkengebilde in allen Grautönen über den Himmel, die sich hin und wieder in feinem Sprühregen verströmten, aber immer häufiger kam jetzt die Sonne zum Vorschein und verwandelte das triste Einerlei in spektakuläre Farben. Auf Jens' Rat schlugen sie die nördliche Richtung ein, und Julia war fasziniert von den leuchtenden Grüntönen der Vegetation, den vielfarbigen Gesteinsschichten, die gelblich, ockerfarben, rosarot bis hin zu violett übereinanderlagen und vor Nässe nur so glänzten.

»Das sind Flusstäler, und sie heißen *barrancos*«, erklärte Emil sichtlich stolz über sein neues Wissen, als sie einen der vielen Küsteneinschnitte umfuhren. »Das Gestein ist hier weicher als da drüben, deshalb haben sie sich so tief in den Berg gegraben.«

Julia fiel auf, dass in den geschützten Seitenhängen dieser Schluchten noch Überreste von winzigen terrassierten Gärten zu erkennen waren, in denen Mandelbäume standen. Einige davon blühten sogar noch und malten weiße und rosarote Tupfen in das schroffe Gestein. Sie dachte an Pilar und die Witwenkooperative und fragte sich, ob deren Mandeln wohl aus dieser Gegend stammten. Dann führte sie die Straße wieder hinaus in Richtung Atlantik, und Julia musste das Steuer mit beiden Händen umklammern, so sehr zerrte der Wind an dem Fahrzeug. Doch der alte Käfer lag sicher auf der Fahrbahn und schnurrte zuverlässig um die weiten Kurven.

Inzwischen hatte sich der Dunst gehoben, und der Blick auf die stahlblaue See unter dem düsteren Himmel war wieder frei. Sogar von hier oben aus, einige Hundert Meter über dem Meeresspiegel, konnte man erkennen, wie aufgepeitscht sie war. Weißer Schaum krönte die Wellen bis zum Horizont.

»Das hättest du gestern sehen sollen«, schwärmte Emil begeistert, als hätte er ihre Gedanken gelesen. »Die Wellen waren so hoch wie ein Haus.«

»War das Runterklettern nicht schwierig?«, fragte Julia vorsichtig.

»Nö, nicht besonders«, gab Emil zurück. »Papa hat uns mit einem Seil gesichert.« Julia atmete heimlich auf. »Das war ziemlich aufregend.«

»Das heißt, es waren noch andere mit dabei?«

»Na klar, seine Touris«, antwortete Emil. »Die waren ziemlich froh, dass er bei diesem schrecklichen Wetter etwas mit ihnen unternommen hat.«

Julia lauschte verwundert. Kaum zu glauben, wie abenteuerlustig so mancher Urlauber war. Offenbar wollten sie um jeden Preis etwas erleben, selbst wenn ein Orkan über die Insel fegte. Julia fragte sich, ob Jens wohl ausreichend versichert war, falls einmal etwas passierte. Oder machte sie sich schon wieder viel zu viele Gedanken um Dinge, die sie nichts angingen?

Sie kamen durch einige kleinere Ortschaften, aber der Wind war zu stark, und sie hatten keine Lust anzuhalten und auszusteigen. So fuhren sie immer weiter, bis die Dörfer seltener wurden und die Landschaft ursprünglicher aussah. Zu Julias Überraschung war die Straße gut ausgebaut, hin und wieder hatte man ganz einfach tiefe Schneisen in Hügel gefräst, sodass sie durch glatt abgeschnittene Felswände hindurchfuhren, auf denen die farbigen geologischen Schichten besonders deutlich zu sehen waren.

An einer Tankstelle hielt Julia an und ließ Benzin nachfüllen, und beim Bezahlen kaufte sie einen Beutel Mandeln und einen Sack voller Orangen, die neben der Theke zum Verkauf angeboten wurden. Als Emil eine der Früchte beim Weiterfahren schälte, explodierte der intensive Duft im Wageninnern, und Julia lief das Wasser im Mund zusammen.

»Hmm«, machte Emil und schob Julia vorsichtig eine saftige Orangenspalte in den Mund. »Sind die lecker!«

Einige Augenblicke lang war Julia ganz dem Genuss hingegeben, der vollen Süße und der angenehmen Säure mit ihrem abgerundeten Bouquet an Aromen. Genau so sollte eine Orange schmecken, und die Köchin in ihr kombinierte unwillkürlich verschiedene Geschmacksrichtungen dazu. Schokolade war natürlich einer der Klassiker. Auch das so einfache wie köstliche Dessert aus Marokko kam ihr in den Sinn: fein geschnittene Orangenscheiben mit Zimtpulver bestreut. Oder sollte sie einfach mal ein Halbgefrorenes aus diesen leckeren Mandeln probieren? Dazu müsste man die Kerne schonend vermahlen, am besten vorher noch anrösten …

»Wo die Straße wohl hinführt?«

Julia schreckte auf. Tatsächlich wurde der Fahrweg immer schmaler, ein paar Meter weiter endete sogar der Asphalt. Hatte sie eine Abfahrt verpasst?

»Keine Ahnung«, antwortete sie und bremste ab. »Ich hab nicht aufgepasst. Hab ich ein Schild übersehen?«

»Ist doch lustig«, meinte Emil und reckte den Hals, als könnte er so erkennen, was sich hinter der nächsten Kurve verbarg. »Wollen wir nicht nachsehen, wie es weitergeht?«

»Hier kann ich sowieso nicht wenden«, erklärte Julia und gab vorsichtig Gas.

Die befestigte Straße mündete in eine Art Schotterweg, und Julia hoffte, dass die Reifen des alten Käfers den scharfen Kanten des Vulkangesteins standhalten würden. In weiten Bögen umrundeten sie mehrere Hügel, wobei sich ihnen immer wieder atemberaubende Ausblicke auf die Steilküste mit ihren vorgelagerten Felsen eröffneten. Am Wegesrand blühten gelbe Blumen, ja, ein ganzer Hang war von ihnen übersät, leider hielten sie ihre Köpfchen des schlechten Wetters wegen geschlossen. So ging es weiter, vorbei an weiß blühenden Ginsterbüschen und riesigen Gebilden aus Feigenkakteen, und weit und breit fand Julia keine Möglichkeit, zu wenden, stattdessen hoffte sie inständig, dass der Weg nicht irgendwann plötzlich vor einem Geröllhaufen oder einem Abgrund endete. Dann fielen ihr die Reifenspuren an den wenigen Stellen auf, die mit Sand bedeckt waren, und sie war sich auf einmal sicher, dass dieser Weg auch von anderen Menschen häufiger befahren wurde.

»Sieh mal«, rief Emil und beugte sich vor. Ein paar Häuser kamen in Sicht, die über der Straße wie an den Hang angeklebt wirkten. »Ein Dorf!«

In einer abenteuerlichen Haarnadelkurve führte eine noch schmalere Piste hinauf zu der Siedlung. Der Motor des VW Käfers heulte auf, als sie in den ersten Gang herunterschalten musste, um die Steigung zu nehmen. Das Dorf war winzig, einige Häuser waren vor langer Zeit einmal weiß gestrichen worden, andere hatte man erst gar nicht verputzt. Ein paar Hunde undefinierbarer Rasse schossen aus seitlichen Gassen hervor und jagten ihnen kläffend hinterher.

»Da vorne kannst du parken«, schlug Emil vor und wies auf einen halbwegs ebenen Platz, über dem eine Kirche aufragte. Julia stellte den Wagen unter einer Gruppe von drei riesigen Palmen mit zerrupften Kronen ab, die sich bedenklich im Sturmwind bogen.

Als sie ausstiegen, wichen zwar die Hunde zurück, doch der Wind traf sie wie ein Schlag ins Gesicht. Hastig zogen sie sich ihre Regenjacken über und kämpften sich mit gesenkten Köpfen in Richtung der Häuser. Bis auf die Hunde wirkte das Dorf wie ausgestorben. Gegenüber der Kirche entdeckte Julia eine Bar.

Vielleicht würde sie hier einen Kaffee bekommen und Emil einen Kakao?

Zuerst dachte Julia, die Tür sei abgeschlossen, aber es war nur der Wind, der sich dagegenstemmte, und mit einem scheppernden Dreiklang bekam sie sie schließlich auf. Ein paar Stufen führten ins Innere der Bar, und Julia wäre beinahe gestolpert, ihre Augen mussten sich erst an das dämmrige Licht gewöhnen. Hinter einer Theke aus dunklem Holz stand ein älterer Mann, der sie aus kleinen schwarzen Augen erstaunt musterte.

»*¡Hola!*«, grüßte sie mit der in Spanien üblichen Begrüßungsformel, wobei das H nicht ausgesprochen wurde.

»*Buenos días*«, gab er Mann zurück. Seine Stimme klang tief und rostig. »Womit kann ich dienen?«

»Ich hätte gerne einen Café con leche«, antwortete Julia und sah sich um. Der Raum war keine fünf Quadratmeter groß, und dennoch waren die Regale an den Seitenwänden vollgestopft mit allen möglichen Dingen des täglichen Bedarfs. Offenbar war die Bar gleichzeitig der Supermarkt des Ortes. Es roch nach Waschpulver und Schokolade, nach Reinigungsmittel und frischen Tomaten, eine Mischung, die Julia dazu bewog, möglichst nur durch den Mund zu atmen. »Und was möchtest du?«, fragte sie Emil. Der zuckte mit den Schultern und sah sich in dieser düsteren Höhle fast schon eingeschüchtert um. »Gibt es Kakao?«, fragte Julia den Besitzer des Ladens.

»*Sí, claro*«, antwortete der und machte sich an seiner Kaffeemaschine zu schaffen.

»Haben Sie auch etwas zu essen?«, fragte Julia. Der Mann wies wortlos auf ein Regal mit Keksen, unter denen sie eine Tüte mit dem Logo der Witwenkooperative entdeckte mit der Aufschrift *Horno de la delicia*. Es handelte sich um eine bunte Mischung mit allen Sorten, und sie und Emil waren sich rasch einig, dass dies genau das Richtige für eine kleine Zwischenmahlzeit war.

Während sie sich an ihren Getränkten wärmten und Kekse knabberten, versuchte Julia, den Inhaber der Bar in ein Gespräch zu verwickeln, was sich als gar nicht so einfach erwies. Selten hatte sie einen so wortkargen Menschen getroffen, Julia musste ihm jede Information aus der Nase ziehen. Offenbar verirrten sich selten Touristen hierher, und außer, dass der Fahrweg hinter dem Dorf weiterführte und keine Sackgasse war, erfuhr sie so gut wie nichts.

»Frag mal, ob man hier irgendwo ans Meer kommt«, bat Emil sie.

»Ans Meer kommt man immer irgendwie«, antwortete der Mann auf Julias Frage und rieb sich über sein stoppeliges Kinn. »Aber für Touristen sind das keine Wege. Da muss man sich auskennen. Baden kann man hier sowieso nicht.«

»Sag ihm, dass ich gestern mit Papa fast ganz unten an einer Steilküste war«, forderte Emil Julia auf. Offenbar fühlte er sich in seiner Ehre gekränkt.

Sie beschloss allerdings, besser kein Wort über Jens zu verlieren, nur allzu gut konnte sie sich daran erinnern, wie kühl dieser ausgesprochen freundliche Álvaro reagiert hatte, als er erfahren hatte, wer ihr Bruder war. Sie hielt es zwar für unwahrscheinlich, dass man Jens Brunner in dieser entlegenen Ecke der Insel überhaupt kannte. Doch man wusste ja nie.

Sie tranken ihre Getränke aus, bezahlten und verabschiedeten sich. Wenn sie dem Fahrweg weiter folgten, hatte der Mann Julia erklärt, würden sie irgendwann wieder auf die Hauptstraße gelangen. »Immer geradeaus«, hatte er geraten, man könne es gar nicht verfehlen.

»Irgendwann«, hatte der Mann gesagt. Als sich der VW Käfer jedoch eine Stunde später noch immer an der unwirtlichen Hangseite hoch über dem tobenden Atlantik entlangkämpfte, wurde es Julia mulmig zumute. Was, wenn der Barista sie in die Irre geschickt hatte? Aber wieso sollte er so etwas tun?

»Sieh mal«, rief Emil und wies auf eine Klippe, die ein wenig unterhalb der Straße weit in den Atlantik hinausragte. »Da vorn steht ja ein Haus.«

Jetzt hatte auch Julia das Anwesen entdeckt. Der Himmel riss auf, und goldenes Sonnenlicht ergoss sich über das Gebäude, und auf einmal wirkte es wie aus einer anderen Welt. Ein mächtiger Baum stand dicht dabei und streckte seine Krone, die wie ein riesiger Brokkoli wirkte, gen Himmel. Als sie etwas näher kamen, erkannte sie, dass es sich nicht um ein einfaches Haus handelte, sondern eher um eine Art Finca mit zwei kleineren Nebengebäuden.

»Wer hier wohl wohnt?«, fragte Emil aufgeregt.

Nach einigen Hundert Metern erreichten sie eine unauffällige Abzweigung. Eine schmale Piste bog von der Fahrstraße in Richtung des Anwesens ab.

»Komm, wir schauen uns das mal an!« Emil schien genauso fasziniert von der Finca auf der Klippe zu sein wie Julia. Kurz entschlossen lenkte sie das Fahrzeug auf die Piste.

Es handelte sich tatsächlich um die Zufahrt zu dem einsamen Gebäude, und sie war in keinem guten Zustand. An manchen Stellen waren die Schlaglöcher derart tief, dass Julia den VW Käfer vorsichtig um sie herumlenken musste. Sie schwitzte vor Nervosität und hoffte inständig, nicht von Gonzos Telefonnummer im Handschuhfach Gebrauch machen zu müssen, weil sie hier irgendwo liegen blieben. Doch alles ging gut, und schließlich parkte sie den Wagen unter dem mächtigen Baum, der mit seinem umfangreichen, gefurchten Stamm aus der Nähe noch viel imposanter wirkte.

»Das ist ein Drachenbaum«, erklärte ihr Emil. »Die können uralt werden.«

Neugierig spähten sie beide zu dem großen, gemauerten Tor, hinter dem ein Hof zu sehen war. Darüber war eine von Wind und Wetter ausgebleichte Holztafel angebracht: El Mesón Flor de Sal.

»Was heißt das?«, wollte Emil wissen.

»*Mesón* bedeutet ›Gasthaus‹«, sagte Julia leise. »Das war wohl mal ein rustikales Restaurant.« Ihr Herz schlug auf einmal heftig, so als wolle es ihr etwas sagen. Der Wind wirbelte Sand im Hof auf und zerrte an dem Schild. »Und *flor de sal* heißt wörtlich übersetzt ›Salzblume‹.«

»Komischer Name«, meinte Emil. »Sieht ziemlich verlassen aus, oder?«

Trotz des Winds stieg Julia aus dem Wagen. Wie von einer unsichtbaren Macht angezogen schritt sie durch das Tor, durchquerte den Hof und ging zu dem mächtigen, zweiflügligen Portal des Haupthauses, zu dem drei Stufen hinaufführten. Sie sah an der Fassade empor, die aus dem dunklen Vulkangestein bestand, das hier überall zu finden war. Die unregelmäßigen Zwischenräume waren mit hellem Mörtel aufgefüllt. Das Gebäude umfasste zwei Stockwerke.

Das Holz der Eingangstür war wie die Fensterläden einst in einem hellen Türkiston lackiert gewesen, jetzt blätterte überall die Farbe ab. Ehe sie es sich anders überlegen konnte, hatte Julia auch schon kräftig dagegengepocht. Doch vergeblich. Als sie die Klinke hinunterdrückte, fand sie die Tür verschlossen. Nein. Hier wohnte niemand mehr. Julia sah die windschiefen Fensterläden, die Eidechsen, die an der Mauer entlanghuschten, den Strandhafer, der zwischen den Natursteinen, aus denen die Fassade errichtet war, wuchs, und die wilden Sträucher, die sich in den Ecken des Hofs angesiedelt hatten. Schon lange hatte hier keiner mehr Gäste bewirtet. Der Ort war aufgegeben worden.

»Was wohl da drüben früher drin war?«, fragte Emil, der ihr gefolgt war, und wies auf eines der einstöckigen Nebengebäude, die den Hof an zwei Seiten einrahmten.

»Vielleicht waren das Ställe«, vermutete Julia und stellte sich vor, wie die früheren Besitzer ein oder zwei Maulesel gehalten hatten, vielleicht auch Ziegen oder gar eine Kuh.

»Komm«, sagte Emil und griff nach ihrer Hand. »Lass uns noch hinter das Haus schauen.«

Er zog sie mit sich. Zwischen den Nebengebäuden und dem Haupthaus gelangte man in einen verwilderten Garten. Es brauchte viel Vorstellungskraft, um unter dem Gestrüpp rechtwinklig eingefasste Beete zu erkennen, die Steinmauer, die den Garten umschloss, war an vielen Stellen eingestürzt oder unter einer Hecke aus verwilderten Bougainvilleen begraben.

Julia blickte an der hinteren Fassade des Hauses empor, die nach Nordwesten zeigte, und sah, dass hier die meisten Fenster mit Brettern zugenagelt waren. Von da oben, dachte sie, hat man bestimmt einen fantastischen Blick über die Küste.

»Ich weiß, warum das Gasthaus zugemacht hat«, hörte sie Emil sagen.

»Und wieso?«

»Weil es zu abgelegen ist«, erklärte er in fachmännischem Ton, so als sei er der Experte für ausgezeichnete gastronomische Lagen. »Hier kommt doch keiner vorbei.«

»Ja, das ist durchaus möglich«, antwortete Julia und sah sich noch einmal nach dem Garten um. Hinter dem zweiten Schuppen auf der anderen Seite des Hauses befand sich eine riesige Hecke aus Feigenkakteen, und dahinter glaubte Julia, ein paar Bäume zu erkennen. Zwischen dem dunklen Laub schimmerte es hier und dort gelb und orange. Zitrusfrüchte vielleicht. Es war unmöglich, durch den stacheligen Dschungel dorthin zu gelangen …

»Wollen wir weiter?«, fragte Emil.

Julia riss sich los. »Klar«, sagte sie und folgte dem Jungen zum Wagen. Ehe sie einstieg, zögerte sie, spähte zurück durch den Hof auf die verwitterte Eingangstür. Vor ihrem geistigen Auge verwandelte sich auf einmal der Platz. Sie sah ihn sauber gepflastert, darauf standen Tische mit weißen Leinentüchern und Windlichtern und schlichtem, elegantem Geschirr. Gläser, in denen Wein funkelte. Auf bequemen Stühlen saßen Menschen in Erwartung eines köstlichen Abendessens …

»Was ist los mit dir?«, fragte Emil und starrte ebenfalls hinüber zu dem alten Gebäude.

»Nichts«, antwortete Julia und stieg entschlossen in den Wagen.

»Du hast ausgesehen, als hättest du eine Vision«, spottete Emil. »Vielleicht spukt es ja da drin.«

»Ganz bestimmt nicht«, gab Julia mit einem Lachen zurück. Wenn hier etwas spukt, dachte sie, dann meine überbordende Fantasie.

Fünf Minuten später erreichten sie die Hauptstraße.

»Siehst du«, sagte Julia gedankenverloren. »So abgelegen ist das Haus gar nicht.« Der Gasthof war aus anderen Gründen aufgegeben worden. Aus welchen, würden sie vermutlich nie erfahren.

8

Coq au Vin – Hähnchen in Rotwein

»Du hast Glück«, sagte Jens, als sie am Abend müde und erfüllt von all den Eindrücken von ihrer Rundfahrt über die Insel zurückkamen. »Morgen kannst du nach Hause fliegen. Der Flughafen ist wieder geöffnet.«

Tatsächlich fand Emil eine Nachricht von Julias Fluggesellschaft auf seinem Smartphone, die das bestätigte. Der Junge zog einen enttäuschten Flunsch, und auch sie verspürte ein unerwartetes Bedauern. Gerade jetzt, wo sich das Wetter endlich bessern würde, sollte sie wieder zurück? Auf der anderen Seite duldete ihr Streit mit Kercher natürlich keinen Aufschub. Diese Sache musste wieder in Ordnung gebracht werden. Inzwischen konnte Julia sich einfach nicht vorstellen, dass die am Telefon ausgesprochene Kündigung ernst gemeint sein könnte. Ihr Chef hatte im Affekt gesprochen. Ganz sicher war es so. Inzwischen musste er eingesehen haben, dass er auf Julia nicht verzichten konnte.

Im Hotel packte sie rasch ihre Reisetasche. Verwirrt über das Gefühlschaos in ihrem Innern setzte sie sich kurz aufs Bett und schaute aus dem Fenster. Die Wolken hatten eine unwirklich rosafarbene Tönung angenommen, immer wieder blitzte der blaue Abendhimmel zwischen ihnen hervor. Nein, eigentlich hatte sie nicht die geringste Lust abzureisen. Am liebsten würde sie sich gleich am nächsten Tag in den silbernen Käfer setzen und die Insel weiter erkunden. Wenn sie die Augen schloss, sah sie wilde, mit Blumen übersäte Berghänge. Sie sah einen Regenbogen, der den

Atlantik von einem Ende bis zum anderen überspannte. Und vor allem ging ihr das Gebäude auf der Klippe unter dem riesigen Drachenbaum nicht mehr aus dem Sinn.

Mit einem Ruck stand sie auf und fuhr wieder zu Jens hinüber. Sie fand ihn und die anderen auf der Terrasse, mit einem Glas in der Hand betrachteten sie den Himmel, den die untergehende Sonne in flammende Orange- und Rottöne färbte.

»Möchtest du einen Sundowner?«, fragte Jens.

»Gern«, antwortete Julia und betrachtete fasziniert das Himmelsspektakel. »Was trinkt ihr denn?«

»Einen frisch gepressten Orangensaft«, verkündete Emil und hielt sein Glas hoch.

»Den kannst du natürlich auch haben«, sagte Tanja mit einem ungewohnt offenen Lächeln. »Oder lieber einen Martini?«

»Ein Martini wäre toll, danke«, antwortete Julia und sah Tanja verwundert nach, die eilig ins Haus ging, um ihr das Getränk zu holen. So freundlich hatte sie die Partnerin ihres Bruders noch nicht erlebt. Ob sie einfach nur froh war, dass Julia bald abreiste?

»Morgen melden wir dich in der Schule an«, sagte Jens zu seinem Sohn. Der verzog prompt das Gesicht.

»Muss das sein?«

»Natürlich muss das sein.« Jens legte kumpelhaft seinen Arm um Emils Schultern, und zu Julias Erleichterung ließ der Junge es zu. Alles würde gut werden, irgendwie würde er sich mit Jens und Tanja arrangieren. Julias Mission war erfüllt. Zeit, in ihr eigenes Leben zuzukehren. Nur … warum fühlte sich das gar nicht verlockend an?

»Wieso wanderst du nicht auch nach La Palma aus, so wie Papa?«, riss Emil sie aus ihren Gedanken. »Dann wären wir alle zusammen. So eine tolle Köchin wie dich kann man sicher überall gebrauchen.«

Julia lachte. »So einfach geht das nicht.«

»Warum denn nicht?« Emil schien Gefallen an seiner Idee zu finden.

»Julia hat sicherlich einen Vertrag zu erfüllen«, warf Jens ein. Julia fand, dass er alles andere als begeistert von Emils Vorschlag wirkte, und sie hütete sich, von dem bizarren Kündigungsgespräch mit Kercher zu erzählen. Das Ganze war einfach zu absurd. Und doch rührte es Julia, wie sehr der Junge an ihr hing.

Inzwischen versank die Sonne hinter dramatischen Wolkenformationen und ließ diese umso mehr in leuchtenden Farben aufglühen. Dort unten, wo sie am Tag ihrer Ankunft mit Emil an der Steilküste gestanden hatte, erschien wieder der riesige Schwarm schwarzer Vögel und zeichnete mit seinem synchronen Flug Arabesken und Schleifen vor die leuchtende Kulisse. Julia hielt die Luft an, so atemberaubend schön war das. Wann hatte sie zuletzt einen Sonnenuntergang gesehen? Sie konnte sich nicht daran erinnern, um diese Zeit stand sie sonst immer in der Küche.

Unwillkürlich sah sie auf die Uhr. Es war Viertel vor neun. Im Restaurant ging es sicher gerade hoch her.

Es war der dritte Tag, an dem das Savoir Vivre ohne sie auskommen musste. Während der vergangenen beiden Abende war sie unruhig gewesen und hatte sich ständig gefragt, was wohl gerade in diesem Augenblick in »ihrer« Küche vor sich ging. Jetzt jedoch fühlte sie sich seltsam losgelöst von alldem. Schwerelos. So wie die Vögel, die vor dem Abendhimmel zu tanzen schienen.

Am nächsten Morgen fuhr sie allein zum Flughafen, Gonzo würde den VW Käfer später abholen, Julia sollte ihn einfach auf einem bestimmten Parkplatz abstellen und den Schlüssel hinter der Sonnenblende verstecken. Nein, auf der Isla käme nichts weg, ohnehin kannte jeder Gonzos silbernen Käfer, ein Dieb würde nicht weit mit ihm kommen.

Viel Zeit zum Abschiednehmen hatten sie nicht. Alles in allem waren sie wohl doch zu spät aufgestanden, und Jens drängte Emil, zu dem Termin mit dem Rektor seiner neuen Schule keinesfalls zu spät zu kommen. Was den Jungen nicht daran hinderte, Julia fest um die Taille zu fassen und seinen gerade erst sorgfältig gekämmten Wuschelkopf gegen ihre Schulter zu pressen.

»Kommst du wieder?«, fragte er in den Stoff ihres T-Shirts.

»Sobald ich kann«, antwortete Julia und biss sich auf die Zunge. Was sagte sie denn da? Es würde eine Ewigkeit dauern, bis sie wieder eine solche Reise antreten konnte. Wenn sie sich mit Kercher wieder einigte, war es vollkommen illusorisch, in diesem Jahr nochmals Urlaub zu nehmen.

Als sie quer über die Insel in Richtung des Flughafens auf der Ostseite fuhr, konnte sie es nicht glauben, dass es erst vier Tage her war, dass sie auf demselben Weg hergekommen war. Sie war vollkommen übermüdet gewesen und hatte die meiste Zeit geschlafen. Jetzt war sie hellwach. Und da sie ausreichend Zeit hatte, hielt sie immer wieder an, stieg aus dem Wagen und ließ sich den inzwischen lauen Wind um die Nase wehen, betrachtete die wild zerklüftete Landschaft des uralten Vulkankraters, die atemberaubende Küste, und war immer wieder hingerissen von diesem Gefühl der Weite und Leichtigkeit, das sich einstellte, sobald sie ihren Blick auf den mit dem Himmel verschmelzenden Horizont da draußen über dem Atlantik ruhen ließ. Je höher sie die Flanke des Inselbergs erklomm, desto weiter erstreckte sich diese riesige Fläche aus Wasser in Richtung Westen, wo, wie sie inzwischen wusste, nichts als die unendliche Weite der Ozeane folgte, bis sich ihr an der amerikanischen Ostküste das Festland wieder in den Weg stellte.

Als sie im Flugzeug auf ihrem Fensterplatz saß und beim Start über das Meer die Insel blitzartig aus ihrem Gesichtsfeld verschwinden sah, fühlte sie etwas wie einen großen Verlust. Wie konnte das sein? Vermisste sie ihren Neffen so sehr? Nein, im Grunde war sie erleichtert, dass er sich mit seinem Vater wieder einigermaßen ausgesöhnt hatte, jedenfalls hoffte sie das. Sie hatte ihr Bestes gegeben, jetzt mussten die beiden oder besser gesagt die drei miteinander klarkommen, denn Tanja spielte ja keine unerhebliche Rolle bei dem Ganzen.

»War ein ganz schöner Sturm, was?«, sprach ihr Sitznachbar sie an. »Mussten sie auch länger bleiben?« Julia nickte.

»Davor war es ja so herrlich.« Seine Frau, die am Gang saß, beugte sich vor und sah sie neugierig an. »Nicht wahr?«

»Keine Ahnung«, gab Julia zurück. »Ich bin erst am Montag angekommen.«

»Was?« Die beiden starrten sie fassungslos an. »Für so kurze Zeit? Dann sind Sie sicher geschäftlich auf der Isla unterwegs?«

»Sozusagen«, schwindelte Julia, die bereits bereute, nicht einfach zu allem stumm genickt zu haben. Warum all diese Deutschen, ihr Bruder inbegriffen, die Insel nur Isla nannten, war ihr schleierhaft. Vielleicht um so zu tun, als gehörten sie dazu? Um weiteren Fragen zu entgehen, griff sie nach dem Magazin, das ihr die Stewardess beim Besteigen des Flugzeugs in die Hand gedrückt hatte.

Es war fast halb sieben Uhr abends, als sie endlich in der badischen Kleinstadt am Fuße des Schwarzwalds ankam, in der sie lebte. Erschöpft von der langen Reise leerte sie den Briefkasten und legte die Post zunächst auf den Küchentisch. Wie eine Fremde sah sie sich in ihrer eigenen Wohnung um. Da war noch das provisorische Bett, in dem Emil geschlafen hatte, sie hatte keine Zeit gehabt, vor ihrer Abreise aufzuräumen. Statt es jetzt zu tun, war ihr erster Impuls, auf der Stelle ins Savoir Vivre zu gehen und dort ihren Platz einzunehmen. Denn im Grunde war die Gastroküche dort ihr Zuhause und diese Wohnung nichts weiter als Schlafstatt und Aufbewahrungsort ihrer Habseligkeiten. Aber war das eine gute Idee? Mitten in den laufenden Betrieb hineinzuplatzen? Oder wäre es klüger, den morgigen Tag abzuwarten und mit Kercher in aller Ruhe zu sprechen? Bestimmt war es das.

Seufzend sank sie auf einen Küchenstuhl und sah desinteressiert die Briefe durch. Eine Rechnung, Unterlagen einer Versicherung, der übliche langweilige Kram. Doch dann stach ihr ein Absender ins Auge. Eine Anwaltskanzlei, von der sie nie gehört hatte. Überrascht riss sie den Umschlag auf.

Sie musste das Schreiben dreimal lesen, bis der Inhalt in ihr Bewusstsein sickerte. Es war eine im Juristenjargon verfasste außerordentliche, fristlose Kündigung ihres Arbeitsverhältnisses aufgrund von »Nichterfüllung ihres Vertrags«, »unüberbrückbaren inhaltlichen Divergenzen« und »geschäftsschädigendem Verhalten«. Ihr wurde schwarz vor Augen. Kercher meinte es also ernst.

Ihre erste Reaktion, nachdem sich ihre Fassungslosigkeit gelegt hatte, war blanke Wut. Zornig räumte sie die Wohnung auf, stopfte die schmutzige Wäsche in die Waschmaschine und warf schwungvoll die leere Reisetasche zurück in den Schrank. Endlich fiel ihr ein, dass sie auf der Stelle Claire anrufen musste, die sie in allen juristischen Belangen beriet.

»Damit kommt er niemals durch«, versicherte ihr die Freundin. »Warum fotografierst du nicht das Kündigungsschreiben ab und schickst es mir? Eine Kopie deines Arbeitsvertrags hab ich im Büro abgelegt.«

»Am liebsten würde ich auf der Stelle zu ihm gehen und ihm meine Meinung sagen.« Julia konnte sich nicht erinnern, wann sie das letzte Mal so zornig gewesen war.

»Tu das auf keinen Fall«, riet ihr Claire. »Lass mich das machen. Am besten kommst du am Montag gleich zu mir in die Kanzlei und erzählst mir ganz genau, was vorgefallen ist. Oder nein, warte«, hörte Julia sie sagen. »Warum besuchst du uns nicht morgen und bleibst übers Wochenende? Meine Mutter hat erst neulich von dir gesprochen und gesagt, dass sie zu gerne wüsste, wie du als Sterneköchin heute ein Hähnchen in Weißweinsauce zubereiten würdest.«

Ein warmes Gefühl breitete sich in Julia aus, und ihr Zorn löste sich in Luft auf, wenn sie an die Frau dachte, mit der alles begonnen hatte.

»Wie ich das zubereite?«, fragte sie zurück. »Exakt so, wie sie es mir damals beigebracht hat. Und ja, ich komme sehr gerne, wenn ich euch nicht zur Last falle.«

Claire lachte. »Du fällst uns nicht zur Last, ganz im Gegenteil«, erwiderte sie. »Wir haben uns viel zu lange nicht gesehen. Aber sei gewarnt. Die Zwillinge sind in einem schwierigen Alter.«

Ihre Fahrt am anderen Morgen einmal quer durch den Schwarzwald wies wenig Ähnlichkeit mit ihrem Ausflug auf der Insel La Palma auf, und doch genoss Julia sie. Es war, als würde sie alles mit neuen Augen sehen, das Grün der Bäume, Wiesen und Felder, die dunklen Tannenwälder, die engen Täler. Wenn sie darüber nachdachte, dass ihr bisheriges Leben fast ausschließlich zwischen vier chromblitzenden Wänden stattgefunden und ihr Bewegungsradius vom Restaurant bis zu ihrer Wohnung und dem Großmarkt gereicht hatte, konnte sie nur den Kopf über sich schütteln. War es wirklich das Leben, das sie sich so sehr gewünscht hatte?

Ja, es stimmte, sie liebte ihren Beruf leidenschaftlich. Wenn Abend für Abend das Kunststück gelang, ihre Mannschaft im perfekten Gleichklang die schwierigsten kulinarischen Meisterwerke erschaffen zu lassen und alles wie am Schnürchen klappte, dann war Julia der glücklichste Mensch auf der Welt. Leider stellte sich dieser ideale Zustand nicht immer ein, vor allem nicht, wenn ausgerechnet der Restaurantbesitzer dem Küchenteam in den Rücken fiel. Oder der Küchenchefin.

In Claires Haus am Rande von Radolfzell in Richtung der Halbinsel Höri tauchte Julia in die fröhliche Atmosphäre einer

Familie ein, in der nach Emils Ansicht wohl alles so war, »wie es sein sollte« – auch wenn er mit den knapp achtjährigen Töchtern ihrer Freundin wohl nicht viel hätte anfangen können. Lili und Lena glichen sich bis aufs Haar, und hätte nicht Lena gerade einen Schneidezahn verloren und Lili noch nicht, Julia hätte die beiden wohl kaum auseinanderhalten können.

»Das letzte Mal warst du mit Emil hier«, erinnerte sich Claire, als sie Julia in das gemütliche Gästezimmer begleitete, wo das Bett bereits für sie bezogen war. »Denkst du, dass er sich auf La Palma gut einleben wird?«

»Ich hoffe es«, antwortete Julia mit einem Seufzen und stellte die Reisetasche in eine Ecke. Auf einmal wurde ihr bewusst, dass ihr der Junge ganz entsetzlich fehlte.

»Wie geht es denn Jens so?«, erkundigte sich Claire. »Weißt du eigentlich, dass ich früher mal ganz schrecklich in deinen Bruder verknallt war?«

»Alle meine Freundinnen waren in ihn verknallt«, gab Julia resigniert zurück. »Ich hab das nie verstanden.«

Claire lachte. »Na ja, du bist ja auch seine Schwester«, meinte sie nachsichtig. »Jens war nun mal der coolste Junge weit und breit. Und ich nehme an, das ist er noch immer.«

Julia zuckte mit den Schultern. »Mir geht er immer noch schrecklich auf die Nerven«, gestand sie und dachte an die unerfreulichen Wortwechsel zwischen ihnen.

»Läuft denn sein Outdoor-Unternehmen gut?«

»Offenbar schon«, antwortete Julia und warf ihrer Freundin einen Blick zu. »Wieso interessiert dich das denn?«

»Ach, Flo und ich haben uns überlegt, vielleicht mal auf La Palma Urlaub zu machen«, gab Claire zurück und wandte sich ab, um das Kopfkissen aufzuschütteln, eine Geste, die vollkommen überflüssig war, wie Julia fand. »Und da haben wir uns seine Seite angeschaut. Also, wozu hast du heute Lust?«, wechselte sie ziemlich abrupt das Thema. »Sollen wir ein bisschen Rad fahren? Oder eine Runde über den See drehen? Flo hat gerade das Boot wieder startklar gemacht.«

Julia war alles recht, und kurz darauf fand sie sich mitten in einer Urlaubsszenerie auf dem Bodensee wieder. Claires Mann betrieb eine PR-Agentur, und nach dem schicken Boot zu urteilen, in dem sie nun über das Wasser glitten, liefen seine und Claires Geschäfte ausgezeichnet.

Die Frühlingssonne warf glitzernde Reflexe auf die Wasseroberfläche, und Julia war froh, ihre Sonnenbrille eingesteckt zu haben. Alles erschien ihr unwirklich, von den juchzenden kleinen Mädchen angefangen, die über das Deck tobten, über Claires elegante Erscheinung im Kaschmirpullover, bis hin zu Florian, der seinen Töchtern zeigte, wie man das Boot steuerte. Eine Familie wie aus dem Bilderbuch, dachte sie.

Sie selbst kam sich trotz der Herzlichkeit, mit der ihr alle begegneten, irgendwie fehl am Platze vor. Emils Bemerkung kam ihr in den Sinn, dass sie noch nicht einmal einen Mann hatte, und obwohl sie dieses Kapitel längst für sich geklärt zu haben glaubte, tat ihr der Gedanke, nie einen Partner und Kinder zu haben, auf einmal sehr weh.

Flo stellte den Motor ab und überließ den Zwillingen das Steuer. Claire hatte einen Picknickkorb mit leckeren Antipasti aus einem italienischen Delikatessengeschäft vorbereitet, den sie nun mitten auf dem See genüsslich plünderten. Es gab Weißbrot mit köstlicher Fenchelsalami, Parmaschinken mit Honigmelone, ein Käsesortiment aus der nahen Schweiz. Dazu öffnete Florian die Flasche eines moussierenden Gutedels von der Insel Reichenau, und für die Zwillinge gab es Zitronenlimonade.

»Meine Mutter kommt übrigens morgen«, riss Claire Julia aus ihren Gedanken. »Sie freut sich sehr, dich endlich einmal wiederzusehen.«

»Sie schneidet alle Artikel über dich aus und klebt sie in ein Album«, erzählte Flo und sah dann kurz nach den Zwillingen, die bemerkt hatten, dass ihr Steuern ohne laufenden Motor natürlich keine Wirkung zeigte, und zu quengeln begonnen hatten.

»Ja, meine Mutter ist unglaublich stolz auf dich«, fügte Claire mit einem Lächeln hinzu. »Leider bin ich längst nicht so begabt in der Küche wie du.«

»Dafür kennst du dich mit Paragrafen aus«, gab Julia zurück.

»Wir haben uns gefragt«, begann Claire behutsam, »ob es dir wohl etwas ausmachen würde, morgen für uns zu kochen?«

Flo warf seiner Frau einen tadelnden Blick zu. »Ich finde das nicht in Ordnung«, erklärte er verlegen. »Schließlich ist Julia unser Gast.«

»Das mach ich doch gern«, sagte Julia rasch. »Für niemanden würde ich lieber kochen als für euch und Claires Mutter. Ich verdanke ihr so viel …«

»Du wärst auch ohne uns Spitzenköchin geworden«, behauptete Claire. »Das steckte von Anfang an in dir drin. Ich werde nie vergessen, wie du dich einmal fast übergeben musstest, weil auf dem Pizzastück vom Schulkiosk eine Spur zu viele Pilze drauf war. Oder waren es Oliven?«

»Es waren Sardellen«, antwortete Julia. »Ganz furchtbares Zeug.« Sie erinnerte sich noch genau an den penetranten Geschmack. »Und außerdem zu viele Zwiebeln.«

»Von uns hat keiner was davon gemerkt.« Claire und schüttelte verwundert den Kopf. »Wir haben alles aufgefuttert, auch das, was du nicht mehr wolltest.« Claire rief ihre Töchter zur Ordnung, die Anstalten machten, auf der Reling zu balancieren. Dann nahm sie den Gesprächsfaden wieder auf. »Meine Mutter hat damals gesagt, dass du eine Feinschmeckerzunge hättest, was total selten sei. Und dass eine ganz besondere Karriere auf dich warten würde. Ich würde mal sagen – sie hat recht behalten.«

»Darf ich dir nachschenken?« Flo hatte die Weinflasche aus der Kühltasche geholt.

»Danke«, sagte Julia und reichte ihm ihr Glas.

»Weißt du, was ich mir überlegt habe?«, fragte er, als er die Flasche wieder verstaut hatte. »Wir könnten eine PR-Aktion für dich starten. Eigentlich hätten wir da ja schon früher draufkommen können, aber nachdem das jetzt gerade nicht so gut läuft mit dem Restaurant, ist der Zeitpunkt vielleicht gerade richtig.«

»Das Savoir Vivre läuft fantastisch«, wandte Julia ein. »Es ist fast ein Jahr im Voraus ausgebucht.«

»Ich spreche nicht vom Savoir Vivre«, gab Flo zurück. »Ich denke an eine Kampagne über die Starköchin Julia Brunner. Das Restaurant kann mir gestohlen bleiben, nachdem dich der Besitzer so mies behandelt …« Er stutzte kurz und wechselte einen Blick mit seiner Frau.

»Ich hab Flo davon erzählt«, gestand Claire. »Ich hoffe, das war in Ordnung?«

»Klar.« Julia schloss kurz die Augen und hielt ihr Gesicht in die Sonne. Das ging ihr alles ein bisschen zu schnell. »Und wozu sollte diese Kampagne gut sein?«

»Ich nehme an, du bist auf der Suche nach einem neuen Wirkungskreis?«, fragte Flo.

»Moment mal«, fiel ihm seine Frau ins Wort. »Das ist noch längst nicht sicher. Diese Kündigung ist das Papier nicht wert, auf dem sie steht. Julia kann sich ganz bestimmt wieder auf ihre Arbeitsstelle zurückklagen.«

»Willst du das denn?« Flo sah mit großen Augen von Claire zu Julia. »Nachdem der Besitzer dich so behandelt hat?«

»Ich nehme an, bei dem sind die Sicherungen durchgeknallt«, warf Claire ein. »Oder hattet ihr schon vorher Probleme miteinander?«

Darüber dachte Julia schon die ganze Zeit über nach. Sie war inzwischen jeden einzelnen Streit, den sie in den vergangenen Wochen mit Kercher gehabt hatte, in Gedanken noch einmal durchgegangen.

»Es gab von Anfang an gewisse Unstimmigkeiten«, räumte sie zögernd ein. »Meiner Ansicht nach hat Kercher nie begriffen, wie man ein solches Restaurant zu führen hat. In letzter Zeit hat er mich häufig kritisiert. Und neulich ist er mir vor den Gästen in den Rücken gefallen.« Julia hielt inne. Wenn sie das, worüber sie seit Tagen gebrütet hatte, laut aussprach, klang das alles überhaupt nicht gut. Dennoch war es wohltuend, mit ihren Freunden darüber zu reden. Zudem musste Claire ohnehin die Zusammenhänge erfahren. »Und kurz bevor ich abgereist bin, gab es wieder Streit. Er wollte mir keinen Urlaub bewilligen. Dabei hatte ich schon seit zwei Jahren nie mehr als zwei Tage am Stück frei gehabt. Eigentlich wollte ich gern eine Woche auf La Palma bleiben. Kercher hat darauf bestanden, dass ich gleich am übernächsten Tag wieder zurückfliege. So war das auch geplant, aber dann kam dieser Sturm dazwischen.«

»Ein Sturm?«

»Der Flughafen musste geschlossen werden«, erklärte Julia. »Ich saß auf der Insel fest. Als ich ihm das am Telefon mitgeteilt habe, ist er ausgeflippt und hat gebrüllt, ich sei gekündigt.« Sie musste schlucken, ihr Hals war plötzlich ganz trocken. »Zunächst hab ich das nicht ernst genommen, das heißt, ich hatte gehofft, dass er das in seinem Zorn nur so dahingesagt hätte. Aber als ich gestern nach Hause kam, war da dieser Brief vom Anwalt.«

»Der hat sie nicht mehr alle!«, meinte Claire kopfschüttelnd.

»Wenn ihr mich fragt, schaufelt der sich gerade sein eigenes Grab«, sagte Flo. »Was soll er denn ohne dich anfangen, dieser Idiot?«

»Mein Souschef hat meine Stelle eingenommen«, erzählte Julia. »Amelie sagt, der habe das die ganze Zeit geplant und auf eine günstige Gelegenheit gewartet.«

»Das ist die Oberkellnerin, nicht?«, fragte Claire.

»Die Restaurantleiterin, ja«, korrigierte Julia sie lächelnd. »Ihr untersteht das gesamte Servicepersonal. Wir sind seit Langem befreundet.«

Sie nippte an ihrem Glas und sah einer Gruppe von Flugenten zu, die über dem See ihre Kreise zogen, dann flügelschlagend auf dem Wasser landeten. Lili und Lena bettelten um Brotkrumen und warfen sie ins Wasser, doch die Enten waren zu weit entfernt und zeigten kaum Interesse.

»Willst du wirklich wieder dahin zurück?«, fragte Flo zweifelnd.

Heißer Trotz stieg in Julia auf. Wie konnte sie sich innerhalb von wenigen Tagen wegnehmen lassen, was sie mühevoll aufgebaut hatte? Dennoch spürte sie, dass Florian recht hatte. Mit René würde sie nicht mehr zusammenarbeiten können. Und was war mit den anderen Köchen? Wusste sie denn überhaupt, wie loyal die Truppe war? Paul und Markus hatten sich mit René angefreundet. Henry, der Pâtissier, schien über allem zu schweben und war viel zu erfahren, um sich einer Partei anzuschließen. Er würde sich aus allem raushalten, da war sie sich sicher. Die Einzige, von der sie glaubte, dass sie nicht gegen sie intrigierte, war Briggi, die Kaltmamsell. Aber damit ließ sich kein vernünftiger Küchenbetrieb aufrechterhalten. Das bedeutete, dass sie ein neues Team brauchte. Warum sollte sie das wollen? Wenn sie ganz von vorn beginnen müsste, konnte sie das genauso gut anderswo tun.

»Auf alle Fälle werden wir versuchen, eine saftige Abfindung herauszuschlagen, falls ihr euch nicht mehr einigen könnt«, sagte Claire. »Dann könntest du vielleicht mal eine Pause einlegen. In den vergangenen Jahren hast du ja ununterbrochen gearbeitet.«

Klar, wollte Julia bitter erwidern, ich habe alles gegeben, um dieses verdammte Restaurant bekannt zu machen. Und jetzt setzt Kercher mich einfach vor die Tür. Auf einmal hatte sie einen solchen Kloß im Hals, dass sie kein Wort hervorbrachte. Sie war froh, dass die Sonnenbrille ihre Augen verbarg. Mit ihrer altbewährten Methode versuchte sie, die Tränen, die in ihr aufstiegen, wegzuatmen, doch es gelang ihr nicht. Deshalb tat sie so, als betrachte sie das Panorama der schneebedeckten Schweizer Alpen am Horizont, die ihr so unwirklich erschienen wie eine schlechte Fotomontage. Um sie herum diese Idylle, die so gar nicht dem Aufruhr in ihrem Innern entsprach. Auch das leuchtende Blau des Sees und die sich kräuselnden Wellen wirkten auf sie wie eine Filmkulisse.

»Ja«, hörte sie Flo sagen. »Eine Auszeit ist immer gut nach einer solchen Erfahrung.«

Eine Auszeit. Sie schloss erneut die Augen und sah wieder die Bilder der vergangenen Tage vor sich, schroffe Berghänge, zerklüftete Steilküsten, ein Sonnenuntergang, der nicht von dieser Welt schien. Und ein Anwesen mit Drachenbaum auf einer Klippe über dem Meer. Ein heftiger Schmerz begann an ihrem Herzen zu zerren.

Was ist nur los mit mir, fragte sie sich verwirrt. Es fühlte sich an wie … Heimweh? Nein, das nannte man wohl Fernweh. Alles in ihr sehnte sich zurück auf diese Insel. Oder wollte sie nur ihren Problemen entfliehen?

Ein Wind kam auf, kühl wehte es von den Bergen herunter. Flo stellte den Motor wieder an und nahm, unterstützt von seinen beiden Töchtern, Kurs auf die Anlegestelle.

Den Rest des Tages verbrachten sie damit, die Mahlzeit für den folgenden Tag vorzubereiten. Julia inspizierte die Zutaten für das Hähnchengericht und fand es angebracht, noch rasch einkaufen zu fahren. Dann backte sie gemeinsam mit den Zwillingen Rhabarber-Muffins nach Henrys Geheimrezept und bereitete ein Erdbeersorbet zu, nachdem sie herausgefunden hatte, dass Claire im Besitz einer Eismaschine war.

Nachdem Lili und Lena todmüde ins Bett gefallen waren, saß Julia mit Claire und Flo gemütlich zusammen. Sie redeten über alles Mögliche und ließen zu Julias Erleichterung das Thema Savoir Vivre und wie es in Julias Leben weitergehen sollte außen vor. Sie erfuhr lustige Anekdoten über Flos Kunden, und Claire plauderte ein bisschen aus dem Nähkästchen einer Anwältin, natürlich ohne Namen zu nennen.

»Mama weiß übrigens noch nichts von deiner Kündigung«, sagte Claire, als sie Julia eine gute Nacht wünschte. »Tut mir leid, dass ich Flo …«

»Das ist schon in Ordnung«, unterbrach Julia sie. »Ich finde es total nett von ihm, wie sehr er Anteil nimmt.«

»Er mag dich eben auch gern«, antwortete Claire erleichtert.

In der Nacht schlief Julia tief und traumlos und wurde erst wieder wach, als Lili und Lena unter ihrem Fenster ein Wecklied sangen und dabei kleine Steine gegen ihr Fenster warfen, woraufhin Claire sie gehörig ausschalt.

»Es ist sowieso schon neun«, entschuldigte Julia die beiden Mädchen. »Sie haben wirklich recht, höchste Zeit zum Aufstehen.«

Sie frühstückte mit ihren Gastgebern und verschwand anschließend in der Küche, denn das Geheimnis eines gelungenen Coq au Vin war schließlich die lange Garzeit bei niedriger Temperatur – entsprechend früh musste Julia anfangen.

So kam sie an diesem Tag überhaupt nicht dazu, über ihre missliche Lage nachzudenken. Als Claires Mutter kam und ihr interessiert über die Schulter schaute, fühlte sie sich wie früher in eine Wolke aus Wohlwollen und Fürsorge gehüllt, und das genoss sie noch immer so sehr wie damals als Heranwachsende.

»Es war ganz einfach köstlich«, sagte Claires Mutter, als der Nachtisch verspeist war und Flo sich bereit erklärte, für alle Espresso zuzubereiten. »Meinst du, du könntest für Claire, Flo und mich einen Tisch im Savoir Vivre reservieren lassen?«

Flo blieb in der Küchentür stehen und sah erschrocken zu den am Tisch versammelten Frauen. Claire wirkte, als suche sie nach den richtigen Worten.

»Ich fürchte nicht«, sagte Julia. »Weißt du, ich bin nicht mehr dort.«

»Ach …« Claires Mutter blickte sie überrascht an. »Nein? Ja, wo denn dann?«

Julia spielte mit ihrem Dessertlöffel. Auf einmal fühlte sie, wie sich ihre Enttäuschung und der Groll, ihre gesamte Gefühlsverwirrung in nichts auflösten.

»Das weiß ich noch nicht«, entgegnete sie. »Aber ich bin sicher, es wird sich bald entscheiden.«

9

Tarte flambée – Flammkuchen

Am Montagmorgen begleitete Julia ihre Freundin in deren Anwaltskanzlei, wo sie Vollmachten unterschrieb, damit Claire in ihrem Namen handeln konnte.

»Mehr braucht es nicht?«, fragte sie und legte den Kugelschreiber hin.

»Nein«, antwortete Claire. »Noch heute geht mein Schreiben an Kerchers Anwalt raus. Vielleicht akzeptiert er unsere Forderungen ja gleich, dann sparen wir uns den Gang vors Gericht. Wenn nicht, reichen wir Klage ein.«

»Brauchst du mich dazu?«

Claire schüttelte den Kopf. »Deswegen haben wir diese Vollmachten ausgestellt. Am besten, du verreist für eine Weile und lenkst dich von dem Ganzen ab. Oder möchtest du bei uns bleiben? Am See kann man so herrlich entspannen. Ehrlich, wir würden uns freuen. Und du bräuchtest auch wirklich nicht jeden Tag zu kochen.« Sie grinste verlegen. Offenbar hatte ihr Flo ein schlechtes Gewissen gemacht.

»Danke, das ist lieb von dir.« Julia nestelte am Henkel ihrer Handtasche herum. »Aber ich glaube, ich … ich muss erst einmal richtig zu mir kommen. Das alles ist noch immer …«

»Es war ein Schock«, half Claire ihr liebevoll aus. »Das ist nur zu verständlich. Wann immer du Lust hast herzukommen, das Gästezimmer ist deines. Ja?«

Julia schenkte ihrer Freundin ein dankbares Lächeln. Das

Angebot war wirklich verlockend. Doch jetzt musste sie nach Hause und ein paar unangenehme Dinge klären. Im Restaurant befanden sich immer noch einige ihrer privaten Dinge. Ihre Kochmesser zum Beispiel, die alle zusammen mehrere Tausend Euro wert waren, echt japanische handgeschmiedete Klingen aus Damast- und Aogami-Stahl, das Wertvollste, was sie persönlich besaß. Die musste sie unbedingt dort herausholen.

»Ich habe noch ein paar Sachen zu erledigen«, sagte sie und erhob sich.

Claire begleitete sie bis zur Tür, dort umarmten sich die Freundinnen.

»Danke«, flüsterte Julia an ihrer Schulter. »Danke für alles.«

»Nicht der Rede wert«, antwortete Claire. »Es wird mir ein Vergnügen sein, diesem Kercher zu zeigen, wo die Axt hängt.«

Julia war kaum zu Hause angekommen, als es an der Tür klingelte. Erstaunt betätigte sie den Summer, der unten die Haustür öffnete.

»Huhu, ich bin's«, hörte sie Amelies Stimme, als sie vor die Wohnung ins Treppenhaus trat, um zu sehen, wer da kam. »Kannst du mal runterkommen? Das Zeug ist ganz schön schwer.«

Im Nu war Julia die Treppe hinuntergesaust. Als sie ihre Freundin sah, machte sie große Augen. Amelie zog einen großen Rollkoffer hinter sich her und schleppte außerdem noch eine Reisetasche mit sich.

»Willst du bei mir einziehen?«, fragte sie konsterniert.

Amelie brach in fröhliches Gelächter aus.

»Nein«, keuchte sie, als sie wieder Luft bekam. »Keine Sorge. Da drin ist dein ganzer Krempel aus der Küche. Ich dachte, du willst René garantiert nicht deine kostbare Messersammlung überlassen.«

Julia stieß einen kleinen Schrei aus.

»Amelie, du bist die Beste!« Eilig griff sie nach dem Koffer.

»Komm, wir tragen ihn lieber zusammen hoch«, schlug Amelie vor. »Und danach die Tasche. Ich hab alles zusammengepackt: die Messer, deine Spezialtöpfe, die Eismaschine. Das ist noch viel schwerer, als er aussieht.«

Mit vereinten Kräften schleppten sie alles nach oben.

»Jetzt erzähl mal«, sagte Julia, während sie Kaffee kochte. »Was hat Kercher denn der Truppe erzählt?«

»Dass du nicht mehr wiederkommst.« Es war deutlich zu sehen, dass Amelie bis in die Haarspitzen entrüstet war. »Er tut so, als hättest du uns im Stich gelassen, stell dir das mal vor! Und René steht jetzt als Retter in der Not da.«

Julia schluckte. Das musste sie erst einmal verdauen. Und ganz sicher sollte sie dieses Detail Claire mitteilen.

»Und … und wie läuft es so mit René?«

Im Grunde sollte mich das gar nicht mehr interessieren, dachte Julia. Und doch konnte sie nicht anders. Schließlich war das Savoir Vivre immer noch so etwas wie ihr Baby.

»Er schlägt sich ganz gut«, erzählte Amelie. »Noch arbeitet er deine Menüs ab, und das Team ist ja eingespielt. Er selbst wird das Niveau auf keinen Fall halten können. Es wird eine Weile dauern, bis sich herumgesprochen hat, dass unsere Küche nicht mehr dieselbe Klasse hat wie unter dir. Aber der Stern ist ja da, erst im Herbst wird sich zeigen, ob wir ihn auch im Folgejahr halten können. Und wenn du mich fragst: ganz sicher nicht.« Julia schenkte den Kaffee in zwei Tassen und setzte sich zu ihrer Freundin an den Küchentisch. »Er muss dich zurückholen, Julia«, fuhr Amelie fast schon flehentlich fort. »Du musst dich mit ihm aussprechen. Das Restaurant geht den Bach runter. Ohne dich will ich in dem Laden nicht arbeiten.«

Wortlos stand Julia auf, holte die Kopie des Anwaltsschreibens aus ihrer Handtasche und legte es vor Amelie auf den Tisch.

»Was ist das?«, fragte die verwirrt.

»Lies«, bat Julia.

Mit gerunzelter Stirn vertiefte sich Amelie in das kompliziert verfasste Schreiben.

»Du liebe Güte …«, murmelte sie, als sie es zurück auf den Tisch legte. »Was machst du denn jetzt?«

»Ich war am Wochenende bei meiner Freundin Claire«, berichtete Julia. »Sie ist Anwältin.«

»Das heißt …?«

»Ich komm nicht mehr zurück, Amelie«, sagte Julia leise und fühlte, wie ihr Herz erst ganz wild zu klopfen begann, sich wieder beruhigte und auf einmal viel freier und leichter schlug.

»Aber … aber …«, stammelte Amelie, »was machst du denn dann?«

Julia hob die Schultern und ließ sie wieder fallen. »Etwas anderes«, entgegnete sie vage.

»Du hast schon ein neues Angebot«, mutmaßte Amelie atemlos. Und als Julia den Kopf schüttelte, fügte sie hinzu. »Komm schon, mir kannst du es doch sagen.«

»Ich hab noch kein neues Angebot, und ich will im Augenblick nicht daran denken.«

Amelie sah sie verständnislos an. »Du willst nicht daran denken?«

»Nein. Ich will meinen Frieden«, brach es aus Julia heraus. »Und Zeit für mich. Das alles … es setzt mir ziemlich zu. Das kannst du dir ja denken. Auf der anderen Seite fühle ich mich, als hätte mich jemand aus einem Hamsterrad geschubst. Zuerst dreht sich dir der Kopf, und du weißt nicht, wo vorn und hinten ist. Dann stellst du fest …«

»… dass es gar nicht so toll war in dem Hamsterrad?«

»Genau.« Julia atmete erleichtert auf. »Ich hätte das Savoir Vivre niemals im Stich gelassen.« Und im Grunde mussten das alle wissen, die dort arbeiten, ganz egal, was Kercher ihnen erzählte.

»Aber jetzt, wo ich draußen bin, stelle ich fest – es gibt ein Leben ohne das Restaurant.«

Sie stand auf, um ihrer Freundin Kaffee nachzuschenken, und nutzte die Gelegenheit, um vor Amelie ihr Gesicht zu verbergen, denn ihre Miene würde ihre Worte sicher Lügen strafen. Noch immer nahm sie das alles sehr mit, sie hörte selbst, dass ihre Stimme zitterte. Sie war es gewohnt, ihre Gefühle zu verbergen, die Jahre unter dem Drill der Chefs de Cuisine hatten dafür gesorgt, dass sie sich eine Schale hatte wachsen lassen müssen, sonst hätte sie das alles gar nicht überlebt.

»Ich hab auch keine Lust, dortzubleiben, wenn du weg bist«, sagte Amelie. »Vergiss mich nicht, wenn du woandershin gehst. Ich bin dir schließlich aus der Schweiz hierher gefolgt. Lass mich hier nicht auf dem absteigenden Ast sitzen, mit einem Grünschnabel wie René als Küchenchef.«

»Ich vergess dich schon nicht«, sagte Julia lächelnd. »Aber zuerst muss ich für mich selbst sorgen.«

»Und wenn wir uns gemeinsam selbstständig machen?« Amelie sah Julia flehentlich an. Diese Idee war nicht neu, schon früher hatten sie hin und her überlegt. Denn im Grunde war das Julias größter Traum. Es müsste wundervoll sein, ihre eigene Herrin zu sein. Doch sich in Deutschland so etwas aufzubauen war schlichtweg unmöglich. Gemeinsam mit Alain hätten sie es womöglich schaffen können. »Inzwischen geben dir die Banken bestimmt einen Kredit«, fuhr Amelie fort, als hätte sie ihre Gedanken gelesen. »Jetzt, wo du den Stern hast …«

»Nicht ich habe den Stern«, korrigierte Julia sie liebevoll. »Er wurde dem Restaurant verliehen. Sterne kann man nicht mitnehmen, auch die Michelin-Sterne nicht, das weißt du genauso gut wie ich.«

»Trotzdem …«

»Wir werden sehen.« Julia ließ sich wieder auf ihren Stuhl

fallen. Freudlos wanderte ihr Blick durch den Raum. In dieser Küche hatte sie noch kein einziges Mal gekocht. Sie würde die Wohnung, die sie damals nur deshalb genommen hatte, weil sie so nah beim Restaurant lag, so bald wie möglich aufgeben. Ihre Sachen irgendwo unterstellen, vielleicht bei ihrem Vater. Und dann? »Ich brauch jetzt erst einmal Zeit, das alles zu verdauen, bevor ich entscheiden kann, was als Nächstes kommt.« Ihr Handy klingelte. Es war Emil. »Entschuldige«, sagte sie, »da muss ich rangehen.«

»Na klar«, meinte Amelie und wirkte ziemlich niedergeschlagen. »Ich geh wohl besser.«

»Nein, nein«, wehrte Julia ab. »Es ist Emil. Bitte bleib. Lass uns heute Abend zusammen essen gehen. Rüber ins Elsass, irgendwohin, wo uns keiner kennt. Flammkuchen vom Brett bis wir umfallen. Was hältst du davon?«

Amelies Augen leuchteten auf, während Julia den Anruf entgegennahm.

»Julia«, hörte sie Emil atemlos sagen. »Die Schule ist unterirdisch. Ich versteh kein Wort. Und die anderen Kinder sind … die sind richtig bescheuert.«

»Ach, Emil«, sagte Julia. »Das war ja kaum anders zu erwarten. Zuallererst musst du Spanisch lernen. Am besten geht das, wenn du mit einheimischen Kindern …«

»Die wollen mich nicht bei sich haben!« War das ein Schluchzen in Emils Stimme?

»Haben sie dir was getan?«, fragte Julia alarmiert.

»Nö, das haben sie sich nicht getraut, nachdem ich den größten Idioten verprügelt habe …«

»Du hast dich geprügelt?«

»Ich hab mich gewehrt«, schniefte Emil. »Ich lass mich von denen nicht anpöbeln.«

Julia seufzte. »Was sagt denn dein Vater dazu?«

Das hätte sie besser nicht gefragt.

»Der? Dem bin ich doch egal!«, fauchte Emil ins Telefon. »Der hält zu denen. Kannst du dir das vorstellen? Der Direktor hat mich rundgemacht. Ich hab zwar kein Wort verstanden, aber das war gar nicht nötig. Jetzt soll ich mich auch noch entschuldigen. Dabei waren die zu fünft, und ich war ganz allein! Ich kann doch nichts dafür, dass das Weichei gleich zu Boden gegangen ist …«

»Hast du ihn verletzt?«, fragte Julia alarmiert nach. Amelie hob die Brauen und bekam ganz runde Augen.

»Wär es dir lieber, ich hätte mich von denen vermöbeln lassen? Hey, die hätten mich umbringen können. Papa sagt, das wäre besser gewesen.«

Julia konnte nur den Kopf schütteln. »Geh morgen hin und schließ Freundschaft mit dem Jungen«, riet sie ihm. »Reich ihm die Hand und sag, es tue dir leid.«

»Spinnst du?«, gab Emil trotzig zurück. »Fällt mir gar nicht ein. Wieso sollte ich das tun? Es tut mir nämlich gar nicht leid …«

»Mensch, Emil, ihr Jungen müsst das untereinander regeln.«

Emil schwieg, Julia hörte, wie er die Nase hochzog. Weinte er?

»Und Tanja ist wieder so kalt wie ein Kühlschrank zu mir«, hörte sie ihn schließlich leise sagen.

»Na, das glaube ich aufs Wort, wenn du solche Sachen machst.« Julia biss sich auf die Unterlippe. War sie jetzt zu streng? »Hör zu, Emil. Ist dein Vater in der Nähe? Dann red ich mal mit ihm.«

»Der ist nicht da«, sagte Emil. »Außerdem wäre das eh keine gute Idee. Wenn es um mich geht, kriegt ihr euch ja immer in die Haare.«

Wieder entstand ein Schweigen, das ein paar Atemzüge lang währte. Angesichts der Entfernung, die zwischen ihnen lag, eine halbe Ewigkeit.

Und auf einmal erschien Julia das alles einfach unerträglich. Was hinderte sie denn daran, für eine Weile nach La Palma zu gehen und sich um ihren Neffen zu kümmern, bis er sich dort eingelebt hätte? Nichts. Verwundert bemerkte sie, dass allein der Gedanke wahre Glücksgefühle in ihr auslöste.

»Weißt du was, Emil?«, sagte sie und wog blitzschnell alles noch einmal in ihrem Herzen ab. »Dann komm ich eben zurück. Gemeinsam finden wir schon eine Lösung.«

»Wie jetzt?« Emil klang wie das personifizierte Misstrauen. »Du kommst? Hierher? Wann?«

»Mal sehen, für wann ich einen Flug buchen kann. Und eine Unterkunft brauch ich auch, ich will Jens und Tanja nicht mehr zur Last fallen. Tropft es denn noch bei dir ins Zimmer?«

»Keine Ahnung«, sagte Emil und klang auf einmal ganz aufgekratzt. »Es hat ja seitdem nicht mehr geregnet. Jetzt sag mal ehrlich. Machst du Witze?«

»Nein, Emil«, sagte Julia ernst und hielt Amelies Blick stand, die sie völlig entsetzt anstarrte. »Ich mache keine Witze. Lass mich noch ein paar Dinge erledigen. Ich sag dir Bescheid, wann ich ankomme.«

»Und das Restaurant?«

»Das ist vorbei.«

»Haben die dich rausgeschmissen?«

Julia musste grinsen. »Ja, so könnte man es nennen.«

Emil schnaubte. »Jetzt weiß ich, dass du mich verarschst. Dich würden sie nie im Leben rausschmeißen.«

»Wir werden an deinem Vokabular arbeiten müssen, wenn ich erst mal bei dir bin«, gab Julia zurück. »Und nicht nur am spanischen. Ausdrücke wie ›verarscht‹ will ich nicht mehr hören. Alles klar?«

Wieder herrschte Stille zwischen ihnen.

»Du kommst wirklich?«

»Wenn ich es dir sage!«

Das Freudengeheul war so ungeheuer laut, dass Julia den Hörer vom Ohr nehmen musste. Sie verhandelte mit Emil, dass er am folgenden Tag tapfer sein, zur Schule gehen und dem Jungen, den er zugerichtet hatte, die Hand reichen würde.

»Und wenn er mir eine reinhaut?«, fragte Emil skeptisch.

»Dann duckst du dich eben schnell weg«, schlug Julia vor. »Und weißt du was? Ich glaube, du hast bereits bewiesen, dass man sich mit dir besser nicht anlegt. Jetzt musst du großzügig sein. Nur so findet man Freunde.«

Emil versprach es, und sie beendeten das Gespräch.

»Du liebe Zeit«, seufzte Julia. »Als ob ausgerechnet ich die Expertin in Sachen Freundschaften wäre.« Ihr Blick begegnete dem von Amelie. Die lächelte traurig.

»Nach La Palma willst du also«, sagte sie leise. »Warum hast du mir das nicht gleich gesagt?«

»Ich war mir noch nicht ganz sicher«, gestand Julia. »Vermutlich hat es genau diesen Anstoß gebraucht.«

»Emil ist zwölf«, wandte Amelie ein. »Und er hat einen Vater. Er würde schon ohne dich klarkommen.«

»Sicher«, entgegnete Julia. »Aber schöner ist es, wenn da noch jemanden ist, der einen lieb hat und zu einem steht.« Sie selbst hatte das als Kind nicht gehabt. Ihre Mutter hatte nie auf ihrer Seite gestanden, wenn sie einmal, selten genug, Konflikte in der Schule oder mit Freunden gehabt hatte. Und ihr Vater war ohnehin nie zu Hause gewesen. Die Person, die ihr am meisten Trost und Zuspruch gespendet hatte, war Claires Mutter gewesen. »Mach dir keine Sorgen«, sagte Julia zu ihrer Freundin. »Sobald ich weiß, wie es bei mir weitergeht, sag ich dir Bescheid. Außerdem bist du selbst ausgezeichnet qualifiziert, um eine Stelle als Restaurantleiterin in einem erstklassigen Haus zu bekommen, dafür brauchst du mich gar nicht. Du weißt genau, gute Leute im Service sind überall gefragt.« Sie erhob sich. »Nun, was ist? Lust auf Flammkuchen?«

Auf einmal war alles ganz einfach. Sie hatte Glück und ergatterte gleich für den nächsten Tag den letzten Platz in einer Maschine nach La Palma. Im Internet fand sie ein hübsches kleines Ferienhaus ganz in der Nähe des Orts, wo Emil fortan zur Schule gehen sollte, und mietete es für vier Wochen. Ein Blick auf ihr Bankkonto bestätigte ihr, dass sie durchaus ein paar Monate frei machen konnte, wenn nicht ein ganzes Jahr. Bislang hatte sie so wenig Gelegenheit gehabt, Geld auszugeben, dass sich eine stattliche Summe an Ersparnissen angesammelt hatte.

Dann machte sie sich ans Packen. Diesmal würde sie nicht nur mit Handgepäck reisen, und deshalb legte sie, als schon alles fertig war, noch ihre Kochmesser zwischen die T-Shirts, und hoffte, dass man sie beim Sicherheitscheck nicht für eine Terroristin halten würde.

Gerade als sie mit allem fertig war und ein wenig verloren in ihrem Wohnzimmer stand, ihre Möbel musterte und sich fragte, was von alldem sie in Zukunft überhaupt behalten wollte, klingelte ihr Telefon. Es war eine Nummer mit französischer Vorwahl, und Julia hatte keine Ahnung, wer das sein könnte.

»*Salut*, Julie«, hörte sie eine Stimme sagen, und ihr Herz setzte kurz aus. Es war unverkennbar Alain, der ihren Namen stets auf französische Weise ausgesprochen hatte, »Schüliiii« mit klingendem sch. »Ich bin's, Alain.«

Mehr als ein »Hallo« brachte Julia nicht zustande. Es war fast drei Jahre her, dass sie das letzte Mal mit ihm gesprochen hatte. Damals hatte er ihr von seiner Verlobung erzählt und ihr damit das Herz gebrochen. Nicht dass sie nicht längst geahnt hätte, dass es zwischen ihnen zu Ende ging. Wie hätten sie ihre Beziehung trotz der räumlichen Entfernung auch aufrechterhalten sollen?

»Wie geht es dir?«, fragte Alain. »Herzlichen Glückwunsch übrigens zum Michelin-Stern.«

»Danke.« Was wollte er von ihr? Wieso rief er ausgerechnet jetzt an? »Mir geht es gut. Und dir?«

»Ich kann nicht klagen«, antwortete Alain in fröhlichem Ton. »Das Hotel läuft ausgezeichnet.« Julia wartete. Sie hatte keine Lust, Small Talk zu machen und womöglich zu sagen, dass sie das freute. Wie Alains Hotel lief, in das er eingeheiratet hatte, war ihr herzlich egal. »Ich wollte dich fragen«, fuhr er fort, »ob du dir vorstellen könntest, unsere Küche zu übernehmen. Wir haben uns von unserem Chef getrennt, sein Niveau entsprach nicht unseren Vorstellungen. Du wärst genau die Richtige für uns. Was muss ich tun, um dich vom Savoir Vivre loszueisen?«

Julia glaubte, sich verhört zu haben. Dann stieg ein völlig unangebrachtes, verrücktes Lachen in ihr auf, das sie nur mit Mühe unterdrücken konnte. Glaubte dieser Mann allen Ernstes, sie würde unter seiner Patronage und der seiner Frau arbeiten?

»Das kommt jetzt sicher überraschend«, fuhr Alain fort, nachdem sie noch immer nichts sagte. »Aber ich bin bereit, deinem jetzigen Arbeitgeber jede Ablösesumme zu bezahlen, wenn er dich möglichst bald ziehen lässt. Am liebsten hätte ich dich sofort …«

»Alain«, unterbrach Julia seinen Redeschwall. »Ich bin nicht zu haben.«

»Écoute«, entgegnete Alain, »hör mal, überleg dir das gut! Was du geleistet hast, ist unglaublich, ich hab das aus der Ferne immer verfolgt. Nur solltest du nicht ewig in der Provinz festsitzen. Was du brauchst, sind neue Herausforderungen, eine Küche, die für die Welt kocht, nicht für …«

»Du hast recht, ich brauche *neue* Herausforderungen«, fiel ihm Julia ins Wort. »Nur nicht diese. Tut mir leid, Alain, du musst dir wohl einen anderen Chef suchen.«

Kurz herrschte Schweigen. Zeit, das Gespräch zu beenden, dachte Julia. Und doch klopfte ihr Herz zu ungestüm, das sich offenbar noch immer an ganz andere Zeiten erinnerte, an Zeiten, wo sie nichts lieber getan hätte, als mit diesem Mann zusammenzuarbeiten.

»Was macht die Familie?«, fragte sie wider besseren Wissens und biss sich sogleich auf die Zunge.

»Oh, alles *formidable*«, hörte sie Alain sagen. »Mireille ist wieder schwanger. Dass wir einen Stammhalter haben, das weißt du? Er heißt Paul. Nach Paul Bocuse.«

Nein, wollte Julia sagen. *Davon weiß ich nichts, und ich will nichts davon wissen.* »Wie schön«, sagte sie stattdessen. »Dann wünsche ich dir weiterhin alles Gute. *Adieu*, Alain. Es war nett, von dir zu hören.«

Sie legte auf und musste sich setzen, denn auf einmal fühlten sich ihre Knie an, als wären sie aus Gelee. Es war nett, von dir zu hören – hatte sie nicht mehr alle Tassen im Schrank? Wie konnte er auch nur eine Minute lang glauben, dass sie sein Angebot annehmen würde? Weil er schon lange drüber weg ist, gab sie sich selbst resigniert zur Antwort. Und ärgerte sich darüber, dass ihr das alles immer noch so zu schaffen machte.

Eine schlaflose Nacht lag hinter Julia, als sie am nächsten Tag das Flugzeug bestieg. Alains Anruf hatte sie mehr aufgewühlt, als sie es sich eingestehen wollte. Wie kam er dazu, ihr einen solchen Vorschlag zu machen? Noch immer entrüstet verstaute sie ihren Rucksack im Gepäckfach und ließ sich auf ihren Sitz fallen.

»Entschuldigen Sie«, sprach eine Dame sie aus der Reihe vor ihr an, die sie offenbar die ganze Zeit beobachtet hatte. »Sind Sie nicht Julia Brunner?«

»Ja«, antwortete Julia verdutzt. »Kennen wir uns?«

»Nein, nicht persönlich«, antwortete die Frau mit sichtlicher Begeisterung. »Ich habe alles über sie gelesen, nachdem sie den Michelin-Stern erhalten haben. Mein Mann und ich sind so begeistert von Ihnen, dass wir einen Tisch in Ihrem Restaurant reserviert haben. Im …«

»Savoir Vivre«, soufflierte ihr Gatte, der neben ihr saß und Julia ebenfalls neugierig musterte.

»Genau. In zwei Monaten ist es so weit. An unserem Hochzeitstag.« Die Dame strahlte. »Wir freuen uns schon so darauf.«

»Oh …«, entfuhr es Julia.

»Machen Sie Urlaub?«, fragte die Frau weiter, ohne auf Julias Reaktion einzugehen. »Das muss auch mal sein, nicht wahr? Wer vertritt Sie denn inzwischen in der Küche?«

»Mein Souschef«, antwortete Julia, die sich wieder gefangen hatte. »Der macht das ganz ausgezeichnet.« Es war unter ihrer Würde, in der Öffentlichkeit schlecht von ihren Kollegen zu reden.

Der Gatte der Frau wirkte allerdings alles andere als zufrieden mit dieser Antwort.

»Ja aber … wenn die Leute doch denken, dass Sie für sie kochen«, wandte er stirnrunzelnd ein. »Und dann ist das nur Ihr Souschef?«

»In zwei Monaten haben Sie hoffentlich keinen Urlaub geplant, oder?«, schickte seine Frau besorgt hinterher. »Es ist im Juli. Wie gesagt, unser Hochzeitstag.«

»Der achtundzwanzigste«, ergänzte der Mann stolz.

Erwartungsvoll hingen die Blicke der beiden an Julias Lippen. Sollte sie so tun, als ob …? Nein. Das brachte sie nicht fertig.

»Ich verrate Ihnen jetzt ein Geheimnis«, sagte sie. »Außer Ihnen weiß das bislang noch niemand.«

»Ja?« Unwillkürlich reckten die beiden ihre Köpfe noch näher in ihre Richtung.

»Ich werde nicht mehr zurückkehren.« Jetzt war es heraus.

»Nein?« Die Augen der Frau weiteten sich vor Entsetzen. »Aber das geht nicht«, rief sie aus. »Julia Brunner und das Savoir Vivre, das sind Synonyme. Ohne Sie kann das Restaurant doch einpacken.«

Die Stewardess kam und bat das Paar, seine Plätze vorschriftsmäßig einzunehmen und sich anzuschnallen. Julia lehnte sich in ihrem Sitz zurück und atmete tief durch. Wie war das? Sie und das Restaurant sollten gleichbedeutend sein? Sie konnte sich an die Artikel nicht mehr so genau erinnern, die vor einigen Wochen erschienen waren. Damals hatte sie sich an der Formulierung nicht gestört. Jetzt allerdings rebellierte alles in ihr gegen diese Gleichsetzung. Sie war ein Mensch. Kein Restaurant. Kein Gütesiegel. Ein Mensch, keine Maschine.

Sie sah, wie das ältere Paar vor ihr aufgeregt miteinander tuschelte. Schließlich reckte der Mann seinen Kopf nach ihr und sagte: »Wo werden Sie denn künftig wirken?«

»Das ist noch alles offen«, antwortete sie, und da das Flugzeug in die Startposition rollte, wurde sie vorläufig einer weiteren Antwort enthoben. Ihr Sitznachbar jedoch musterte sie neugierig, und Julia schloss die Augen und tat so, als ob sie schlafen wolle, um weiteren Befragungen zu entgehen.

Der Flug verlief ohne weitere Zwischenfälle, und je mehr Kilometer sie von Deutschland trennten, desto leichter wurde es Julia ums Herz. Bis ihr ihre heftige Reaktion auf Alains Anruf selbst lächerlich erschien. Was verband sie noch mit diesem Mann? Nur gewisse Erinnerungen. Weiter nichts.

Es gelang ihr tatsächlich, einen beträchtlichen Teil der Flugzeit tief und fest zu schlafen. Als sie am Gepäckband auf ihren Koffer wartete, trat der ältere Mann zu ihr, der gemeinsam mit seiner Frau vor ihr gesessen hatte.

»Hier«, sagte er und drückte ihr eine Visitenkarte in die Hand. »Wenn Sie irgendwann darüber sprechen dürfen, wo Sie Ihre bemerkenswerte Karriere weiterführen, sagen Sie uns bitte Bescheid. Wir werden auf alle Fälle kommen. Ganz egal, wo es sein wird.«

Gerührt versprach Julia, das zu tun, auch wenn sie überhaupt keine Ahnung hatte, wie es bei ihr weitergehen würde. Ihr Koffer zog langsam an ihr vorüber, und sie beeilte sich, ihn vom Gepäckband zu ziehen. Dann begab sie sich zu der Autovermietung und nahm den Wagen in Empfang, den sie online gebucht hatte. Gonzos VW Käfer war zwar großartig gewesen, doch sie hatte ihren Bruder nicht schon wieder bemühen wollen. Falls Emil nichts davon erzählt haben sollte, wusste Jens noch überhaupt nicht, dass sie wieder auf der Insel war, er würde es früh genug erfahren.

Das Navigationsgerät im Mietwagen – sie hatte sich für einen geländegängigen Seat-Kleinwagen entschieden – leitete sie sicher aus dem Flughafenareal und wies ihr den inzwischen schon vertrauten Weg von La Palmas Ostseite nach Westen. Alles war genauso wie vor vier Tagen, als sie abgereist war, trotzdem erschien ihr die Insel wie verwandelt, denn die Sonne strahlte von einem tiefblauen Himmel, den kein Wölkchen trübte. Sie konnte sich an den leuchtenden Farben zwischen Himmel und Meer nicht sattsehen, an den glühenden Rottönen des Gesteins und dem funkelnden Grün der Vegetation, die nach dem kräftigen Regen der vergangenen Woche noch üppiger geworden war. Ein Meer aus Blüten bedeckte so manchen Berghang, und in den Gärten faszinierte Julia immer wieder die Pracht der Bougainvilleen und die bizarre Schönheit der Strelizien.

Schließlich erreichte sie den Tunnel, der die Ost- von der Westseite trennte. An seinem Ende funkelte das verlockende Blau eines strahlenden Frühlingstags. Ihr Herz jubilierte, als sie aus der dunklen Röhre hinaus ins Licht fuhr und sich in weichen Serpentinen der Küste näherte.

Das Häuschen, das sie gemietet hatte, war genau so, wie sie es sich nach den Bildern im Internet vorgestellt hatte. Wie vereinbart lag der Schlüssel hinter einem Blumentopf auf der Terrasse. *Bienvenido* stand auf einem Zettel, der halb unter einer gefüllten Obstschale klemmte.

»Ich bin angekommen«, sagte sie, als Emil an sein Smartphone ging. Alles Weitere ging im Jubel ihres Neffen unter.

Ja. Sie war angekommen. Eine große Last schien von ihr abzufallen. Die nächsten vier Wochen, so nahm sie sich vor, würde sie sich keine Gedanken um ihre Zukunft machen. Dieser Monat gehört nur ihr. Und Emil. Danach würden sie weitersehen.

10

Risotto con Almejas – Risotto mit Venusmuscheln

Das Dorf war mit Girlanden geschmückt, und vor Julias Füßen breitete sich ein wahrer Teppich aus gelben und weißen Blüten aus. Am Nachmittag hatte eine Prozession stattgefunden, Julia hatte es jedoch nicht eher geschafft, sie hatte mit Emil Spanisch-Vokabeln gepaukt und war erst gegen Abend losgekommen. Außerdem hatte sie sich zweimal verfahren, das Navi war ausgefallen, und sie betrachtete es als ein kleines Wunder, dass sie es am Ende geschafft hatte, den in den Bergschluchten versteckten Weiler zu finden. Und tatsächlich befand er sich ganz in der Nähe der verlassenen Finca, die sie gemeinsam mit Emil entdeckt hatte, er lag weit oberhalb der Klippe auf einem Bergabsatz.

Die Gasse stieg leicht zu einer Plaza an, von wo Lachen, ausgelassenes Rufen und die Klänge von Musik zu ihr herunterwehten. Im Schein bunter Lampions erkannte sie beim Näherkommen zwei, drei Paare, die sich unter Palmen im Takt bewegten, während gut drei Dutzend Menschen in Gruppen um Stehtische herumstanden oder auf ausgeleierten Korbstühlen beisammensaßen. Die Ankündigung des traditionellen Fests hatte sie in einer lokalen Inselzeitschrift entdeckt und sich an den Pick-up-Fahrer namens Álvaro erinnert, der sie und Emil bei dem Unwetter nach Hause gefahren hatte. Und obwohl sie es eigentlich bereits verworfen hatte, seiner Einladung zu folgen, war sie vor zwei Stunden doch in den Wagen gestiegen und hatte sich auf die Suche nach diesem ominösen Dorf im Norden der Insel gemacht.

Zwei Mischlingshunde strichen um einen Stand, an dem mundgerechte Kaninchenstücke mit Rosmarin gegrillt wurden, die einen betörenden Duft verströmten. Gleich daneben wurden die allgegenwärtigen Papas arrugadas mit rotem und grünem Dipp angeboten – Mojo rojo und Mojo verde. Aus den Lautsprechern klang die Stimme einer Frau, die Julia in ihrer schlichten Schönheit direkt ins Herz ging, begleitet wurde sie von einer rhythmisch spielenden Geige und einem Schlagzeug. Julia sah sich nach einer Live-Band um, doch offenbar kam die Musik vom Band. Kinder hielten sich an den Händen und drehten sich übermütig dazu im Kreis. Kurz zögerte Julia, dann holte sie sich am nächstbesten Stand ein alkoholfreies Bier. Gerade überlegte sie, von wo aus sie alles beobachten konnte, ohne selbst aufzufallen, als jemand sie ansprach.

»Du bist nicht von hier, oder?« Einen Augenblick brauchte Julia, bis ihr wieder einfiel, woher sie das ebenmäßige, sonnengebräunte Frauengesicht, das von langem, dunklem Haar umrahmt wurde, kannte. »Ich bin Serena«, half ihr die junge Frau und betrachtete sie neugierig. »Und ich hab dich schon mal irgendwo gesehen.«

»In der Markthalle«, antwortete Julia und lächelte zurück. »Du verkaufst diesen leckeren Zuckerrohrsaft, nicht wahr? Ich heiße Julia. Wohnst du hier?«

»Ich bin hier geboren.« Serena zuckte mit den Schultern und zog eine lustige Grimasse. »Nicht gerade der Nabel der Welt. Aber mir gefällt's.« Sie winkte einer Gruppe junger Männer und Frauen, die eben aus einer höher gelegenen Gasse auf den Platz gekommen waren und auf sie zusteuerten. »Hier kennt jeder jeden.« Sie begrüßte ihre Freunde mit den üblichen Wangenküssen. Lustige Bemerkungen wanderten hin und her, die Julia nur zum Teil verstand. Dieser Inseldialekt hatte es wirklich in sich.

»Das ist Julia«, stellte Serena sie vor. »Sie ist wie aus dem Nichts aufgetaucht, allein das verdient schon höchste Anerkennung. Oder hast du dich einfach nur verfahren?«

Julia lachte. Serena hatte etwas Einnehmendes an sich, man bekam sofort gute Laune, wenn sie einen so anstrahlte.

»Zuerst schon«, räumte sie ein. »Es war nicht ganz einfach, das Dorf zu finden. Am Ende hab ich's geschafft.«

»¡Chapó!«, rief ein hoch aufgeschossener junger Mann, der einen alten Strohhut auf dem Kopf trug, so als sei er an ihm festgewachsen, und klopfte ihr anerkennend auf die Schulter. »Der neue Postbote schafft das nach drei Monaten noch immer nicht auf Anhieb.«

Die Freunde lachten.

»Ganz schön mutig von dir, dich in unser altes Seeräubernest zu wagen«, meinte ein anderer, der Julia gerade bis zu den Schultern reichte, mit einem breiten Grinsen.

»Seeräuber?«

»Ach, hör nicht auf Pepe«, warnte Serena Julia.

»Doch, das stimmt«, warf der Mann mit dem Strohhut ein. »Wir stammen alle von einem alten Seeräubergeschlecht ab. Mein Urgroßvater, von dem ich diesen Hut hier habe, war noch ein richtiger …«

»Jetzt kommt Toto wieder mit dieser alten Geschichte«, feixte eine zierliche junge Frau mit einem hübschen Puppengesicht, die sich zu ihnen gesellt hatte. Sie hatte eine Haut wie Porzellan und wirkte irgendwie zerbrechlich.

»Er sagt die volle Wahrheit, Naira«, kam Pepe seinem Freund zu Hilfe. »Da drüben an der Mauer haben sie Wache gehalten und mit ihren Ferngläsern beobachtet, wenn ein Schiff an den Klippen gekentert ist. Dann sind sie rausgefahren und haben alles geplündert, was sie kriegen konnten.«

»Alles Unsinn«, lachte Naira.

»Manchmal haben sie auch ein wenig nachgeholfen«, fiel ihr Toto grinsend ins Wort, »und Leuchtfeuer angezündet, um die Kapitäne in die Irre zu leiten …«

»Erzählt ihr wieder eure alten Schauermärchen?« Julias Herz stolperte kurz. Diese Stimme nah hinter ihr kam ihr bekannt vor. »Macht mal Platz«, fuhr Álvaro fort und drängte sich sanft zwischen Serena und Julia, wobei er einen großen Teller mit gegrillten Fleischstückchen auf den Stehtisch stellte. Dann holte er aus seiner Jackentasche ein Döschen mit Zahnstochern hervor. »Hier«, sagte er und reichte es herum. »Bedient euch.«

Das ließ sich die Gruppe nicht zweimal sagen. Jeder nahm einen der Holzspieße und griff zu. Nur Julia zögerte, und das lenkte Álvaros Aufmerksamkeit auf sie.

»Ah, du bist also noch hier?«, sagte er, und ein Lächeln glitt über sein Gesicht. »Ich hab dich nicht gleich erkannt, damals warst du ja klatschnass.« Er lachte leise und musterte sie aus seinen ungewöhnlichen, hellen Augen. Die anderen starrten sie neugierig an.

»Ihr kennt euch?«, wollte die junge Frau mit dem Puppengesicht wissen. Ihre Augen blitzten auf.

»Álvaro hat mich und meinen Neffen bei Platzregen auf der Straße aufgelesen«, erklärte Julia und hoffte, dass man im Schein der Lampions nicht sah, dass sie rot geworden war. »Wir waren mit der Vespa unterwegs, und er hat uns heimgefahren.«

»Das war während des Sturms«, ergänzte Álvaro und pickte gelassen mit seinem Zahnstocher nach einem Stück Kaninchen.

Julia hoffte inständig, dass er nicht auf ihren Bruder zu sprechen kam, doch ihre Sorge war unbegründet.

»Na, das Sturmtief ist ja zum Glück vorbei«, sagte Serena.

»Ja, das Wetter wird die kommenden beiden Wochen stabil bleiben«, bestätigte Álvaro, und Julia nahm erstaunt zur Kenntnis, dass die anderen respektvoll an seinen Lippen hingen, so als sei er für sie eine Art Autoritätsperson. »Du wirst also noch ein paar schöne Tage verleben, Julia. Wie lange bleibst du denn?«

»Ich weiß noch nicht«, antwortete sie. Und das war die volle Wahrheit. Die erste Woche nach ihrer Rückkehr auf die Insel war im Nu verflogen. Sie hatte mit Emils Schulrektor gesprochen und es tatsächlich geschafft, ihm seine Klassenlehrerin ein wenig gewogener zu stimmen. Morgen würde sie mit ihrer Vermieterin sprechen, ob sie ihren Aufenthalt in dem Ferienhäuschen eventuell verlängern könnte. Sie hatte nicht die geringste Lust, in drei Wochen schon nach Deutschland zurückzukehren.

»Du hast also deine Pläne geändert«, stellte Álvaro leise fest. Er war unmerklich näher an sie herangetreten, ihre Oberarme berührten sich, wenn einer von ihnen etwas von dem Gemeinschaftsteller nahm oder sich von dem Brotkorb bediente, den der Besitzer des Grillstands vorbeigebracht hatte. Die anderen waren in eine Diskussion verwickelt, in der es um Touristen ging, die die Vorgaben der Umweltschutzbehörde nicht beachtet und im Wald Lagerfeuer angezündet hatten, was besonders Toto schrecklich aufregte.

»Ja, hab ich.«

Die Musik wechselte, statt der rhythmischen Stücke erklang nun eine wehmütige Ballade.

»Wer ist denn die Sängerin?«, fragte Julia und geriet in den Bann von Álvaros hellen Augen.

»Das ist Ima«, antwortete er. »Ima Galguén. Sie ist eine von uns. Alle ihre Lieder handeln von der Insel. Und von der Liebe. Möchtest du tanzen?«

Er wartete ihre Antwort nicht ab, sondern fasste sie sanft am Arm. Seine Berührung sorgte dafür, dass eine warme Welle ihren Körper durchflutete und sie sich umstandslos in die Mitte des Platzes führen ließ, wo Álvaro ihre rechte Hand ergriff und den anderen Arm um sie legte. Er trug ein beiges Flanellhemd, der Kragen stand weit offen. Sein Gesicht und sein Hals waren tief gebräunt und schimmerten wie Samt. Julia war nur um ein weniges kleiner als er, am liebsten hätte sie ihr Kinn auf seine Schulter gelegt und sich an ihn geschmiegt. Doch sie rief sich zur Ordnung. Schließlich kannten sie sich kaum.

»Ich kann gar nicht tanzen«, lachte sie leise an seinem Ohr.

»Ich auch nicht«, kam es zurück, während er begann, sich sanft im Takt der Musik hin und her zu wiegen. »Ist das Tanzen?«

»So was Ähnliches«, antwortete sie amüsiert und gab sich ganz seinen Bewegungen hin.

»Ich bin froh, dass du noch hier bist«, flüsterte er und zog sie vorsichtig noch etwas näher an sich heran.

Sie ließ es zu. Ima sang von einem heiligen Ort, wo Galaxien und Spiralen in den Fels gezeichnet waren, falls Julia den Text richtig verstand.

»Wovon handelt das Lied?«, fragte sie.

»Von einem Ort namens La Zarza, nicht weit von hier«, flüsterte er nah an ihrem Ohr und schob seine rechte Hand auf ihrem Rücken ein wenig höher, bis sie genau zwischen ihren Schulterblättern zu liegen kam. Es fühlte sich gut an. »Dort gibt es eine Menge Petroglyphen.«

»Was ist das?«

»Vor langer Zeit in den Fels geritzte Muster und Zeichen. Linien, Spiralen, man weiß nicht, was sie bedeuten. Sie stammen vermutlich von den Guanchen, den Ureinwohnern der Insel. Sie haben diese Spuren überall auf der Insel hinterlassen. Wenn du möchtest, zeig ich dir ein paar Stellen.«

»Das wäre schön.«

Julia schloss die Augen und sog tief den Duft ein, der von diesem Mann aufstieg und den sie nur schwer einordnen konnte. Moschusnoten mischten sich mit Sandelholz und wilden Kräutern. Und mit den vollen Aromen des Meeres. Dieser Duft brachte einen Teil in ihr zur Ruhe und anderes zum Schwingen, er weckte eine alte Erinnerung, eine Sehnsucht nach etwas, das sie längst vergessen hatte. Sie fühlte sich so wohl in ihrer Haut wie schon lange nicht mehr. Und auf einmal begriff Julia, dass sie allein deswegen zu dem Fest gekommen war. Um Álvaro wiederzusehen.

Sie erschrak derart bei dem Gedanken, dass sie unwillkürlich aus dem Takt geriet. Die Harmonie zwischen ihnen war dahin, und als er sie mit hochgezogenen Augenbrauen fragend ansah, hob sie verlegen die Schultern. Wortlos nahm er sie bei der Hand und führte sie unter den Palmen hindurch in Richtung der Mauer, die den Platz an der dem Meer zugewandten Seite säumte. Noch ehe sie diese erreichten, kam Serena hinter ihnen hergerannt.

»Álvaro«, rief sie atemlos. »Komm schnell! Naira …« Augenblicklich ließ Álvaro Julias Hand los. »Es geht wieder los.«

»Perdona«, sagte er mit rauer Stimme zu Julia, sein Blick suchte allerdings bereits seine Freunde auf der Plaza. *»Ahora vuelvo.«* Und schon eilte er gemeinsam mit Serena zurück zu der Plaza.

Verdutzt blieb Julia zurück. »Tut mir leid, ich bin gleich wieder zurück«, hatte er gesagt. Meinte er das ernst, oder war es eher eine höfliche Floskel? Was war mit Naira? Um den Stehtisch, an dem sie vorhin noch gestanden hatten, drängten sich Menschen. Álvaro tauchte in diese Menge ein und entschwand Julias Blicken. Die Musik hatte aufgehört zu spielen, doch gerade in dem Moment, als Julia Álvaro wieder sehen konnte, wie er jemanden auf seinen Armen wegtrug und in einer der Gassen verschwand, setzte sie erneut ein. Nun war es nicht mehr Ima Galguén, sondern eine südamerikanisch klingende, stampfende Musik, die mit ihren grellen Klängen die bis eben noch so zauberhafte Atmosphäre jäh zerstörte.

Sie hätte gern gewusst, was geschehen war, aber etwas hielt sie davon ab, zurück zu den anderen zu gehen. Sie fühlte deutlich, dass sie hier nicht dazugehörte. Der Zauber zwischen ihr und diesem Mann war so zart und flüchtig gewesen, dass sie sich jetzt ernüchtert fragte, ob sie sich das Ganze nicht eingebildet hatte. Es war ein Fehler herzukommen, dachte sie, und ehe irgendjemandem auffiel, wie sie so allein unter den Palmen stand, verließ sie die Plaza, ging zurück zu ihrem Wagen und fuhr nach Hause.

In den folgenden beiden Wochen tat sie nichts außer Lesen, nach Tazacorte zum Schwimmen zu fahren und sich um Emil zu kümmern. Anfang Juni fuhr sie mit ihm nach Santa Cruz de La Palma, der Hauptstadt auf der anderen Seite der Insel. Der Junge brauchte dringend eine neue Jeans, und er hatte ganz genaue Vorstellungen davon, welche Marke es sein sollte und wie sie geschnitten sein musste. Julia hätte es sich nicht träumen lassen, wie kompliziert sich der Klamottenkauf mit einem zwölfjährigen Jungen gestalten konnte, doch endlich hatte ihr Neffe gefunden, was er offenbar dringend »brauchte«, und sie konnte sich nach einem Badeanzug für sich und einem Paar festen Schuhen umsehen.

Als sie, nachdem auch sie fündig geworden war, danach durch die Altstadt schlenderten, kamen sie an einem altmodischen Plattenladen vorbei, der neben CDs auch Langspielplatten im Angebot hatte, was Emil ganz besonders cool fand. Im Vorübergehen wehte eine Melodie aus der weit geöffneten Ladentür, die Julia kannte. Sie blieb stehen, lauschte, es war die Musik, zu der sie auf dem Dorffest mit Álvaro getanzt hatte. Sie bat Emil zu warten und kehrte um, kaufte die CD und gleich noch eine weitere der Sängerin.

Ihr Neffe hatte nebenan vor dem Schaufenster eines Immobilienbüros auf sie gewartet und die Angebote gemustert.

»Die haben ja einen Knall«, kommentierte Emil die Preise. »Guck mal. Für diesen Steinhaufen wollen die zweihunderttausend Euro.« Er schnaubte. Dann schien ihm etwas einzufallen. »Papa muss reich sein, wenn er sich hier ein Haus leisten konnte.«

Julia schmunzelte. Trotzdem war sie beeindruckt von den exorbitanten Angeboten. Emil hatte nicht unrecht. Da wurden winzige, halb verfallene Objekte zu schwindelerregenden Preisen angeboten, die eher einem Ziegenstall glichen als einem Wohnhaus. Offenbar war die Nachfrage enorm.

»Aber für dich ist das echt blöd«, fuhr Emil nachdenklich fort, als sie weitergingen.

»Warum das denn?«

»Na, du brauchst ja auch was zum Wohnen. Ich meine, langfristig.« Emil warf ihr einen ängstlichen Blick zu. »Du bleibst doch hier, oder?«

Julia schwieg. Sie hatte keine Ahnung, wie ihre Zukunft aussehen würde, und in Momenten wie diesen überfiel sie eine große Unruhe. In ihrem Leben hatte es bislang keinerlei Pausen zwischen ihren Arbeitsstellen gegeben. Von einer Anstellung war sie in die nächste gewechselt, immer die Karriereleiter nach oben. Zwar hatte sie beschlossen, sich mit der Entscheidung, wie es weitergehen sollte, Zeit zu lassen. Manchmal war das allerdings gar nicht so leicht auszuhalten. So in den Tag hinein zu leben, wie sie es im Augenblick tat, war eine vollkommen neue und mitunter sogar erschreckende Erfahrung. Dennoch überwog mehr und mehr das Gefühl von Freiheit.

»Ich weiß es noch nicht«, antwortete sie endlich ihrem Neffen, der sie voller Unruhe immer wieder von der Seite angesehen hatte.

»Aber …«, warf er ein, doch sie unterbrach ihn ganz gegen ihre Gewohnheit.

»Schau, Emil, ich bin Köchin«, sagte sie. »Ich liebe meinen Beruf, und irgendwann möchte ich wieder arbeiten. Im Moment weiß ich nur nicht, wo das sein wird. Und ehe ich etwas entscheide, will ich mich endlich ein bisschen ausruhen. Etwas anderes sehen als eine Restaurantküche. Deshalb bleibe ich noch eine Weile hier.«

»Wie lange?«, kam es wie aus der Pistole geschossen.

»Ich hab doch schon gesagt, ich weiß es nicht. Hör auf, mich zu löchern.« Sie hörte selbst, wie genervt sie klang, und es tat ihr leid.

»Ich bleibe bestimmt noch, bis du dich eingelebt hast«, fügte sie deshalb versöhnlich hinzu.

»Dann lebe ich mich hier einfach nie ein«, gab Emil störrisch zurück und presste die Lippen aufeinander.

Auf einmal stand ein Mädchen in Emils Alter vor ihnen und versperrte ihnen den Weg. Es war spindeldürr, hatte Augen von einem intensiven Blau, und sein langes blondes Haar war zu vielen dünnen Zöpfchen geflochten, die ihm bis zu den Hüften reichten. Zu orientalisch anmutenden Pumphosen aus einem bunt gemusterten Stoff hatte sie ein vermutlich selbst gebatiktes T-Shirt kombiniert, das ihr viel zu weit war. Ein Hippie-Mädchen, fuhr es Julia erstaunt durch den Kopf. Ein völlig aus der Zeit gefallener Anachronismus. Sogar solche ledernen Jesuslatschen, die in den Siebzigern modern gewesen sein mochten, hatte dieses Mädchen an den Füßen.

»Hallo, Emil«, sagte es und strahlte ihren Neffen an.

»Hi«, knurrte Emil und wirkte kein bisschen erfreut.

»Was machst du hier?«, wollte das Mädchen wissen und warf Julia einen scheuen Blick zu.

»Sachen erledigen«, gab Emil einsilbig zurück.

Eine Frau trat hinzu, die dem Mädchen sehr ähnlich sah. Sie trug ein Kleid in Batikoptik und hatte ein Tuch aus demselben Stoff um die Schläfen geschlungen.

»Hallo«, sagte sie freundlich und musterte Julia interessiert. »Sind Sie Emils Tante? Ich bin Devi, Parvatis Mutter. Die beiden gehen in dieselbe Klasse.«

»Ach, wie schön«, entfuhr es Julia und merkte gleichzeitig, dass Emil sie unauffällig am Ärmel zupfte. Offenbar war er alles andere als begeistert über diese Begegnung. »Ja, ich bin Emils Tante. Julia«, fuhr sie dennoch fort und reichte Devi herzlich die Hand. »Freut mich sehr.«

»Wir müssen jetzt weiter«, behauptete Emil und zog noch

einmal etwas kräftiger an ihrem Ärmel. »Haben noch eine Menge zu erledigen. War nett, dich zu treffen, Parvi. Also. Man sieht sich.«

Hastig zog er Julia mit sich, der die enttäuschte Miene des Mädchens nicht entgangen war.

»Wieso warst du denn so unfreundlich?«, wollte Julia wissen.

»War ich doch gar nicht.«

»Na, charmant war das eben nicht. Magst du sie nicht? Wie hieß sie noch gleich?«

Emil zuckte mit den Schultern. »Parvati«, sagte er mit Abscheu in der Stimme. »Sie behauptet, dass das der Name einer Göttin sei. Alle haben nur gelacht.«

»Ich glaube, das ist indisch«, meinte Julia.

»Kann schon sein. Ihre Eltern sind esoterische Spinner«, behauptete Emil. »Außerdem stinkt sie dermaßen nach Räucherstäbchen, dass keiner neben ihr sitzen will.«

Julia wollte eben zu einem kleinen Vortrag über Toleranz ansetzen, als ihr etwas einfiel.

»Die haben ja beide Deutsch gesprochen!« Natürlich. Das blonde Haar und die blauen Augen.

»Das sind deutsche Aussteiger«, berichtete Emil weiter. Offenbar wusste er eine ganze Menge über Parvati. »El Rostro sagt, sie wohnen in einer Höhle, stell dir das mal vor.« Emil schüttelte sich.

»Wer ist denn El Rostro?«, erkundigte Julia sich verwirrt.

Es dauerte eine Weile, bis Emil antwortete.

»Der ist in meiner Klasse«, erklärte er dann knapp. »Was meinst du? Könnten wir vielleicht ein Eis essen?« Er wies auf das Schild eines Cafés, das Eiscreme in der Waffel anbot. Ganz offensichtlich ein Ablenkungsmanöver.

»Klar.« Julia konnte sich ein Lächeln nicht verkneifen. War es möglich, dass Emil einen Freund gefunden hatte? Und als sie beide gemütlich am Rand eines Brunnens saßen, weil man nicht gleichzeitig Einkaufstüten und Eiswaffeln durch die Gegend tragen konnte, sagte sie wie beiläufig: »El Rostro ist aber auch ein seltsamer Name.«

»Das ist sein Spitzname.« Emil leckte rasch ein Rinnsal geschmolzenes Schokoladeneis ab, das an seiner Waffel herunterfloss. »Eigentlich hat er einen total uncoolen Namen«, fuhr er fort. »Acorán oder so. Der soll noch von den Ureinwohnern stammen. Aber wenn man das zu ihm sagt, rastet er aus.«

»Rostro ... das heißt ›Gesicht‹ auf Spanisch«, sagte Julia nachdenklich.

»Genau. Den Namen hat er sich selbst gegeben.« In Emils Stimme klang Bewunderung mit. »Wegen der Narbe.«

»Er hat eine Narbe?«

»So wie Harry Potter.« Emil schien vergessen zu haben, dass er eigentlich nicht darüber sprechen wollte, was in der Schule so passierte. »Hier«, sagte er und strich sich mit dem Zeigefinger in einer Zickzacklinie über die Stirn und hinterließ dabei eine Spur Schokoladeneis. »Die hat er als kleiner Junge bekommen, als ihn ein Ziegenbock über den Haufen gerannt hat.«

Julia kam aus dem Staunen nicht mehr heraus. Insgesamt waren das allerdings erfreuliche Nachrichten, fand sie. Denn bislang hatte Emil so getan, als hätten alle seine Klassenkameraden die Pest.

»Dann kannst du dich ja schon super verständigen«, sagte sie und tat so, als sei das ganz normal. Emil wurde verlegen.

»Na ja, das meiste hat Parvi übersetzt«, räumte er ein und scharrte mit den Schuhen auf den Steinplatten, mit denen der Platz ausgelegt war.

»Wie nett von ihr. Ich finde, da könntest du ruhig ein bisschen freundlicher zu ihr sein«, meinte Julia und musterte ihren Neffen von der Seite. Klar. Mit zwölf wollte ein Junge natürlich nicht so viel mit einem Mädchen zu tun haben, vor allem nicht mit einer Außenseiterin. Denn dass Parvati dies war mit ihren deutschen

Aussteigereltern, das lag auf der Hand. Dass sie wirklich in einer Höhle wohnte, hielt Julia jedoch für wenig wahrscheinlich. Bestimmt war das eine Übertreibung.

»Ist El Rostro dein Freund?«, fragte sie wie nebenbei, als sie im Brunnenwasser ihre klebrigen Finger abwuschen. Emil zuckte mit den Schultern, steckte die nassen Hände in die Hosentaschen und sah konzentriert an Julia vorbei auf eine Stelle, wo sich Tauben um ein paar Krümel stritten.

»Keine Ahnung«, sagte er schließlich und hob die Plastiktüte mit seiner Jeans auf. »El Rostro ist der, dem ich am ersten Tag in die Fresse gehauen habe.« Julia schluckte kurz. Und fand, dass es nicht der richtige Moment war, um Emil auf seine Wortwahl hinzuweisen. Doch ehe sie weiter nachfragen konnte, kam er ihr zuvor. »Wollen wir los? Was musst du denn noch alles besorgen? Was kochen wir eigentlich heute Abend?«

Es hatte sich eingebürgert, dass Emil bei Julia zu Abend aß, und tatsächlich half er regelmäßig beim Kochen mit. Zwar ließ die Küchenausstattung in ihrem Ferienhaus viel zu wünschen übrig, und zunächst hatte Julia eine ganze Menge zusätzlicher Töpfe und anderer Utensilien anschaffen müssen, um darin etwas Anständiges zuwege bringen zu können, doch sie hatte gelernt, mit den Einschränkungen umzugehen. Nach kurzer Beratung erstanden sie Venusmuscheln – *almejas* –, und Julia führte den Jungen an diesem Abend in die Kunst des Risottokochens ein. Emil war eifrig bei der Sache und rührte unermüdlich im Topf, während Julia nach und nach den heißen Fond, den sie am Vortag von den Resten eines Fischgerichts zubereitet hatte, zu dem Reis gab, ehe ganz am Ende der Garzeit die Muscheln für wenige Minuten hinzugefügt, mit Zitronensaft und Petersilie abgeschmeckt wurden und sofort auf den Tisch kamen.

Nach dem Essen überzeugte Julia sich wie an jedem Abend

davon, dass Emil seine Schulaufgaben gemacht hatte, was leider mal wieder nicht der Fall war, und nun schleunigst nachgeholt wurde. Dann brachte sie den Jungen zum Haus seines Vaters, wobei sie es vermied, Jens zu begegnen. Sie war der Streitereien müde, die zu ihrem Leidwesen unausweichlich waren. Denn wenn Jens auch keine Lust hatte, sich um Emils schulische Einstiegsschwierigkeiten zu kümmern, so sah er es dennoch nicht gern, dass sie das tat. Also ging sie ihrem Bruder lieber aus dem Weg.

Emils Frage, wie lange sie bleiben würde, hatte Julia daran erinnert, endlich mit ihrer Vermieterin zu sprechen, ob sie ihren Aufenthalt verlängern könnte.

»Ach, wenn ich das früher gewusst hätte«, sagte diese am Telefon. »Gestern habe ich das Haus an ein britisches Ehepaar vermietet. Sie wollen sechs Wochen bleiben. Das tut mir jetzt wirklich leid. Aber wenn du möchtest, frag ich unter meinen Bekannten herum. Da findet sich bestimmt etwas für dich.«

»Ja, das wäre nett«, antwortete Julia. Oder, so überlegte sie, nachdem sie das Gespräch beendet hatten, war es womöglich ein Wink des Schicksals? Sollte sie sich vielleicht besser nach einer neuen Stelle umzusehen?

Sie beschloss spontan, am folgenden Tag einen Ausflug zu unternehmen. Sollte sie tatsächlich bald wieder abreisen, wollte sie die restliche Zeit nutzen, um so viel wie möglich von dieser herrlichen Insel zu sehen. Emil hatte an diesem Tag Unterricht bis zum späten Nachmittag. Also packte sie eine große Wasserflasche und einen Apfel ein und fuhr los.

Das Wetter versprach an diesem Morgen herrlich zu werden, und sie beschloss, zum höchsten Punkt der Insel hochzufahren, zum Roque de los Muchachos, den sie am allerersten Tag auf La Palma in diesem seltsamen Zustand erlebt hatte. Nun wollte sie wissen, wie es da oben bei guter Witterung aussah.

Von rund dreihundert Höhenmetern arbeitete sich ihr Mietwagen auf der kurvenreichen Straße immer weiter bergauf. Sie kam an sorgfältig angelegten Rebgärten vorbei und nahm sich vor, so bald wie möglich von dem einheimischen Wein zu probieren. Bald schloss sich die offene Landschaft, und sie tauchte in lichte Mischwälder ein, die die Strahlen der Morgensonne in tausend grüne Farbschattierungen brachen. An einer Parkbucht hielt sie an und versuchte vergeblich, die Bäume zu bestimmen, sie waren ihr völlig unbekannt. Manche trugen dunkelgrünes Laub, das aussah, wie mit einer feinen Lackschicht überzogen, bei anderen endeten die Äste in fedrig fein gegliederte Zweige, so wie bei Wacholderbüschen. An den Stämmen wuchs Moos so üppig, dass es wie grünlichgraue Girlanden von den Ästen hing. Julia kam sich vor wie in einem Feenwald, tief sog sie den würzigen Duft in sich auf, den diese Pflanzenwelt verströmte, entdeckte Blumen, die am Wegesrand blühten, Johanniskraut, Margeriten und etwas, das ganz ähnlich aussah und duftete wie Lavendel und eifrig von Schmetterlingen und wilden Bienen umschwärmt wurde. Sie hätte noch lange so stehen und schauen mögen, doch es zog sie weiter. Nach einigen Kilometern endete dieser Zauberwald, und dicht stehende, dunkle Stämme lösten die Vielfalt ab, bekrönt von einem wolkigen Nadeldach. Sie hatte gelesen, dass diese Kiefern nur auf den Kanaren vorkamen und nach der Inselgruppe benannt worden waren. Sie besaßen die Fähigkeit, mit ihren Nadeln aus den Wolken, die sie aufgrund des Passatwindes häufig einhüllten, die Feuchtigkeit herauszufiltern und so wochenlang ohne Niederschlag auskommen konnten. Diese Wolkenfänger verbreiteten eine ganz andere Stimmung, unter ihren fast grafisch anmutenden Stämmen war der Boden von ihren verdorrten Nadeln übersät und bildete so ein rötlich braunes Bett. Die schmale Straße wirkte im seitlich einfallenden Morgenlicht in Abschnitte von Hell und Dunkel wie gestreift. Kein Auto kam Julia entgegen, ihr schien, als sei sie völlig allein auf der Welt. Wieder machte sie nach einigen Kilometern halt und ging ein paar Schritte auf dem federnden Waldboden, berührte einen Stamm mit den Fingerspitzen und fühlte die raue, tief gefurchte Rinde. Hier duftete es intensiv nach Kiefernnadeln und nach Harz. Sie stieg auf eine kleine Anhöhe, von der aus sie über die Wipfel der Kiefern hinweg den Atlantik sehen konnte, und ihr Atem stockte kurz, als sie diese unfassbare Weite wahrnahm – Meer, bis zum Horizont, Wasser, dem sich kein Land entgegenstellte.

Sie setzte ihren Weg fort und bemerkte erst nach einer Weile, dass sie offenbar irgendwo eine falsche Abzweigung genommen hatte, statt weiter bergauf führte sie der Weg zunächst an der Hangseite entlang und immer weiter in großen Schlaufen abwärts. Zum Wenden gab es keine Gelegenheit, und ohnehin war es ihr ja gar nicht wichtig, wo genau sie ankam, sie hatte große Lust »der Nase nach« zu fahren, so wie Emil es so gern tat. Dem Sonnenstand nach fuhr sie in nördliche Richtung und gelangte endlich auf eine größere, gut ausgebaute Straße und folgte ihr. Auf einmal entdeckte sie am Straßenrand ein unscheinbares Holzschild mit der halb verwitterten Aufschrift Jardín de la Sal. Es wies in Richtung einer unbefestigten Piste, die sie beinahe übersehen hätte. Sie bremste. Genau hier war sie mit Emil gewesen, nur dass sie damals von der anderen Seite in die Hauptstraße eingebogen waren. Kurzentschlossen setzte sie den Blinker und folgte dem Schild.

Sie hatte das Anwesen auf der Klippe fast vergessen, das nun nach wenigen Minuten im Licht des späten Vormittags auftauchte. Julia schloss geblendet die Augen, denn anders als bei ihrem ersten Besuch glitzerte an diesem Tag der Atlantik, reflektierten die Sonnenstrahlen und funkelte mit dem strahlend blauen Himmel um die Wette. Julia nahm die Auffahrt, die über den schmalen Grat hinaus zur Klippe führte, und stellte fest, dass der Zustand der Piste sich nicht gebessert hatte.

Erst als sie ihren Wagen seitlich vor dem Tor abstellte, entdeckte sie den verbeulten Toyota mit offener Ladefläche, der unter dem Drachenbaum stand. Sie zögerte nur kurz. Wenn es der Besitzer war – umso besser. Dann könnte sie von ihm vielleicht die Geschichte des alten, verlassenen Restaurants erfahren. Und wer weiß … der Gedanke stahl sich klammheimlich in ihr Bewusstsein, vielleicht war es ja zu verkaufen?

Sie betrat den Hof und sah sich um. Hier war niemand. Wieder, wie bei ihrem ersten Besuch, stellte sie sich unwillkürlich vor, wo früher die Gäste gesessen haben mochten. Sie fragte sich, ob sich die Küche wohl im Erdgeschoss befand und wie sie heute aussah. Entschlossen machte sie sich auf die Suche nach dem Besitzer des Wagens.

Zunächst konnte sie auch hinter dem Haus niemanden sehen, setzte sich auf ein Stück intakte Mauer und biss in den Apfel, den sie mitgenommen hatte. Sie sah aufs Meer, das vielleicht zwei- oder dreihundert Meter unter ihr gegen vorgelagerte Riffe und Klippen brandete. Dieser Ort war einfach hinreißend.

Auf einmal hörte sie ein Krachen, dann einen Schmerzensschrei und kräftiges Fluchen aus der Richtung, wo sie hinter dem Dickicht aus Feigenkakteen einen Obstgarten vermutete und von wo nun das Knacken und Brechen von Zweigen kam. Kurz darauf sah sie einen untersetzten Mann um die sechzig, der sich mithilfe einer Machete den Weg durch die Opuntien bahnte und dabei unablässig vor sich hin schimpfte.

»Ist alles in Ordnung mit Ihnen?«, fragte Julia und näherte sich vorsichtig dem zornigen Mann. Der starrte sie an wie eine Erscheinung. Mit einem gewaltigen Schlag seiner Machete zerschmetterte er den letzten Feigenkaktus und stand vor ihr. Er trug zerschlissene Arbeitskleidung, sein verwaschenes Hemd hatte einen Riss am Ärmel, wo er sich den Unterarm rieb, so als habe er dort Schmerzen. Sein Gesicht war sonnenverbrannt, seine Wangen voller silberner Bartstoppeln. Er hatte kleine schwarze Augen und einen etwas schiefen Mund. Julia erkannte, dass dies von einer Narbe herrührte, die von seinem linken Mundwinkel bis zu seinem Kinn verlief und ihm ein mürrisches Aussehen verlieh.

»Wer sind Sie?«, fuhr er sie an. Er zerrte einen Weidenkorb aus dem Gestrüpp, in dem kleine gelbe Früchte lagen. Sogleich war Julias Neugier geweckt.

»Ich heiße Julia Brunner«, antwortete sie freundlich. Sie war an abweisende Männer gewöhnt und ließ sich nicht so schnell erschrecken. »Was sind das für Früchte?«

»Das sind Nísperos«, antwortete der Mann. »Von dem Baum dahinten.« Er deutete mit dem Kinn in den Garten und betrachtete seinen linken Unterarm, in dem viele feine Dornen steckten, die er sich offenbar beim Durchqueren der Hecke aus Feigenkakteen geholt hatte. »Diese Scheißdinger!«, presste er zwischen den Zähnen hervor und versuchte, sie mit seinen klobigen Händen herauszureißen.

»Lassen Sie mich helfen«, bot Julia an. Sie wusste aus leidvoller Erfahrung, dass diese haarfeinen Dornen mit Widerhaken ausgestattet waren und einzeln entfernt werden mussten. »Im Wagen hab ich eine Pinzette, damit kriegt man sie am besten raus.«

»Dafür hab ich keine Zeit.« Der Mann sah sie ungehalten an. »Was machen Sie überhaupt hier? Dies ist Privatbesitz. Da trampelt man nicht einfach so herum.«

»Perdón«, sagte Julia. »Tut mir leid. Gehört das alles Ihnen?«

»Und ob es das tut«, gab er zurück. »Leider. Hab ja keine Zeit, mich drum zu kümmern.« Wütend betrachtete er seinen Unterarm. Dort, wo die Dornen saßen, hatte sich die Haut inzwischen feuerrot verfärbt.

»Ich hol jetzt die Pinzette«, erklärte Julia entschlossen. »Oder kommen Sie mit zum Auto?«

Leise vor sich hin knurrend hob der Mann den Korb auf und folgte ihr vor das Anwesen. Während sie ihr Necessaire aus der

Handtasche holte, verstaute er den Korb auf der offenen Ladefläche, und Julia dachte schon, er würde sich grußlos in den Wagen setzen und davonfahren. Doch sie täuschte sich. Mit verbissener Miene kam er zu ihr zurückgestapft und hielt ihr seinen Arm hin.

»Sind Sie Krankenschwester oder so was?«, fragte er misstrauisch, während sie konzentriert einen der haarkleinen Stacheln nach dem anderen aus seiner Haut entfernte.

»Nein. Ich bin Köchin«, antwortete sie. »Was glauben Sie, wie oft man da feine Gräten aus den Fischfilets rausziehen muss. Das braucht Geduld. War das hier früher mal ein Restaurant?«

»Ein *mesón*, ja«, antwortete der Mann. »Aber das ist lange her.«

»Wie lange denn?«

Der Mann blies die Backen auf und hob die Schultern. »Viele Jahre«, antwortete er dann. »Es hat meiner Tante gehört. Damals war das Restaurant *Flor de Sal* auf der ganzen Insel berühmt für seinen Tintenfisch.«

»Hat sie das gekocht?«

»Ja«, antwortete der Mann und zuckte zusammen, als sie einen besonders hartnäckigen Dorn herauszog. »Sie war zwar eine alte Hexe. Am Herd war sie allerdings unübertroffen.«

»Und seitdem steht es leer?« Der Mann nickte und beobachtete ungeduldig, wie sie ihn von den letzten Quälgeistern befreite. »Wie schade«, sagte Julia und verstaute die Pinzette wieder in ihrem ledernen Necessaire. »Daraus könnte man etwas machen. Was haben Sie denn vor mit dem Gebäude?«

»Ich? Nichts. Gar nichts.« Er hob abwehrend die Hände. »Wenn Sie wüssten! Nichts als Ärger hab ich damit.« Dann kam ihm offenbar ein Gedanke. »Was für eine Art Köchin sind Sie denn? So eine, die in einer Großküche arbeitet? Oder in einer Kantine?«

»Nein«, antwortete Julia. »Ich bin … ich war Küchenchefin in einem sehr guten Restaurant in Deutschland. Im Moment mache ich gerade eine Pause.«

»Eine Pause. Soso. Aber nach der Pause wollen Sie bestimmt wieder arbeiten?«

»Ja.«

»Können Sie denn Tintenfisch zubereiten?«

»Natürlich«, gab Julia mit einem Lachen zurück. »Und zwar alle Arten. Sepia. Kalmar, Oktopus …«

»Wirklich?«

»Wenn ich es doch sage.«

Der Mann legte die Stirn in Runzeln und schob seine durch die Narbe entstellte Unterlippe nach vorn. Er schien nachzudenken. Sein Gesicht nahm einen listigen Ausdruck an. »Wären Sie an dem alten Kasten interessiert?«, fragte er. »Möchten Sie ihn kaufen?« Er betrachtete sie lauernd.

Kurz hielt Julia den Atem an. Ihr wurde bewusst, dass sie schon die ganze Zeit darüber nachgedacht hatte. Als Gedankenspiel, weiter nichts, sagte sie sich. Vermutlich wäre es Wahnsinn, hier am Ende der Welt ein Restaurant zu eröffnen. Und doch … warum eigentlich nicht?

»Na ja, das wäre schon etwas für mich«, sagte sie vorsichtig. »Ich bin mir nur nicht sicher, ob ich es mir leisten kann«, fügte sie in Erinnerung an die Preise hinzu, die sie bei dem Immobilienmakler in Santa Cruz de la Palma gesehen hatte.

Der Mann zog ein großes Stofftaschentuch aus seiner Hosentasche und rieb sich damit über den Nacken. »Wo kommen Sie her? Aus Deutschland? Und Sie sind wirklich professionelle Köchin, ja? Da wäre das hier genau das Richtige. Wollen Sie es sich ansehen?«

»Oh … ja gern«, antwortete Julia verblüfft über die plötzliche Wendung, die das Gespräch nahm.

»Na, kommen Sie«, sagte er, nahm einen alten Schlüsselbund aus der Hosentasche und stapfte ihr voraus zur Eingangstür.

Julia zögerte. Der Mann wirkte alles andere als vertrauenerweckend. Sollte sie wirklich allein mit ihm in dieses einsame Gebäude gehen? Hatte er womöglich Hintergedanken?

»Hier«, sagte er, nachdem er die Tür aufgeschlossen hatte. »Sehen Sie sich alles in Ruhe an. Ich warte am Wagen. Muss noch telefonieren.«

Julia sah ihm erleichtert nach, wie er sein Handy zückte, während er zurück zu seinem Fahrzeug ging. Er hatte einen seltsamen Gang, breitbeinig, als traue er dem Boden unter seinen Füßen nicht, ganz so, als befände er sich auf einem schwankenden Boot.

Dann betrat sie das Haus.

11

Barraquito – Kaffee trifft Likör

Sie durchquerte einen kleinen Windfang und stand in einem Saal, der einmal das Restaurant gewesen sein musste. Trotz der geschlossenen Fensterläden herrschte Zwielicht, denn in der Decke befand sich ein quadratisches Oberlicht aus geriffelten Glasscheiben. Es drang nur wenig Licht herein, vermutlich lagen Laub und anderer Unrat darauf, dennoch sorgte der grünliche Schein für eine zauberhafte Atmosphäre. An einer Wand hatte man alte Tische und Stühle aufeinandergestapelt, der Boden war mit Terrakottafliesen ausgelegt, über allem lag eine dicke Schicht Staub. Rechterhand stand eine Theke aus dunklem Holz, die Regale dahinter waren aus der Wand gerissen worden, man sah nur noch die Löcher, wo die Schrauben gesessen hatten.

Schmutz knirschte unter Julias Schritten, als sie die ehemalige Gaststube durchquerte. Auf der gegenüberliegenden Seite nahe der Theke befand sich eine Tür, und wie sie vermutet hatte, führte sie in die Küche. Sie suchte nach einem Lichtschalter, und dann fiel ihr ein, dass bestimmt der Strom abgestellt war. So tastete sie sich zu einem der Fenster durch, öffnete es und stieß den Laden auf, damit Licht hereindringen konnte, und sah sich um.

Neben einem hässlichen Gastroherd, der aus den Siebzigerjahren stammen mochte, befand sich hier noch ein uralter, gemauerter Ofen, außerdem ein riesiger, gusseiserner Herd, beide mit Holz zu befeuern. Das zweigeteilte Spülbecken bestand aus Terrazzo und war so groß, dass man darin leicht ein Kleinkind hätte baden können. Spuren auf dem Fußboden ließen vermuten, dass hier noch andere Geräte gestanden hatten, ein Kühlschrank und vielleicht eine Spülmaschine, die man damals, als das Haus aufgegeben wurde, sicher mitgenommen hatte. Die Küche war geräumig, Julia schätzte sie auf gut dreißig Quadratmeter, und hatte eine Außentür, die in den Garten führte. Ferner fand Julia einen fensterlosen, kühlen Raum – die Vorratskammer. Außerdem gab es eine Verbindungstür hinaus in ein Treppenhaus.

Ein Holzofen – es musste wundervoll sein, darin verschiedene Gerichte zuzubereiten. Und der alte Herd war zwar das Gegenteil von allem, was Julia aus der professionellen Gastronomie kannte, dennoch interessant, sie hätte gern ausprobiert, wie man darauf kochte. Sorgfältig schloss sie das Fenster samt Laden und setzte ihre Erkundungstour fort.

Eine Treppe aus Massivholz führte aus dem angrenzenden Flur ins Obergeschoss. Julia prüfte vorsichtig jede Stufe, ehe sie auftrat. Inzwischen hatten sich ihre Augen an das Dämmerlicht gewöhnt, und abgesehen davon, dass das Holz arg verschrammt und ausgetreten war, erschien ihr die Treppe tadellos. Oben fand sie sich in einem kleinen düsteren Raum wieder und ertastete rechter Hand eine schwere Holztür. Sie gab nicht gleich nach, und Julia dachte schon, sie sei abgeschlossen, doch als sie sich mit aller Kraft dagegenstemmte, sprang sie mit einem lauten Ächzen auf. Julia blinzelte. Helles Tageslicht empfing sie.

Sie trat über die Schwelle und befand sich in einer Art Atrium, über ihr der blaue Himmel. Um das quadratische Oberlicht, das unten den Restaurantraum so wundervoll erhellte, führte eine überdachte Galerie herum, von der mehrere Türen abgingen. Julia beugte sich über das Geländer, die Glaselemente des Oberlichts waren so zusammengefügt, dass sich eine leichte Wölbung ergab. An den vier Ecken befanden sich Röhren aus gebranntem Ton, die vermutlich das Regenwasser ableiteten. Alles war von einer feinen Salzschicht überzogen und glänzte in mattem Silberweiß. Möwen und andere Seevögel hatten hier Nester gebaut und ihren Kot hinterlassen. Dennoch war offensichtlich, dass sich unter der Schmutzschicht ein wahres Kleinod verbarg. Wie schön es wäre, hier zu wohnen.

Sogleich wies sie sich zurecht. Dieses Anwesen würde sie sich niemals leisten können, sagte sie sich, und doch konnte sie nicht verhindern, dass ihr Herz vor Begeisterung wild zu klopfen begann. Ihr war bewusst, dass der Besitzer für dieses Anwesen einen schwindelerregend hohen Preis erzielen konnte. Nein, das Beste war, sie machte sich erst gar keine Hoffnungen. Obwohl es einfach ein Traum wäre, hier ein Restaurant ganz nach ihren Vorstellungen zu eröffnen. Hier könnte sie glücklich sein, das fühlte sie ganz tief in ihrem Innern.

Aber es war unmöglich. Selbst wenn die Bausubstanz in Ordnung war, müsste man mit Sicherheit die Elektrizität erneuern und alle anderen Leitungen ebenso, von den sanitären Anlagen ganz zu schweigen. Eines käme zum anderen, da durfte sie sich keinen Illusionen hingeben. Am besten schlug sie sich die Sache von vornherein aus dem Kopf.

Dennoch öffnete sie Tür um Tür, die alle von der Galerie in größere und kleinere Räume führten. Die meisten waren leer bis auf ein verrostetes Metallbett hier und einen kaputten Sessel dort. Nur in einem besonders großen Raum über der Küche stand ein riesiges Himmelbett ohne Matratzen und Rost, an dessen schlichtem Holzgestell ein paar Fetzen hingen, sodass es wirkte wie ein längst aufgegebenes Segelschiff. Die Dielen, die die Zeit fast schwarz hatte werden lassen, knarrten unter ihren Füßen. Julia sah sich um.

Die Fenster gingen zu zwei Seiten hinaus. Julia versuchte gar nicht erst, sie zu öffnen, denn sie erinnerte sich daran, dass sie von außen vernagelt waren. Vom Atrium fiel ein Sonnenstrahl durch die offene Tür und erhellte den Raum so weit, dass Julia ein oval gerahmtes Bild an der Wand erkennen konnte, den einzigen Schmuck, den sie bislang in den leer geräumten Zimmern entdeckt hatte. Sie trat näher und betrachtete es. Zu ihrem Erstaunen war es keine Reproduktion, sondern ein etwas unbeholfenes Originalgemälde, das Julia in seiner Naivität zu Herzen ging: Es zeigte eine Madonna, die in einer Hand eine weiße Rosenblüte hielt und in der anderen ein Schälchen mit einer weißen Substanz darin. *Nuestra Señora de la Sal* stand auf dem Bilderrahmen. Die heilige Mutter vom Salz.

»Na, was sagen Sie?«

Julia war noch einmal durch alle Räume gegangen und hatte ein Badezimmer gefunden, das offenbar in den Siebzigerjahren erneuert worden war. Dann hatte sie sich schweren Herzens losgerissen, die Türen geschlossen und war hinausgegangen. Der Mann, dessen Namen sie noch immer nicht kannte, lehnte an seinem Wagen und sah sie erwartungsvoll an.

»Hat das Haus eigentlich einen Keller?«, fragte sie und wunderte sich über sich selbst. Hatte sie sich nicht gerade vorgenommen, sich von dem Mann freundlich zu verabschieden?

»Nein«, antwortete er. »Aber eine Höhle.«

»Eine Höhle?« Julia sah ihn offenbar so perplex an, dass der Mann lachte.

»¡Claro!«, sagte er. »Hier gibt es viele Höhlen. Kommen Sie.«

Er führte sie an dem Drachenbaum vorbei auf einen schmalen Trampelpfad. Hinter dem rechten Nebengebäude verlief er am Rand der Klippe entlang und endete an ein paar in den Fels gehauenen Stufen, die abwärtsführten. Leichtfüßig sprang der sonst so schwerfällige Mann hinunter und sah sich nach ihr um. Sie holte tief Luft, nahm all ihren Mut zusammen und folgte ihm vorsichtig. Rechter Hand fiel die Klippe steil ab.

»Hier ist sie, die Höhle«, sagte der Mann. Verblüfft sah Julia eine massive Holztür in der Felswand. Sie war mit einem Vorhängeschloss gesichert, der Mann schloss es auf und öffnete die Tür. »Es gibt auch elektrisches Licht, aber ich hab den Strom abgestellt. Hier hat mein Onkel früher seine Vorräte eingelagert. Sie ist groß, die Höhle, sehen Sie.« Er leuchtete mit einer kleinen Taschenlampe ins Innere. Ihr Schein wanderte an rötlichen Felswänden entlang und verlor sich hinten in der Dunkelheit. Die Höhle war so hoch, dass man bequem darin stehen konnte. »Bestimmt sechs Meter tief. Vor langer Zeit haben hier Menschen gelebt, die Guanchen. Die Klippen hier sind voll von diesen Höhlen.« Das Licht seiner Taschenlampe glitt über die rauen Wände. An einer Stelle glaubte Julia, ein Ornament zu sehen, mehrere Spiralen, die ineinandergriffen. Ob das ein Zeugnis der alten Kultur war, ein Petroglyph, wie Álvaro es genannt hatte? Die Taschenlampe erlosch, und der Mann schloss die Tür wieder ab.

Schweigend gingen sie zurück zu den Autos.

»Was ist nun?«, fragte der Besitzer des Anwesens. »Wollen Sie es nun kaufen oder nicht?«

»Wie gesagt, ich fürchte, ich kann es mir nicht leisten.«

Der Mann musterte sie aus seinen kleinen schwarzen Augen. Irgendetwas an ihm irritierte sie, auch wenn er jetzt freundlich lächelte.

»Das wissen Sie doch noch gar nicht«, entgegnete er. »Hab ich denn einen Preis genannt?« Noch ehe sie etwas erwidern konnte, fügte er hinzu: »Kommen Sie. Ich lade Sie zu einem Barraquito ein. Ich bin übrigens Marcos. Fahren Sie mir einfach hinterher.« Und damit stapfte er zu seinem Toyota und stieg ein.

Einen Moment lang stand Julia unschlüssig da und sah dem Wagen nach, der in halsbrecherischem Tempo über die Piste holperte und dabei geschickt den Schlaglöchern auswich. Dann setzte sie sich selbst kopfschüttelnd ans Steuer und folgte ihm.

An der Hauptstraße bog Marcos links ab und hielt wenige Hundert Meter später an einer windschiefen Bretterbude, die im Schatten zweier kleinerer Drachenbäume am Straßenrand stand. Bar de los dos Dragos stand in bunten Buchstaben auf einem Holzschild.

Marcos wechselte ein paar launige Worte im Inseldialekt mit dem Inhaber, die Julia nicht verstand. Sie mussten über sie gesprochen haben, denn der hagere Mann, der sogleich an seiner Kaffeemaschine zu hantieren begonnen hatte, warf ihr neugierige Blicke zu.

»Hast du schon mal einen richtig guten Barraquito getrunken?«, fragte Marcos und schob seinen Hintern auf einen der grob zusammengezimmerten Barhocker.

»Nein«, antwortete Julia, die der Wechsel zum Du nicht im Geringsten wunderte, das war hier wohl so üblich.

»Also den musst du schon zubereiten können, wenn du hier ein Lokal eröffnen willst«, ließ Marcos sie wissen. »Pipo, na los, zeig der Señora mal, wie man das macht.«

Der Barista stellte grinsend zwei schmale, hohe Gläser vor sie auf die Theke.

»Pass auf, jetzt geht's los«, moderierte Marcos die Prozedur. »Zuerst gibt man gesüßte Kondensmilch ins Glas. Siehst du? Es darf ruhig zu einem Viertel gefüllt werden. Jetzt kommt der Vanillelikör. Licor 43. Den kennst du doch bestimmt? Na also. Aber Vorsicht, die Schichten dürfen sich nicht miteinander vermischen. Das muss man üben. Pipo, wie lange hast du gebraucht, bis du das konntest?« Konzentriert goss der Barista den Likör auf die weiße Schicht Kondensmilch und antwortete mit einem Schulterzucken. Julia begann sich zu fragen, ob die beiden sie wohl auf den Arm nahmen. Kondensmilch? Likör? Wie sollte das enden? Immerhin duftete der Espresso köstlich, der eben aus der Maschine in ein Kännchen floss. »Und nun der Kaffee«, fuhr Marcos zufrieden fort. »Der muss stark sein und frisch. Und damit die Schichten schön voneinander getrennt bleiben, gibt Pipo ihn mit einem Löffelchen auf den Likör. Vermischen darf sich das Ganze nämlich erst im Magen.«

Fasziniert sah Julia zu, wie der Barista den Kaffee geschickt über einen Teelöffel am Rand des Glases herabfließen ließ und über der weißen Schicht der Kondensmilch, der gelblichen des Vanillelikörs nun eine tiefbraune aus Kaffee erzeugte.

»Ist es jetzt fertig?«, fragte sie. Beide Männer schüttelten die Köpfe.

»Erst kommt noch der Schaum«, belehrte Marcos sie und verzog den Mund zu einem Grinsen, während Pipo an seiner Maschine zischend Milch aufschäumte und die beiden Gläser mit einer duftigen Haube bekrönte. »Und nicht, dass du denkst, das ist jetzt alles, oh nein. Was jetzt noch fehlt, ist die Zitronenschale. Die gibt dem Ganzen das I-Tüpfelchen.« Triumphierend wies er auf Pipo, der mit einem offenbar superscharfen Messer zwei hauchfeine Stücke von einer Zitrone schälte, eines in jedes Glas gab und sie dann zu ihnen hinüberschob.

»Ich bin beeindruckt«, sagte Julia.

»Warte erst, bis du getrunken hast«, entgegnete Marcos, nahm den kleinen Löffel, den Pipo ihnen dazugelegt hatte, und rührte das Ganze um.

»Ich denke, mischen darf es sich erst im Magen?«, fragte Julia, als sie das sah. »Wieso gibt man sich all die Mühe mit den verschiedenen Schichten, wenn man sie am Ende trotzdem umrührt?«

Marcos warf ihr einen missbilligenden Blick zu.

»Ich dachte, du kämst aus einem wirklich guten Restaurant?«, fragte er gedehnt. »Dann müsstest du doch wissen, dass das Auge mitisst.«

»In diesem Fall mittrinkt«, korrigierte Pipo ihn grinsend. »Na los, probier schon.«

Das ließ Julia sich nicht zweimal sagen. Sie rührte den Barraquito um und trank. Die Aromen vereinigten sich zu einer ungewohnten, harmonischen Melange.

»Und?«, fragten die beiden Männer wie aus einem Munde.

»Köstlich!«

»Na also«, entgegnete Marcos zufrieden. »Und jetzt lass uns über das Geschäft sprechen. Was bietest du mir für den alten Kasten mit allem Drum und Dran?«

Julia schluckte. Das hatte sie nicht erwartet. Im Grunde war es tatsächlich viel schlauer von ihrem Gegenüber, sie ein Angebot machen zu lassen, als einen Preis zu nennen. Was sollte sie nun sagen? Das Ganze ging ihr eigentlich zu schnell. Auf der anderen Seite hatte ihr Motto einmal geheißen: Gelegenheiten sind dazu da, dass man sie ergreift – das war früher gewesen, als sie noch meilenweit von den Sternen entfernt gewesen war. Sie überschlug ihre Ersparnisse, überlegte, wie viel man in die Renovierung stecken musste, und kam zu dem Ergebnis, dass das nie und nimmer reichen würde. Oder sollte sie einen Kredit aufnehmen? Den würde sie vermutlich ohnehin brauchen, um die Küche professionell auszustatten. Nein. Für den Erwerb einer Immobilie, worüber sie im Grunde ja bis jetzt nie ernsthaft nachgedacht hatte, konnte sie nicht mehr als achtzigtausend Euro ausgeben. Und dafür bekam man hier ja nicht einmal einen Eselstall.

»Ich will Sie keineswegs beleidigen«, begann sie behutsam. »Mehr als achtzigtausend Euro hab ich leider nicht.«

Sie hatte erwartet, dass Marcos empört aufschreien würde, doch er blieb still. Vorsichtig sah sie ihm in die Augen. Er schien ernsthaft über ihr Angebot nachzudenken und noch ganz andere Dinge hinter seiner gefurchten Stirn hin und her zu bewegen.

»Einverstanden. Aber du bezahlst die Gebühren«, antwortete er schließlich.

»Marcos«, mischte sich zu Julias Überraschung der Barista ein, der bislang so schweigsam gewesen war, und seine Stimme klang besorgt. »Willst du das wirklich tun?«

»Ja, verdammt, Pipo, das will ich«, antwortete der Mann harsch. »Ich hab's gesagt, und jetzt tu ich es auch. Das Mädchen ist Köchin und wird was Vernünftiges draus machen. Und ich bin es los und den ganzen Ärger gleich mit.«

»Aber …«

»Nichts aber«, fiel er seinem Freund ins Wort. »Mein Entschluss steht fest.«

»Darf ich Sie etwas fragen?« Julia hatte besorgt den Wortwechsel mitverfolgt. »Warum tun Sie das? Ist etwas faul an dem Anwesen? Sie wissen selbst, dass Sie viel mehr Geld erzielen könnten, wenn Sie das einem Makler …«

»Kommt nicht infrage!« Die gute Laune schien dem Mann vergangen zu sein. »Und hör auf, mich zu siezen, das beleidigt mich! An dem Haus ist nichts faul, darauf geb ich mein Wort. Also. Ich biete es dir jetzt und hier an. Gib mir deine achtzigtausend und das Mesón Flor de Sal gehört dir.«

»Und … was ist denn mit dem Ärger, von dem du gesprochen hast?« Julia konnte nicht glauben, dass ihr ein solches Geschenk einfach so vor die Füße fallen sollte. Warum wollte er einer Fremden ein so großzügiges Angebot machen? Es musste doch einen Grund dafür geben, dass er es auf einmal so eilig hatte.

»Der geht nur mich was an«, behauptete er. Und als er sah, dass ihr das nicht genügte, fügte er hinzu: »Eine alte Familienangelegenheit. Mit dir hat das nichts zu tun. Also. Was ist?«

Julia fühlte, wie ihr der Schweiß den Rücken hinunterlief. Keine Frage, sie hatte sich rettungslos in das Haus verliebt. Trotzdem durfte sie keine überstürzte Entscheidung treffen.

»Ich muss eine Nacht drüber schlafen«, sagte sie. »Und das Haus noch einmal besichtigen. Treffen wir uns morgen dort um dieselbe Zeit?«

Ihr Gegenüber wirkte alles andere als zufrieden. Und einen langen Moment lang glaubte Julia, dass er es sich anders überlegte und sie ihre Chance verspielt hatte.

»Marcos«, sagte Pipo leise und eindringlich. »Ich weiß nicht, ob das richtig ist. Solltest du es nicht dem Jungen …?«

»Niemals«, antwortete der Besitzer, und seine schwarzen Augen glänzten unversöhnlich. »Das habe ich vor langer Zeit geschworen, und dabei bleibt es.« Und zu Julia gewandt sagte er: »Einverstanden. Morgen um zwölf beim Mesón.«

Er legte ein paar Münzen auf den Tresen, stand auf, stapfte zum Wagen und fuhr davon. Julia sah ihm nach, bis er in einer Staubwolke verschwand.

»Was ist das für eine Sache?«, fragte sie Pipo. »Was haben Sie vorhin gemeint?«

Doch der Barista zuckte nur mit den Schultern, nahm einen großen, feuchten Lappen und begann damit die Theke abzuwischen, wobei er es vermied, Julia in die Augen zu sehen.

»Wenn es nur halb so großartig ist, wie du es beschreibst, dann solltest du das unbedingt tun.« Im Hintergrund hörte Julia die Zwillinge herumtoben. Sie fragte sich, ob Claire wirklich zugehört hatte, als sie ihr von dem Haus auf der Klippe erzählt hatte. Sie war nach ihrem Gespräch noch einmal zurückgefahren und hatte Fotos von allen Seiten gemacht. »Warum gehst du nicht mit einem Architekten hin, damit er es sich anschaut?«

»Ich kenne hier keine Architekten«, gab Julia zurück. Darüber hatte sie sich schon den Kopf zerbrochen. Vielleicht hätte ihr ja Jens einen Tipp geben können, doch aus verschiedenen Gründen scheute sie davor zurück, ihn um Rat zu fragen. Bei ihrem Bruder wusste man nie. Und irgendjemanden aus dem Telefonbuch anzusprechen – dafür war ihr die Sache zu heikel.

»Du kannst es ja jederzeit wieder verkaufen, wenn es dir zu

viel wird«, sagte Claire. »So oder so machst du keinen Fehler damit.«

»Und wenn Schwamm in den Wänden sitzt?«

»Schätzchen«, hörte sie ihre Freundin sagen, »ich habe soeben eine Immobilienseite mit Objekten auf den Kanaren aufgerufen. Auf La Palma kannst du auch ein Haus mit Schwamm oder Schlimmerem für teures Geld losschlagen. Achtzigtausend sind nichts, Julia. Weißt du was? Wenn du es nicht tun willst, dann kaufen wir es. Unbesehen.«

Übergangslos begann sie, Julia von ihren Verhandlungen mit Kerchers Anwalt zu berichten. »Dein ehemaliger Chef windet sich wie ein Aal«, sagte Claire. »Es wird ihm allerdings nichts nützen. Die Kündigung wird ihn teuer zu stehen kommen.«

Julia stellte fest, dass ihr die Sache mit Kercher inzwischen herzlich egal war. Ja, sie wunderte sich, wie lange sie sich von diesem Menschen so schlecht hatte behandeln lassen. Nein. So etwas würde ihr nie wieder passieren.

»Du denkst also, ich sollte es tun? Das mit dem Haus?«

»Unbedingt!«, riet Claire ihr. »Wenn es nur halb so schön ist wie auf den Fotos, die du mir geschickt hast, ist es ein Traum. Allein diese Lage! Ich weiß auch schon, wo wir demnächst unseren Urlaub verbringen werden.«

»Wenn ihr Lust habt, beim Renovieren zu helfen, jederzeit«, gab Julia mit einem Lachen zurück. »Da wartet nämlich ganz schön viel Arbeit auf mich.«

»Darf ich dir noch einen Rat geben? Investiere das Geld, das du beim Kauf sparst, und lass es von Profis machen. Was sagt eigentlich Emil dazu?«

Julia hatte Emil von der Sache mit der Finca noch nichts erzählt. Es war klar, dass er sie auf jeden Fall darin bestärken würde, und falls sie sich doch noch dagegen entscheiden sollte oder aus anderen

Gründen nichts aus der Sache würde, wollte sie ihm die Enttäuschung ersparen.

In dieser Nacht fand sie keinen Schlaf. Wenn sie daran dachte, dass sie am morgigen Tag eine Entscheidung treffen müsste, die ihrem bislang geradlinig verlaufenden Leben eine völlig neue Richtung geben würde, war sie hellwach. Irgendwann stand sie auf, legte die Platte von Ima Galguén auf, warf sich eine Stola um die Schultern und ging auf die Terrasse. Der Himmel war wolkenlos und das Firmament von Sternen nur so übersät, die Milchstraße erschien zum Greifen nahe. Julia setzte sich auf einen Liegestuhl und lehnte sich zurück, lauschte Imas Stimme und versank in dem Anblick der leuchtenden Gestirne. Nie zuvor in ihrem Leben hatte sie einen solchen Nachthimmel gesehen. Zum ersten Mal wurde ihr bewusst, wie weit das Universum war, man konnte sich darin fast verlieren.

»Soll ich das Haus kaufen oder nicht«, fragte sie halb laut in die Nacht hinein. Und dann geschah es. Eine Sternschnuppe zog ihre glühende Bahn quer über den Himmel und erlosch.

Ja, sie würde es tun. Eigentlich hatte sie es ja längst schon beschlossen. Sie zog die Stola fester um sich und schlief auf der Stelle ein.

Sie erwachte von einem heftigen Gezwitscher. In den Sträuchern neben ihr hatte sich eine Schar winziger gelber Vögel mit grau gestreiften Flügeln niedergelassen und pickte eifrig an den Zweigen herum. An der Hauswand über ihr saß ein Gecko und schaute auf sie herab. Es war noch früh, die Sonne hatte das Vulkangebirge noch nicht überwunden, und doch war es schon hell.

Julia stand auf und sah auf die Uhr, es war gerade einmal halb sieben. Sie nahm eine heiße Dusche und zog sich an. Jetzt, da sie sich entschieden hatte, fühlte sie eine große Ruhe in sich. Sie beschloss, in einem der Dörfer auf dem Weg zur Finca zu frühstücken und brach auf. Sie wollte vor Marcos dort sein, auf diese Weise konnte sie in aller Ruhe die Atmosphäre auf sich wirken lassen. Und herausfinden, wie es sich anfühlen würde, dort zu leben.

Sie hielt in dem Ort Santo Domingo, stellte ihren Wagen gegenüber des kleinen Supermercado ab und schlenderte zur Kirche, setzte sich an einen der Tische vor der Bar direkt daneben und bestellte einen Café con leche. Vom Tresen im Innern des Lokals hörte sie laute Männerstimmen, die miteinander über etwas zu diskutieren schienen. Oder sich auch einfach nur angeregt unterhielten, so genau konnte man das hier nicht sagen. Zwei ältere, ganz in Schwarz gekleidete Frauen verließen die Kirche und verschwanden fröhlich miteinander plaudernd in einer der Gassen. Ein Hund, der aussah wie ein Schäferhund en miniature, schnüffelte ein Stück hinter ihnen her, machte es sich auf einem sonnigen Plätzchen bequem und schloss träge die Augen. Der Himmel war von einem leuchtenden Türkisblau, in den Bäumen mit den dunkelgrünen kugeligen Kronen zwitscherten aufgeregt die kleinen gelben Vögel, von der Steilküste wehte ein sanftes, salziges Lüftchen herauf, und als der Kellner ihr den Milchkaffee und eine Tostada mit Olivenöl und Ziegenkäse brachte, war Julias Glück vollkommen.

»*¡Buenos días!*«, sagte da jemand hinter ihr, und Julia fuhr herum. Es war Álvaro, und er schien genauso überrascht, sie zu sehen, wie sie ihn. »Wie geht's?«

Er trug wie immer eine Jeans und dazu ein von der Sonne ausgebleichtes, einstmals hellblaues Hemd, das lässig über den Hosenbund fiel. Er wirkte wie jemand, der körperlich hart arbeiten musste, die unteren Ränder seiner Jeans waren weißlich verfärbt.

»Guten Morgen«, sagte Julia und fühlte, wie ihr das Blut in den Kopf schoss. »Was für eine Überraschung. Komm, setz dich zu mir.«

Álvaro zögerte kurz, dann zog er einen Stuhl heran und nahm Platz.

»Warum bist du denn neulich so rasch verschwunden?«, fragte er und sah sie forschend aus seinen hellen Augen an. An diesem Tag schimmerten sie in einem intensiven Grünblau, so wie das Wasser einer Lagune.

»Ich … ich hab nicht so recht begriffen, was passiert war«, antwortete Julia verlegen. »Und … da wollte ich nicht stören.«

»Naira hat hin und wieder epileptische Anfälle«, erklärte Álvaro und sah an ihr vorbei. »Ich musste sie nach Hause bringen. Danach hab ich dich überall gesucht. Aber du warst wie vom Erdboden verschluckt.«

»Das tut mir leid«, antwortete sie, und es war die reine Wahrheit. Wie dumm war sie gewesen.

»Ist schon gut.« Das Lächeln, das sie so an diesem Mann mochte, war in seine Augen zurückgekehrt. »Das ist ja tatsächlich schwer zu verstehen, wenn man nicht weiß, was los ist.«

Der Kellner hatte Álvaro entdeckt und begrüßte ihn aufs Herzlichste. Alle schienen hier bestens miteinander bekannt zu sein, nur sie fühlte sich schon wieder als Fremde. Nun, das würde sich ändern, wenn sie bald hier in der Nähe wohnte. Am liebsten hätte sie Álvaro von der Sache mit dem Haus auf der Klippe erzählt, doch sie hielt sich zurück. Noch war der Kauf nicht in trockenen Tüchern. Wer wusste schon, ob Marcos es sich inzwischen nicht anders überlegt hatte? Nein. Noch gab es viel zu viele Unwägbarkeiten.

»Morgen machen meine Freunde und ich übrigens einen Ausflug mit dem Boot«, erzählte Álvaro.

»Ist irgendwo ein Schiff gekentert, das Toto und Pepe plündern wollen?«, fragte sie mit einem Grinsen.

Álvaro lachte und schüttelte den Kopf. »Diese Kindsköpfe«, seufzte er. »Ich hoffe, du glaubst nicht alles, was sie erzählen. Nein, Toto arbeitet beim *medio ambiente*, dem Schutz der Meeresumwelt, und keineswegs als Strandpirat. Sie haben vor der Küste eine

Schule Pottwale gesichtet. Die wollen wir uns mal etwas näher ansehen. Hast du Lust mitzukommen?«

»Oh ja, sehr gern.« Julia strahlte über ihr ganzes Gesicht. Dann fiel ihr Emil ein. »Glaubst du, mein Neffe könnte auch mitkommen? Er wäre so begeistert.«

»*¡Claro que sí!*«, antwortete Álvaro und winkte dem Kellner. »Natürlich. Ich muss jetzt leider los, zum Markt. Magst du mitkommen?«

Julia schüttelte den Kopf. »Tut mir leid, ich hab gleich eine Verabredung«, sagte sie bedauernd und wich unwillkürlich seinem Blick aus. Was er wohl dazu sagen würde, wenn er erfuhr, dass sie bald ein Restaurant hier auf der Insel eröffnen würde? Der Kellner kam, und Álvaro bezahlte für sie beide, trotz ihres Protests.

»Dann sehen wir uns morgen.« Álvaro erhob sich, beugte sich zu ihr herunter und küsste sie auf beide Wangen. Wieder hüllte sein Duft sie ein. »Am besten treffen wir uns hier. Wir starten unten im alten Hafen. Um neun?«

»In Ordnung«, antwortete Julia.

Noch einmal legte Álvaro seine Hand auf ihre Schulter, sie fühlte sich vertraut an. Und als er sie wieder wegnahm, sich verabschiedete und ging, spürte sie noch lange seine Wärme.

Als Julia bei dem Haus ankam, war Marcos bereits da, obwohl es erst elf war. Er schien nicht verwundert, dass sie ebenfalls zu früh dran war, grüßte sie einsilbig und drückte ihr die Schlüssel in die Hand.

»Sieh dir alles in Ruhe an«, sagte er. »Ich hab den Strom angestellt. Du kannst dich davon überzeugen, dass alles in Ordnung ist. Nachher kommt mein Anwalt und bringt die Papiere.«

»Die Papiere?«

»Den Grundbuchauszug«, gab er zurück. »Und den Kaufvertrag. Wenn alles klar ist, können wir gleich anschließend zum

Notar und alles regeln.« Julia schnappte kurz nach Luft, doch zugleich füllte die Freude sie aus von Kopf bis Fuß. Wie es dem Mann nur gelungen war, so schnell einen Notartermin zu bekommen und das auch noch an einem Freitag – ihr konnte es nur recht sein. »Aber jetzt schau dir alles nur gründlich an. Nicht dass es hinterher heißt, Marcos hätte dich über den Tisch gezogen.« Damit wandte er sich ab und ging zu seinem Wagen zurück.

Julia schritt durch das große, offene Tor und beschloss, zunächst einmal den beiden Nebengebäuden einen Besuch abzustatten. Im linken Stall roch es streng nach Ziegen, auf der rötlichen, gestampften Erde, die den Boden bedeckte, waren noch Strohhalme verstreut. Das Gebäude auf der gegenüberliegenden Seite war vollgestopft mit alten Möbeln und Gerätschaften, von denen Julia keine Ahnung hatte, wozu sie einmal gut gewesen sein mochten. Die Wände waren wie beim Haupthaus aus dunklem Vulkangestein gemauert, wobei man die groben Fugen, wo die unregelmäßig geformten Felsbrocken aneinanderstießen, mit hellem Mörtel aufgefüllt hatte, wie es für die Insel typisch war. Das Ganze gab den Gebäuden das gefleckte Aussehen von Dalmatinern, hatte Emil einmal gesagt, und das traf es ziemlich gut.

Als sie das Portal zum Haupthaus aufschloss, befiel sie ein Gefühl, als hätte sie tausend Schmetterlinge im Bauch. Dieses Mal fand sie den Gastraum lichtdurchflutet, der Besitzer hatte bereits alle Fensterläden geöffnet, sodass die Details viel deutlicher zutage traten. So konnte sie erkennen, dass ein kunstvolles Holzgebälk rund um das Oberlicht die Decke bildete. Die Theke war aus demselben tiefbraunen Holz, und auch die Türen bestanden aus diesem Material. Alles war zwar unendlich verstaubt und verdreckt, doch in Julias Fantasie erstrahlte es in neuem Glanz. In Gedanken richtete sie bereits die Küche ein, und als sie an dem Bund den zur Hintertür passenden Schlüssel fand, wurde ihr klar, dass der Garten hinter den Feigenkakteen einmal dem Anbau von Gemüse,

Kräutern und Früchten gedient hatte, und freute sich darauf, ihn wieder in Ordnung zu bringen.

Im Stockwerk darüber kletterte sie vorsichtig über die Balustrade und untersuchte das Oberlicht nach Schäden. Soweit sie es erkennen konnte, hatten die Glassegmente die Zeiten unbeschadet überstanden. Mit einem Zweig, den der Wind hier hochgeweht haben mochte, stocherte sie in den vier Abflussrohren und förderte eine Menge dürres Laub zutage. Dennoch fühlte sich hier oben alles trocken an, was dafürsprach, dass die Röhren ihren Dienst nach wie vor versahen, vor allem wenn sie sich vorstellte, wie viel Regen erst vor Kurzem hier niedergegangen war.

Sie durchquerte Raum um Raum, verteilte im Geiste schon die Zimmer. Mit einer gründlichen Reinigung und einem neuen Anstrich der Wände konnte man hier durchaus wohnen. Lediglich das Bad musste komplett erneuert werden, sowie die Gästetoiletten im Erdgeschoss. Sie stieg sogar auf das Dach, inspizierte die Tonziegel, und abgesehen von einer Ansiedlung von wunderschön blühendem Hauswurz und ein wenig Moos konnte sie auch hier keine Schäden entdecken.

Der Anwalt war bereits eingetroffen, als Julia noch kurz durch die frisch geschlagene Schneise in der Hecke aus Feigenkakteen in den dahinter verborgenen Garten ging. Durch vorgelagerte Felsen geschützt, fand sie hier unerwartet ein kleines Paradies. Neben dem Baum mit den gelben Früchten, den Nísperos, wuchsen hier ein Zitronen- und ein Orangenbaum, beide waren mit letzten, etwas verschrumpelten Früchten und mit duftenden Blüten übersät. Daneben wucherten zwei Granatapfelbäume und darunter zwischen Strandhafer und anderem Unkraut mächtige Büsche von Rosmarin, Salbei und Lavendel. Sogar ein verwilderter Rosenstrauch trug herrlich duftende weiße Blüten. Ganz am Ende führten ein paar Stufen auf den Felsen, der den Garten von Norden her schützte. Julia stieg hinauf und konnte von dieser exponierten Stelle aus ein

Stück der in westlicher Richtung verlaufenden Küste sehen. Fasziniert beobachtete sie, wie sich der Atlantik schäumend an vorgelagerten Riffs und kleineren Felseninseln brach. Dann wanderte ihr Blick zur Steilküste. Täuschte sie sich oder stand dort unten so etwas wie ein Haus? Wenn es tatsächlich eines war und kein Felsbrocken, schmiegte es sich an die Steilwand und war auch farblich kaum von ihr zu unterscheiden. Vermutlich war es doch nur eine Felsformation.

Sie drehte sich um und sah zurück zu der Finca. Stolz ragte sie auf der Klippe empor, trotzte nun schon so lange Sonne, Wind und allen Wettern. Julia sog tief den würzigen Geruch in sich ein, den die verwilderten Pflanzen verströmten, dann riss sie sich los und ging vor das Tor.

»Kommen wir miteinander ins Geschäft?«, fragte Marcos.

»Ja«, sagte Julia. Eine unendliche Welle des Glücks stieg in ihr auf und füllte sie aus von den Zehen bis zu den Haarspitzen.

»Bien«, sagte der Anwalt und blickte auf seine Armbanduhr. »Gut! Dann mal los. Bis nach Santa Cruz ist es eine weite Fahrt.«

12

Queso quemado – Verbrannter Ziegenkäse

Der Fischkutter legte sich in die Wellen, und Julia sah besorgt hinüber zu Emil, der ein bisschen grün im Gesicht geworden war und sich mit beiden Händen an der Reling festklammerte. Selbst bei ruhigem Wetter war der Seegang auf dem Atlantik rund um die Insel nicht zu unterschätzen.

»Alles in Ordnung?«

Emil nickte und biss die Zähne zusammen. In seiner etwas zu großen Rettungsweste sah er zerbrechlich aus und jünger, als er war.

»Immer schön den Horizont im Auge behalten«, riet Naira, der der Wellengang nichts auszumachen schien.

Álvaro stand gemeinsam mit Toto am Steuer, Julia konnte kaum den Blick von ihm wenden. Konzentriert sah er auf die See hinaus. Der Wind zerrte an den Locken, die sich aus seinem Pferdeschwanz gelöst hatten. Er trug ein Jeanshemd und dazu helle Shorts, die bis zu den Knien reichten und seine muskulösen Waden frei ließen.

»Da vorne sind sie«, schrie Pepe, ließ das Fernglas sinken und wies mit ausgestrecktem Arm in nordwestliche Richtung.

Julia reckte den Kopf, und während Pepe Álvaro den Feldstecher reichte und dieser den Kurs korrigierte, konnte auch sie es sehen: Im Sonnenlicht glänzende grauschwarze Leiber hoben sich von den Wogen ab, tauchten unter und an anderer Stelle wieder auf.

Vorsichtig näherte sich der Kutter der Walschule.

»Stören wir die Tiere nicht?«, fragte Julia.

»Wir stellen gleich den Motor ab und bleiben auf Abstand«, erklärte Toto. »Dann lassen wir uns mit ihnen treiben, notfalls hissen wir das Segel.« Er wies auf den Mast und das Großsegel, das sie bislang nicht im Einsatz hatten. »Vielleicht kommen sie ja von allein zu uns.«

Gespannt blickten sie alle in die Richtung, auf die sie nun Kurs genommen hatten. Selbst Emil schien sein Unwohlsein vergessen zu haben.

»Motor aus«, rief Pepe, und augenblicklich erstarb die Maschine. Und dann sah es auch Julia. Wenige Meter von ihnen entfernt tauchte langsam ein unfassbar großer Körper auf und glitt nahe an die Seite des Kutters, ohne die Wasseroberfläche völlig zu durchbrechen. Ganz deutlich konnte Julia die grau gefleckte Haut erkennen und die eine oder andere Narbe. Mit Herzklopfen wurde Julia bewusst, dass das Tier bei Weitem länger war als ihr Boot. »Eine Walkuh mit ihrem Jungen! Seht ihr es? Es schwimmt an ihrer Seite.« Pepe war ganz zappelig geworden vor lauter Begeisterung. »Und da vorne sind noch mehr.«

Naira seufzte auf vor Glück. Auch Julia konnte den Blick nicht von den Geschöpfen wenden, es war absolut faszinierend, ihnen so nahe zu sein. Emil starrte gebannt auf das Wasser, selten hatte sie den Jungen so beeindruckt gesehen. Die Walkuh blieb ein wenig zurück, und ganz kurz sah Julia das imposante Auge des Säugers, ihr schien, als blicke es ihr direkt in die Seele. Dann ließ sich das Tier langsam wieder in die Tiefe sinken.

»Ich fasse es nicht!«, rief Toto lachend. »So nah sind sie uns noch nie gekommen. Seht mal dort, das Kleine. Gleich schwimmt es unter uns durch.«

Etwas weiter entfernt waren drei weitere ausgewachsene Tiere aufgetaucht, majestätisch hoben sie ihre Körper ein Stück weit aus den Wellen und bliesen Fontänen aus ihrem Atemloch. Emil jauchzte auf und kam endlich auf die Idee, sein Handy zu zücken, um ein paar Fotos zu machen.

»Was zum Teufel will der denn hier?«, hörte Julia Toto sagen, dann nahm sie den Lärm des Katamarans wahr, der sich ihnen in hoher Geschwindigkeit näherte und auch nicht abbremste oder den Motor abstellte, als er sich in unmittelbarer Nähe zur Walschule befand.

»Das ist dieser Idiot«, schrie Pepe zornig und nahm das Fernglas von den Augen. »El Alemán mit ein paar Touris. Seht euch das an, er fährt mitten in die Walschule hinein!«

Álvaro riss ein Megafon unter dem Steuer hervor und stellte sich an den Bug des Kutters.

»Stellen Sie sofort den Motor aus!«, rief er hinüber zu dem Katamaran.

O mein Gott, dachte Julia, das ist tatsächlich Jens. Er stand neben dem Steuer des Bootes und hielt ein Fernglas auf sie gerichtet.

»Verdammt«, schrie Álvaro ins Megafon. »Sie stören die Tiere!«

Julia blickte ins Wasser. Von den Walen war nicht mehr viel zu sehen, eben tauchte der letzte der riesigen Meeressäuger ab und verschwand in der Tiefe. Mit aufheulendem Motor zog der Katamaran eine Schleife und entfernte sich wieder. Julia hatte unwillkürlich die Fäuste geballt.

»Ach, das darf doch nicht wahr sein!«, stöhnte Naira.

»Hast *du* ihm von den Pottwalen erzählt?« Álvaro stand breitbeinig vor Julia und sah sie zornig an.

»Nein, natürlich nicht«, antwortete sie.

»Ich hab's ihm gesagt.« Emils Stimme zitterte. »Er wollte wissen, wohin wir gehen. Da hab ich …«

»Na, das hätt ich mir ja denken können«, knurrte Álvaro und wandte sich ab.

»Was soll das heißen?«, fragte Toto und trat näher. Mit

schmalen Augen musterte er erst Emil, dann Julia. »Was habt ihr mit El Alemán zu schaffen?«

»Er ist mein Bruder«, sagte Julia und straffte sich. »Und Emils Vater.«

Toto riss fassungslos die Augen auf, dann pfiff er durch die Zähne. Kopfschüttelnd wandte er sich zu Álvaro um.

»Das glaub ich einfach nicht«, fuhr er ihn an. »Du holst uns den Jungen von El Alemán an Bord? Und seine Schwester?«

»Hört mir mal bitte kurz zu«, wollte Julia sagen, als ihr Handy klingelte. Es war Jens, das konnte sie auf dem Display erkennen. Genervt drückte sie ihn weg. Es klingelte erneut.

»Was ist?«, fuhr sie ihren Bruder wütend an.

»Hab ich da eben auf dem Boot dieser Spinner meinen Sohn gesehen?«

»Wenn du den Kutter des *medio ambiente* meinst, ja«, antwortete sie. »Deine Augen funktionieren also noch. Was man von deinem Hirn nicht behaupten kann. Was denkst du dir dabei, mitten in die Walschule hineinzurasen?«

»Ich warne dich«, gab Jens kalt zurück. »Bring mir Emil so schnell wie möglich wieder nach Hause. Und eins sage ich dir. Wenn du so weitermachst, verbiete ich dir den Umgang mit ihm.«

»Das wollen wir doch mal sehen«, schrie Julia zornig, aber da hatte Jens bereits die Verbindung unterbrochen.

»War das Papa?«, fragte Emil ängstlich. Julia nickte. Álvaro und die anderen hatten sich von ihnen abgewandt. Alle vier standen ums Steuer herum und kehrten ihnen den Rücken zu. Der Kutter hatte Kurs auf die Küste genommen. »Was hat er gesagt?«

Julia wollte etwas erwidern, doch sie konnte nicht sprechen, ein dicker Kloß in ihrem Hals machte es unmöglich. Tränen stiegen in ihr auf. Eben war alles noch so wunderschön gewesen. Und Jens hatte alles zerstört.

Julia hatte keine Gelegenheit mehr, mit Álvaro darüber zu sprechen. Er hatte sich kurz und bündig von ihr und Emil verabschiedet und sich dann zu seinen Freunden gesellt, die damit beschäftigt waren, das Boot zu vertäuen. Naira hatte sich möglichst weit von ihnen weggestellt und sah aufs Meer hinaus. Was hätte Julia sagen können? Dass ihr Bruder ein Idiot war, mit dem sie so wenig wie möglich zu tun haben wollte? Dass man Emil keinen Vorwurf machen konnte, verstand sich doch von selbst. Er hatte sich ja nichts Böses dabei gedacht, als sein Vater ihn fragte, wohin der Ausflug ging. Wie hätte er auf die Idee kommen sollen, dass Jens sich ein Boot schnappen und sich mit einer Gruppe Touristen ebenfalls auf die Suche nach den Walen machen würde?

Eigentlich hatte Julia ihren neuen Freunden nach der Bootstour von der Finca erzählen wollen, die sie am Vortag per Unterschrift unter den Kaufvertrag erworben hatte. Sie hatte sich alles so schön vorgestellt und gehofft, dass Álvaro sich darüber freuen würde. Selbst Emil wusste noch nichts davon, und nach kurzem Abwägen beschloss sie, es ihm auch jetzt noch nicht zu sagen. Stattdessen hatte sie das Gefühl, Jens' Aufforderung Folge leisten zu müssen und Emil so schnell wie möglich nach Hause zu bringen. Seine Drohung, er würde ihr den Umgang mit ihrem Neffen verbieten, beunruhigte sie mehr, als sie im ersten Moment geglaubt hatte.

»Es tut mir leid«, sagte Emil, als sie schweigend nebeneinander in ihrem Wagen saßen. Er klang kläglich, ihm war durchaus bewusst, was er da angerichtet hatte.

»Du kannst nichts dafür, dass dein Vater so …« Sie brach ab. Bislang hatte sie es stets vermieden, schlecht über Jens zu reden.

»Dass er ein solcher Idiot ist. Du kannst es ruhig aussprechen. Ich hab's ja schon immer gesagt«, brach es aus dem Jungen heraus. »Aber ich hätte es ihm nicht verraten dürfen. Jetzt denken alle, ich bin ein genauso großer Blödmann wie …«

»Ach, Emil«, unterbrach Julia ihn erschöpft. »Lassen wir es einfach gut sein, ja.«

»Du magst Álvaro. Stimmt's?«

Julia warf ihm rasch einen Seitenblick zu. War das so offensichtlich, dass selbst Emil es bemerkt hatte? Sie nickte.

»Ja, ich mag ihn gern«, gab sie zu.

»Und jetzt hab ich's versaut«, murmelte er niedergeschlagen.

Julia hatte nicht die Kraft, ihm zu widersprechen.

An diesem Abend hielt Julia es für angebracht, Emil ins Haus zu begleiten. Zu ihrer Erleichterung war jedoch nur Tanja da, die von ihrem Anblick überrumpelt wirkte und sie mit einem ratlosen Lächeln begrüßte.

»Es gibt nur Käse und Brot«, sagte sie entschuldigend. »Wenn ich gewusst hätte, dass du kommst …«

»Ich bleibe nicht zum Essen«, beruhigte Julia sie. »Ich wollte nur kurz mit meinem Bruder sprechen.«

»Der ist noch mit seinen Kunden unterwegs«, gab Tanja zurück. »Heute sind sie zum Whale Watching rausgefahren, das kann dauern.«

Julia seufzte. »Wollen wir inzwischen nach deinen Hausaufgaben sehen?«, fragte sie Emil.

»Heute ist Samstag«, maulte er. »Da wirst du mich doch nicht mit Hausaufgaben quälen.«

»Wir könnten ein Feuer machen«, schlug Tanja zu Julias Überraschung vor. »Und den Käse grillen. Was haltet ihr davon?«

»Wenn es dir nicht zu viele Umstände macht …«, erwiderte Julia vorsichtig. Es war eine schöne Idee, vor allem für den Jungen. »Sollen Emil und ich das Feuer machen?«

Tanja war einverstanden, und so füllten sie trockene Kiefernzapfen in die Feuerschale draußen auf der Terrasse und häuften Zweige und kleinere Äste darauf. Im Nu schlugen die Flammen auf und verbreiteten knisternd einen aromatischen Duft nach den Hölzern der Insel. Tanja hatte im Kühlschrank noch Salat gefunden, und Julia half, das Dressing zuzubereiten, während Emil das Feuer bewachte. Schließlich war ausreichend Glut vorhanden, und sie beluden einen Rost mit dicken Scheiben des lokalen Ziegenkäses.

»Können wir auch das Brot grillen?«, fragte Emil. Er hatte rosa Wangen bekommen und schien das Desaster vorhin auf dem Fischkutter vergessen zu haben.

»Klar.« Staunend nahm Julia zur Kenntnis, dass Tanja an diesem Abend so entspannt und zugänglich war, wie sie sie noch nie erlebt hatte.

Es duftete herrlich nach geröstetem Brot und Käse, als Jens auf die Terrasse trat. Im ersten Moment bemerkten sie ihn gar nicht, doch dann fiel Julia auf, dass Tanja sich sichtlich verspannte.

»Das sieht ja nach heiterer Familienidylle aus«, sagte Jens in sarkastischem Ton.

Augenblicklich ging Emil in Abwehrhaltung.

»Möchtest du etwas Brot und …«, begann Tanja.

»Nein, ich hab schon gegessen«, fiel Jens ihr ins Wort. »Ein Bier wäre nett.« Sogleich verschwand Tanja im Haus, um ihm eines zu holen. »Julia«, sagte er, sobald sie gegangen war, »wir müssen eines klarstellen. Wenn du bei Emil deine ungestillten Muttersehnsüchte ausleben willst – meinetwegen. Aber ich verbiete dir, ihn mit diesen Umwelt-Spinnern zusammenzubringen. Das tust du nie wieder. Hörst du?«

»Das sind keine Spinner«, ließ Emil sich trotzig vernehmen, der vor dem Feuer kniete.

»Du hältst den Mund«, fuhr Jens ihn an.

»Wenn hier einer spinnt, dann bist du das«, fuhr der Junge unbeirrt fort und wendete in aller Ruhe eine Käsescheibe. »Mitten in die Walfamilie hineinzubrettern – das würde keiner von den Männern tun.«

»Halt den Mund, hab ich gesagt.« Jens Stimme war leise und drohend geworden.

»Ich hab mich für dich geschämt, weißt du?« Emil hatte mindestens denselben Dickkopf wie sein Vater. »Als sie gehört haben, dass du mein Vater bist …«

Jens war so schnell aufgestanden und hatte Emil eine schallende Ohrfeige versetzt, dass weder der noch Julia das hatten kommen sehen.

»Was ist denn hier los?«, fragte Tanja erschrocken, die Bierflasche in der Hand.

»Nichts weiter«, erwiderte Jens in kaltblütiger Ruhe. »Ich kläre hier nur ein paar Dinge.«

»Du bist Emils Vater«, sagte Julia und bemühte sich, ruhig zu bleiben, obwohl sie am ganzen Körper vor Empörung zitterte. »Und wenn du sagst, dass du nicht möchtest, dass er mit meinen Freunden zusammenkommt, werde ich mich danach richten. Aber das ist kein Grund, sich hier auf der Insel aufzuführen wie ein Rambo. Was du heute auf dem Meer veranstaltet hast …«

»… geht dich nichts an«, fiel Jens ihr scharf ins Wort. Er nahm einen großen Schluck Bier und lehnte sich erschöpft auf seinem Stuhl zurück. »Du hast ja keine Ahnung, wie schwierig es ist, tagtäglich neue Attraktionen für die Touristen zu finden. Ausreichend Geld zu verdienen, um das hier zu finanzieren.« Er machte mit der Flasche in der Hand eine ausladende Bewegung, die Haus und Terrasse einzuschließen schien. »Diese Männer machen mir nichts als Schwierigkeiten. Umweltschutz hier, Umweltschutz da. Ich kann keinen Schritt mit meinen Kunden tun, ohne dass die sich querstellen. Wenn es nach denen ginge, stünde jeder verdammte Stein auf dieser Insel unter Naturschutz. Dass sie alle vom Tourismus leben, daran denkt keiner. Und die Leute, die hierherkommen, wollen eben auch was erleben.« Er schloss müde die Augen und schüttelte den Kopf. »Diese Kerle vom *medio ambiente*, deine angeblichen Freunde, die würden es am liebsten sehen, dass ich meine Sachen packe und von der Insel verschwinde. Aber weißt du was? Das wird nicht passieren. Und du als meine Schwester solltest mir nicht in den Rücken fallen.«

»Und du als Emils Vater solltest wissen, dass Schläge keine Erziehungsmethode sind«, konnte Julia sich nicht verkneifen zu sagen.

Jens presste die Lippen aufeinander. »Du hast doch keine Ahnung!«, stieß er dann hervor. »Was weißt du schon von Kindern! Alles, was du kannst, ist kochen. Und offenbar hast du damit in den vergangenen Jahren genug verdient, um dir hier jetzt einen schönen Lenz zu machen. Unsereins dagegen ...«

»Den Touristen gefällt es garantiert nicht, wenn du die Wale vertreibst«, warf Emil ein. Auf seiner Wange konnte Julia eine knallrote Spur von Jens' Hand sehen. Sie verstand ihren Bruder einfach nicht.

»Er hat recht«, pflichtete sie Emil bei. »Und das weißt du auch, Jens. Du lebst als Ausländer in einem fremden Land. Wäre es da nicht angebracht, sich nach den Regeln hier zu richten?«

»Ich kann es kaum erwarten, bis dir das Geld ausgeht und du hier verschwindest«, zischte Jens.

»Da kannst du lange warten«, fauchte Julia zurück. »Ich werde nämlich auf der Insel bleiben. Ich habe soeben ein Haus gekauft.«

Emil ließ die Gabel fallen, mit der er die Käsescheiben gewendet hatte, und sprang auf.

»Du bleibst hier?« Es war mehr ein Triumphschrei als eine Frage. Dann wandte er sich an seinen Vater. »Papa. Darf ich bei Julia wohnen? Ich meine ganz?«

»So ist das also«, sagte Jens zu Julia. »Du willst dich hier einnisten und mir meinen Sohn wegnehmen. Aber da hast dich verrechnet. Ab jetzt verbiete ich dir jeden Kontakt mit Emil.«

Kurz herrschte Totenstille auf der Terrasse. Der Geruch nach verbranntem Käse stieg Julia in die Nase. In ihrem Herzen tobte ein Sturm.

»Das kannst du nicht machen!«, stieß sie hervor. »Und überhaupt. Wer soll denn Emil von der Schule abholen? Ihr habt ja angeblich keine Zeit. Und was ist mit seinen Hausaufgaben …«

»Tanja wird ihn abholen«, sagte Jens.

»Moment mal …«, brachte Tanja konsterniert hervor. »Ich muss arbeiten und … überhaupt. So war das nicht ausgemacht.«

Jens tat so, als höre er ihren Einwand nicht. »Und seine Hausaufgaben muss er eben ab jetzt allein machen. Was hat sie nur für ein Weichei aus dir gemacht«, sagte er hämisch an Emil gewandt. »Denkst du vielleicht, dass irgendeiner deiner Klassenkameraden am Rockzipfel seiner Tante hängt?«

Emil sah von ihm zu Julia. Er wirkte, als wäre er den Tränen nahe. Das war heute alles ein bisschen viel für ihn, dachte Julia.

»Ich will viel lieber bei Julia wohnen«, brachte er mit zitternder Stimme hervor. »Bitte! Ihr wollt mich doch eh nicht …«

»Schluss jetzt«, herrschte Jens ihn an. Drohend erhob er sich aus dem Korbsessel und wandte sich Julia zu. »Und du hör endlich auf, dich in meine Angelegenheiten einzumischen. Halte dich von meinem Jungen fern. Das ist mein letztes Wort.«

Julia stand auf, sah unschlüssig von Emil zu Tanja, die die zu Kohle gewordenen Käsescheiben vom Grill nahm und auf einen Teller häufte, als gäbe es nichts Wichtigeres auf der Welt. Sie holte Luft, um etwas zu sagen, was ihren Bruder umstimmen könnte. Doch ihr fiel nichts mehr ein.

»Lass es«, sagte er. »Und geh endlich.«

Niedergeschlagen wandte sie sich an Emil und schloss ihn in ihre Arme. »Mach's gut«, flüsterte sie ihm ins Ohr. Dann machte sie sich von ihm los und ging.

Sie hatte kaum ihren Wagen erreicht, als sie hörte, wie Emil schrie: »Ich hasse dich!« Erschrocken blieb sie stehen.

»Damit kann ich leben«, antwortete sein Vater.

Erst jetzt bemerkte sie, dass ihr die Tränen über die Wangen liefen. Sie hatte alles falsch gemacht. Warum musste sie ihrem Bruder nur immer Kontra geben? Dabei wusste sie seit ihrer Kindheit, dass dies zu nichts führte. Sie konnte es einfach nicht ertragen, wie selbstgerecht und gemein er mitunter war. Er konnte auch anders sein, das hatte er in früheren Jahren immer wieder gezeigt. Doch damals hatte Alice noch gelebt. Und Emils Welt war noch in Ordnung gewesen.

Sie schlief nicht gut in dieser Nacht. Zum einen sorgte sie sich um Emil. Zum anderen wurde ihr bewusst, dass sie ganz auf sich allein gestellt war. Ihr Bruder wollte so wenig wie möglich mit ihr zu tun haben, um Emil sollte sie sich nicht mehr kümmern. Und Álvaro? Aber was hatte sie sich denn erhofft? Sie kannte ihn ja kaum. Wenn er nicht begriff, dass sie nicht für die Handlungen ihres Bruders verantwortlich war, dann sollte sie ihm keine Träne nachweinen. Trotzdem. Irgendwie hatte sie geglaubt … ja, was denn eigentlich? Freunde gefunden zu haben, sagte sie sich trotzig. Und wagte sich kaum einzugestehen, dass sie für diesen Mann viel mehr empfand als nur Freundschaft.

Schon im Morgengrauen setzte sie sich in ihren Mietwagen und fuhr zur Finca hinaus. Sie musste sich schleunigst um ein eigenes Auto kümmern und um so manches andere. Sie wusste, dass all diese Aufgaben, die jetzt auf sie warteten, sie ablenken würden. Im Grunde war sie schon immer allein auf sich gestellt gewesen, und stets hatte sie sich durchgebissen. Am besten ging es ihr ohnehin, wenn sie sich in ihre Arbeit stürzte. Und genau das hatte sie jetzt vor.

Sie hatte alle Putzutensilien aus dem Ferienhaus mitgenommen, die sie gefunden hatte und die sie natürlich wieder ersetzen würde. Es war Sonntag und vermutlich alle Läden geschlossen.

Die Sonne ging gerade hinter den Bergen auf, als sie das Mesón erreichte. Ein Kaninchen hoppelte erschreckt ins Gebüsch, langsam ließ sie den Wagen ausrollen und parkte ihn unter dem Drachenbaum. Julia stieg aus und sog tief die salzhaltige Luft in ihre Lunge. Das rötliche Licht der Morgensonne färbte den oberen Teil des Hauses golden, es sah aus, als trüge es eine Krone. Julias Herz schlug höher, und ein tiefer Frieden erfüllte sie. Hier würde sie ganz von vorn beginnen. Hier würde sie glücklich werden und hoffentlich endlich Frieden finden.

Voller Energie schloss sie das Haus auf und überlegte, wo sie anfangen sollte. Die Küche? Nein. Ihre Wahl fiel auf das größte Zimmer im Obergeschoss, in dem das Himmelbett stand. Von Anfang an hatte sie das Gefühl gehabt, dass sich dort das Zentrum des Hauses befand, sein Herz sozusagen, von dort aus würde sie nach und nach den Rest des Anwesens in Besitz nehmen.

Sie band sich ein Tuch um den Kopf, öffnete alle Fenster, trug die Gerätschaften die Treppe hinauf und machte sich an die Arbeit. Dabei musste sie an ihre Anfangsjahre in der Gastronomie denken, als man sie ein Jahr lang fast nichts anderes hatte machen lassen, als die Küche zu schrubben. Damals hatte sie es gehasst, doch heute beruhigte sie diese einfache Tätigkeit. Sie holte einen Stuhl aus der Gaststube, stieg darauf und entfernte die Spinnweben vom Deckengebälk und den rauen Natursteinwänden, dann nahm sie die zerrissenen Reste des Vorhangs vom Gestänge des großen Himmelbetts und reinigte es. Sie putzte die Fenster, entdeckte hier und dort in den Scheiben kleine Schäden, einen Sprung hier und einen Riss dort – darum würde sie sich später kümmern. Immer wieder hielt sie inne, zu überwältigend war der Ausblick, der sich ihr bot. Ein leuchtend blauer, wolkenloser Himmel wölbte sich über dem geriffelten Spiegel des Atlantiks, am Horizont glitt ein großes Schiff vorüber, das aussah wie ein Spielzeug. Wo sich wohl die Wale inzwischen befanden? Rasch verdrängte sie den Gedanken an sie, zogen sie doch unweigerlich die Erinnerung an die angespannte Stimmung nach sich, mit der sie sich am Vortag von Álvaro und seinen Freunden verabschiedet hatte. Und an den katastrophalen Ausgang ihres Gesprächs mit Jens.

Nein, an diesem Tag wollte sie sich ganz und gar auf die Zukunft konzentrieren. Während sie das Zimmer ausfegte und anschließend die Holzdielen abschrubbte, stellte sie in Gedanken eine Liste zusammen, was sie als Allererstes anschaffen musste. Neue Lattenroste und Matratzen für das Himmelbett, das stand an oberster Stelle, denn sie wollte so bald wie möglich hier einziehen. Überhaupt hatte sie eine Menge zu entrümpeln, sie musste sich nach einer Firma erkundigen, die das für sie übernehmen würde. Es wäre schön, Möbel von einem einheimischen Schreiner zu bekommen, überlegte sie. Zunächst nur das Nötigste: einen Schrank, eine Kommode, einen hübschen Sessel und passenden Tisch.

Sie würde auf alle Fälle ein Zimmer für Emil einrichten, sie konnte es einfach nicht glauben, dass sie ihn nicht mehr sehen sollte. Jens würde sich hoffentlich bald wieder beruhigen. Ein Bett samt Tisch und Stuhl in einem der kleineren Zimmer würden fürs Erste genügen.

Weit mehr Überlegungen benötigte die Einrichtung der Küche. Sie hatte keine Ahnung, ob es auf der Insel überhaupt einen Anbieter von Gastroherden für den professionellen Gebrauch gab, aber das würde sie herausfinden. Als sie mit ihrem Werk in ihrem künftigen Schlafzimmer zufrieden war, ging sie vors Haus, setzte sich auf die Stufen, die zum Portal hochführten, und verspeiste mit großem Appetit das belegte Brot, das sie mitgebracht hatte, und trank Wasser dazu. Dann nahm sie die Küche in Angriff. Hier war ungleich mehr zu tun als im oberen Zimmer. Fettreste klebten am Fußboden wie Kleister, rund um die Öffnung des Holzofens hatte sich eine dicke alte Schicht Ruß abgesetzt.

Gegen Mittag streckte sie ihren schmerzenden Rücken durch

und musste einsehen, dass sie das nie und nimmer allein schaffen würde. Die Putzmittel, die sie aus dem Ferienhaus mitgebracht hatte, waren aufgebraucht, und noch immer sah man fast nichts von ihren Anstrengungen. Sie brauchte eine Putzkolonne, denn außer der Küche gab es ja noch den großen Gastraum und die Nebengebäude, ganz zu schweigen von dem Badezimmer samt Toilette, die sie vorerst benutzen musste, bis das alles erneuert war.

Julia zog die Gummihandschuhe aus und wusch sich gründlich die Hände. Die Sonne hatte inzwischen den Zenit überschritten. Sie beschloss, eine Pause zu machen und den Außenbereich näher zu erkunden. Im Obstgarten pflückte sie eine Orange und schälte sie, seufzte glücklich auf, als sie das saftige Fruchtfleisch probierte, so köstlich schmeckte es. Sie fühlte sich gleich viel besser. Auch einen Gärtner würde sie suchen oder zumindest jemanden, der in der Lage war, das Areal von den wild wuchernden Sträuchern und vom größten Teil der Feigenkakteen zu befreien. Sie bahnte sich ihren Weg durch das Gestrüpp, füllte sich die Taschen mit reifen Zitronen und gelangte dann auf den Pfad, der hinunter zur Höhle führte. Sie folgte ihm, merkte aber erst, als sie vor der verschlossenen Tür stand, dass sie den Schlüssel oben gelassen hatte.

Inzwischen machte es ihr nicht mehr so viel aus, dass der Pfad nahe am Abgrund verlief. Und als sie sich genauer umsah, bemerkte sie, dass er keineswegs bei der Höhle endete, sondern eine kleine Kurve abwärts beschrieb und danach in sorgfältig in den Fels gehauenen Stufen mündete.

Wohin sie wohl führen?, fragte sich Julia und beschloss, es sogleich herauszufinden. Vorsichtig setzte sie Fuß vor Fuß. Bald endeten die Stufen, und in engen Serpentinen schlängelte sich ein schmaler Fußweg an der Klippe entlang nach unten. An manchen Stellen hatten sich hartnäckige Sträucher in den Felsen gekrallt, eine riesige Agave reckte ihren imponierenden Blütenstand gen Himmel. Aufgeschreckte Eidechsen huschten vor ihren Füßen davon, und als sie an einer Felsnische vorbeikam, flatterte ein großer Seevogel auf und beschimpfte sie empört aus sicherer Höhe.

Julia blieb erschrocken stehen und sah unschlüssig zurück. Das Haus war nicht mehr zu sehen. Inzwischen hatte sie gut und gern zweihundert Höhenmeter hinter sich gebracht und fragte sich, ob sich die Anstrengung lohnen würde, immerhin müsste sie die ganze Strecke wieder hochklettern. Doch so kurz vor dem Ziel, falls es denn eines gab, wollte sie nicht aufgeben.

Sie umrundete eine weitere Felsnase – und blieb wie angewurzelt stehen, so erstaunlich und unerwartet war das, was sie dort unten sah. Vielleicht zwanzig Meter oberhalb einer weitläufigen, durch mehrere Riffe vor den Wellen geschützten Bucht, lag eine ausgedehnte, leicht zum Meer hin abfallende Ebene. Es wirkte wie eine riesige Felsplatte, in die unzählige, rechteckige Becken in den schwarzen Stein geschlagen worden waren. Diese waren mit Wasser gefüllt, und ihre Ränder glänzten weiß in der Mittagssonne. An mehreren Stellen hatte jemand gleichmäßig hohe, kegelförmige Häufchen aus einem weißen Material gebildet – Salz.

Natürlich. JARDÍN DE LA SAL hatte auf dem alten Schild gestanden, das bedeutete »Salzgarten«. Und genau das war es, was hier vor ihr lag, eine Saline, in der Meersalz gewonnen wurde. Aber wer tat das? Wem gehörte dieser Salzgarten?

Julia fühlte plötzlich keine Müdigkeit mehr und beeilte sich, die restliche Strecke hinter sich zu bringen. Je näher sie kam, desto besser konnte sie die Anlage überblicken, die weit größer war, als sie es im ersten Moment gedacht hatte. Ganz am Rande, etwas erhöht, stand ein kleines Gebäude aus Felsgestein, und Julia wurde klar, dass sie es von der äußersten, erhöhten Stelle hinter ihrem Garten bereits gesehen hatte. Es musste das Haus des Salzgärtners sein.

Ihre Gedanken überschlugen sich. Warum hatte Marcos ihr das nicht erzählt? Immerhin gab es einen direkten Zugang von hier zu ihrem Grundstück. Außerdem hieß der Gasthof Flor de Sal, Salzblume. Was hatte das alles zu bedeuten?

Julia beschloss, dies am besten auf der Stelle herauszufinden. Wenn der Salzgärtner zu Hause war, konnte sie sich gleich als neue Nachbarin vorstellen. Sie kniff die Augen zusammen und spähte über die Becken hinweg. Hier draußen war niemand. Entschlossen machte sie sich auf den Weg zum Haus und suchte nach einem Weg, um den Salzgarten zu umrunden. Dabei fiel ihr eine Art Brücke auf oder besser ein Damm, der quer durch die Salzbecken führte. Während sie ihn überquerte, sah sie, dass einige der Becken eine weißliche Sole enthielten, andere jedoch rosafarben schimmerten, wieder andere gelblich. Insgesamt bildeten sie ein pastellfarbiges unregelmäßiges Mosaik. An den schwarzen Rändern der Becken wuchsen Salzkristalle.

Julia konnte nicht umhin, die Schönheit dieses Ortes zu bewundern. Geschützt durch die Riffe, gegen die der Atlantik anstürmte, herrschte hier eine fast unwirkliche Stille. Der feine Geruch von Mineralien stieg ihr in die Nase. Als sie den Damm beinahe überquert hatte, konnte sie der Versuchung nicht widerstehen. Sie bückte sich, hob vorsichtig ein paar von den Kristallen auf und legte sie sich auf die Zunge.

Es schmeckte köstlich.

Julia wusste natürlich, dass es Salz in verschiedenen Qualitäten gab, und kannte die berühmten Herkunftsorte wie zum Beispiel die Camargue oder die Guéronde in der Bretagne aus dem Effeff. An dieses Salz reichten sie alle nicht heran. Was könnte sie damit nicht alles zaubern! Sie würde eine Speisekarte entwerfen, in der Salz ein wichtiger Protagonist wäre. Sie wurde ganz aufgeregt bei dem Gedanken, und sogleich kamen ihr eine ganze Reihe von Ideen für ausgefallene Gerichte.

Das Haus, das sich unter einem Felsüberhang an die Klippe schmiegte, war nicht besonders groß. Das Holz der Eingangstür war von Wind und Wetter ausgebleicht und mit einem silbrigen Schimmer aus Salz überzogen. Julia klopfte mehrmals, doch niemand schien zu Hause zu sein. Schade. Sie würde ein anderes Mal wiederkommen.

Sie wollte sich gerade zum Gehen wenden, als sie einem Impuls folgte und noch ein Stück um das Haus herumging. Hier entdeckte sie einen schmalen Fahrweg, der sich um die Klippe schlängelte, bis er hinter ihr verschwand. Natürlich. Wer professionell Salz gewann, musste die Ware ja auch abtransportieren können, und das geschah mit Sicherheit nicht über den beschwerlichen Felssteig, auf dem sie heruntergekommen war. Neugierig folgte sie der abenteuerlich verlaufenden Piste und umrundete die Klippe, um zu sehen, wohin sie führte. Wie erwartet verlief sie weiter, immer am Abhang entlang stieg sie in sanftem Gefälle bergauf und verschwand schließlich in der Ferne hinter einigen größeren Sträuchern. Irgendwo dahinten, dort, wo das Dorf lag, in dem Emil und sie an jenem stürmischen Tag Kaffee und Schokolade getrunken hatten, würde der Fahrweg vermutlich in der Straße einmünden.

Nachdenklich stieg sie den beschwerlichen Weg wieder hinauf zu ihrem neuen Zuhause. Bislang hatte sie sich ganz allein auf der Klippe gewähnt. Fast fand sie es beruhigend, in der Nähe noch einen anderen Menschen zu wissen. Vorausgesetzt natürlich, sie würden gut miteinander auskommen.

13

Zumo de naranja natural – Frisch gepresster Orangensaft

Früh am Montag machte Julia sich auf den Weg in die Hauptstadt, um die notwendigen Besorgungen anzugehen. Am Abend zuvor hatte sie, einer Eingebung folgend, Gonzo angerufen. Sie hatte sich daran erinnert, dass er Autos nicht nur vermietete, sondern auch mit ihnen handelte. Nun fuhr sie auf den Hof seiner Werkstatt in der Nähe von Los Llanos, einer kleinen Stadt im Zentrum der Insel, kurz vor dem Tunnel, der die West- mit der Ostseite verband.

»Hier hab ich was für dich«, sagte Gonzo, nachdem sie ihm erzählt hatte, was sie brauchte, und wies auf einen ziemlich zerschrammten roten Geländewagen mit offener Ladefläche. »Der hat zwar schon einige Kilometer auf dem Buckel, aber der Motor ist in Ordnung, ich hab ihn eben erst überholt. Und falls er Probleme macht, bringst du ihn einfach vorbei. Was hältst du davon?«

Julia ging um den Wagen herum. Man sah ihm deutlich an, dass er bereits einiges durchgemacht hatte in seinem fast zehnjährigen Autoleben, doch der Preis, den Gonzo ihr nannte, war fair, und nachdem er ihr versichert hatte, dass er eventuelle Reparaturen, die innerhalb der nächsten zwei Jahre anfallen sollten, auf seine Kappe nehmen würde, schlug sie ein. Gonzo bot ihr an, den Mietwagen an ihrer Stelle zurückzubringen, und drückte ihr die Zündschlüssel in die Hand. Er gab ihr außerdem die Adresse einer lokalen

Schreinerei, und so machte sie sich mit ihrem »neuen« Pick-up auf den Weg dorthin.

In der Werkstatt roch es herrlich nach den Hölzern der Insel. Während sie auf den Schreinermeister wartete, betrachtete sie die fertigen Möbel aus dem dunklen Holz der Inselbäume im vorderen Bereich und suchte sich gleich das eine und andere Stück aus. Ein Bett in Überbreite zum Beispiel für Emil und eine passende Kommode, einen großen Tisch für die Küche samt Stühlen. Es war genau der Stil, den sie sich gewünscht hatte, schlichte Massivholzmöbel, bei denen die natürliche Maserung zur Geltung kam und die sich perfekt in das Ambiente der Finca einfügen würden. Außerdem entdeckte sie noch einen Schaukelstuhl, der wunderbar in ihr neues Schlafzimmer passte.

Als der Besitzer erschien, wurde sie sich rasch mit ihm handelseinig. Er schien die Finca zu kennen und zeigte sich erfreut, dass dort bald wieder ein Restaurant eröffnen würde.

»Mein Vater hat oft vom Mesón erzählt«, sagte er und strich sich nachdenklich mit den Fingern durch sein dichtes schwarzes Haar. »Und von dem damaligen Besitzer. Er muss ein besonderer Mensch gewesen sein. Dann hat er das Restaurant ja leider verloren.«

Als Julia sich vorsichtig erkundigte, wie es dazu gekommen war, winkte er ab.

»Alte Geschichten«, sagte er und stellte ihr stattdessen Fragen zu den Möbeln, die er für sie anfertigen sollte. Als sie das Himmelbett erwähnte, für das sie Lattenroste und Matratzen brauchte, notierte er sich die Maße. Er bot ihr an, das für sie zu besorgen und so bald wie möglich zusammen mit den bereits fertigen Möbeln zur Finca zu bringen.

»Das passt sowieso nicht auf deinen Pick-up«, sagte er mit Blick auf Julias Wagen, den er durch die offene Tür sehen konnte. Er grinste. »Ich sehe, du bist mit Gonzo ins Geschäft gekommen. Diese Karre ist auf der Insel bekannt wie ein bunter Hund.«

Er empfahl ihr einen Elektrohandel, wo sie nicht nur einen Kühlschrank und eine große Gefriertruhe, sondern auch eine Geschirrspül- und eine Waschmaschine und so manch anderes Haushaltsgerät bestellte. Der Verkäufer konnte sein Glück kaum fassen und versprach ihr, alles frei Haus zu liefern, sobald die Geräte bei ihm eingetroffen seien.

Julia fand, dass sie für diesen Tag genug erreicht hatte, und machte sich bester Laune auf den Heimweg. Der führte sie durch das kleine Städtchen, wo Emil zur Schule ging, und als sie auf die Uhr sah und ihr bewusst wurde, dass sein Unterricht bald zu Ende sein musste, konnte sie der Versuchung nicht widerstehen, ihn kurz zu sehen.

Statt wie sonst vor der Schule parkte sie vorsichtshalber in einer Seitenstraße und hielt sich abseits, denn auf keinen Fall wollte sie Tanja oder gar Jens in die Arme laufen. Stattdessen tat sie so, als würde sie sich die neuesten Zeitungen an einem Kiosk ansehen.

Gerade als sie sich fragte, ob es denn richtig war, was sie da tat, oder ob sie nicht besser Jens' Wunsch respektieren sollte, hörte sie ein freundliches »Hallo!« hinter sich. Es war Devi, die Mutter von Emils Klassenkameradin Parvati. An diesem Tag trug sie ihr langes blondes Haar zu einem hoch am Hinterkopf angesetzten Pferdeschwanz zusammengebunden, der ihr weit über den Rücken fiel. Über eine bunt gemusterte Haremshose fiel eine von der Sonne ausgebleichte Tunika. »Schön, dich gesund und munter zu sehen«, sagte sie und musterte sie forschend aus ihren leuchtend blauen Augen.

»Mir geht es gut«, antwortete Julia verwundert.

»Ach, das freut mich. Es ist nur, weil Tanja mich angerufen hat und mich gebeten hat, Emil mit zu uns nach Hause zu nehmen. Sie hat gesagt, du wärst krank und deshalb …«

»Ach so.« Nun verstand Julia, warum Devi überrascht war, sie hier zu sehen. »Nein, das muss sie falsch verstanden haben. Mir geht es prächtig. Es ist nur …« Sie biss sich kurz auf die Unterlippe. Dann beschloss sie, Devi die Wahrheit zu sagen. »Ich hatte Streit mit meinem Bruder. Jetzt will er nicht mehr, dass ich mich um Emil kümmere. Aber ich wollte trotzdem sehen, ob es ihm gut geht.«

Devi riss die Augen auf und sog scharf die Luft ein. »Ach, so ist das«, sagte sie und ein verlegenes Lächeln erschien auf ihrem Gesicht. »Tanja meinte, sie habe keine Zeit.« Julia schluckte. Offenbar war es den beiden lieber, irgendeine Frau kümmerte sich um Emil, als dass sie es täte. »Weißt du was?« Devi sah aus, als hätte sie eine Idee. »Wieso kommst du nicht auch mit zu uns? Dann breche ich mein Versprechen nicht, und du kannst mit Emil zusammen sein. Ich weiß ja nichts von eurem Streit. Oder?«

Julia glaubte, ein verschmitztes Glitzern in Devis Augen zu sehen. »Ich will nicht, dass du Ärger mit Jens bekommst«, wandte sie ein.

Devi winkte gelassen ab. »Mach dir mal darüber keine Gedanken«, sagte sie mit einem fröhlichen Lachen. »Uns ist egal, was man über uns denkt. Auf der Insel gibt es sowieso eine Menge Klatsch, darauf kann man nicht immer Rücksicht nehmen. So idyllisch es hier aussieht, die Menschen sind wie überall. Sie haben ihre Vorurteile, und so mancher ist mit seinem Nachbarn verfeindet. So ist das eben. Sieh mal, da drüben kommen sie. Also abgemacht?«

»Einverstanden«, antwortete Julia und fühlte eine warme Welle der Zuneigung zu dieser freundlichen, selbstbewussten Frau. »Jetzt müssen wir nur noch Emil überzeugen. Sag mal, wohnt ihr wirklich in einer Höhle?«

Nie im Leben hätte Julia sich eine Höhlenwohnung so gemütlich vorgestellt. Der Felsboden war mit buntgewebten Teppichen ausgelegt, an den Wänden hingen farbenprächtige Bilder von hinduistischen Gottheiten, Shiva und vor allem Ganesha mit dem

Elefantenkopf waren darauf abgebildet. Es stimmte, was Emil gesagt hatte, in den Räumen brannte offenbar stets ein Räucherstäbchen, deren süßlicher Duft alles durchdrang.

Devi bewohnte mit ihrer Familie ein Ensemble von mehreren neben- und übereinanderliegenden Höhlen, die durch einige in den Fels geschlagene Stufen und durch einen zentralen Vorplatz miteinander verbunden waren. Allein die Lage etwas unterhalb eines riesigen Mandelhains im Schutz einer tief eingeschnittenen Schlucht war wildromantisch. Wo auch immer sich in dem Abhang ein Quadratmeter ebener Grund fand, hatten Devi und ihr Lebensgefährte Sam Gemüse oder Blumen angepflanzt, auf einem größeren, terrassierten Gelände in unmittelbarer Nähe wuchsen Feigen, Orangen, Avocados und Papayas.

»Das war sicher ganz schön viel Arbeit«, mutmaßte Julia, als sie mit ihrer Gastgeberin auf dem Vorplatz saß, ein Glas frisch gepressten Orangensaft in den Händen, während Emil und Parvati gemeinsam an einem Tisch etwas abseits Hausaufgaben machten.

»Wir haben das nach und nach angelegt«, erklärte Devi. »Schließlich leben wir schon seit zwanzig Jahren auf der Insel. Parvati ist hier in der Höhle zur Welt gekommen«, fügte sie mit einem Lächeln hinzu.

Julia betrachtete Devis Tochter, die Emil gerade etwas bereitwillig zu erklären schien. Sie fand das Mädchen sehr hübsch, ihre vielen Zöpfe hatte sie an diesem Tag ineinander verschlungen und am Oberkopf festgesteckt, sodass sie in der Sonne leuchteten wie eine Krone. Es hatte einiges an Überzeugungsarbeit gekostet, bis Emil eingewilligt hatte mitzukommen. Er fürchtete wohl bei seinen neuen Freunden um seinen Ruf, denn das Hippiemädchen wurde von den einheimischen Jungen offenbar nicht sehr geschätzt.

»Wir sind glücklich hier«, sagte Devi gerade und wies auf den Ausblick auf das Meer. »Um keinen Preis der Welt würde ich wieder zurück nach Deutschland gehen.«

»Ist es denn im Winter nicht kalt in den Höhlen?«

»Einen richtigen Winter gibt es hier nicht«, antwortete Devi. »Klar kann es an manchen Abenden kühler werden. Dafür hat Sam den Lehmofen gebaut.« Sie wies auf einen unscheinbaren Kamin, der weiter oben aus dem Felsen ragte.

»Ich hab übrigens auch vor zu bleiben«, gestand Julia und erzählte von dem Kauf der Finca. Und auf einmal fiel ihr ein, was sie zu erledigen vergessen hatte. Das gesamte Haus musste ja noch gereinigt werden, ehe die Möbel und Geräte geliefert wurden. »Du kennst nicht zufällig jemanden, der eine Putzfirma hat?«

»Was muss denn alles sauber gemacht werden?«, fragte Devi interessiert zurück, und Julia begann, den Zustand der Finca zu schildern. »Da wartet eine Menge Arbeit«, schloss sie. »Das Gebäude hat viele Jahre leer gestanden.«

»Ich arbeite selbst als Putzfrau«, sagte Devi zu Julias Überraschung. »Im Augenblick suche ich übrigens eine neue feste Stelle. Ein älteres deutsches Ehepaar, für das ich gearbeitet habe, ist letzte Woche endgültig nach Deutschland zurückgekehrt. Wann brauchst du denn Hilfe?«

»Am besten sofort«, antwortete Julia.

»Ich könnte noch zwei Freundinnen fragen«, schlug Devi vor. »Bei größeren Projekten arbeiten wir häufig zusammen. Paola hat sich neulich einen Hochdruckreiniger angeschafft. Den könnten wir vielleicht in deiner Küche einsetzen.«

»Und im Badezimmer. Devi, das klingt großartig. Wann könnt ihr denn kommen?«

Devi zog ein etwas ramponiertes Handy aus ihrer Tasche und führte zwei Gespräche.

»Paola und Carmen sind dabei«, erklärte sie zufrieden. »Was hältst du davon, wenn wir dich nachher alle zusammen zur Finca begleiten?«, schlug sie vor. »Ich sehe mir alles an, damit wir wissen, was wir brauchen. Und morgen früh rücken wir zu dritt an.«

»Das klingt nach einem guten Plan.« Julia konnte noch immer nicht glauben, wie einfach sich an diesem Tag alles für sie fügte.

Emils Laune hob sich merklich, als er erfuhr, was sie vorhatten. Zwar gab es noch eine längere Diskussion, weil Julia darauf bestand, dass er wieder mit Devi und Parvati fuhr – sie wollte nicht riskieren, dass Jens oder Tanja sie gemeinsam in einem Wagen sahen, was sehr gut möglich wäre, denn ihr Weg führte sie nahe an der Siedlung vorbei, wo Jens wohnte. Murrend stieg er zu Parvati auf die Rückbank von Devis altem Renault, dann ging es los.

Ein warmes Abendlicht lag auf den Mauern der Finca, als sie beim Mesón angekommen waren. Am östlichen Horizont hatte sich eine Wolkengruppe aufgetürmt, die aussah wie eine dicht gedrängte Herde Schafe. In der Krone des Drachenbaums rauschte der Wind.

»Du hast das tatsächlich gekauft?« Emil kam auf sie zugerannt und sprang übermütig um sie herum.

»Ja, das habe ich«, antwortete Julia glücklich und konnte es selbst kaum glauben. »Erinnerst du dich noch …?«

»Na klar!«, erwiderte er und rannte ausgelassen in den Hof.

Lachend folgte ihm Julia gemeinsam mit Devi und ihrer Tochter und schloss das Portal auf. Emil und Parvati machten sich sofort daran, die Finca auf eigene Faust zu erkunden, immer wieder hörten sie ihre aufgeregten Stimmen und ihre polternden Schritte auf der Holztreppe.

»Okay, hier gibt es wirklich viel zu tun«, resümierte Devi, nachdem sie sich gründlich umgesehen hatte. »Aber kein Problem. Das bringen wir in Ordnung. Passt es dir, wenn wir morgen gleich um acht beginnen? Wir machen lieber über Mittag eine längere Pause, wenn es heiß wird. Einverstanden?«

Natürlich war Julia einverstanden. Sie besprachen noch den Stundenlohn, den die Frauen sich vorstellten, und Julia beschloss im Stillen, noch einiges draufzulegen, sollte alles zu ihrer Zufriedenheit verlaufen.

»Hier könnte ich wirklich bei dir wohnen«, sagte Emil, während Devi und Parvati bereits in den Renault stiegen. »Platz ist genug.«

»Wir richten ein Zimmer für dich ein«, antwortete Julia. »Ich hab sogar schon Möbel bestellt. Du kannst natürlich nur hier sein, wenn dein Vater es erlaubt.«

Alle Freude wich aus Emils Miene. »Das wird er niemals.«

»Vielleicht überlegt er es sich irgendwann anders«, versuchte Julia ihn zu trösten. »Gut wäre, wenn du lernen würdest, ihm nicht immer gleich alles an den Kopf zu werfen, was du über ihn denkst.«

Emil warf ihr einen empörten Blick zu. »Ich will aber nicht heucheln«, antwortete er. »Außerdem tust du das auch nicht. Du sagst ihm alles, was du denkst.«

Autsch, dachte Julia. Da hatte er sie an ihrem wunden Punkt erwischt. »Stimmt, ich bin nicht besonders diplomatisch«, räumte sie ein. »Wir sollten das vermutlich beide lernen.«

»Willst du wirklich, dass ich einmal so ein verlogener Erwachsener werde, der nicht mehr sagt, was er für richtig oder falsch hält? Nein, das will ich nicht. Außerdem kriegt man davon ein Magengeschwür.«

»Wer sagt denn so was?«

»Mein Vater«, kam es triumphierend zurück. »Und da hat er ausnahmsweise mal recht.«

Devi hatte nicht zu viel versprochen. Am nächsten Morgen standen die Frauen vor der Finca bereit, bewaffnet mit allen möglichen Putzutensilien, Gummihandschuhen und Gerätschaften. Devi verteilte die Aufgaben, und schon ging es los. Julia widmete sich inzwischen dem Hof. In einem der Nebengebäude hatte sie alte

Besen, Rechen und sogar ein paar Harken samt Körben gefunden, und so machte sie sich daran, den mit Steinplatten belegten Hof von der dicken Schicht verrottetem Laub und dem Unkraut, das in seinen Ritzen wucherte, zu befreien.

So ging es eine volle Woche lang, und das gemeinsame Arbeiten mit den drei stets gut gelaunten Frauen half Julia, sich auf ihr neues Heim zu konzentrieren und nicht ständig an Álvaro zu denken, bis sie schließlich zu der Überzeugung gelangte, dass es sich ja nur um eine Zufallsbekanntschaft handelte und es dumm von ihr gewesen war, mehr zu erwarten. Als das Innere der Finca nur so vor Sauberkeit glänzte, war sie überglücklich. In der Küche waren unter der Schmutzschicht wunderschöne Steinfliesen zum Vorschein gekommen, und auch der Terrakottaboden im Restaurant wirkte richtig edel, nachdem die Frauen ihn mit einer Spezialimprägnierung versehen hatten. Die Wirkung des gereinigten Oberlichts war unglaublich, das Sonnenlicht, das gedämpft durch die Scheiben drang, erfüllte den Raum mit einem weichen Schein. Devi hatte ihren Lebensgefährten Sam gebeten, nach dem Kamin zu sehen, und nachdem er einige alte Vogelnester und anderen Unrat entfernt und ein Probefeuer entzündet hatte, stellten sie fest, dass er ausgezeichnet zog. Julia sah sich bereits ihre Gäste beim flackernden Licht des offenen Kaminfeuers in der kühleren Jahreszeit verwöhnen.

Staunend ließ Julia sich von ihren Putzfeen, wie sie sie nannte, durch das ganze Haus führen. Carmen schlug vor, die Wände der Zimmer im Obergeschoss frisch zu kalken. Die Außenwände blieben unverputzt, sodass man das Lavagestein zwischen den unregelmäßigen weißen Fugen sehen konnte. Das sei, so erklärte ihr Carmen, gut für den Feuchtigkeitsaustausch, denn natürlich war das Gebäude in extremer Weise Wind und Wetter und vor allem dem Salzgehalt der Luft ausgesetzt.

»Wenn du möchtest, polieren wir das Holz frisch auf«, schlug

Devi vor. »Die Treppe und alle Türen, natürlich auch die Fensterrahmen.« Dafür empfahl sie ein spezielles Öl, das das Holz pflegte und vor der Witterung schützte.

Julia war mit allem einverstanden. Mit Freude sah sie, mit welcher Begeisterung das Frauentrio die Finca wieder in neuem Glanz erstrahlen ließ. Mit Devi war sie ohnehin schon übereingekommen, dass sie fest bei ihr arbeiten würde, wenn das Restaurant einmal eröffnet sein würde.

Ein paar Tage später wurden gerade die Möbel angeliefert und im Hof abgeladen, als Álvaro so plötzlich hinter Julia stand, dass sie erschrocken zusammenfuhr.

»Wo kommst du denn auf einmal her?«, fragte sie. Ihr Herz raste, und das nicht nur von dem Schreck. Bei Álvaros Anblick lösten sich all ihre vernünftigen Überlegungen der vergangenen Woche in Luft auf.

»Von da unten«, sagte er und wies in Richtung der Steilküste, wo sich Julias Höhle befand. Mit finsterem Gesicht betrachtete er die Möbelpacker. »Was soll das werden?«

»Ich ziehe hier ein«, sagte Julia und wunderte sich über seinen barschen Ton. War er etwa immer noch böse auf sie wegen der Geschichte mit den Walen?

»Du tust *was*?« Álvaro starrte sie verständnislos an.

»Ja, denk dir, ich habe die Finca gekauft«, sagte Julia und strahlte ihn glücklich an. Doch ihr Lächeln erstarb, als sie sah, wie Álvaros Gesicht sich verzerrte.

»Das kann nicht sein«, presste er zwischen den Zähnen hervor. »Sag, dass das nicht wahr ist.«

»Aber warum denn …«, fragte sie verwirrt. Ernüchtert begriff sie, dass er sich kein bisschen freute. Nein, er schien geradezu entsetzt über die Nachricht, dass sie für immer hierbleiben würde. »Wieso soll ich denn nicht …«

Álvaro wandte sich brüsk von ihr ab, zerrte sein Mobiltelefon aus seiner Arbeitshose und tippte wild darauf herum.

»Du verdammter Mistkerl«, brüllte er kurz darauf hinein. »Hast du das Mesón wirklich an diese Deutsche verkauft?«

Bis zu Julia drang das hämische Gelächter aus dem kleinen Apparat. Das konnte nur Marcos sein. Was um álles in der Welt wurde hier nur gespielt?

»Señora«, klang es ungeduldig vom Möbelwagen herüber. »Wo soll die Kommode hin?«

Julia warf noch einen Blick auf Álvaro, der ihr seinen Rücken zugewandt hatte und zornig in sein Telefon sprach. Er war in den Inseldialekt verfallen, und so verstand sie ohnehin nichts mehr. Die Ablehnung, die er auf einmal ausstrahlte, verletzte sie maßlos. War ihr Bruder der Grund dafür? Wurde sie jetzt in Sippenhaft genommen? Am liebsten hätte sie ihm das Handy aus der Hand gerissen und ihn zur Rede gestellt. Stattdessen straffte sie sich und ging zum Haus, um dort nach dem Rechten zu sehen.

Und als sie nach einer Weile aus einem der oberen Fenster in den Hof hinunterspähte, war von Álvaro nichts mehr zu sehen. Er war einfach gegangen, ohne sich zu erklären. Oder zumindest Auf Wiedersehen zu sagen. Und obwohl sie sich immer wieder sagte, dass er sich unmöglich benommen hatte und es sie nicht im Geringsten interessierte, warum er sich so aufregte – in ihrem Herzen blieb ein Schmerz zurück, so als hätte ihr jemand einen Schlag gegen den Brustkorb versetzt. Sie hatte tatsächlich geglaubt, dass er sie mochte. Wenn sie an seine Berührungen dachte, als sie auf dem Dorffest miteinander getanzt hatten, an seinen Duft und den leisen Hauch seines Atems an ihrem Hals, wurden ihr noch immer die Knie weich. Nein, sie redete es sich nicht bloß ein, damals hatte er sie zärtlich in seinen Armen gehalten. Konnte das alles nur eine Laune gewesen sein? Hatte er sie als Touristin eingestuft, mit der man ungestraft flirten konnte, da sie ohnehin spätestens nach ein paar Wochen wieder abreisen würde?

Aber selbst wenn das der Fall war, wieso hatte er derart wütend auf ihren Einzug reagiert? Sie konnte seinen plötzlichen Sinneswandel einfach nicht verstehen.

Während sie gemeinsam mit den Möbelpackern Emils Bett zurechtrückte und ihnen zeigte, wo der Tisch mit den Stühlen hinkam, während sie zusah, wie sie die Lattenroste in das Himmelbett einpassten und schließlich die Matratzen darauf platzierten, ließ sie die Frage nicht los: Was hatte den Mann, der sie zunächst sympathisch gefunden hatte – immerhin hatte er sie nach ihrem Verschwinden vom Fest gesucht –, was veranlasste Álvaro dazu, sie derart abzulehnen, sie »diese Deutsche« zu nennen und mit einem Landsmann Streit anzufangen, weil er ihr sein Eigentum verkauft hatte?

Es wurde Abend, die Möbelauslieferer waren längst wieder abgefahren. Devi hatte ihr noch geholfen, das Himmelbett zu beziehen, denn Julia hatte beschlossen, ihre erste Nacht in der Finca zu verbringen. Dann hatte sie sich mit Blick auf die Uhr ebenfalls verabschiedet.

»Bist du sicher, dass du allein zurechtkommst?«, hatte sie gefragt.

Julia hatte sie beruhigt und weggeschickt, denn es war Zeit, Parvati und Emil von der Schule abzuholen, noch immer fanden weder Tanja noch Jens Zeit dafür.

Und nun war sie allein. Langsam durchschritt sie jeden einzelnen Raum. Bevor sie wieder gefahren waren, hatte Julia gemeinsam mit einem der Möbelschreiner die Tische und Stühle inspiziert, die früher im Restaurant gestanden hatten, und mehr als die Hälfte auf den Lastwagen verladen lassen, damit sie in der Werkstatt aufgearbeitet werden konnten. Sie waren im typischen Stil der Gegend gefertigt, und Julia hatte sich entschlossen, die Kosten auf sich zu nehmen, um sie restaurieren zu lassen, eine Summe, für die sie gut und gern eine neue Ausstattung hätte anschaffen können. Doch es war ihr wichtig, den Geist des Hauses zu erhalten. Denn dieser trat nach der gründlichen Reinigung der Finca und den kleineren und größeren Renovierungen immer deutlicher zutage.

Einen der gut erhaltenen Restauranttische hatte sie in den Hof stellen lassen, jetzt holte sie vier Stühle dazu, entzündete ein Windlicht und beschloss, sich zusammenzureißen und sich durch Álvaro nicht den Abend verderben zu lassen, sondern das bislang Erreichte ganz allein ein wenig zu feiern. Hier draußen würde man auch künftig bei schönem Wetter sitzen, Julia sah alles bereits ganz genau vor sich. Bis dahin war es allerdings noch ein weiter Weg. Sie würde sich Zeit lassen, in Ruhe alles so einrichten, wie es sein sollte, und geeignetes Personal suchen. Diese Sache bereitete ihr am meisten Sorge. Wer mit Erfahrung und Reputation würde wohl an dieses entlegene Fleckchen Erde kommen wollen? Besser wäre es wohl, mit einheimischem Personal zu arbeiten. Jemand Fähigen für den Service, eine Küchenhilfe – zur Not würde sie damit anfangen können. Vielleicht würde sie zunächst nicht alle zwölf Tische aufstellen, sondern mit der Hälfte beginnen?

Sie würde keinesfalls so weitermachen wie im Savoir Vivre, sondern eine kleine Karte anbieten, die sie als Köchin allein bewältigen konnte. Ein Fleischgericht, eines mit Fisch und etwas für Vegetarier. Drei Nachspeisen, die man bereits am Morgen vorbereiten konnte. Sie würde wieder selbst am Herd stehen, ja, darauf freute sie sich schon jetzt. Es würde sich herumsprechen, dass man bei ihr ausgezeichnet aß, das würde genügen, um das Haus zu füllen. In aller Ruhe würde sie einen zweiten Koch suchen, der zu ihr und zum Mesón passte, vielleicht einen Kanaren, das würde sich ergeben.

Eine Eidechse mit grünlich schimmerndem Körper und leuchtend blauer Färbung am Hals erschien auf der Mauer und spähte zu ihr herunter. Julia hatte bereits während der Aufräumarbeiten festgestellt, dass ganze Familien dieser wunderschönen Tiere das Gelände bewohnten. Sie hatte seit dem Frühstück nichts mehr gegessen und beschloss, sich einen schönen Käseteller zurechtzumachen und ihn mit frischen Feigen vom Markt zu dekorieren. Zur Feier des Tages würde sie eine Flasche Wein von lokalem Anbau dazu öffnen, sie wollte ohnehin die Produkte der palmerischen Winzer durchprobieren.

Da der Kühlschrank noch nicht geliefert worden war, hatte sie einige Lebensmittel in der Höhle untergebracht, wo die Temperatur acht Grad bislang nicht überschritten hatte, was für Käse ideal war. Sie schätzte sich glücklich, diesen Lagerraum zur Verfügung zu haben, auch wenn es ein bisschen umständlich war, dorthin zu gelangen. Als sie auf dem Felsabsatz vor der Höhle stand, kam ihr Álvaros seltsamer Auftritt wieder in den Sinn. Und auf einmal fiel es ihr wie Schuppen von den Augen. *»Von da unten«*, hatte er gesagt, als sie ihn gefragt hatte, woher er denn so plötzlich gekommen sei. War es am Ende Álvaro, der am Fuße der Klippe den Salzgarten betrieb?

Diese Frage ließ sie nicht mehr in Ruhe. Hastig schloss sie die Höhle wieder ab und machte sich auf den Weg nach unten zur Küste. Sie bemühte sich, langsam zu gehen und ihren Atem zu kontrollieren, ihr Herz schlug ohnehin wie verrückt in ihrer Brust, während einander völlig zwiespältige Gefühle miteinander im Streit lagen. Etwas in ihr hoffte inständig, dass es so sein möge. Ihr Verstand allerdings sagte, dass sie diesem Mann nach allem, was heute geschehen war, besser aus dem Weg gehen sollte und dass es kein Grund zur Freude war, wenn er tatsächlich in so unmittelbarer Nähe zu ihr sein Handwerk betrieb. Denn dass er nicht damit einverstanden war, dass sie die Finca erworben hatte, daran bestand kein Zweifel.

Sie nahm die letzten Stufen, dann hatte sie den Salzgarten im

Blick. Zögernd blieb sie stehen, suchte die Anlage nach Álvaros Gestalt ab – umsonst. Sie wollte schon aufatmen, als sich die Tür des Hauses öffnete und er heraustrat. Julia widerstand dem Impuls, sich zurückzuziehen, fieberhaft überlegte sie, was sie nun am besten tun sollte. Wieder hinaufgehen? Nein, das war einfach nicht ihre Art. Am besten, dachte sie, klären wir auf der Stelle, was zwischen uns steht. Denn dass sie Nachbarn waren, das lag ja nun auf der Hand.

Álvaro hatte sich inzwischen auf einen Stein gesetzt und sah hinaus aufs Meer. Entschlossen ging Julia die restlichen Stufen hinunter und überquerte mit großen Schritten den Salzgarten. Álvaro hatte ihr halb den Rücken zugekehrt und bemerkte sie erst, als sie ihn schon beinahe erreicht hatte.

»Buenas noches«, sagte sie und blieb vor ihm stehen. »So, wir sind also Nachbarn, das hab ich nicht gewusst.«

Er war aufgestanden und einen Schritt zurückgewichen. Seine Miene wirkte, als sei er aufgewühlt, auch er schien mit widerstreitenden Gefühlen zu kämpfen. Kurz nahmen seine Augen wieder jenen Ausdruck an, wie damals, als sie miteinander getanzt hatten und er sie an sich gezogen hatte. Dann wandte er sich ab und starrte an ihr vorbei hoch zum Felsen, auf dem sich die Finca befand.

»Was ist denn nur los?«, fragte Julia, und ihre Stimme zitterte. »Warum bist du auf einmal so … so ablehnend? Sag mir, was hab ich getan, dass du …«

»Nichts«, unterbrach Álvaro sie brüsk und drehte sich zum offenen Meer, das im rosafarbenen Schein der Abendsonne schimmerte wie aus rötlichem Gold.

»Aber du bist wütend auf mich und …«

»Lass es einfach gut sein«, fiel er ihr ungeduldig ins Wort, drehte sich um und ging zurück ins Haus. Julia sah fassungslos zu, wie er die Tür ins Schloss knallte.

Ihr erster Impuls war, ihm zu folgen und eine Erklärung einzufordern. Aber natürlich beherrschte sie sich. Wenn er nicht mit ihr reden wollte, musste sie das akzeptieren. Er würde sich schon noch an ihre Anwesenheit dort oben in der Finca gewöhnen. Und wenn sie beide es nicht darauf anlegten, brauchten sie sich ja nicht einmal mehr zu begegnen.

Sie hatte gerade trotzig eine Flasche Wein entkorkt, als sie das Geräusch von einem sich nähernden Motor hörte. Kurz überlegte sie, ob sie es wie Álvaro halten und sich ins Haus zurückziehen sollte, denn nach der Szene unten im Salzgarten war ihr die Lust auf weitere Begegnungen an diesem Abend gründlich vergangen. Doch sie blieb einfach sitzen und wartete mit gemischten Gefühlen darauf, wer wohl den weiten Weg zu ihr auf die Klippe genommen hatte.

Ein Auto hielt unter dem Drachenbaum. Kurz darauf betraten Toto, Pepe und Naira den Hof, blieben nach wenigen Schritten stehen und sahen sich fassungslos um.

»Guten Abend«, sagte Julia und erhob sich.

Toto schob seinen unvermeidlichen Strohhut weiter ins Genick und blickte an der Fassade des Hauses empor, Pepe hatte die Fäuste in die Hüften gestemmt und wirkte, als würde er gleich explodieren. Beide vermieden es, sie direkt anzusehen, ja, sie taten so, als wäre sie gar nicht da. Nur Naira starrte Julia an, als hätte sie etwas Ungeheuerliches getan.

»Nett euch zu sehen.« Julia gab vor, die Feindseligkeit, die von den dreien ausging, nicht zu bemerken. »Möchtet ihr ein Glas Wein mit mir trinken?«

»Es stimmt also«, sagte Pepe, so als hätte er ihr Angebot nicht gehört. »Ich kann es nicht glauben. Was fällt dir ein, dieses Anwesen einfach so zu kaufen?«

»Ich wusste nicht, dass ich dich hätte um Erlaubnis fragen müssen«, erwiderte Julia kämpferisch.

»Du hast ja keine Ahnung!«, fauchte Naira sie an. »Das ist typisch für euch. Kommt auf unsere Insel und kauft unsere Häuser auf.«

Julia beschloss, darauf nicht zu antworten. Daher wehte also der Wind. Die Leute hassten es, dass deutsche Touristen sich hier breitmachten.

»Dieses Arschloch hat uns alle reingelegt, dich inbegriffen.« Toto spuckte die Worte fast auf die Steinplatten. Julia trat instinktiv einen Schritt zurück.

»Vor allem Álvaro hat er reingelegt«, ergänzte Naira.

»Ich weiß nicht, was du meinst«, sagte Julia.

»Marcos«, regte Pepe sich auf. »Dieser Halsabschneider. Hat er dir wenigstens einen guten Preis gemacht?«

»Was geht euch das an?«, fuhr Julia auf. »Was bildet ihr euch eigentlich ein? Taucht hier einfach so auf und glaubt, große Reden schwingen zu können? Also wenn ihr mich nur beleidigen wollt, dann möchte ich euch bitten, wieder zu gehen. Denn ob es euch passt oder nicht, dies hier ist mein Grundstück. Für Freunde jederzeit offen. Aber nicht für Leute, die Ärger machen.«

Naira funkelte sie zornig an. »Wie der Bruder, so die Schwester«, sagte sie verächtlich und machte den beiden Männern ein Zeichen. *»Vámonos«*, rief sie ihren Freunden zu, drehte sich um und ging davon. Die anderen folgten ihr.

»Das wirst du noch bereuen, Julia«, rief ihr Pepe drohend über die Schulter zu. »Auch wenn du dich jetzt groß aufspielst – hier kriegst du keinen Fuß auf den Boden.«

Julia sah den dreien bestürzt nach. Der Appetit auf Wein war ihr vergangen. Aufgebracht deckte sie den Tisch ab, brachte alles in die Küche und verschloss die Haustür.

Mit nervös klopfendem Herzen ging sie von einem Raum in den nächsten. Bislang waren nur Emils Zimmer und ihr eigenes eingerichtet, die anderen Räume warteten noch auf ihre

Bestimmung. Devi hatte die Idee gehabt, sie könnte ein Übernachtungszimmer für Gäste anbieten, die nach einem schönen Abendessen nicht mehr nach Hause fahren wollten. Doch das alles war nach den Ereignissen dieses Tages bedeutungslos geworden.

Eine große Unruhe hatte sie erfasst. Warum hatte Álvaro so schockiert reagiert, und wie kamen seine Freunde dazu, sie so anzugreifen? Was meinte Pepe damit, was würde sie bereuen? Stimmte etwas mit den Besitzverhältnissen nicht? Besorgt holte sie die Kaufunterlagen aus der Kommodenschublade und trug den Ordner hinunter in die Küche, wo das beste Licht war. Dort setzte sie sich an den großen, neuen Tisch, an dem zwölf Personen Platz hatten, und kam sich auf einmal sehr einsam vor.

Sorgfältig ging sie die Papiere durch. Alles schien einwandfrei. Mit dem Verkauf hatte ihr Marcos auch ein Dokument übergeben, das die Wasserversorgung regelte. So ganz genau hatte sie das nicht verstanden, es hatte ihr genügt, dass selbst der Notar ihr versichert hatte, dass alles seine beste Ordnung hatte. Sie blätterte weiter zur Kopie des Flurplans mit den Gemarkungen und den Einträgen der Vorbesitzer. Marcos' Name stand dort, er hatte die Finca vor fast dreißig Jahren erworben, der letzte Übertrag war auf den 24. Juni 1993 datiert. Davor hatte sie einem Belisario Mendez Rodríguez gehört. Erbaut hatte das Anwesen ein Mann namens Jaime Vásquez González im Jahr 1961. Und nun stand ihr Name als Besitzerin im Grundbuch, mit amtlichem Stempel und Unterschriften, und allem, was dazugehörte. Ratlos schlug Julia die Akte wieder zu. Wieso glaubte Toto, Marcos habe sie hereingelegt?

Sie zuckte mit den Schultern, schenkte sich nun endlich von dem Wein ein und beschloss, auf das Gerede nichts zu geben. Diesen Leuten passte offenbar nicht, dass sie als Ausländerin das Haus erworben hatte. Befürchteten sie womöglich, sie wollte das Gebäude abreißen lassen und eine hässliche Ferienanlage auf dem Felsen errichten? Wieso gaben sie ihr nicht die Chance, zu erzählen, was sie wirklich vorhatte, nämlich das alte Mesón wieder zum Leben zu erwecken?

»Ich versteh das nicht«, sagte Julia laut und schüttelte enttäuscht den Kopf. Was Pepe, Toto oder Naira gesagt hatten, verletzte sie zwar, im Grunde konnte es ihr allerdings egal sein. Nicht egal war ihr hingegen, wie Álvaro zu ihr stand. Und zwar, wie sie sich widerstrebend eingestand, nicht allein deswegen, weil sie unmittelbare Nachbarn waren. Immerhin wohnte er nur ein paar Hundert Meter unter ihr, direkt am Fuße der Klippe. Das hatte sie nicht gewusst, und dass er ihr davon nichts gesagt hatte, war der einzige Vorwurf, den sie Marcos machen konnte. Hätte das etwas an ihrem Entschluss geändert? Nein, im Gegenteil. Denn sie fühlte sich zu Álvaro hingezogen. Wie hätte sie ahnen können, dass ihm das so unangenehm sein würde?

Sie nahm ihr Weinglas und ging hinauf ins Schlafzimmer. Vor dem Bild mit der Aufschrift *Nuestra Señora de la Sal* blieb sie stehen. Es gefiel ihr, auch wenn derjenige, der es gemalt hatte, eindeutig kein Profi gewesen war. Gerade die Naivität, mit der die Gesichtszüge der Madonna gestaltet waren, rührte etwas tief in ihr an. In der weißen Rosenblüte erkannte sie die im Garten wieder, den verwilderten Rosenbusch. Und die Substanz in der Schale, die die Gottesmutter in der anderen Hand hielt, musste Salz sein.

Alles hing auf eine rätselhafte Weise miteinander zusammen. Sie hatte nur keine Ahnung, wie. Fast kam es ihr so vor, als wollten Álvaro und seine Freunde, dass die Finca niemals aus ihrem Dornröschenschlaf erwachen sollte. Aber warum nicht?

Ich sollte aufhören, mir den Kopf darüber zu zerbrechen, wies Julia sich selbst zurecht. Man wird sich an mich gewöhnen. Und doch war der Gedanke, dass sie hier nicht willkommen war, alles andere als angenehm. So hatte sie sich ihren Neubeginn nicht vorgestellt.

14

Viejas a la piedra caliente – Papageienfische auf heißem Stein

Am folgenden Tag wurden die Elektrogeräte geliefert, und Julia war viel zu beschäftigt, um an Álvaros seltsames Verhalten und das seiner Freunde zu denken. Zu ihrer Erleichterung war von der Firma ein Installateur mitgeschickt worden, der die Geschirrspülmaschine gleich anschloss. Als alles an Ort und Stelle stand, kam Sam, um sich im Garten nützlich zu machen. Devis Lebensgefährte verdiente sich sein Geld durch solche Arbeiten, er konnte sogar Trockenmauern bauen und verstand sich auf kleinere Reparaturen am Haus. Julia erklärte ihm gerade, wie sie den Garten anlegen wollte, als ihr Handy klingelte. Es war Amelie.

»Dass du schon auf bist«, wunderte Julia sich. Es war erst zehn Uhr, normalerweise schlief ihre Freundin bis mindestens zwölf, musste sie doch bis in die frühen Morgenstunden arbeiten. »Wie geht es dir?«

»Wie es mir geht?«, fragte Amelie niedergeschlagen. »Hier ist der Teufel los. Sag mal, steckst *du* hinter diesen Artikeln?«

»Welchen Artikeln denn?«, erkundigte Julia sich und sah erleichtert, dass Sam bereits damit begann, den Garten von den wild wuchernden Opuntien zu befreien.

»Die sind in verschiedenen Fachzeitschriften erschienen«, hörte sie Amelie sagen. »Und einer sogar in der *ZEIT*. Seither steht das Telefon nicht mehr still.«

»Das klingt gut, oder?« Julia verstand nicht, warum ihre Freundin so niedergeschlagen klang.

»Nein, das klingt überhaupt nicht gut«, rief Amelie aufgebracht. »Alle wollen ihre Reservierung stornieren. Du kannst dir nicht vorstellen, was hier los ist.«

»Wieso denn?«, wollte Julia wissen. »Warum stornieren die Leute denn?«

»In den Artikeln steht, dass du das Savoir Vivre verlassen hast«, erklärte Amelie. »Ganz ehrlich, Julia. Ich erzähl es auch keinem weiter. Hast *du* das lanciert?«

»Nein, natürlich nicht«, entgegnete Julia entrüstet. Das Savoir Vivre war noch immer ihr Werk, sie hatte das Restaurant aufgebaut und zu dem gemacht, was es heute war. Oder besser gewesen war, bevor Kercher sie hinausgeworfen hatte. »So was würde ich niemals tun, ganz egal, was dieser Mistkerl mir angetan hat.«

»Wer hat es denn dann in die Presse gebracht?«

»Woher soll ich das wissen!«, rief Julia ins Telefon. Plötzlich kam ihr ein schrecklicher Verdacht. Ob womöglich Flo dahintersteckte, Claires Ehemann? Hatte er nicht damals am Bodensee den Vorschlag gemacht, Kercher auf diese Weise zu schaden? »Weißt du was? Wieso fotografierst du die Artikel nicht einfach ab und schickst sie mir? Wie macht sich überhaupt René?«

Kurz wurde es still in der Leitung. Gleich darauf hörte Julia einen abgrundtiefen Seufzer.

»Er ist nicht mehr so wirklich in Form«, verriet Amelie. »Schon vor den Artikeln hat sich bei einigen Stammkunden Unmut breitgemacht. Sie haben ihn aus der Küche zitiert, du weißt ja, wie das manchmal ist. Und sie haben gefragt, wo du steckst. Kercher behauptet allerdings immer noch steif und fest, dass du bald wieder zurückkommst.« Julia schnaubte. Das war ja wohl die Höhe. Erst warf er sie raus und jetzt … »Das Problem ist«, fuhr Amelie fort, »René fällt nichts Neues mehr ein. Er imitiert dich nur noch. Und ich muss leider sagen, dass wir unter seiner Leitung dein Niveau nicht halten können. Die Teller sind einfach nicht mehr so perfekt, wenn sie aus der Küche kommen. Den Saucen fehlt das gewisse Etwas. Und gestern Abend hatte er einen richtigen Aussetzer.«

»Das tut mir leid zu hören, aber ich hab es kommen sehen«, gab Julia zurück. Das Triumphgefühl, das sie im ersten Moment durchflutet hatte, hielt nicht lange an. Es tat ihr ehrlich leid um ihre Belegschaft, allen voran um Amelie, die an vorderster Front arbeitete und stets das Schlimmste von den Gästen abbekam. Denn wie anspruchsvoll die Kundschaft war, davon konnte Julia ein Lied singen. »In dieser Position ist er einfach überfordert.«

»Kercher springt im Dreieck«, erzählte Amelie weiter. »Er ist sich sicher, dass du hinter der Pressekampagne steckst. Julia, die Stornierungen sind beängstigend. Heute Abend zum Beispiel sind nur zwei Tische besetzt.«

Julia war schockiert. Von Anfang an war das Savoir Vivre stets zu mindestens zwei Dritteln ausgelastet gewesen. Seit sie den Michelin-Stern zugesprochen bekommen hatten, waren sie ausnahmslos ausgebucht gewesen – und zwar auf Monate im Voraus. Dieser Rückgang war tatsächlich alarmierend.

»Schick mir die Artikel«, bat sie.

»Du würdest nicht vielleicht zurückkommen?« Die Stimme ihrer Freundin klang flehend.

»Wie stellst du dir das vor? Kercher hat mich gefeuert. Wir kommunizieren nur noch über unsere Anwälte. Außerdem richte ich hier gerade mein neues Restaurant ein.«

»Was?! Du machst dich selbstständig? Wo bist du überhaupt?«

»Noch immer auf La Palma. Amelie, ich hab hier das Traumobjekt schlechthin gefunden. Eine Finca, in der früher ein Landgasthaus war. Ein *mesón*. Es steht auf einer Klippe direkt über dem …« Sie stockte. Álvaro war ihr wieder eingefallen und die ganze Sache mit dem Kauf, dessen Rechtmäßigkeit nicht nur er, sondern das Dorf, zu dem ihr neuer Besitz gehörte, infrage stellte.

»Bist du noch dran?«, hörte sie Amelie fragen.

»Ich bin noch dran«, antwortete Julia ernüchtert. »Und was hast *du* jetzt vor? Siehst du dich schon nach einer anderen Arbeitsstelle um?«

Amelie stöhnte. »Keine Ahnung … Ich weiß überhaupt nicht, was ich tun soll.«

Sofort nachdem sie sich von Amelie verabschiedet hatte, wählte Julia Claires Nummer. Ihre Frage, ob Flo womöglich auf eigene Faust die Fachmedien von ihrem Ausscheiden aus dem Savoir Vivre informiert hatte, verneinte Claire und gab ihr die Nummer ihres Mannes, damit sie selbst mit ihm sprechen konnte.

»Ich bin sicher, dass er nichts in dieser Richtung unternommen hat«, sagte ihre Freundin. »Das wäre ja auch für unseren Rechtsstreit eher ungünstig. Und ohne einen Auftrag tut Flo so etwas einfach nicht.«

Dennoch rief Julia ihn an, um ganz sicherzugehen. Er war in einer Besprechung, rief sie allerdings kurz darauf zurück.

»Nein«, antwortete er auf ihre Frage. »So was würde ich ohne dein Einverständnis niemals tun. Wenn du möchtest, schick mir doch die Artikel, wenn du sie hast. Ich schau mal, ob ich rausfinde, wer das lanciert hat.«

Sie versprach, das zu tun, und verabschiedete sich von ihm. Musste sie sich Sorgen machen? Nun, wenn einer beunruhigt sein muss, dann wohl eher Kercher, dachte sie. Dennoch hätte es sie interessiert, wer hinter den Artikeln steckte.

Um sich ein wenig abzulenken, beschloss Julia, den alten Herd in der Küche auszuprobieren. Im Schuppen hatte sie Holz gefunden, knorrige Aststücke und Scheite, und bald prasselte ein Feuer in dem gusseisernen Ofen. Julia schlug ein paar Eier in eine Schüssel und rührte sie mit Milch, Mehl und etwas Salz zu einer schaumigen Masse auf, und als der Herd endlich die richtige Hitze erreicht hatte, machte sie sich daran, Pfannkuchen auszubacken. Die Oberfläche des Herds war eine einzige Eisenplatte, in die mehrere runde Öffnungen gefräst waren. Mit einem Haken hob Julia die kreisförmigen Abdeckungen der Öffnungen ab, strich ihre neue Eisenpfanne mit ein wenig Öl aus und platzierte sie über den offenen Flammen. Als sie heiß genug war, gab sie eine Kelle von dem Teig hinein. Zischend schlug er Blasen, und Julia musste achtgeben, dass die Hitze nicht zu stark wurde. In dem Fall schob sie die Pfanne vom Feuer auf die erhitzte Eisenplatte, die zum Rand hin immer kühler wurde. Es machte ihr ungeheuren Spaß, mit diesem urtümlichen Herd zu experimentieren, seine Möglichkeiten auszuloten, und bereits den dritten Pfannkuchen befand sie als perfekt.

Sie bereitete noch zwei weitere zu und rief dann rasch Sam, damit er eine Pause einlegte und ihr Werk kostete.

»Schmeckt super«, antwortete er mit vollen Backen. »Und du? Isst du nichts?«

»Ich hab schon probiert, das reicht«, antwortete Julia. »Unsereins kocht für andere, nicht für sich selbst.«

»Das ist aber ein großer Fehler«, fand Sam und nahm sich den letzten Pfannkuchen. »Du musst dir selbst auch etwas gönnen. Das hat was mit Selbstwert zu tun. Nur wenn du lernst, dich selbst zu verwöhnen, kannst du für andere da sein.«

Julia grinste. Und doch gingen ihr Sams Worte nicht aus dem Kopf.

Am Nachmittag fand sie Amelies Fotos der Zeitungsausschnitte in ihrem Maileingang. Julia lud sie auf ihr Notebook und machte sich daran, den ersten Artikel zu lesen. *»Auszeit auf La Palma«*, war er zu ihrem Schrecken betitelt. *»Sterneköchin kehrt Savoir Vivre den Rücken.«*

Fassungslos lehnte sie sich zurück. Wer um alles in der Welt wusste, dass sie auf La Palma war? Wie betäubt las sie weiter. Der Autor schilderte ihren Werdegang und den Aufstieg des Savoir Vivre, beleuchtete den Druck, der in den Küchen der Spitzengastronomie herrschte, kritisierte die Allmacht der Juroren, die Sterne, Kochmützen und andere Auszeichnungen verteilten und damit über das Wohl und Wehe eines Restaurants entschieden. Ebenso beanstandete er die Tatsache, dass nicht der Chef de Cuisine für seine Leistung ausgezeichnet wurde, sondern das Restaurant. *»Die ganze Unmenschlichkeit dieses Systems gipfelt in der Tatsache, dass selbst heute noch, im einundzwanzigsten Jahrhundert, Frauen, die diese Spitzenpositionen erreichen, als* ›Chef‹ *bezeichnet werden, so als sei die Emanzipation an den Gourmetküchen dieser Welt unbemerkt vorbeigezogen. Julia Brunner allerdings gehört zu der Generation junger Köchinnen, die sich mit Recht gegen dieses Diktat auflehnen, indem sie dem allein durch ihre Leistung ausgezeichneten Restaurant den Rücken kehrt und sich auf sich selbst besinnt. Man darf gespannt sein, wie sie ihre beachtliche Karriere weiterplant. Ihre Fans werden ihr sicherlich folgen, egal, wohin der Weg sie führt.«*

Julia suchte nach einem Hinweis auf den Autor, einen Namen oder ein Kürzel. Amelie hatte allerdings den Artikel so fotografiert, dass die letzte Zeile halb abgeschnitten war, falls sich ein Autorenname darunter befand, konnte Julia ihn natürlich nicht finden. Sie dachte nach. Mit wem hatte sie über ihr Ausscheiden gesprochen? Mit Jens natürlich. Doch welches Interesse konnte er daran haben, Kercher eins reinzuwürgen? Überhaupt keines. Außerdem zeugte der Artikel von einigem Sachverstand und Hintergrundwissen, was die Spitzengastronomie betraf. Ob es einer aus der alten Belegschaft sein könnte? Das war mehr als unwahrscheinlich. Sie lehnte sich zurück und schloss die Augen. Und auf einmal hörte sie wieder diese Frau fragen: *»Sind Sie nicht Julia Brunner?«* Das war im Flugzeug gewesen, natürlich, das freundliche Ehepaar, das seinen

Hochzeitstag im Savoir Vivre feiern wollte und angekündigt hatte, den Termin zu stornieren, weil sie nicht mehr dort arbeitete. Das hatte alles so harmlos geklungen. Und trotzdem. Wie naiv war es von ihr gewesen, den erstbesten Fremden von ihrem Weggang zu erzählen?

Julia sprang auf und holte ihre Geldbörse. Suchte in den diversen Seitenfächern und förderte schließlich die Visitenkarte zutage, die der Mann ihr bei der Gepäckausgabe überreicht hatte. *Gerald Nevady* stand darauf und eine Adresse samt Telefonnummer. Eine Berufsbezeichnung stand nicht dabei.

Sogleich wählte sie Amelies Nummer. »Steht da ein Name unter dem Artikel?«, fragte sie atemlos.

Sie hörte ein Rascheln und Blättern, und Amelie sagte: »Ein Name nicht, aber ein Kürzel. G. N. Wer könnte das wohl sein?«

Julia biss sich auf die Zunge. Inzwischen hatte sie auf ihrem Handy den Namen gegoogelt. Eine lange Liste von Restaurantkritiken poppte auf. Verdammt, dachte sie.

»Ich hab da eine Vermutung«, sagte sie. »Ich war es jedenfalls nicht.«

Am Nachmittag rückte endlich der lang ersehnte Installateur mit drei Mann an, die nicht lange fackelten, sondern die alten Gästetoiletten mit Presslufthämmern herausschlugen. Julia schloss vorsichtshalber den Restaurantraum ab, damit das Großreinemachen dort nicht umsonst gewesen wäre, und zeigte den Handwerkern, wie sie über die Hintertür nach draußen gelangten. Dann flüchtete sie vor dem Lärm in den Garten, wo sie zwei große Eimer mit den fast schon überreifen Nísperos füllte, jenen Früchten, die Marcos damals geerntet hatte, als er ihr den Kauf des Anwesens angeboten hatte. Inzwischen hatte Julia herausgefunden, dass es sich dabei um eine Art Mispeln handelte, um Früchte, die in Nordeuropa fast ausgestorben waren. Sie war begeistert von dem süßsäuerlichen Geschmack und beschloss, Konfitüre aus ihnen zu machen.

Die Handwerker schaufelten gerade den abgeschlagenen Keramikschutt in Schubkarren, als Julias Handy klingelte. Diesmal war es Emil.

»Du glaubst nicht, wo ich bin«, hörte sie ihn triumphierend sagen.

»Bist du nicht in der Schule?« Julia sah erschrocken auf ihre Armbanduhr. Es war Dienstag. Normalerweise hatte Emil an diesem Tag Unterricht bis um fünf.

»Nein«, tönte es fröhlich zurück. »Ich bin mit El Rostro und ein paar anderen Jungs zum Fischen.«

»Habt ihr denn frei?«

»Sagen wir mal so, wir haben uns freigenommen.« Julia stöhnte. Emil hatte aufgrund seiner noch immer unvollständigen Sprachkenntnisse ohnehin Schwierigkeiten, in der Schule mitzukommen. Wenn er jetzt noch das Schwänzen anfing … »Sag mal, wie brät man eigentlich Fisch? Ich meine, nicht auf dem Herd. Sondern über dem offenen Feuer?«

»Wo seid ihr denn?«

»Ach, an einer von diesen Klippen«, antwortete Emil. »Wir jagen Fische mit Harpunen, weißt du? Und jetzt wollen wir sie braten.«

Was tat Emil? An diesen gefährlichen Steilküsten nach Fischen tauchen? Am liebsten hätte Julia ihm ordentlich die Meinung gesagt, doch sie hielt sich gerade noch zurück. Auch wenn er ihr einen ordentlichen Schrecken eingejagt hatte und sie sich gar nicht ausmalen wollte, was dabei alles passieren konnte – nun war es ohnehin zu spät. Und war es nicht besser, er rief sie unbekümmert an und erzählte ihr von seinen abenteuerlichen Unternehmungen, als dass er das alles künftig heimlich tat?

»Habt ihr denn Holz?«, fragte sie deswegen so unbeeindruckt, wie sie nur konnte.

»Ja, Treibholz. Wir haben schon einen ganzen Haufen gesammelt.«

»Wachsen dort, wo ihr seid, irgendwelche Sträucher oder trockene Gräser?«

Sie konnte das Tosen der Brandung durch das Telefon hindurch hören, während Emil sich offenbar umsah.

»Dahinten ist so ein Gestrüpp.«

»Wie groß sind eure Fische denn?«, fragte Julia.

»So lang wie mein Unterarm«, antwortete Emil. »El Rostro sagt, es seien *viejas*.«

»Papageienfische?«

»Wenn du es sagst.«

»Vielleicht könnt ihr aus biegsamen, frischen Zweigen ein Gittergeflecht machen, auf das ihr die Fische legt.«

»Kannst du vergessen«, gab Emil zurück. »Das Zeug hier ist voller Dornen.«

»Ihr könntet Steine ins Feuer legen, bis sie richtig heiß sind, und dann die Fische drauflegen. Aber Vorsicht, dass ihr euch nicht verbrennt.«

»Steine gibt's hier genug. Super Idee. So machen wir das.«

»Emil?«

»Ja?«

Eigentlich hatte Julia ihn bitten wollen, gut auf sich aufzupassen, da fiel ihr gerade noch ein, wie albern das in seinen Ohren klingen musste. Entweder, er passte auf sich auf oder eben nicht. Daran würde ihre Ermahnung nichts ändern.

»Habt ihr denn Salz?«, fragte sie deshalb stattdessen.

»Nö«, kam es zurück. »Ist das schlimm?«

»Ihr könnt den Fisch immer wieder mit Meerwasser besprenkeln, solange er gart.«

»Okay, machen wir. Danke, Julia. Du bist die Beste.«

»Guten Appetit«, sagte Julia noch, doch da hatte er schon aufgelegt.

Im nächsten Moment summte ihr Handy, Emil hatte ein Foto

geschickt. Darauf war er neben einem braun gebrannten Jungen mit pechschwarzem dichtem Haar zu sehen. Jeder von ihnen hielt triumphierend einen Fisch hoch und machte mit der anderen Hand das Victory-Zeichen. Es waren tatsächlich Papageienfische, zwei ziemlich große Kaliber. Julia hoffte, dass die Jungen sie nicht im Feuer verbrennen würden. Und am allerliebsten wäre sie jetzt bei ihnen gewesen und hätte den Garprozess auf den heißen Steinen beobachtet. Eigentlich keine schlechte Idee, dachte sie und machte sich eine Notiz. Fangfrische *viejas* auf heißem Vulkanstein. Das musste sie unbedingt ausprobieren.

Sie fragte Sam nach El Rostro aus und erfuhr, dass der Junge ganz in der Nähe mit seinen Eltern und Großeltern auf einem Bauernhof namens Finca del Casco lebte.

»Sein Großvater Paco hält Ziegen und macht den besten Käse weit und breit«, erzählte er, während er das dornige Gestrüpp unter den Obstbäumen aus dem Boden riss und auf die Schubkarre warf, die er mitgebracht hatte. »Und Pacos Frau Maribel ist Imkerin.« Er entwurzelte einen besonders hartnäckigen Strauch und schleuderte ihn zu den anderen. Dann hielt er inne und wischte sich den Schweiß ab. »Sie behauptet, dass sie mit ihren Bienen spricht«, fuhr er fort und lächelte. »Die anderen lachen über sie. Aber ich glaub ihr aufs Wort. Ich hab noch nie einen so guten Honig gekostet wie ihren. Außerdem bin ich überzeugt davon, dass es mehr zwischen Himmel und Erde gibt, als wir heutigen Menschen uns vorstellen können. Und warum sollen die Bienen Maribel nicht verstehen?« Er griff wieder zu seiner Harke. »Leider ist er teuer, ihr Honig. Hin und wieder leisten wir uns ein Glas.«

Das klingt interessant, dachte Julia. Ziegenkäse und Honig von besonderer Qualität würden sich auch in ihrer Küche gut machen. Und da sie gerade nichts anderes vorhatte und die Handwerker das Badezimmer wieder mit dem Presslufthammer bearbeiteten, beschloss sie, dieser Familie einen Besuch abzustatten. Schließlich sollte sie wissen, mit wem ihr Neffe Umgang hatte. Und ob diesem neuen Freund zu trauen war. Gleichzeitig konnte sie erkunden, ob El Rostros Familie möglicherweise künftig zu ihren Lieferanten gehören könnten. Sie ließ sich von Sam den Weg dorthin beschreiben und fuhr los.

Immer wieder wunderte sich Julia, wie raffiniert gefaltet und zerklüftet der Inselberg war. Blickte man von der Küste aus nach oben, sah man grün bewachsene Hänge, die sich scheinbar gleichmäßig emporzogen, doch sobald man eine der holperigen Pisten nahm, die von den befestigten Straßen abzweigten, öffneten sich in diesen Hängen verborgene Schluchten, unerwartete Klingen und Klammen. So war es auch jetzt. Der Weg führte vorbei an knorrigen Mandelbäumen, an riesigen Agaven und verwilderten Feigen. Mit ein bisschen Fantasie konnte man noch die Struktur des vor langer Zeit aufgegebenen Kulturlandes erahnen, wo die Vorfahren der heutigen Bewohner in mühseliger Kleinarbeit den fruchtbaren Boden bestellt, wo immer das möglich war, Stein auf Stein gefügt hatten, um in sonnengeschützten Ecken und Winkeln der *barrancos* Terrassen anzulegen, und wenn sie nur Platz boten für drei, vier Obstbäume. Julia bog um eine Felsnase und sah auf einmal ein Gehöft vor sich. Sie zählte fünf kleinere Gebäude und ein größeres, die auf einer von beiden Seiten durch Felsen geschützten Anhöhe in der Nachmittagssonne lagen. Hier also wohnte Emils neuer Freund El Rostro.

Julia stellte den Wagen kurz vor der Einfahrt ab, an der ein Holzschild mit der Aufschrift FINCA DEL CASCO stand, und ging zu Fuß hinauf zu den Häusern. Vor einem der Ställe standen zwei Esel, die ihr neugierig die Köpfe zuwandten. Hühner rannten über den Hof, und ein Hund schlug an, gleich darauf ein zweiter. Und dann kamen sie auch schon angestürmt, das rotbraune langhaarige Fell im Nacken aufgestellt, sodass Julia stehen blieb und kurz erwog, zurück ins Auto zu flüchten.

Eine ältere Frau trat in den Hof. »Chico! Luna!«, rief sie, und die Hunde blieben augenblicklich stehen. Ein weiterer Ruf, und sie zogen sich widerstrebend zurück. Wie zwei Wächter standen sie zu beiden Seiten der Bäuerin, als Julia näher kam. Die Frau trug eine Hose, darüber einen Arbeitskittel und Gummistiefel. Ihr Haar war unter einem weißen Tuch, das sie um die Schläfen geschlungen hatte, verborgen. Der helle Stoff ließ ihr sonnengebräuntes Gesicht umso dunkler erscheinen.

»¡Hola!«, grüßte Julia und musterte gespannt die Frau, die El Rostros Großmutter sein musste. Obwohl sie bestimmt schon die sechzig weit überschritten hatte, wirkte sie jugendlich, die hellbraun leuchtenden Augen musterten Julia interessiert.

»¡Buenas tardes!«, gab die Bäuerin zurück.

»Ich bin Julia, Emils Tante«, stellte Julia sich vor, in der Hoffnung, dass El Rostros Oma bereits Bekanntschaft mit ihrem Neffen gemacht hatte.

»Willkommen«, antwortete die Bäuerin und strahlte. »Ich bin Maribel. Emilio und mein Enkel sind fischen gegangen.«

»Ja, ich weiß. Ich freue mich, dass er einen Freund gefunden hat. Und da wollte ich mich gern vorstellen.«

»Wie nett! Emilio hat schon von dir erzählt.« Einer der Hunde schnupperte interessiert an Julias Hosenbein. »Chico, Schluss jetzt«, wies die Bäuerin ihn zurecht. »Diese Garafiano-Hunde sind einfach schrecklich neugierig. Aber sind sie nicht schön?«

»Wunderschön«, bestätigte Julia und kraulte den Rüden hinter seinen flauschigen Ohren. Das rötliche dichte Fell leuchtete in der Nachmittagssonne und fühlte sich seidenweich an.

»Bitte komm doch ins Haus«, lud Maribel sie in herzlichem Ton ein. »Ich bin ganz allein. Paco holt die Ziegen. Und meine Tochter ist noch nicht aus Santa Cruz zurück. Möchtest du einen Kaffee?«

»Wenn ich dich nicht aufhalte?«

»Na ja, wenn ich ehrlich bin … ich wollte eigentlich gerade zu meinen Bienen gehen«, räumte sie ein, und Julia war entzückt von ihrer Offenheit. »Heute ist Sommersonnenwende. Da muss man achtgeben, dass keine Futterräuber in die Bienenstöcke eindringen. Fremde Bienen oder Wespen.«

»Dann will ich dich nicht aufhalten«, erklärte Julia. »Oder … könnte ich vielleicht mitkommen?«

»Kennst du dich denn aus mit Bienen?« Maribel musterte sie forschend.

»Nein«, gestand Julia. »Aber es würde mich sehr interessieren.«

»Na ja, sie reagieren manchmal ein bisschen nervös auf Fremde«, erklärte Maribel. »Und gerade um diese Zeit sind sie meistens etwas gereizt. Nun ja, wenn du möchtest, warum nicht. Notfalls bleibst du einfach ein bisschen zurück. *Venga*«, sagte sie und winkte Julia, ihr zu folgen.

Sie traten in eines der Seitengebäude, wo es herrlich nach Wachs und Honig duftete. Maribel reichte ihr einen weißen Imkeranzug und half ihr, ihn über ihre Kleider zu ziehen, außerdem bekam sie einen Hut mit einem über ihr Gesicht fallenden weißen Schleier.

»Und du?«, fragte Julia, als Maribel sich anschickte, das Imkergebäude zu verlassen. »Ziehst du keinen Schutzanzug an?«

Die Ältere lachte und zeigte eine Reihe von strahlend weißen Zähnen. Sie hob ein Paar Lederhandschuhe hoch. »Das genügt. Sie kennen mich. Bleib einfach immer ein bisschen hinter mir. Mal sehen, wie sie dich empfangen.«

Hinter dem Haus führte ein Pfad den Hang hinauf bis zu einem kleinen Eukalyptushain. In deren Schutz standen acht grün angestrichene Holzkästen, von Hunderten von Bienen umschwirrt. Maribel verlangsamte ihre Schritte, und Julia tat es ihr gleich.

»Bitte warte hier einen Moment«, sagte die Imkerin und zog sich die Handschuhe über. Julia blieb stehen und beobachtete fasziniert, wie sich Maribel in aller Ruhe mitten in einer Wolke aus

Bienen auf einen der Kästen zubewegte. Dort angekommen drehte sie sich langsam zu Julia um. Einige der Tiere hatten sich auf ihr Kopftuch gesetzt, andere krabbelten auf ihrem nackten Oberarm herum. Julia war froh, durch den Schleier geschützt zu sein, denn auch sie wurde eifrig umsummt.

»Ich denke, du kannst näher kommen«, sagte Maribel und lächelte. »Sie scheinen dich zu mögen.«

Vorsichtig trat Julia neben sie und sah zu, wie die Imkerin mit langsamen, ruhigen Bewegungen die obere Abdeckung des Kastens abhob. Dicht an dicht war er mit hölzernen Rahmen gefüllt.

»Das sind die Waben«, erklärte Maribel und zog behutsam eine davon heraus. Julia starrte fasziniert auf die Bienen, die fast jede Stelle der Honigwabe bedeckten. Maribel schien das Gewimmel aufmerksam zu studieren, dann hängte sie die Wabe zurück in den Kasten. »Alles in Ordnung«, sagte sie. Sie zog eine andere Wabe heraus und hielt sie Julia entgegen. »Siehst du hier die Königin?«, fragte sie und wies mit dem behandschuhten Zeigefinger auf ein besonders großes Tier, das heller war als die anderen. »Sie ist die Einzige ihres Volkes, die in der Lage ist, sich zu vermehren. Sie legt die Eier, die von den Ammen versorgt werden. Ja, jede Biene hat ihre Aufgabe im Stock. Die einen kümmern sich um das Bauen der Waben. Die Wächterinnen passen auf, dass dem Volk nichts passiert. Du scheinst ihnen sympathisch zu sein, sonst hätten sie längst zur Attacke gegen dich geblasen. Den größten Teil machen die Honigsammlerinnen aus. Aber es gibt auch Kundschafterinnen, die immer darüber informiert sind, wo gerade die leckersten Blüten zu finden sind. Und Reinemacherinnen, die dafür sorgen, dass es zu Hause schön sauber und hygienisch ist.« Maribel ließ die Wabe mit der Königin wieder zurück in den Stock gleiten. Gebannt sah Julia, wie eine Biene auf der Wange der Imkerin landete, die mit keiner Wimper zuckte, so als bemerke sie es gar nicht. Erst als das Insekt in Richtung ihres Auges krabbelte, zog sie den Handschuh von ihrer rechten Hand, nahm das Tier vorsichtig zwischen Daumen und Zeigefinger, und setzte es auf den Bienenstock. »Genug geschmust«, sagte sie zu der Biene und wandte sich dem nächsten Kasten zu.

»Wirst du denn niemals gestochen?«, fragte Julia voller Staunen.

»Hin und wieder schon«, gab Maribel gleichmütig zurück. »Aber das ist schon lange nicht mehr passiert. Und zum Glück reagiert mein Körper gelassen auf Bienengift.« Sie überprüfte an jedem der Kästen einige Waben, dann wandte sie sich zufrieden zum Gehen. »Alles gesund und munter«, erklärte sie erleichtert. »Und dich haben sie offenbar sofort in ihr Herz geschlossen.«

Als sie zum Hof zurückkamen, waren die Jungen von ihrem Ausflug zurück. Jauchzend vor Freude rannte Emil auf Julia zu und fiel ihr in die Arme.

»Was machst *du* denn hier?«, wollte er wissen.

»Deinen neuen Freund kennenlernen«, gab Julia lachend zurück.

»Das ist El Rostro«, sagte Emil und wies auf den großen, kräftigen Jungen, der neugierig näher gekommen war. Er hatte die gleichen Augen wie Maribel, sie waren von einem leuchtenden, hellen Braun. Allerdings schaute er im Gegensatz zu seiner Großmutter skeptisch drein, so als wollte er lieber abwarten, warum sie hier war. *»Esta es mi tía Julia«*, stellte Emil seine Tante vor.

»¡Hola!«, sagte El Rostro und musterte sie eingehend. Mit seiner gezackten Narbe auf der Stirn wirkte er verwegen, und Julia wurde ganz anders bei dem Gedanken, dass Emil sich an seinem ersten Schultag mit diesem imponierenden Jungen geprügelt hatte.

»Wie ist euch der Fisch gelungen?«, fragte sie auf Spanisch.

»Muy bien«, antwortete Emil stolz. »Sehr gut. War total lecker.«

»Habt ihr uns denn gar nichts mitgebracht?«, fragte Maribel enttäuscht.

Da erhellte ein breites Lächeln das Gesicht ihres Enkels. Er nahm den Rucksack ab, den er über der Schulter trug, und hielt ihn Maribel hin.

»Hier«, sagte er liebevoll. »Die sind alle für dich.«

»Für uns, willst du wohl sagen«, verbesserte sie ihn und wog den Rucksack prüfend in ihren Händen. »Das wird ein Festmahl. Ihr seid natürlich eingeladen«, sagte sie zu Julia und Emil.

Es wurde ein wunderschöner Abend. Die gesamte Familie war von einer Herzlichkeit, die Julia überwältigte. Offenbar hatten sie Emilio, wie sie ihn nannten, längst ins Herz geschlossen. Mit großem Spektakel trieb Paco, Maribels Mann, seine Ziegenherde in das Gatter, imponierende, zottige Wesen mit gedrehten Hörnern, die auf der Stelle gemolken wurden. Inzwischen war auch Pacos Vater Miguel von der Arbeit nach Hause gekommen. Er arbeitete tagsüber als Mechaniker in der Sternwarte oben auf dem Berg und half nach Feierabend seinem Schwiegervater mit der Herde.

»Sternwarte?«, fragte Julia verwundert.

»Ja, du musst unbedingt mal mit Emilio kommen und sie dir ansehen«, antwortete er und nahm eine der schweren Milchkannen auf. »Das ORM ist eines der größten Observatorien der Welt. Da gibt es sowohl Nacht- als auch Sonnenteleskope.«

»Werden da die Sonnenwinde erforscht?«, erkundigte sich Emil und überraschte Julia einmal mehr.

»Ja, unter anderem«, antwortete Miguel. »Ich bin allerdings nur ein einfacher Mechaniker.«

»Trotzdem cool«, meinte Emil und sah dem Vater seines Freundes beeindruckt nach.

Sie halfen alle mit, und Julia bekam Gelegenheit, die Käserei zu besichtigen, während Emil die Nase rümpfte wegen des intensiven Geruchs nach Ziegenmilch und Molke und lieber mit El Rostro und seinem älteren Bruder Yeray half, die Ziegen mit frischem Wasser zu versorgen.

»Was für ein interessanter Name, Yeray«, sagte Julia zu Miguel, der die frisch gemolkene Milch in einen großen runden Behälter füllte, in dem sie erhitzt wurde.

»Das ist ein alter Guanchenname und bedeutet Adler«, erklärte er. »Unser Jüngster heißt übrigens Acorán, was in der alten Sprache ›göttliches Wesen‹ bedeutet.« Er lachte. »Er kann den Namen nicht leiden. Vielleicht haben wir zu hoch gegriffen.«

»In diesem Alter will man keinen ausgefallenen Namen«, meinte Julia und grinste. »Wenn er älter wird, gefällt er ihm bestimmt.«

Später saßen sie alle zusammen in der großen Wohnküche der Finca, die erfüllt war von dem Duft der mit Wildkräutern und Knoblauch gegrillten Fische. Inmitten der Großfamilie lauschte Julia dem fröhlichen Geplauder und wurde sich bewusst, wie einsam ihr Leben doch war. Kein Wunder, dass Emil sich hier wohlfühlt, dachte sie. Aufgekratzt, wie sie ihn schon lange nicht mehr erlebt hatte, saß er zwischen seinem Freund und dessen älterem Bruder und unterhielt sich prächtig, wenn auch radebrechend und mit vielen Gesten.

»So lernt er das am schnellsten«, sagte Miguel zu Julia und reichte ihr die Schüssel mit Kartoffeln. Die waren klein und rötlich, schmeckten köstlich und stammten aus Maribels Garten.

»Die Schule in allen Ehren«, ließ Ana sich vernehmen, Miguels Frau, die erst kurz vor dem Essen eingetroffen war, »aber wie soll denn Emilio dem Unterricht folgen können, wenn er den Lehrer nicht versteht?«

Das alles leuchtete Julia vollkommen ein, und die Frage, was Jens davon halten würde, schob sie beiseite. Nach Schulschluss hatte Devi sie aufgeregt angerufen, weil Emil nach der Mittagspause nicht mehr in der Schule aufgetaucht war, wie Parvati berichtet hatte. Julia hatte sie gebeten, Tanja und Jens darüber zu informieren, dass Emil mit einem Klassenkameraden unterwegs war. Alles Weitere musste der Junge wohl oder übel selbst mit seinem Vater klären.

»… und stellt euch vor, die Bienen haben Julia ohne Weiteres akzeptiert«, erzählte Maribel gerade. »Ich glaube, du hättest nicht mal den Schutzanzug gebraucht.«

»Oh, ich hab ihn gern getragen«, warf Julia mit einem Lachen ein. »Ich weiß nicht, ob ich nicht in Panik verfallen wäre, wenn sich mir eine ins Gesicht gesetzt hätte so wie dir.«

»Meine Mutter ist eine wahre Bienenkönigin«, sagte Ana mit einem Lachen, »sie war schon immer so.« Sie reichte die Platte mit dem restlichen Fisch herum.

Julia hatte aufmerksam zugesehen, wie Maribel die Fische routiniert gesäubert und so aufgeschnitten hatte, dass man sie längs auseinanderklappen konnte. Paco, ihr Mann, hatte sie in der Außenküche auf perfekter Glut gegrillt. Julia nahm sich noch ein kleines Stück, so gut schmeckte er ihr.

»Ich bin mit den Bienen aufgewachsen«, erklärte Maribel und nahm Julia die Platte ab. »Meine Mutter war Imkerin und meine Großmutter auch. Und dass du bloß nicht glaubst, die Kästen, bei denen wir heute waren, seien alle. Ich hab noch sechs weitere Standorte für meine Bienen.«

»Da hörst du es«, scherzte Paco und reichte Julia den hausgemachten grünen Mojo, den man seiner Meinung nach unbedingt zum Fisch essen musste. »Hier herrscht seit Generationen ein Bienen-Matriarchat. Ich mit meinen Ziegen, wir haben hier nur eingeheiratet.«

»Wirst du die Tradition fortführen?«, fragte Julia Ana.

»Ich?« Ana sah entsetzt auf und streifte ihre Mutter mit einem kurzen Blick. »Nein, ich bin mit meiner Töpferei vollkommen ausgelastet. Außerdem mögen mich die Bienen nicht«, behauptete sie und schob sich eine Kartoffel in den Mund.

»Weil du *sie* nicht magst«, entgegnete Maribel streng, und Julia wurde klar, dass sie einen wunden Punkt erwischt hatte. »Aber noch bin ich ja da.«

Zum Nachtisch gab es einen saftigen Frischkäse aus Ziegenmilch mit Honig von Maribels Bienen. Julia hätte versinken mögen in diesen Aromen, die sich fantastisch ergänzten. »Sag mal, wo treiben sich deine Bienen eigentlich so rum?«, fragte sie und versuchte den würzig-herben Geschmack zu entschlüsseln.

Maribel lachte schallend. »Für diesen Honig haben wir sie hoch bis fast an die Baumgrenze gefahren, als die Kanarenkiefern geblüht haben. Das tun sie nämlich nur ungefähr alle sieben Sommer.«

Nach dem Essen und einem kleinen schwarzen Kaffee ließ Julia sich durch Anas Töpferwerkstatt führen. El Rostros Mutter hatte sich auf die Rekonstruktion von Gefäßen spezialisiert, wie sie einst die Guanchen gefertigt hatten, und von denen einige als Grabbeilagen und an anderen archäologischen Plätzen gefunden worden waren. Fasziniert nahm Julia eine der fast schwarzen Tonschalen in die Hand und betrachtete die feinen Linien, die Ana dicht an dicht in den noch feuchten Ton geritzt hatte und die sie an die Linien und Spiralen in ihrer Höhle erinnerten. Die Wölbung des Gefäßes lag perfekt in ihren Händen, es war von einem tiefdunklen Braun, beinahe schwarz.

»Der Ton stammt von der Insel«, erklärte Ana. »Und ich glasiere die Stücke nur, wenn jemand sie ausdrücklich so bestellt. Die Sachen sind so heiß gebrannt, dass sie eigentlich keine Glasur benötigten, die Ureinwohner haben sie auch nicht benutzt. Die Guanchen, oder Benahoaritas, wie sie sich selbst nannten, haben ihre Gefäße in Erdgruben gebrannt, so erhielten sie diese dunkle Farbe. Ich habe eine Technik gefunden, wie ich dieselbe Wirkung erzielen kann.«

»Sie sind wunderschön«, sagte Julia und stellte die Schale zurück auf den Tisch. »Wo verkaufst du sie?«

»An verschiedenen Orten.« Ana nahm einen großen Krug mit zwei symmetrisch angebrachten Henkeln aus dem Regal und reichte ihn Julia. »Ich bin in einigen Geschäften vertreten, die Kunsthandwerk anbieten. Zum Beispiel in der Hauptstadt, wo ich heute war. Aber auch auf Wochenmärkten und in einigen Hotels. In solchen Krügen hat man früher Wasser aufbewahrt«, erläuterte sie und wies auf das Gefäß in Julias Händen. »Es bleibt darin schön kühl. Sieh mal, an anderen habe ich unten einen kleinen Hahn angebracht.«

»Solche Gefäße möchte ich für mein Restaurant bestellen«, sagte sie gedankenverloren.

»Du hast ein Restaurant?«, fragte Ana überrascht.

»Noch nicht«, antwortete Julia. Und dann erzählte sie Ana von ihren Plänen.

Von der Finca auf der Klippe und dem alten Landgasthof, den Julia wiedereröffnen wollte, war in Maribels Küche noch lange die Rede an diesem Abend. Gespannt beobachtete Julia die Mienen, ob sie an ihnen ebenfalls gewisse Bedenken erkennen konnte, doch das war nicht der Fall.

»Meine Tante ist eine Spitzenköchin«, versuchte Emil auf Spanisch zu erklären, erntete dabei nur Lacher, denn seine Version bedeutete offenbar etwas ganz anderes.

»Du willst sagen, dass sie gut ist, nicht war, *mi hijo?*«, fragte Maribel gutmütig.

Emil schien nichts dagegen zu haben, dass sie ihn als ihren Sohn bezeichnete. »Oh ja«, antwortete er. »Sie hat sogar schon mal einen Stern gekocht.« Und wunderte sich, dass die anderen sich erneut vor Lachen nur so bogen.

Er hatte seinem Vater inzwischen die Erlaubnis abgerungen, bei seinem Freund übernachten zu dürfen, sehr zu Julias Erleichterung. Es war schon spät, als sie sich von der Familie verabschiedete, und Paco ließ sie nur gehen, nachdem sie ihm versprochen hatte, bald wiederzukommen.

»Ich bin noch lange nicht so weit, dass ich eröffnen kann«, sagte Julia draußen im Hof zu Maribel, als sie sich unter dem gleißenden Sternenhimmel von ihr verabschiedete. »Gerade richte ich erst alles neu ein. Und Personal habe ich auch noch keines.«

Maribel sah hinauf zu den Sternen, dann hinunter auf den allgegenwärtigen Atlantik, auf dem sich das Mondlicht spiegelte. Vom nahen Wasserreservoir quakten die Frösche herüber. Aus dem Gemüsegarten erklang das Zirpen von Zikaden. Alles war so überwältigend schön, dass Julia beinahe die Tränen in die Augen traten.

»Vielleicht hat Fayna Interesse«, sagte Maribel nachdenklich. »Unsere Nichte. Sie arbeitet im El Zumacal als Bedienung. Das ist ein Parador nicht weit von der Hauptstadt. Aber es gefällt ihr dort nicht. Sie würde lieber wieder mehr in unserer Nähe eine Anstellung finden. Das hat sie mir erst neulich gesagt.«

»Wir können uns ja mal darüber unterhalten, wenn sie möchte«, antwortete Julia. Paradores waren staatliche Nobelhotels der Extraklasse, und wenn Maribels Nichte dort arbeitete, war sie ganz sicher hoch qualifiziert.

»Ich werde sie fragen.« Maribel küsste Julia auf beide Wangen. »Es ist schön, dass du hierbleibst. Emilio ist sehr glücklich darüber.« Julia dachte kurz darüber nach, ob sie Maribel von seinen Schwierigkeiten mit seinem Vater erzählen sollte. »Er kann, so oft er möchte, bei uns sein«, fügte die Bäuerin hinzu, und da war sich Julia auf einmal sicher, dass sie bereits intuitiv vieles erfasst hatte. »Paco wird demnächst einmal mit seinem Vater darüber sprechen.«

»Danke«, sagte Julia und fühlte, wie ihr ein Stein vom Herzen fiel.

»De nada«, gab Maribel herzlich zurück. »Gern geschehen. Pass gut auf beim Nachhausefahren. Wenn man die Piste nicht kennt …«

»Ich fahr langsam«, beruhigte Julia sie. Dann setzte sie sich hinters Steuer und fuhr vorsichtig hinaus in die Nacht.

15

Arroz con atún – Reis mit Thunfisch

Als sie sich ihrer Finca näherte, sah sie im Licht der Scheinwerfer, dass ihre Einfahrt voller Autos stand. Es waren sieben, und ihre Besitzer hatten so achtlos geparkt, dass sie selbst kaum noch Platz fand. Was wollten all diese Menschen hier?

Sie sah sich vorsichtig um, dann stieg sie aus. Schlängelte sich zwischen zwei Wagen hindurch und betrat den Hof. Ihr Herz klopfte bis zum Hals. War es denkbar, dass man ihr auflauerte?

Nein. Im Hof und auch rund ums Haus war niemand. Als sie hinter dem Gebäude entlangging, unter dem die Höhle lag, glaubte sie, einen Lichtschein zu sehen. Tatsächlich, dort, wo der Felsenpfad, der zum Salzgarten führte, eine Biegung machte, steckte eine Fackel in einer Felsspalte. Und etwas tiefer, etwa auf halbem Weg zum Meer, eine zweite.

Ohne weiter darüber nachzudenken, folgte Julia dem Pfad, bis sie immer deutlicher das Wummern von Bässen und ausgelassene Stimmen hörte. Offensichtlich war dort unten eine Party im Gange. Natürlich, es war ja Sommersonnenwende. Julia atmete auf, so grenzenlos erleichtert war sie darüber, dass die Ansammlung von Autos nichts mit ihr zu tun hatte. Und doch. Freundlich war es nicht, sie dermaßen zuzuparken. Langsam und vorsichtig ging sie noch weiter, bis sie Blick auf den Salzgarten hatte, und hielt den Atem an, so wunderschön war das Bild, das sich ihr bot.

Das Licht von unzähligen Fackeln spiegelte sich in den Salzbecken, sodass sie wirkten wie mit flüssigem Gold gefüllt. Rund um Álvaros Haus sah Julia schemenhafte Gestalten, von dort drang lautes Sprechen, Lachen und Rufen zu ihr herüber. Die Musik wechselte, und nun war es die melancholische Stimme von Ima Galguén, die zu ihr herüberwehte. Es war das Lied, zu dem sie mit Álvaro getanzt hatte, und auf einmal fühlte sie einen so abgrundtiefen Schmerz in der Herzgegend, dass sie sich auf eine der Steinstufen setzen musste. Sie lehnte ihren Kopf gegen den Felsen und versuchte, wieder Ordnung im Chaos ihrer Gefühle zu schaffen, als auf einmal ein Schatten die Sterne über ihr verdunkelte.

Eine Frau schrie leise auf.

»¡Cáspita!«, hörte Julia sie ausrufen. »Verflixt, jetzt wäre ich fast über dich gestolpert. Ist dir schlecht geworden?« Julia erhob sich. Vor ihr stand Serena. »Ach *du* bist das?«, fuhr Serena fort. »Gott, wie kannst du einen nur so erschrecken!«

Julia stammelte eine Entschuldigung und wollte sich rasch zum Gehen wenden. »Warum kommst du nicht mit runter?« Serena wirkte vollkommen unbefangen. Hatte sie noch nicht mitbekommen, dass Julia im Salzgarten bestimmt nicht erwünscht war?

»Ich glaube, das ist keine besonders gute Idee«, murmelte sie.

»Na ja, irgendwann werden sie sich schon daran gewöhnen, dass du jetzt hier bist«, gab Serena zurück. Ihre Stimme klang ein bisschen zu albern, ein bisschen zu laut. Ob sie wohl getrunken hatte? »Auch wenn es keine besonders gute Idee war, die Finca zu kaufen. Aber was passiert ist, ist eben passiert, oder?« Julia fühlte sich am Arm gefasst und den Felsenpfad hinuntergezogen.

»Ich möchte eigentlich wirklich nicht …«, begann sie, doch Serena ließ sie nicht ausreden.

»Na, du wirst ja wohl nicht nur zum Zuschauen heruntergekommen sein, oder?« Julia musste achtgeben, dass sie nicht stürzte, so schnell sprang Serena die Felsenstufen hinunter und zog sie hinter sich her. Auf dem letzten Absatz blieb sie stehen und rief laut zu ihren Freunden hinüber, dass es nur so von den Felswänden widerhallte: »He, seht mal, wen ich gefunden habe!«

Auf einmal stand Julia an Serenas Hand mitten auf dem Damm, der quer über die Salzbecken führte, von den Fackeln beleuchtet. Das Gelächter und Rufen am Haus war erstorben, alle hatten sich zu ihnen umgedreht. Einen sich schier ins Unendliche ausdehnenden Moment lang schien die Partygesellschaft wie erstarrt, dann löste sich einer der Schatten aus der Gruppe, hob etwas vom Boden auf und kam mit großen Schritten auf sie zu. Julia wäre am liebsten im Erdboden versunken.

»Hier«, sagte Álvaro, und seine Stimme klang dunkel wie die Nacht. Er reichte Julia eine geöffnete Bierflasche. »Komm. Wir feiern die *Noche de San Juan.*«

Die Johannisnacht. Natürlich. Mechanisch griff Julia nach der Flasche. Álvaro nahm ihre andere Hand und zog sie zum Vorplatz seines Hauses. Julia blickte in versteinerte und abweisende Gesichter. Keiner sagte ein Wort. Und als wäre das nicht genug, verstummte nun auch die Musik. Nur noch das stete Rollen der Wellen gegen die den Salzgarten schützenden Felsen war zu hören und das zischende Geräusch, wenn sich das Wasser in Gischtfontänen brach.

»Dass du dich hierhertraust!« Jetzt erst erkannte Julia Naira, die sie mit funkelnden Augen musterte.

»Bitte«, sagte Álvaro leise und ließ Julias Hand los. »Lass sie in Ruhe.«

»Nein, das werde ich nicht.« Die junge Frau mit dem zarten Puppengesicht hob kämpferisch den Blick zu ihm auf. »Sie hat hier nichts verloren …«

»Ist schon gut, ich gehe.« Endlich hatte Julia ihre Stimme wiedergefunden. Behutsam stellte sie die Bierflasche auf einem Felsen ab. »Ich wollte nur nachsehen, wem all die Autos gehören. Stören wollte ich euch bestimmt nicht. *Buenas noches.*«

Sie wandte sich zum Gehen, da brach auf einmal ein Streit aus.

»Was fällt dir ein«, rief Serena gellend. »Gehört der Salzgarten etwa dir, Naira? Welches Recht hast du …«

»Dir gehört er aber auch nicht«, gab Naira schrill zurück. »Wie kommst du dazu, diese Deutsche hier anzuschleppen? Bist du eine von uns oder nicht?«

Julia war schon fast über dem Damm, als sie hörte, wie Serena schrie: »Du hast bloß Angst, dass dir irgendwann eine Frau Álvaro wegnimmt …«

»Serena! Bitte!« Das war Álvaros Stimme.

Julia hatte genug gehört. So war das also. Natürlich, warum war sie nicht früher darauf gekommen. Álvaro und Naira waren ein Paar.

Sie hastete den Felsenweg hoch, und noch lange konnte sie hören, wie unten im Salzgarten gestritten wurde. Männerstimmen mischten sich unter die der aufgebrachten Frauen. Julia wollte nichts mehr von alldem hören. Wäre sie bloß nicht hinuntergegangen!

Dass ihr Tränen übers Gesicht liefen, bemerkte sie erst, als sie völlig außer Atem oben bei der Höhle ankam. Zornig auf sich selbst wischte sie sie ab. Was hatte sie doch für ein Talent, sich immer in die falschen Männer zu verlieben.

Wie ein waidwundes Tier zog sie sich in den Garten zurück. Keuchend ließ sie sich auf die Mauer fallen, die Sam wieder aufgerichtet hatte, und hielt sich die Flanken. Sie hatte Seitenstechen, der Schweiß lief ihr über die Stirn. Und das Herz tat ihr so verdammt weh, dass sie glaubte, es nicht ertragen zu können.

Was tue ich hier eigentlich?, fragte sie sich. Wollte sie wirklich an diesem Ort, wo sie kein bisschen willkommen war, ein Gasthaus eröffnen? Gehörte sie nicht in eine vor Sauberkeit nur so blitzende Küche eines namhaften Restaurants, um die Abläufe ihres erstklassigen Teams mit Argusaugen zu koordinieren, an perfekt angerichtete Teller letzte Hand anzulegen und sich immer neue Speisekombinationen auszudenken? Nein. Wenn sie ehrlich war, hatte sie dazu nicht mehr die geringste Lust.

Wie in Zeitlupe sah sie Álvaro wieder vor sich, wie er ihr die Flasche reichte. Die Flammen der Fackeln hatten in seinen Augen getanzt und seine Gesichtszüge weich erscheinen lassen. Er hat mich nicht abgelehnt, sagte eine trotzige kleine Stimme in ihr. Er hat mich eingeladen dazuzukommen.

Weil er im Gegensatz zu dieser unmöglichen Naira höflich ist, antwortete die Vernunft in ihr. Und weil kein anständiger Spanier eine Frau, selbst wenn er sie am liebsten auf den Mond schießen würde, einfach so fortjagt. Aber reine Höflichkeit war das Letzte, was Julia sich von Álvaro wünschte.

Mühsam erhob sie sich. Sam hatte wie besprochen den Schlüssel unter einen Stein gelegt, ehe er nach den Handwerkern die Finca verlassen hatte. Da die Männer bereits das Badezimmer in Angriff genommen hatten, wusch sich Julia notdürftig in der Küche. Dann ging sie zu Bett.

Sie lauschte. Keine Geräusche wehten mehr von unten herauf, auch keine Musik. Schon eine halbe Stunde später vernahm sie, wie ein Motor nach dem anderen vor ihrem Haus angelassen wurde und in der Ferne verklang. Offenbar hatte sie Álvaros Feier gründlich verdorben.

Sie stand auf, um in der Küche ein Glas Wasser zu trinken. Über dem Spültisch hatte sie einen kleinen Handspiegel aufgehängt, ihr Gesicht wirkte traurig, ihre Augen riesengroß. Auf einmal hallte ein Klopfen durch das Haus, und Julia schrak furchtbar zusammen. Leise öffnete sie die Tür zum Restaurant, kein Zweifel. Jemand pochte gegen das Portal.

Konnte man sie nicht endlich in Ruhe lassen? Waren etwa Toto und Pepe zurückgeblieben und würden ihr jetzt eine Szene machen? Oder war es womöglich Serena?

Nein. Für diesen Tag hatte sie genug erlebt. Mit angehaltenem Atem wartete sie, bis das Pochen aufhörte. Zu spät kam sie auf die Idee, aus dem oberen Stockwerk hinauszuspähen, wer das gewesen sein mochte. Als sie es tat, war niemand mehr im Hof. Sie atmete auf. Und konnte doch viele Stunden lang nicht einschlafen, so aufgewühlt war sie.

Als sie am folgenden Morgen aus dem Haus trat, stand ein Hund im Hof und sah sie aus klugen Augen an. Er hatte Ähnlichkeit mit Luna und Chico, Maribels treuen Begleitern, sein rötliches Fellhaar war allerdings nicht ganz so lang, und er war schlanker als die gut genährten Hofhunde.

»Wer bist denn du?«, fragte Julia überrascht. Der Hund nahm das offenbar als Einladung und näherte sich ihr vorsichtig, ja, sie hatte den Eindruck, dass er sie anlächelte, falls Hunde so etwas überhaupt konnten. Julia verstand nicht viel von Tieren.

Sie nahm an, dass er aus dem Dorf stammte und auf Erkundungstour gegangen war, offenbar hatte es sich schon bis zu den Vierbeinern herumgesprochen, dass hier jemand lebte, der aus irgendeinem Grund nicht da sein sollte. Er schnüffelte jetzt gründlich an der Mauer entlang und verscheuchte die Eidechsen, die sich gesonnt hatten. Als Julia sich in den Wagen setzte, blickte er ihr enttäuscht und mit hängender Rute nach. Sie sah ihn noch lange im Rückspiegel, wie er unter der Toreinfahrt stand, so als hätte er beschlossen, die Finca ab jetzt zu bewachen.

Julia wollte endlich die notwendigen Genehmigungen zur Eröffnung eines Restaurants beantragen, erfahrungsgemäß dauerte so etwas lange, sie durfte das nicht mehr aufschieben. Außerdem tat es gut, etwas Handfestes zu erledigen und in der Inselhauptstadt unter Leute zu kommen, die keine Meinung zu ihr hatten, auch wenn sie sich nach der weitgehend schlaflosen Nacht wie gerädert fühlte.

Sie verbrachte fast den ganzen Tag in Santa Cruz, besuchte Einrichtungsgeschäfte und wählte Teppiche aus, fand schließlich den passenden Stoff für den Vorhang des Himmelbetts und entdeckte in einem hübschen Laden zwischen Goldschmiedearbeiten und handgearbeiteten Lederwaren Keramiken, die aus Anas Werkstatt stammten. Eine große Amphore gefiel ihr so gut, dass sie sie gleich mitnahm. Denn wer wusste schon, ob dieser ein solches Prachtstück ganz genau noch einmal gelingen würde, wenn sie es bei Ana direkt bestellte?

Sie hatte die Amphore bereits bezahlt, als ihr in einer Ecke des Geschäfts ein Regal auffiel, in dem hübsche Dosen unterschiedlicher Größe standen, und quer darüber las sie den Schriftzug Jardín de la Sal.

»Das kommt aus einem wundervollen Salzgarten hier von der Insel«, erklärte die Verkäuferin eifrig. »Besonders das Flor de Sal, die feinen Salzkristalle, die nur an ganz bestimmten Tagen geerntet werden können, sind eine Delikatesse, wie man sie selten bekommt.«

Julia nickte. Als Köchin kannte sie natürlich dieses besondere Salz, das nur auf fertige Gerichte oder Salate gestreut und niemals zum Kochen verwendet wurde, denn es war viel zu kostbar. Und sie wusste außerdem sehr gut, woher dieses Salz stammte. Sie starrte auf das hübsche Design der Verpackung, den schlichten, aber markanten Schriftzug. »Möchten Sie es vielleicht erst ausprobieren?«, fragte die Verkäuferin. »Wir haben auch kleine Mengen, denn diese Kristalle haben leider ihren Preis.«

»Danke«, sagte Julia. »Ich nehme gerne eine große Packung.« Schon wieder klopfte ihr Herz, als wolle es ihr etwas sagen. Dummes Herz, dachte sie. Er interessiert sich nicht für mich. Außerdem ist er gebunden.

Auf der Rückfahrt machte Julia Station in dem kleinen Städtchen, in dem sie mit Emil an ihrem ersten Tag auf der Insel die

Markthalle besucht hatte. Sie wollte Maribel Hallo sagen, die hier ihren Honig zum Verkauf anbot. Als sie das Gebäude betrat, fiel ihr plötzlich ein, dass ja auch Serena hier arbeitete. Vorsichtig spähte sie zu dem auffälligen *Guarapo*-Stand hinüber, der leicht an seinem langen Zuckerrohrstängel zu erkennen war. Statt Serena stand an diesem Tag ein junger Mann an der Presse und füllte gerade zwei Gläser für ein älteres Urlauberpaar.

Noch mehr Touristen drängten hinter Julia in die Halle, und sie machte eilig Platz.

»Hier können Sie landestypische Erzeugnisse kaufen«, hörte sie eine wohlbekannte Stimme. »Wir treffen uns in einer halben Stunde draußen auf der Plaza. Einverstanden?« Jens hatte sie noch nicht gesehen, und Julia erwog, einfach hinter dem Stand mit Bananen abzutauchen, fand aber, dass das unter ihrer Würde war. Eine ältere Dame stellte ihrem Bruder noch eine Frage, dann verteilte sich das Grüppchen zwischen den Ständen.

»Hallo, Julia.« Nun war es passiert, Jens hatte sie entdeckt. »Lange nicht gesehen.«

Du hast mir ja dein Haus verboten, lag ihr auf der Zunge, doch sie schluckte die Bemerkung rasch hinunter.

»Hallo«, antwortete sie stattdessen knapp. »Na, wie geht's?«

»Ausgezeichnet.« Jens ließ seinen Blick über die Stände schweifen. »Alles bestens.«

»Geht es Emil gut?«, konnte Julia sich nicht verkneifen zu fragen. Zu gern hätte sie gewusst, wie ihr Bruder zu der Freundschaft seines Sohnes zu El Rostro stand.

»Bestens«, wiederholte Jens. »Tanja holt ihn jetzt immer von der Schule ab. Sie sind ein Herz und eine Seele.«

Was für ein Lügner, dachte Julia. Dann kam ihr in den Sinn, dass er möglicherweise gar nicht wusste, dass Tanja die Aufsicht über Emil anderen übertragen hatte. Und Julia wäre die Letzte, es ihm zu verraten.

»Wie schön«, sagte sie. »Auf Wiedersehen. Grüß alle herzlich von mir.«

Sie wollte sich schon zum Gehen wenden, als Jens sie zurückhielt.

»Warte mal«, sagte er. »Stimmt es, dass du ein Restaurant aufmachen möchtest?«

»Ja«, antwortete Julia.

»Sag mir Bescheid, wenn du so weit bist«, sagte Jens. »Dann nehm ich es in meine Touren auf.«

Es wäre nett, wenn du mich vorher nach meiner Meinung dazu fragen würdest, hätte Julia am liebsten gesagt, doch sie biss sich auf die Zunge. Sie wollte sich keinesfalls hier in aller Öffentlichkeit mit ihrem Bruder streiten.

»Das wird noch eine ganze Weile dauern«, gab sie vage zurück. »Rechne in diesem Sommer nicht mehr damit.«

»Wieso?«, wollte Jens wissen. »Macht dir jemand Ärger?«

»Nein, nein.« Puh, dachte sie, manchmal kann er wirklich hartnäckig sein. »Solche Dinge brauchen nun mal ihre Zeit. Bis die Genehmigungen und alles …«

»Wenn du dabei Unterstützung brauchst, komm zu mir«, fiel ihr Jens ins Wort. »Ich kenne da ein paar wichtige Typen im Ministerium. Du glaubst nicht, wie schnell manches gehen kann, wenn man mit den richtigen Leuten spricht.«

Selbstgefällig stützte Jens die Hände in die Hüften und blickte über die Marktstände, als gehöre das alles ihm. Und wohl zum hundertsten Mal in ihrem Leben fragte Julia sich, warum ausgerechnet sie einen solchen Angeber zum Bruder haben musste.

»Ich komm schon zurecht, danke«, antwortete sie barscher als beabsichtigt. »Also. Mach's gut.«

»Jetzt warte doch mal.« Jens hielt sie ungehalten am Arm fest. »Was ist denn das für ein Haus, das du gekauft hast?«

Julia seufzte innerlich. »Es war früher schon mal ein Landgasthaus. Es hieß El Mesón Flor de Sal.«

Über Jens' Reaktion hätte sie überraschter nicht sein können.

»Was?«, rief er begeistert aus. »*Das* hast du gekauft?« Es fehlte nicht viel, und er hätte sich auf die Schenkel geschlagen, so vergnügt machte ihn diese Neuigkeit. »Na, da wird sich einer aber ganz schön ärgern.«

»Was? Von wem sprichst du?«, fragte Julia alarmiert. »Und wieso sollte sich jemand ärgern?«

Jens sah sie verblüfft an, dann brach er in schallendes Gelächter aus. »Wie, das weißt du gar nicht? Ach, das ist mal wieder typisch meine Schwester. Blauäugig bis zum Gehtnichtmehr. Nein, wirklich großartig!« Julia erkannte entsetzt, dass Jens Lachtränen in die Augen traten.

»Jetzt sag schon, was ist mit dem Mesón?«

»Nee, nee«, sagte er feixend. »Das musst du schon selbst rausfinden, du Unschuldslamm. Ausnahmsweise hast du deinem Bruder mal einen Riesengefallen getan.« Er klopfte ihr anerkennend auf die Schulter, unterdrückte ein erneutes Lachen und verschwand.

Julia schloss kurz die Augen. Irgendetwas war hier ganz und gar nicht in Ordnung. Dass ausgerechnet Jens sich so freute, war kein gutes Zeichen.

»Alles in Ordnung?«, fragte der alte Mann hinter dem Berg aus Bananen. Jetzt erst fiel Julia auf, dass sie sich an einem der Bretter festhielt, die seine Früchte daran hinderten, auf den Boden zu kullern.

»Ja, danke«, antwortete Julia und erstand rasch ein Büschel der kleinen *plátanos*, wie sie hier hießen, mit dem gelblichen, aromatischen Fleisch.

An einem anderen Stand kaufte sie einige sonnenreife Tomaten und Avocados, dann hatte sie Maribel entdeckt, die am Ende des Gangs auf einem Stuhl mit hoher, geflochtener Lehne thronte wie eine Königin. Auf dem Weg dorthin kam Julia an einem Stand mit Gebäck vorbei und blieb stehen. *Horno de la delicia*, las sie, es war die Witwenkooperative.

»Ich dachte schon, du bist abgereist«, begrüßte Pilar sie mit einem Lächeln. »Möchtest du eine Schokolade?«

Julia schüttelte den Kopf.

»Danke«, sagte sie. »Heute nicht. Was macht das Geschäft?«

»Así, así«, gab die Keksverkäuferin vage zurück. »So lala. Könnte besser laufen.«

Auf einmal kam Julia eine Idee. »Sag mal«, begann sie, »könntet ihr euch vorstellen, auf Bestellung zu backen?«

Pilar richtete ihre großen schwarzen Augen auf sie. »Natürlich«, sagte sie. »Das machen wir sowieso schon. Für Feiern zum Beispiel. Oder wenn jemand eine große Portion verschenken möchte.«

»Ich meine regelmäßig«, erläuterte Julia. »Und eventuell nach einem neuen Rezept?« Julia fragte sich schon seit einer Weile, ob sie jemanden finden könnte, der exklusiv für sie feine Plätzchen backen könnte. Natürlich nach einem ihrer Rezepte.

»Schmecken dir unsere Kekse denn nicht?« Stolz musterte sie Julia.

»Doch«, räumte Julia ein. »Aber mir schwebt etwas anderes vor. Am besten unterhalten wir uns mal in Ruhe darüber. Ich habe nämlich Pläne.«

Pilars Mundwinkel verzogen sich zu einem Lächeln. »Pläne sind immer gut. Warum nicht gleich darüber sprechen? Rosaria!«, rief sie ansatzlos so laut in die Halle hinaus, dass Julia zusammenfuhr. Zahlreiche Köpfe wandten sich zu ihnen um. Aus dem Gewühl der Markthalle erschien die Frau mit den kurz geschnittenen blondierten Haaren und begrüßte Julia herzlich. »Bist du so lieb und passt eine Weile auf den Stand auf?«, fragte Pilar sie. »Diese junge Dame will gewisse Pläne mit mir besprechen. Sag mal, wie heißt du noch gleich?«

Pilar führte Julia hinaus auf die Plaza. Statt zu der großen Café Bar, deren Außenbereich den halben Platz belegte, führte die Marktfrau sie zu einer unscheinbaren *cruasantería*, wo es nicht nur Kaffee, sondern auch alle möglichen Varianten von Croissants gab, die dieser Art von Cafés den Namen gegeben haben.

»Hier sind wir unter uns«, sagte Pilar und bestellte für sie beide einen Barraquito und gefüllte Vanillehörnchen. »Also«, sagte sie dann und betrachtete Julia neugierig. »Was sind das für Pläne?«

»Kennst du das Mesón Flor de Sal?«, fragte Julia zurück. Im Gegensatz zu Jens zeigte Pilar keinerlei Reaktion bei der Nennung dieses Namens.

»Ich hab schon mal davon gehört«, antwortete sie und runzelte die Stirn. »Steht das nicht schon ewig leer?«

»Ich werde es neu eröffnen«, erklärte Julia.

»Wirklich?« Pilar wirkte begeistert. »Kannst du so was denn, ich meine, ein Restaurant führen?«

»Ja, ich bin vom Fach«, antwortete Julia. »Es soll ein Restaurant mit lokaler Prägung werden. Exquisite Küche aus regionalen Erzeugnissen. Zum Kaffee möchte ich gern ein eigenes Plätzchenrezept auf der Basis von Mandeln entwickeln.«

»Meine *Galletas de Almendra* passen da nicht?«

»Sagen wir mal so«, versuchte Julia, ehrlich zu sein, ohne Pilar zu kränken, »sie sollen auf einem Drittel der Masse das Maximum der Aromen von deinen Keksen enthalten. Am besten, wir probieren das gemeinsam aus. Hättest du Lust dazu?«

Pilars dunkle Augen funkelten, Julia war sich nicht sicher, ob vor verletztem Stolz oder weil ihr das Angebot gefiel.

»Wir machen es so«, sagte sie schließlich. »Wir treffen uns einmal zum gemeinsamen Backen. Dann entscheide ich.« Etwas schien sie noch auf dem Herzen zu haben. »Und was ist mit den anderen?«, fragte sie. »Wir haben uns versprochen, die Sache mit dem *Horno de la delicia* gemeinsam durchzuziehen.«

»Wer die Kekse am Ende backt, das überlass ich euch«, entgegnete Julia. »Euer anderes Geschäft braucht ihr ja deswegen nicht aufzugeben. Nur eins müsst ihr mir in die Hand versprechen. Mein Rezept bleibt geheim, und ihr verwendet es ausschließlich für mich.«

»Por supuesto«, antwortete Pilar ernst. »Das versteht sich ja von selbst.«

Beschwingt gingen die beiden zurück in die Markthalle, wo Maribel bereits mithilfe eines jungen Mannes ihren Stand einpackte.

»Ich werde langsam zu alt für das«, stöhnte die Imkerin. »Ich sollte ein hübsches junges Mädchen suchen, das für mich verkauft. Was meinst du, Pedro? Kennst du nicht jemanden, der das übernehmen könnte?«

»Ich frag mal meine Schwester«, antwortete der junge Mann. »Vielleicht hat eine ihrer Freundinnen Lust dazu.«

Maribel seufzte. »Weißt du«, sagte sie zu Julia, nachdem Pedro mit einer großen Kiste voller Honiggläser verschwunden war, »am liebsten bin ich draußen bei meinen Bienen. Das Vermarkten liegt mir nicht so.«

»Ich könnte im Restaurant deinen Honig zum Verkauf anbieten«, schlug Julia vor und half mit, die Gläser vom Verkaufsstand in eine Kiste zu räumen. »Außerdem hab ich mir überlegt, dass ich ihn gern in meiner Küche verwenden würde, wenn du einverstanden bist.«

»Natürlich bin ich einverstanden!« Schon strahlte Maribel wieder. »Wenn du uns das nächste Mal besuchst, musst du von allen Sorten kosten. Mach mal deine Einkaufstasche auf«, sagte sie unvermittelt. Und als Julia ihrer Bitte folgte, steckte Maribel drei Gläser hinein. »Hier, für den Anfang«, sagte sie und lächelte über das ganze Gesicht.

»Das möchte ich aber bezahlen«, erklärte Julia verlegen.

»Auf gar keinen Fall.«

Während sie mithalf, die restlichen Sachen einzupacken, hatte sie das Gefühl, dass sie jemand beobachtete. Als sie sich suchend umsah, entdeckte sie Naira eine Reihe weiter an einem Stand des Jardín de la Sal. Den hatte Julia noch gar nicht bemerkt! Álvaros Freundin starrte Julia aus schmalen Augen unverwandt an. Peinlich berührt wandte Julia den Blick ab und nahm einen Karton auf, um ihn für Maribel nach draußen zu ihrem Wagen zu bringen.

»Was ist das zwischen dir und dem Salzmädchen?«, fragte die Imkerin, als sie zurückkam. Julia zuckte mit den Schultern.

»Ihr und ihren Freunden scheint es nicht zu gefallen, dass ich die Finca gekauft habe«, antwortete Julia. »Ich habe keine Ahnung, warum. Weißt du etwas darüber?«

Maribel schüttelte den Kopf. »Die Dörfler sind manchmal ein bisschen eigenwillig«, sagte sie. »Paco und ich, wir halten uns grundsätzlich raus, soweit das geht. Unser Hof gehört zwar ebenfalls zu der Gemarkung. Trotzdem waren wir immer Außenseiter, und wenn du mich fragst, hat das durchaus Vorteile.« Sie schenkte Julia ein aufmunterndes Lächeln. »Mach dir bloß nicht zu viele Gedanken darüber. Am Ende gewöhnen sie sich an dich, und alles ist gut.«

Julia seufzte innerlich. »Ich hoffe, du hast recht«, sagte sie und küsste Maribel zum Abschied auf beide Wangen.

Sie wollte gerade ihren Pick-up besteigen, als sie zu ihrem Schrecken feststellte, dass alle vier Reifen platt waren. War sie womöglich mitten durch Glasscherben gefahren, ohne es zu merken? Ausgeschlossen. Langsam dämmerte ihr, dass es wohl äußerst unwahrscheinlich war, dass alle vier Reifen auf einmal spröde wurden. Und als sie den hämischen Blick auffing, den Naira ihr zuwarf, als auch sie den Salzstand geschlossen hatte und nach Hause fuhr, begann sie zu ahnen, was hier passiert sein mochte.

Sie rief Gonzo an und schilderte ihm die Lage.

»Das kann überhaupt nicht sein«, rief er empört. »Die Reifen waren noch kein Jahr alt.«

»Hast du neue für mich?«, frage Julia. »Ich stecke hier fest mit einer Riesenladung Einkäufen.«

»Bin schon unterwegs«, gab Gonzo zurück. »Na warte, wenn ich den erwische!«

Mittlerweile hatten sich einige Schaulustige um Julias alten Pick-up versammelt, die ihre Kommentare abgaben, sodass Julia beschloss, in der *cruasantería* auf Gonzo zu warten, wo sie gerade erst mit Pilar gewesen war.

Als der Mechaniker kam, bestätigte er ihren Verdacht. »Glatt aufgeschlitzt«, meinte er kopfschüttelnd, als er den ersten Reifen gewechselt hatte und ihn untersuchte. »Offenbar hast du hier nicht nur Freunde.«

Julia schwieg bedrückt. Sie konnte sich kaum vorstellen, dass Toto oder Pepe so weit gehen würden, ihr die Reifen zu zerstechen.

»Vielleicht war es ja auch nur ein Lausbubenstreich«, fügte Gonzo hinzu, als er bemerkte, wie nahe Julia die Sache ging. »Da hat einer ein neues Messer und wollte den anderen zeigen, wie scharf es ist.«

Julia hoffte, dass es so war.

Als sie mit dem Wagen endlich in den Hof der Finca einfuhr, um die schweren Einkäufe nicht so weit tragen zu müssen, sah sie, dass der Hund immer noch da war. Zusammengerollt hatte er vor der Schwelle des Hauses gelegen, jetzt erhob er sich gemächlich, schüttelte sich und kam ihr entgegen. Nach allem, was sie erlebt hatte, erfüllte es sie mit Freude, ihn zu sehen.

»Willst du hier womöglich einziehen?«

Er wedelte heftig mit dem Schwanz, und Julia hätte schwören können, dass er wieder lächelte. Vorsichtig beugte sie sich zu ihm hinunter. Als sie ihm den Kopf streicheln wollte, duckte er sich weg, doch als Julia ihm ihre Hand hinhielt, schnupperte er daran und fuhr mit seiner Zunge einmal entschlossen darüber. Es fühlte sich an wie ein sehr feuchter Handkuss, und Julia musste lachen. Behutsam berührte sie den Hund am Hals – was er zu mögen schien, denn er reckte den Kopf nach oben – und kraulte ihn. Genießerisch schloss er die Augen. Julia suchte in dem dichten Fell nach einem Halsband. Er trug keines. Auch sonst fand sie kein Zeichen, das auf einen Besitzer hinwies.

Sie öffnete die Haustür und begann, die Einkäufe hineinzutragen. Besonders vorsichtig war sie mit der Amphore, die sie vorerst auf die frisch polierte Theke stellte. Der Hund blieb einstweilen draußen und stellte sich so in Position, als wolle er Auto samt Haus bewachen.

Julia füllte eine Plastikschüssel mit Wasser und brachte sie in den Hof. Nachdenklich setzte sie sich auf die Steinstufen und sah zu, wie ihr vierbeiniger Gast trank. Sicher war er hungrig, und Julia überlegte, was sie ihm wohl anbieten könnte. Kurzentschlossen ging sie in die Küche und setzte Reis auf. Den würde sie mit einer Dose Thunfisch vermischen. Falls der Hund inzwischen wieder verschwinden würde, wäre es auch in Ordnung.

Trotzdem freute sie sich, als er eine Stunde später noch immer vor der Haustür saß, den Blick auf das Tor gerichtet, als drohe von dort Unheil.

Wäre es nicht eine gute Idee, einen solchen Wächter zu haben? Die Geräusche der vergangenen Nacht fielen ihr wieder ein und das Klopfen zu später Stunde an ihrer Haustür. Und jetzt die Sache mit den Autoreifen. Sie war alles andere als ängstlich, doch allmählich bereitete ihr die Feindseligkeit, die ihr entgegenschlug, ernsthaft Sorge.

Das allererste Hundemenü, das Julia je zubereitete, schien ihrem neuen Beschützer zu schmecken, in weniger als einer Minute hatte er die Riesenportion verschlungen. Wenn du ein Tier anfütterst, brauchst du dich nicht zu wundern, wenn du es nicht mehr loswirst, hatte ihre Mutter oft gesagt. Sie mochte keine Tiere. Und Julia hatte nie Gelegenheit gehabt, sich mit ihnen vertraut zu machen.

Sie packte ihre Einkäufe aus, verstaute die Vorräte im Kühlschrank und begann, die Teppiche im Haus zu verteilen. Für Emils Zimmer hatte sie einen besonders farbenfrohen gewählt, und die beiden meerblauen Exemplare in ihrem Schlafzimmer harmonierten wunderbar mit dem Mantel der Salzmadonna. Auch der luftige weiße Baumwollstoff, den sie für Vorhänge am Himmelbett ausgesucht hatte und den sie jetzt locker über das Gestänge warf, gefiel ihr außerordentlich. Mit ein paar Textilien wirkte alles gleich viel freundlicher. Julia ließ sich rücklings aufs Bett fallen und erfreute sich an dem Spiel des Abendlichts auf dem Gewebe.

Auf einmal ließ sie ein kurzes, kräftiges Bellen hochschrecken. Eilig ging sie die Treppe hinunter, um nachzusehen, was los war. Der Hund stand in drohender Haltung vor der offenen Haustür und hatte sein Nackenfell gesträubt, ganz ähnlich wie es am Vortag Chico und Luna getan hatten. Wieder schlug er kurz und drohend an. Als Julia auf die Schwelle trat, glaubte sie, ihren Augen nicht zu trauen. Im Hof stand Álvaro und sah zögernd vom Hund zu ihr.

»Ich wusste nicht, dass du einen Hund hast«, sagte er.

»Ich auch nicht«, entgegnete sie und musste lachen. »Heute Morgen war er einfach da und ist seither nicht mehr gegangen. Kennst du ihn? Weißt du, wem er gehört?«

Álvaro schüttelte den Kopf. »Nein. Aus der Gegend hier ist er sicher nicht.« Erst jetzt sah Julia, dass er etwas in der Hand hielt, eine Dose. Als er zwei Schritte in ihre Richtung machte, begann der Hund leise und drohend zu knurren.

»Alles in Ordnung«, sagte Julia zu dem Tier. »Setz dich hier hin.« Sie wies mit dem Zeigefinger auf den Platz neben ihren

Füßen und zu ihrem riesengroßen Erstaunen folgte er ihrem Befehl.

»Ich möchte mich entschuldigen«, sagte Álvaro und reichte ihr das Döschen. Es glich aufs Haar dem, das Julia an diesem Tag in Santa Cruz gekauft hatte, Flor de Sal, feinste Salzkristalle. »Für gestern. Und Naira.« Julia schluckte.

»Du brauchst dich nicht zu entschuldigen«, gab sie zurück. Ihre Stimme klang rau. Nach kurzem Zögern nahm sie sein Geschenk an. »*Ich* muss mich entschuldigen, dass ich einfach so bei euch reingeplatzt bin.« Er öffnete den Mund, um etwas zu sagen, ließ es dann aber sein. Steif und unschlüssig stand er da. »Weißt du was?«, fuhr sie fort. »Genau so eine Dose habe ich heute in Santa Cruz gekauft. Flor de Sal. Ich wüsste gern, wie du das herstellst.«

»Man kann es nicht herstellen«, antwortete er. »Es entsteht von selbst an Tagen, wo alles stimmt: der Wind, die Temperatur, die Sättigung der Sole, das Licht.« Álvaro hob den Blick zum Himmel, in dessen Azurblau sich allmählich zartlila Streifen mischten. »Heute ist so ein Abend. Die Salzblume wird gegen Sonnenuntergang geerntet. Wenn du möchtest …« Er schluckte, wirkte unsicher, dann fuhr er fort. »Wenn du möchtest, zeig ich es dir.«

Die Freude füllte Julia so vollkommen und überraschend aus, dass sie kurz schwankte. Der Hund sah sie aufmerksam an, dann richtete er seine klugen Augen wieder auf Álvaro.

»Das würde ich gern sehen«, sagte Julia. Und doch konnte sie nicht die warnende Stimme ganz ignorieren, die misstrauisch fragte, wozu das gut sein sollte. *Er hat eine Freundin,* sagte diese Stimme. *Vergiss das nicht. Naira wird dir die Augen auskratzen, wenn sie davon erfährt.*

Na und, konterte die andere Julia in ihr. *Ich will ja nur zusehen, wie man Flor de Sal macht, weiter nichts. Schließlich sind wir Nachbarn. Da sollten wir uns an einen unbefangenen Umgang miteinander gewöhnen.*

»Dann komm mit«, forderte Álvaro sie auf. Er lächelte. Auch er wirkte erleichtert. »Oder möchtest du nachkommen? In einer halben Stunde fang ich an.«

»Und … du machst das ganz allein?«, fragte Julia vorsichtshalber nach.

»Heute Abend ja«, antwortete Álvaro. »Mal sehen, wie groß die Ausbeute sein wird.«

Der Hund folgte ihr, als sie wenig später den Felsenpfad hinunterging. Sie hatte sich noch rasch umgezogen und ein paar Bissen gegessen, nun machte sie sich, bewaffnet mit einer Taschenlampe, auf den Weg. Unten angekommen vergewisserte sie sich, ob sie tatsächlich allein waren. Der Schreck vom vorigen Abend und die unbeantwortete Frage, wer ihre Reifen zerstochen hatte, saßen ihr immer noch in den Knochen.

Álvaro hatte bereits seine Gerätschaften bei den Salzbecken vorbereitet, einen großen Eimer und etwas, das aussah wie ein riesiger Fischheber, ein längliches, rechteckiges Sieb an einem langen Stiel – ein *cedazo*, wie er ihr erklärte. Er trug Gummistiefel, die weiß vom Salz waren, und hatte sein Haar mit einem Stirnband aus dem Gesicht gebunden. Für Julia hatte er ein Sitzkissen auf einen Stein gelegt, doch sie zog es vor zu stehen. Der Hund setzte sich neben sie und sah sie abwartend an.

Die Sonne stand tief, der rötliche Schein am Himmel wurde von Minute zu Minute intensiver, und Álvaro begann mit seiner Arbeit. Ein lauer Wind wehte über die Saline, so sanft, dass er die Oberfläche der Salzpfannen nicht kräuselte. Mit kräftigen, ruhigen Bewegungen schöpfte Álvaro mithilfe des Siebs die feinen, sich an der Wasseroberfläche bildenden Salzkristalle ab und ließ sie in den Eimer gleiten. Vor dem glühenden Abendschein, der sich auf den Wellen hinter dem Salzgarten spiegelte, wirkte seine dunkle Gestalt wie ein Bild aus archaischen Zeiten. Julia konnte den Blick nicht von ihm wenden, wie er sich geschickt auf den schmalen Dämmen zwischen den Becken hin und her bewegte, so als sei es ein Kinderspiel, mit diesem riesigen Gerät, das von Weitem aussah wie ein Mittelding zwischen einem Rechen und einem Kescher, die Salzkristalle auch aus weit von ihm entfernten Pfannen zu ernten.

Nach einer Weile ging sie zu ihm.

»Darf ich mithelfen?«, fragte sie. »Hast du noch einen *cedazo?*«

»Drüben am Haus lehnt noch einer«, antwortete der Salzgärtner. »Aber stell es dir nicht zu einfach vor. Das Sieb hat sein Gewicht.«

»Ich würde es trotzdem gern ausprobieren.« Julia sah, wie ein Lächeln über sein Gesicht flog, und nahm es als ein Ja.

»Bring gleich einen Eimer mit«, sagte Álvaro.

Julia tat es und ließ sich von ihm zeigen, wie man die hauchfeinen Kristalle mit dem *cedazo* abschöpfte. Er hatte sie nicht umsonst gewarnt, es brauchte enorm viel Kraft in den Armen, um mithilfe des langen Stiels die feinen Bewegungen auszuführen und nicht mit dem Sieb ins Wasser zu platschen und damit die Salzkristalle zu zerstören.

»Versuch es mit denen, die in deiner Nähe wachsen«, riet Álvaro. »Und fass den Stiel mehr in der Mitte an.«

Nach einigen Versuchen gelang es Julia schon ganz gut, Álvaro lachte und nickte, nachdem sie die ersten Salzblumen erfolgreich in ihren Eimer eingebracht hatte. Dabei blitzten seine Augen im Abendlicht auf, Julia musste sich rasch wieder abwenden, so unfassbar attraktiv fand sie diesen Mann.

Schließlich war es zu dunkel, um mit der Salzernte fortzufahren.

»Gar nicht übel für den Anfang«, sagte Álvaro, als er Julias Ausbeute begutachtete. Tatsächlich bedeckten sie nur einen kleinen Teil des Eimerbodens. »Es braucht viel Übung, um das gut hinzukriegen«, fügte er mit einem Schmunzeln hinzu, dann räumten sie gemeinsam die Arbeitsgeräte auf. »Jetzt noch ein Bier«, sagte er, als sie fertig waren. »Oder möchtest du lieber Wein?«, fügte er schnell hinzu, und Julia wurde klar, dass er genau wie sie an die Szene am vergangenen Abend dachte.

Der Zauber war gebrochen. Julia sah wieder Naira vor sich und hörte ihre gellende Stimme. Und Serena, die zurückschrie: *»Du hast doch bloß Angst, dass dir irgendwann eine Frau Álvaro wegnimmt …«*

»Ich glaube, ich sollte lieber gehen«, sagte Julia leise. Es hatte ja keinen Sinn. Und ehe sie sich wieder falsche Hoffnungen machte, wurde es höchste Zeit, zu verschwinden. »Vielen Dank, dass du … ich meine, dass ich das lernen durfte …«, stammelte sie. »Aber ich bin ziemlich müde und … wenn ich dir wieder einmal helfen kann, sehr gerne.«

»Julia«, sagte Álvaro, und seine Stimme war wie Samt, »bleib doch noch ein bisschen.«

In Julia tobte ein Kampf. Vielleicht sah er die Sache ja ganz locker. Vermutlich war sie nichts weiter als eine neue Nachbarin. Sie hingegen fühlte, dass sie immer mehr ihr Herz an diesen Mann verlor. Je länger sie bliebe, desto schwerer würde es für sie sein, sich damit abzufinden, dass sie höchstens Freunde sein konnten, falls Naira nichts dagegen hätte, und selbst daran hatte Julia größte Zweifel. Álvaro war gebunden, und das Letzte, was Julia wollte, war, einer anderen Frau den Mann wegzunehmen.

»Ich denke, Naira wäre darüber nicht besonders glücklich«, sagte sie schließlich mit fester Stimme. »Gute Nacht, Álvaro.« Und damit wandte sie sich rasch ab und stieg den Felsenweg hinauf nach Hause.

16

Barrita de gofio con miel – Gofio-Honig-Powerriegel

Um sich gründlich abzulenken – sowohl von ihren Gedanken an Álvaro als auch von denen an die zerstochenen Reifen –, beschloss Julia am nächsten Morgen, jenes Nebengebäude zu entrümpeln, das mit alten Sachen vollgestopft war. Sam half ihr dabei, und während der Hund das Geschehen interessiert verfolgte, wanderte alles, was entsorgt werden konnte, gleich auf Sams Anhänger.

»Schau mal, was wir hier haben«, hörte Julia ihn am zweiten Tag sagen, als sie gerade eine Kiste mit leeren Weinflaschen hinaustragen wollte. An der Wand lehnten sechs großformatige Bilderrahmen, die mit einem Leintuch abgedeckt waren. Sam hob einen hoch und hielt ihn ins Licht. »Das sind alte Fotografien.«

»Lass mal sehen.« Julia nahm ihm das schwere Bild ab und ging damit ins Freie. Sie lehnte es gegen die Hofmauer und wischte mit einem Staubtuch darüber. Eine Luftaufnahme von der Finca in Schwarz-Weiß kam zum Vorschein. Der Drachenbaum war darauf kleiner als jetzt, die Bäume im Obstgarten wirkten, als hätte man sie gerade erst gepflanzt. »Das muss wirklich uralt sein«, sagte sie begeistert und holte mit Sams Hilfe die anderen Bilder aus dem Schuppen und reihte sie nebeneinander an der Mauer auf.

»Sieht so aus, als hätten die früher im Restaurant gehangen«, meinte Sam nachdenklich. »Schau mal, hier.« Er deutete auf ein Bild, das einen Mann hinter der Theke zeigte. Er hielt eine Flasche

Wein in der Hand und strahlte in die Kamera. »Das war sicher einer der Vorbesitzer.«

Auf einer anderen Fotografie sah man eine junge Frau, wie sie gerade auf einer Vespa durch den Torbogen fuhr. Auch ein Gruppenbild der gesamten Restaurantbelegschaft in ihrer schmucken Arbeitskleidung gab es: zwei Serviermädchen in Schürzen und mit Häubchen in Form eines Diadems, zwei Köche mit hohen Kochmützen, ein Küchenjunge im weißen Kittel und schließlich der Mann und die deutlich jüngere Frau, die sie von den vorigen Bildern bereits kannten.

»Hier ist sogar eine Aufnahme von der Küche«, rief Julia begeistert aus. Sie hatte sich schon gefragt, wie die früher wohl eingerichtet gewesen sein mochte. Jetzt sah sie den Koch vor dem offenen Feuer des Eisenherds hantieren, im Backofen loderten Flammen. Von der Decke hingen Körbe mit getrockneten Kräutern und Zwiebeln, was sich noch darin verborgen hatte, konnte Julia nur erahnen. »Wann diese Fotos wohl aufgenommen worden sind?«, fragte sie.

»Sieht nach den Sechzigern aus«, meinte Sam und wies auf die junge Frau auf dem Gruppenbild. »Damals hat man die Haare so getragen. Meine Mutter hat ein ganz ähnliches Jugendfoto von sich. So am Hinterkopf hochgebauscht …«

»*Bouffant* nennt man das«, sagte Julia nachdenklich. Ihre Großmutter hatte ihr Haar so ähnlich getragen, als sie selbst noch ein Kind gewesen war. »Es geht nichts über einen ordentlichen *Bouffant*«, hatte sie oft gesagt und eine halbe Dose Haarspray auf ihrer Frisur verteilt. »Das heißt, dass diese Fotos rund sechzig Jahre alt sind.«

Das letzte Bild zeigte das Paar, von dem Julia annahm, dass sie damals die Besitzer des Mesón gewesen waren, im Garten. Die junge Frau saß in einem Korbsessel und hielt ein Baby auf dem Arm, während der Mann, den Julia auf gut zwanzig Jahre älter schätzte, hinter ihr stand und seine Hand auf ihre Schulter gelegt hatte. Sie wirkten derart glücklich, dass Julia die Augen kaum von der Aufnahme abwenden konnte.

»Ich werde sie wieder im Restaurant aufhängen«, sagte sie und begann, das dunkle Holz der eleganten schmalen Rahmen abzuwischen, während Sam sich erneut an die Arbeit machte und der Hund ihm folgte, so als hätte auch er dabei ein Wörtchen mitzureden.

»Hat er eigentlich schon einen Namen?«, fragte Sam, als Julia kam, um ihm zu helfen.

»Nein«, antwortete Julia. »Ich weiß noch immer nicht, wem er eigentlich gehört.«

»Wenn du mich fragst, hat ihn jemand ausgesetzt«, gab Sam zurück und zerrte ein kaputtes altes Holzfass aus einer Ecke. »Und wie es aussieht, hat er beschlossen, hier der neue Chef zu sein.«

Julia lachte. Nachdenklich betrachtete sie den Hund, der seinen Kopf an ihr Knie schmiegte. Ja, sie hatten sich bereits aneinander gewöhnt. Nachts schlief er im Restaurant in einem großen Korb, den sie im Schuppen gefunden und mit einer Wolldecke ausgepolstert hatte. Und tatsächlich war dieser zugelaufene Hund das einzige Wesen, für das sie augenblicklich kochte. Vermutlich war es an der Zeit, über einen Namen nachzudenken.

»Ich hätte sogar einen Vorschlag«, meinte Sam, nachdem er das Fass auf seinen Anhänger gehievt hatte. Er nahm einen großen Schluck von dem Mineralwasser, das Julia bereithielt, und wischte sich mit dem Handrücken den Mund ab. »Willst du ihn hören?«

»Klar«, gab Julia ein bisschen skeptisch zurück, denn sie erwartete einen indisch klingenden Namen. Shiva. Oder womöglich Ganesha.

»Amo«, kam es wie aus der Pistole geschossen. »Das heißt ja ›Chef‹ auf Spanisch. Und außerdem kann es auch ›ich liebe‹ bedeuten. Wenn ich ihn mir so ansehe, liebt er dich schon bis in seine Fellspitzen.«

Julia lachte gerührt auf. »Was meinst du?«, sagte sie, beugte sich zu dem Hund hinunter und tätschelte ihm die Flanke. »Würde dir Amo gefallen?« Der Hund sah zu ihr auf und wedelte heftig mit dem Schwanz. »Mal sehen, ob er auf den Namen hört.«

Einige Stunden später war das Nebengebäude nahezu leer geräumt. Sie hatten sogar noch einen Karton voller vertrockneter Ölfarben und Pinsel gefunden, und Julia fragte sich, wer von den Menschen auf den Fotografien wohl gemalt haben könnte. Irgendwann standen nur noch ein paar große hölzerne Kisten an der rückwärtigen Wand, und Julia beschloss, dass es für diesen Tag genug war.

»Wollen wir nicht wenigstens nachsehen, was in den Kisten ist?« Sam schien kein bisschen müde zu sein. Er wirkte eher wie ein kleiner Junge auf Schatzsuche. Julia mochte das an ihm, die Sorglosigkeit, mit der er das Leben betrachtete. Und vor allem seine Begeisterungsfähigkeit.

»Kriegst du sie denn auf?«, fragte sie zurück. »Ich glaube, die sind zugenagelt.«

Im Handumdrehen hatte Sam eine Zange geholt und die Nägel herausgezogen. Gemeinsam hoben sie den schweren Deckel ab. Darunter kam Holzwolle zum Vorschein.

»Sicher etwas Zerbrechliches«, meinte Sam, dessen Entdeckerlust unübersehbar war. Er versenkte seine Hände vorsichtig in dem Füllmaterial und zog einen Teller hervor.

»Geschirr!«, rief Julia fasziniert aus und tastete ebenfalls in der Holzwolle herum. Ihre Fingerkuppen stießen auf eine kühle, glatte Oberfläche. Als sie den Teller herausgeholt und die Reste der Sägespäne weggewischt hatte, erlebte sie die zweite große Überraschung dieses Tages. Auf eierschalenfarbenem feinstem Porzellan mit elegantem Goldrand stand in schön geschwungenen Buchstaben: *El Mesón Flor de Sal*.

»Das muss das alte Geschirr des Restaurants sein!« Julia untersuchte den Teller vergeblich auf Schäden. »Sieh nur, wie schön er ist. Und noch so gut erhalten!« Begeistert begutachteten sie den Inhalt der Kiste genauer. Neben flachen Tellern fanden sie Suppenschalen, Dessertteller und Unmengen an Schüsseln, Platten, Saucieren. Zu Julias Entzücken kamen Tassen für den klassischen Café con leche zum Vorschein, dem spanischen Milchkaffee, und winzig kleine für Espresso. Dazu Kannen und Kännchen jeder Größe, Kuchenplatten und sogar eine wunderschöne Etagere. Julia fühlte sich wie an Weihnachten, bis zu den Ellenbogen wühlte sie gemeinsam mit Sam auch in den anderen Kisten, die sie inzwischen ebenfalls geöffnet hatten. Soweit Julia deren Inhalt überblicken konnte, war das Geschirr nahezu komplett. Und als wäre das nicht genug, fanden sie in der letzten Kiste das passende Silberbesteck dazu.

»Also für die Ausstattung ist schon gesorgt«, sagte Sam mit einem breiten Grinsen. »Oder gefällt es dir womöglich nicht?«

»Es ist einfach perfekt«, antwortete Julia überglücklich. »Das Design ist klassisch und zeitlos. Und es passt so gut zum Haus und der Einrichtung.« Ja, sie hatte sich bereits etwas in dieser Art vorgestellt, elegant und schlicht, dem Stil der Finca angemessen. Und genau das hatte hier all die Jahre darauf gewartet, aus seinem Dornröschenschlaf erweckt zu werden. »Nun noch farblich passende Tischtücher aus Damast«, überlegte sie laut, »und natürlich Servietten. Und Gläser.«

Sie stellte ein komplettes Gedeck zusammen und trug es hinaus auf den Tisch, der im Hof stand. Sie war gerade dabei, es richtig aufzustellen, als ihr Handy klingelte. Es war Claire.

»Du wirst es nicht glauben«, begann die Freundin, während Julia Teller und Besteck arrangierte. »Von Kercher hören wir plötzlich ganz andere Töne. Julia, stell dir vor, er will dich zurückhaben!«

»Was?«, rief Julia aus. »Das ist nicht dein Ernst.«

»Doch! Ich habe heute mit seinem Anwalt gesprochen. Kercher kriecht zu Kreuze.« Claires Stimme überschlug sich fast vor Vergnügen.

»Ich komme nicht zurück«, erklärte Julia. »Das kann er vergessen.«

»Nun gut, das kann ich verstehen. Vielleicht solltest du dir trotzdem zuerst die Konditionen anhören, die er anbietet.«

»Will er mein Gehalt erhöhen?«, fragte Julia mäßig interessiert.

»Woher weißt du das? Außerdem verspricht er, sich weniger einzumischen und …«

»Ach, das sagt er doch nur«, fiel ihr Julia ins Wort. »Er kann gar nicht anders, als sich ständig groß aufzuspielen. So gut kenne ich ihn inzwischen.« Kurz war es still in der Leitung. Julia betrachtete das Gedeck. Das Silberbesteck musste dringend gereinigt werden, an vielen Stellen war es schwarz angelaufen. Sie kannte da einen effektiven Trick, wie man das mit Alufolie und Salz am besten hinbekam. Sie nahm die Gabel in die Hand und entdeckte erst jetzt, dass auch hier am Ende des Griffs der Namenszug des Restaurants eingraviert war. »Vermutlich will er mir nur keine Abfindung bezahlen«, überlegte sie laut. »Amelie hat mir erzählt, dass die Gäste reihenweise ihre Reservierungen stornieren, seit sie wissen, dass ich nicht mehr da bin. Ihm steht wahrscheinlich das Wasser bis zum Hals. Jetzt will er das Schlimmste verhindern.«

»Er hat begriffen, dass er ohne dich einpacken kann«, stimmte Claire ihr zu.

»Ich brauche die Abfindung«, erklärte Julia. »Der Umbau hier kostet eine Menge Geld. Du hast mir versprochen …«

»Ich weiß«, entgegnete Claire kleinlaut. »Aber wenn der Laden Pleite macht, wird nicht viel zu holen sein.«

»Dann sollten wir uns beeilen, ehe er Pleite macht«, schlug Julia vor. »Ich will nicht zurückkommen, Claire. Ich baue mir hier gerade ein kleines Paradies auf. Wenn du das sehen könntest …«

Julia war aufgestanden und begann, unruhig im Hof auf und ab zu gehen. Jetzt blieb sie an der Mauer stehen und sah hinunter auf den Atlantik. »Es ist einfach traumhaft.«

»Ich weiß«, antwortete Claire mit einem Seufzen. »Allein die Fotos, die du mir geschickt hast! Am liebsten würde ich mich in den nächsten Flieger setzen und kommen.«

»Zuerst erkämpfst du mir meine Abfindung«, entgegnete Julia mit einem leisen Lachen. »Claire, ich meine es ernst. Ich brauche das Geld wirklich. Wenigstens mein Gehalt bis zur offiziellen Kündigungsfrist, das steht mir einfach zu.«

»Natürlich«, antwortete Claire. »Ich sag Kerchers Anwalt also, dass du auf keinen Fall zurückkommen willst? Selbst dann nicht, wenn er sein Angebot erhöht?« Zuerst wollte Julia das bejahen. Doch auf einmal hielt sie inne. Die zerstochenen Reifen fielen ihr wieder ein. Und Nairas abweisendes Gesicht. Toto und Pepe, wie sie wütend in ihrem Hof gestanden hatten und ihr versichert hatten, dass sie das noch bereuen würde. Würde sie es schaffen, sich gegenüber dem Dorf hier zu behaupten? Was hatten sie gesagt? Dass sie hier niemals einen Fuß auf den Boden bekommen würde?

»Julia? Bist du noch dran?« Claires Stimme brachte sie in die Gegenwart zurück.

»Ja, ich bin noch dran«, antwortete sie und räusperte sich. Nein. Sie würde sich nicht so einfach vertreiben lassen. Sie werden sich an mich gewöhnen. Zumindest hoffte sie das. Das hatte auch Serena gesagt. Und Maribel. »Nein, ich möchte nicht zurückkommen«, antwortete sie auf Claires Frage. »Meine Zukunft liegt hier.«

»Gut«, antwortete Claire. »Okay, dann weiß ich Bescheid. Ach, Julia, ich beneide dich! Wann kann jemand schon mit einer solchen Gewissheit sagen, dass er seinen Platz auf der Welt gefunden hat?«

Seltsam, dachte Julia, als sie sich verabschiedet hatten, dass ausgerechnet Claire so etwas sagte. Hatte ihre Freundin nicht schon lange ihren Platz gefunden? Konnte es sein, dass ihre Freundin mit ihrem Leben nicht zufrieden war?

»Wo soll ich die Bilder hinbringen?«, fragte Sam und riss sie aus ihren Gedanken.

»Weißt du was? Am besten hängen wir sie gleich auf«, entschied Julia, und ging ins Restaurant, um zu überlegen, wo welches am besten hinpasste.

In der folgenden Woche wurden die maßgefertigten Möbel geliefert, die Julia geordert hatte, außerdem die aufgearbeiteten Restauranttische samt den dazu passenden Stühlen, und als alles seinen Platz gefunden hatte, konnte man sich schon sehr gut vorstellen, wie es einmal sein würde. Oder wie es einmal gewesen war. Immer wieder betrachtete Julia die alten Fotografien und orientierte sich an ihnen. Fasziniert betrachtete sie die Gesichter. Vor allem das junge Paar mit dem Kind rührte etwas in ihr an. Sie wirkten so glücklich auf den Bildern. Was mochte nur passiert sein, dass der Landgasthof irgendwann aufgegeben wurde? An dem Tag, als die neuen Gästetoiletten und auch die beiden Badezimmer im oberen Stockwerk endlich fertig waren und Julia gerade gemeinsam mit Devi die Putzeimer füllen wollte, um sauber zu machen, kam auf einmal kein Wasser mehr aus der Leitung. Entnervt rief Julia den Installateur an und konnte ihn tatsächlich dazu überreden, gleich vorbeizuschauen.

»Nun«, sagte er, als er sich die Sache angesehen hatte. »An uns liegt es nicht. Wie es aussieht, hat man dir das Wasser abgestellt.«

Konsterniert starrte Julia ihn an. Das Wasser. Hatte ihr Marcos beim Kauf des Anwesens nicht erklärt, dass die Finca für alle Zeiten damit versorgt sein würde?

»Bist du denn im Besitz einer Wasseraktie?« Devi musterte sie besorgt.

»Einer … Was ist denn eine Wasseraktie?«, fragte Julia zurück.

Der Installateur warf Julia einen Blick zu, als sei bei ihr Hopfen und Malz verloren, packte seine Werkzeuge zusammen und verabschiedete sich.

Julia wandte sich ratlos an Devi. »Kannst du mir sagen, was das bedeutet, eine Wasseraktie?«

»Sam könnte dir das sicher besser erklären«, sagte Devi zögernd. »Auf jeden Fall braucht man hier auf der Insel ein Anrecht auf die Zuteilung von Trinkwasser. In den Städten funktioniert das ungefähr so wie ein Deutschland. Aber hier auf dem Land wird das anders geregelt. Da muss man Anteile erwerben. O Gott, Julia, hast du das etwa nicht?«

Julia starrte den funkelnagelneuen Wasserhahn an. Die Renovierung des Badezimmers und der Gästetoiletten hatten ein großes Loch in ihre Ersparnisse gerissen. Ihr wurde flau im Magen. Ohne Wasser konnte sie einpacken. Hatte Marcos sie am Ende doch hereingelegt?

»Ich weiß nicht«, hörte sie sich sagen. Dann erinnerte sie sich an das seltsame Dokument, das sie beim Kauf der Finca mit all den anderen Unterlagen überreicht bekommen hatte. Statt sich damals gleich zu informieren, was sie genau beinhalteten, hatte sie einfach alles abgeheftet. Jens hatte recht, sie war absolut blauäugig an diese Sache herangegangen.

Nachdem Devi unverrichteter Dinge weggefahren war, holte sie die Unterlagenmappe und suchte die entsprechenden Papiere heraus. Sie sprach zwar sehr gut Spanisch, das Dokument war allerdings in einer umständlichen Amtssprache verfasst, und so oft sie es auch las, sie verstand nicht, was es damit auf sich hatte.

Kurzerhand packte sie alles ein und machte sich auf den Weg zu Maribel. Amo blieb wie immer im Hof und blickte ihr besorgt nach. Offenbar hatte der feinfühlige Hund sofort gemerkt, dass etwas nicht in Ordnung war. Julia hoffte inständig, dass ihre neuen Freunde ihr weiterhelfen konnten.

Maribel sah ihr wohl auf den ersten Blick an, dass etwas nicht stimmte.

»Komm rein«, sagte sie, als Julia bei ihr eintraf und die beiden Garafiano-Hunde sie schwanzwedelnd begrüßten. Sie bat Julia, sich an den Tisch zu setzen, und machte erst einmal einen Kaffee. »Hier, nimm das hier. Du bist ja ganz blass. Das bringt den Kreislauf wieder in Schwung.« Sie reichte Julia ein in Wachspapier eingewickeltes Bonbon. Es schmeckte wundervoll nach Kräutern und Honig und zerging cremig auf Julias Zunge. Maribel hatte recht, Julia spürte, wie ihr Blutzucker stieg und das flaue Gefühl verging. »Und nun erzähl mal«, sagte die Imkerin, nachdem sie Kaffee eingeschenkt hatte und sich zu Julia an den Küchentisch gesetzt hatte. »Wo brennt's denn?«

»Man hat mir das Wasser abgestellt«, sagte Julia, und sogleich befiel sie wieder dieses Gefühl der Panik. »Maribel, ich habe keine Ahnung, wie das hier mit der Versorgung läuft. Was hat es denn mit diesen Wasseraktien auf sich?«

Maribels Augen wurden groß und größer.

»*¡Dios mío!*«, rief sie aus. »Das hat dir der Verkäufer der Finca nicht erklärt?«

Julia schüttelte den Kopf. »Er hat mir dieses Dokument hier übergeben und mir versichert, dass alles in Ordnung sei.« Sie zog die mitgebrachten Papiere aus ihrer Mappe und reichte sie Maribel. »Aber ehrlich gesagt versteh ich nicht, was da drinsteht. Ist das vielleicht so eine Wasseraktie?«, fragte sie hoffnungsvoll.

Maribel griff nach einem Brillenetui, das auf dem Tisch lag. »Lass mal sehen«, murmelte sie und setzte die Brille auf. Mit gerunzelter Stirn überflog sie den Text. »Also eine Aktie ist das nicht«, sagte sie nach einer Weile. »Das sieht mir eher nach einem Vertrag über die Nutzung eines Wasserkontingents aus.« Sie schlug die letzte Seite auf. »Er stammt aus dem Jahr 1961.«

»Damals wurde die Finca gebaut«, warf Julia ein. »Und zwischen wem ist dieser Mietvertrag denn geschlossen worden?«

»Hier steht es.« Maribel wies mit dem Zeigefinger auf eine Stelle im Vertrag. »Mit jemandem, der ausreichend Aktien in der Wasserkooperative unseres Dorfes hat.« Sie lächelte Julia aufmunternd zu, nahm die Lesebrille ab und legte sie auf den Tisch. »Also dürfte das Problem leicht zu lösen sein.«

»Da bin ich mir nicht so sicher«, entfuhr es Julia.

»Warum denn nicht?«

Julia biss sich auf die Unterlippe. Bislang hatte sie noch mit niemandem über die Feindseligkeit gesprochen, die ihr Naira und ihr Umfeld entgegenbrachten. Sie hatte gehofft, dass sich das legen würde, dass sie sich tatsächlich irgendwann an ihre Anwesenheit gewöhnen würden. Nun sah es so aus, als wollten sie sie mit anderen Mitteln in die Knie zwingen.

»Es gibt da ein paar Leute, die es nicht gut finden, dass ich die Finca gekauft habe«, erklärte sie.

Maribel musterte sie nachdenklich. »Aus unserem Dorf? Du meinst doch nicht etwa dieses Mädchen vom Salzstand?«

Julia nickte. »Doch, leider. Gerade sie und ihre Freunde. Aber erklär mir lieber, was das genau bedeutet, die ›Mitnutzung eines Wasserkontingents‹«, lenkte sie von diesem leidigen Thema ab. »Und was es überhaupt mit den Aktien auf sich hat.«

Maribel nickte und setzte sich bequem zurecht. »Also das ist gar nicht so kompliziert, wenn man es erst einmal begriffen hat«, begann sie. »Wir sind hier auf La Palma in der glücklichen Lage, große Mengen an wundervollem Trinkwasser zur Verfügung zu haben. Die Passatwolken bescheren uns vor allem auf der Ostseite der Insel ausreichend Regenwasser, das durch das poröse Lavagestein in unterirdische Hohlräume eindringt. Schon seit langer Zeit nutzt die Bevölkerung diese Wasserdepots, und zwar über künstlich geschlagene Tunnel und Galerien und ein ausgedehntes Netz an Leitungen. Verwaltet wird dieses Wasser hauptsächlich von lokalen Kooperativen, so wie in unserem Dorf. Mit einer einmaligen

Kaufsumme erwirbt man eine sogenannte Wasseraktie und erhält damit das Anrecht auf eine bestimmte Menge. Zum Beispiel 1,5 Liter pro Minute, das kontinuierlich zu dir fließt. Deshalb haben wir dort oben einen großen *bidón*, wie wir das hier nennen, einen Tank, damit das Wasser, das wir augenblicklich nicht brauchen, nicht verloren geht. Natürlich haben wir ein ziemlich großes Kontingent erworben wegen der Ziegen.«

»Muss man denn überhaupt nichts mehr für den Verbrauch bezahlen, wenn man einmal so eine Aktie gekauft hat?«, fragte Julia erstaunt.

»Eine geringe jährliche Gebühr zur Instandhaltung der Leitungen«, antwortete Maribel. »Dafür sind die Aktien sehr teuer, vor allem in den vergangenen Jahren haben die Preise enorm angezogen. Was nur recht und billig ist«, fügte sie hinzu, »wenn man bedenkt, dass es einmalige Kosten für eine zeitlich unbeschränkte Nutzung sind.« Ja, das leuchtete Julia ein. »Zumal diese Aktien vererbbar sind«, fuhr Maribel fort. »Und wenn eine Familie einmal, vielleicht vor einigen Generationen, ein größeres Kontingent erworben hat, als sie aktuell verbraucht, kann sie davon etwas vermieten. Und genau das hat man offenbar damals getan, als die Finca gebaut wurde. Da der Vertrag nicht gekündigt wurde, wie aus diesen Papieren hervorgeht, hast du als Nachfolgerin Anspruch auf die für dein Grundstück vereinbarte Menge Wasser.« Maribel lehnte sich zufrieden zurück und nahm einen großen Schluck von ihrem Kaffee. »Also brauchst du dir keine Sorgen zu machen. Die Sache lässt sich bestimmt regeln.«

So sicher war sich Julia jedoch nicht. »Weißt du denn, an wen ich mich wenden muss?«, fragte sie.

Maribel setzte erneut ihre Brille auf und studierte das Dokument. »Hier steht es«, sagte sie. »Der Mietvertrag wurde zwischen Jaime Vásquez González und Esteban Pérez Sánchez geschlossen.« Sie sah Julia über den Rand ihrer Brille an. »Die Pérez Sánchez sind eine alteingesessene Familie«, erklärte sie. »Früher, als sich der Fischfang noch lohnte, lebten sie davon. Esteban ist natürlich längst tot, du musst dich an Juan wenden, seinen Sohn. Juans Ältester hält den alten Kutter der Familie noch immer instand, hat Acorán mir erzählt. Ein tüchtiger Junge, er arbeitet für den Umweltschutz an den Küsten. Er heißt Tomás, alle nennen ihn Toto.«

Julia schloss verzweifelt die Augen. Hatte sie es nicht gewusst?

»Was ist denn?«, fragte Maribel erschrocken. »Ist dir nicht gut?«

Julia brauchte eine Weile, bis sie sich wieder gefasst hatte. Dann begann sie zu erzählen, zuerst stockend, schließlich flossen ihr die Worte nur so aus dem Herzen. Wie nett alle zunächst zu ihr gewesen waren – dass das vor allem für Álvaro galt, verschwieg sie allerdings lieber. Und wie bei dem Ausflug auf Totos Kutter und der Begegnung mit Jens bei den Walen alles ins Gegenteil gekippt war. Sie berichtete von dem kurzen, unfreundlichen Besuch, den Toto, Pepe und Naira ihr auf der Finca abgestattet hatten und von den Drohungen, die damals ausgesprochen worden waren. Sie ließ auch die kaputten Reifen ihres Pick-ups nach ihrem Besuch auf dem Markt nicht aus, und dass Gonzo eindeutig festgestellt hatte, dass sie jemand zerstochen haben musste.

»Und jetzt das Wasser«, schloss sie. »Ich kann mir nicht vorstellen, dass das ein Zufall sein soll.«

Maribel hatte sich alles aufmerksam und, ohne Julia zu unterbrechen, angehört. Nachdem sie geendet hatte, blieb Maribel noch eine Weile stumm und dachte offenbar angestrengt nach. »Und du weißt nicht, was sie gegen dich haben?«, fragte sie dann. »Wegen der Finca kann es kaum sein, die stand dreißig Jahre lang leer. Die hätten sie längst kaufen können, wenn sie gewollt hätten.«

Julia nagte an ihrer Unterlippe, die schon ganz wund geworden war. Sollte sie Maribel von ihrer Vermutung erzählen, dass Naira eifersüchtig auf sie sein könnte und sie deswegen unbedingt loswerden wollte, weil sie befürchtete, Julia könnte ihre Beziehung zu Álvaro zerstören? Dabei war Naira ja während der Tour auf dem Kutter noch sehr nett zu ihr und Emil gewesen, erinnerte sie sich. Erst als Jens ins Spiel gekommen war, hatte sich das Blatt gewendet. »Keiner von ihnen kann Jens besonders leiden«, sagte sie. »Vielleicht ist es das. Erst als sie erfahren haben, dass ich seine Schwester bin, fing der Ärger an.«

Maribel seufzte. »Ja, Emilios Vater ist tatsächlich kein einfacher Mensch«, räumte sie schmunzelnd ein. »Übrigens kommen die Jungen nachher«, fügte sie hinzu. »Mein Sohn hat erreicht, dass Emilio an drei Nachmittagen die Woche zu uns kommen darf.«

»Ach, das ist schön«, antwortete Julia erleichtert. Wenigstens um ihren Neffen brauchte sie sich im Augenblick keine Sorgen zu machen.

»Und weißt du was?« Maribels goldbraune Augen blitzten aufmunternd. »Wir werden Paco fragen, wie wir das mit dem Wasser am besten hinbekommen. Paco findet immer eine Lösung.«

Paco war allerdings mit seiner Ziegenherde in den Bergen unterwegs und würde erst gegen Abend zurückkommen. Julia beschloss, Maribels Einladung zu folgen und ihr dabei zu helfen, die gefüllten Waben, die sie am Morgen gesammelt hatte, zu schleudern und das Ergebnis in Gläser abzufüllen. Der würzige Duft und der Anblick des wie zähflüssiges Gold schimmernden Honigs beruhigten sie und lenkten sie von ihren Sorgen ab. Maribel erklärte ihr, dass die Zeit der größten Blüte vorüber sei und sie den Bienen im Gegensatz zu anderen Imkern nur einen kleinen Teil ihres mühsam gesammelten Vorrats wegnahm.

»Die Bienen sammeln den Honig ja nicht für uns«, erklärte sie. »Sondern für ihr Volk als Vorrat für den Winter. Normalerweise ersetzt man ihnen den Verlust durch Zuckerwasser. Aber jeder, der weiß, welche besonderen Inhaltsstoffe Honig besitzt, begreift, dass

Zuckerwasser dafür kein fairer Ersatz ist. Es geht ja auch um die Gesunderhaltung der Bienen. Wenn Zuckerwasser zum Überleben ausreichen würde, dann würden sie vermutlich das herstellen, und nicht ein so ausgeklügeltes Nahrungsmittel, wie Honig eines ist. Er enthält nämlich eine Menge Enzyme, Antioxidantien und Flavonoide, Vitamine und Mineralstoffe, von wertvollen Aminosäuren ganz zu schweigen. All diese guten Stoffe fügen die Bienen dem Honig zu.« Julia hörte aufmerksam zu. So hatte sie das noch nie betrachtet. »Und weil ich ihnen nur einen kleinen Teil davon wegnehme, ist mein Honig teurer als der von anderen Imkern. Wenn man bedenkt, dass eine Biene für 500 Gramm Honig rund 100 000 Kilometer zurücklegen muss, müsste er eigentlich in Gold aufgewogen werden.«

»Was? So weit muss sie fliegen?«, fragte Julia erstaunt.

»Ja«, antwortete Maribel. »Zweieinhalb Mal um die Erde.«

Julia fragte sich, ob sie jemals wieder einfach so den Löffel in ein Honigglas stecken und ihn ablecken könnte, ohne daran zu denken.

»In meinem Restaurant werde ich ihm Auftritte verschaffen, die der Mühe der Bienen würdig ist«, versprach sie. »Falls ich es jemals eröffnen kann.«

»Jetzt verlier nicht gleich den Mut«, entgegnete Maribel. »Wer hier Fuß fassen will, braucht eben einen langen Atem.«

Emils Begeisterung, Julia bei Maribel anzutreffen, war riesengroß. Erleichtert stellte sie fest, dass er sich inzwischen recht gut mit seinen Freunden unterhalten konnte, und tatsächlich hielt er sich nach der stürmischen Begrüßung nicht weiter mit seiner Tante auf, sondern verschwand nach einer kleinen *merienda*, wie in Spanien eine Zwischenmahlzeit genannt wurde, mit El Rostro und Yeray in den Bergen, um nach Pacos Ziegenherde zu suchen und ihm zu helfen, sie nach Hause zu treiben.

»Als ob er die Lausebengel dazu bräuchte«, lachte Maribel. »Aber wenn es ihnen Spaß macht ...«

Julia half ihr einstweilen, das Abendessen zuzubereiten, wobei sie sich traditionelle kanarische Spezialitäten erklären ließ, wie zum Beispiel *gofio*, Mehl aus geröstetem Getreide, das bereits den Ureinwohnern als Nahrung diente.

»Du kannst es zu einem würzigen Brei aufkochen«, erläuterte Maribel. »Oder es mit frischem Ziegenkäse vermischen. Lecker sind auch Süßigkeiten, wenn man Honig darunterrührt.«

Das wollte Julia gleich ausprobieren und prüfte dazu die verschiedenen Sorten aus Gerste, Mais und Buchweizen. Sie entschied sich für Buchweizen und einen hellen Blütenhonig, und schließlich entstanden unter Julias Händen kleine Powerriegel, die sie nach dem Abendessen der Familie zum Kosten geben würde.

Als Paco gemeinsam mit den Jungen die Ziegen in den Pferch trieb, war Maribels deftiger Eintopf aus Kichererbsen, Gemüse und Schinken fertig und verbreitete einen verführerischen Duft. Beim Abendessen ging es heiß her, Yeray erzählte eine lustige Geschichte über seine Lehrer nach der anderen, und sein Bruder und Emil konnten sich kaum beruhigen vor Lachen. Dabei fiel es nicht auf, wie still Julia war. Und erst, nachdem ihre Gofio-Honig-Stäbchen unter allgemeiner Zustimmung verputzt waren, bat Maribel ihren Mann, sich mit Julia in sein Büro zurückzuziehen, weil sie ihn um Rat fragen wolle.

»Dann statten wir Señor Pérez doch mal einen Besuch ab«, meinte Paco, als er sich die ganze Geschichte angehört und Julias Dokument studiert hatte. »Sicher handelt es sich um ein Missverständnis. Vielleicht ist eine Gebühr fällig geworden, von der du nichts weißt. Oder der Mietzins muss bezahlt werden. Dir gleich das Wasser abzustellen ist natürlich keine freundliche Geste. Eigentlich hätte der Vorbesitzer eine ordentliche Übergabe machen und euch einander vorstellen sollen, so läuft das normalerweise. Also zerbrich dir nicht den Kopf, Julia. Was meinst du – wollen wir gleich hinfahren und die Sache klären?«

Es dämmerte bereits, als sie in das Bergdorf einfuhren. Auf der Plaza, wo damals das Fest stattgefunden hatte, wehte der Wind ein paar Papierservietten hin und her. Aus der erleuchteten Bar drang das Gewirr von Stimmen, davor spielten drei kleine Mädchen Himmel und Hölle auf dem Pflaster. Julia und Paco parkten unter den Palmen und gingen zu Fuß eine steile Gasse hinauf zum höher gelegenen Teil der Ortschaft. Die Häuser reihten sich wie bunte Quader aneinander, jedes war in einer anderen satten Farbe gestrichen, kanariengelb oder ochsenblutrot, maigrün oder himmelblau. Hinter vergitterten Fenstern reckten sich Farne und Dachwurze, kleine Yuccapalmen und Kakteen dem Licht entgegen. Viele Haustüren standen offen, Hausfrauen in Kittelschürzen standen darin oder hatten es sich auf Plastikstühlen daneben gemütlich gemacht und unterhielten sich mit ihren Nachbarinnen. Bildete Julia es sich ein oder verstummten sie, sobald sie sie kommen sahen?

Vor einem leuchtend türkis gestrichenen Haus mit einem umzäunten Garten blieb Paco stehen. Julia sah ein ausrangiertes großes Ruderboot zwischen Orangenbäumen, das mit Erde gefüllt worden war und offenbar als Hochbeet benutzt wurde. Sie stellte sich vor, wie es früher einmal durch die Brandung geschaukelt war. Warum hat der Fischfang um die Insel eigentlich aufgehört, fragte sie sich.

Paco hatte inzwischen an die Haustür geklopft, und nach einiger Zeit, während der Julia schon glaubte, dass niemand zu Hause war, ging sie auf. Ein etwa sechzehnjähriges Mädchen öffnete, sah mit großen Augen von Paco zu Julia und ließ sie eintreten. Im Haus roch es nach mit Knoblauch gebratenem Fisch und gegrillten Paprikaschoten, wie man sie hier gern zur Vorspeise aß. Das Mädchen führte sie einen dunklen Gang entlang und rief etwas in ein Zimmer hinein, aus dem gerade noch Stimmen in einer lebhaften Unterhaltung zu hören gewesen waren. Nun wurde es mucksmäuschenstill.

Paco legte beruhigend seine Hand auf Julias Oberarm, und sie war ihm dankbar für diese tröstliche Geste. Denn in der Tür erschien neben einem älteren Mann Toto und starrte sie feindselig an. Paco wechselte mit dem Älteren ein paar Worte im Inseldialekt, und nun ruhte auch dessen missbilligender Blick auf ihr, so als hätte sie ein Verbrechen begangen. Schließlich gab er sich einen Ruck und forderte sie mit einem Zeichen seines Kopfes auf, ihm in ein anderes Zimmer zu folgen.

Es war wohl das Büro des Hausherrn. Ein Schreibtisch, auf dem sich Berge von Papier auftürmten, dominierte den Raum. Pérez musste den Bauch einziehen, um sich hinter ihn zu quetschen und seinen Platz auf einem Drehstuhl einzunehmen, der schon bessere Tage gesehen hatte. An der Wand hinter ihm hing eine riesige Karte mit der Westküste der Insel, fasziniert sah Julia die Linien, die die Tiefe des Meeresgrundes verzeichneten. Totos Vater bot ihnen mit einer schroffen Geste zwei Stühle an, die gerade so vor den Schreibtisch passten. Als sie Platz genommen hatten, begann Paco, Julias Anliegen vorzutragen, und reichte Pérez das mehr als sechzig Jahre alte Schriftstück, das ihr Marcos übergeben hatte.

»Julia ist neu hier auf der Insel«, schloss Paco seine Erläuterungen. »Und sie kennt sich deshalb mit unseren Gepflogenheiten noch nicht so gut aus. Sicher gibt es einen Grund dafür, dass du den Regler zu ihrem Anwesen abgestellt hast. Was auch immer es ist, sie wird das aus der Welt schaffen. Denn natürlich braucht sie Wasser, wie wir alle. Vor allem, weil sie ja das alte Mesón wiederbeleben wird.«

Bei Pacos letztem Satz wanderten die dichten Augenbrauen ihres Gegenübers ein paar Zentimeter nach oben.

»Sie will das Mesón wiedereröffnen?«, fragte er, als wäre Julia gar nicht anwesend.

»Ja, das werde ich«, antwortete sie. »Ich hab schon ziemlich viel Geld in die Finca investiert. Wenn alles gut läuft, werde ich im Herbst eröffnen.«

Señor Pérez' Blick ruhte schwer auf ihr. Was er darüber dachte, ließ er nicht erkennen.

»Dieser Verkauf hätte niemals stattfinden dürfen«, sagte er, nun wieder an Julias Begleiter gewandt. »Und wir werden das nicht hinnehmen.«

»Aber sie hat es rechtmäßig erworben«, widersprach Paco aufgebracht. »Nur weil es euch nicht gefällt …«

»Mein Wasser bekommt sie nicht«, fiel ihr Pérez ins Wort und verschränkte die Arme vor der Brust. Mit keinem Blick streifte er mehr Julia.

»Warum denn nicht?«, schaltete sie sich ein, schließlich ging es um sie. »Marcos hat mir versichert, dass …«

»Marcos ist ein Halsabschneider«, unterbrach Totos Vater sie, und seine Augen richteten sich jetzt doch zornig auf sie. »Er hätte Ihnen die Finca niemals verkaufen dürfen. Tut mir leid. Vielleicht können Sie ja wirklich nichts dafür. Obwohl man sich wohl besser erkundigen und mit den Nachbarn sprechen sollte, ehe man in einem fremden Land einfach einen Besitz an sich reißt.«

»Sachte, sachte«, mahnte Paco und machte eine Geste, als wollte er aufgebrachtes Wasser beruhigen. »Ich weiß nicht, was dagegenspricht, dass Julia das Restaurant wiederbelebt, und, ehrlich gesagt, will ich es auch gar nicht wissen. Was geschehen ist, ist nun mal geschehen: Die Finca wurde an Julia verkauft, ob es dir und anderen nun passt oder nicht. Ihr jetzt das Wasser abzuschneiden widerspricht allen Gepflogenheiten unserer Gemeinschaft. Wasser ist Leben. Kein anständiger Mensch nimmt es einem anderen weg.«

In Pérez' Gesicht zuckte es, und Julia begriff, dass es ihn nicht kaltließ, wie Paco ihn bei seiner Ehre packte. Dann hatte sich Totos Vater wieder in der Gewalt.

»Sie gehört nicht zu unserer Gemeinschaft«, erklärte er kalt. »Und wird niemals zu uns gehören. Mein Wasser gehört mir, und ich gebe davon ab, wem ich will.« Er erhob sich. »Guten Abend.« Es war klar, dass er das Gespräch als beendet betrachtete.

Doch Paco, der näher an der Tür saß und ihm den Weg versperrte, dachte offenbar nicht daran, aufzustehen.

»Maribel und ich, wir sehen das anders«, sagte er. »Und wir werden dafür sorgen, dass diese junge Frau Wasser bekommt. Sicher gibt es jemand anderen, der ihr ein Kontingent abgibt.«

»Das bezweifle ich«, gab Pérez zurück. »Von unserem Dorf hat keiner etwas übrig. Und die Leitungen verlaufen nun mal von meiner *galería* zum Mesón. Da müsste man schon vollkommen neue Wasserrohre verlegen. Und das genehmigt die Kooperative niemals. Mal davon ganz zu schweigen, dass das ein Vermögen kosten würde.«

»Und wenn ich selbst eine Aktie erwerbe?«, fragte Julia.

Pérez lachte trocken auf. »Auch das muss die Kooperative genehmigen. Zufällig bin ich im Frühjahr zum Vorstand gewählt worden. Und meine Antwort kennen Sie bereits.«

Er öffnete die Tür und trat auf den Flur. »Leben Sie wohl«, sagte er zu Julia. »Und wenn ich Ihnen einen Rat geben darf: Gehen Sie zurück nach Deutschland.«

»Ich verstehe das einfach nicht«, rief Julia ihm nach, und er blieb tatsächlich stehen. »Die Finca stand so lange leer. Wieso hat da niemand etwas unternommen? Warum wollen Sie verhindern, dass dort wieder ein schönes Restaurant entsteht? Welches Interesse haben Sie daran, das Anwesen verfallen zu lassen?«

Pérez drehte sich halb zu ihr um. »Keiner hat ein Interesse daran, es verfallen zu lassen«, sagte er. »Sie haben einfach nichts begriffen. Aber wie sollten Sie auch. Sie haben ja niemandem vorher irgendwelche Fragen gestellt.«

17

Crocante de almendra con miel de la montaña y flor de sal – Mandelkrokant mit Berghonig und Flor de Sal

»Diese sturen Dickköpfe«, schimpfte Maribel, als sie niedergeschlagen in ihrer Küche beisammensaßen. »Ist dieser Pérez denn verrückt geworden? Wir leben doch nicht im Mittelalter, wo man Fremde des Dorfes verwiesen hat.«

Erst auf der Heimfahrt, die sie schweigend zurückgelegt hatten, war Julia das Ausmaß dieses niederschmetternden Gesprächs bewusst geworden. Pérez hatte eindeutig die Mittel, um sie in die Knie zu zwingen. Wenn sie keinen Weg fand, an Wasser zu kommen, konnte sie ihre Pläne begraben. Sie rieb sich die brennenden Augen. Vielleicht sollte sie sich wieder eine Anstellung in einem großen internationalen Hotel suchen, überlegte sie. Nach dem Savoir Vivre stand jetzt bereits ihr zweiter Versuch, sich selbstständig zu machen, kurz vor dem Scheitern.

»Ich geh dann wohl besser«, sagte sie müde und erhob sich. Aus dem Zimmer der Jungs war noch immer leises Sprechen und Gelächter zu hören. Emil ging es gut, wenigstens in dieser Hinsicht konnte sie aufatmen. Alles andere würde vermutlich ein Traum bleiben. Nein, sie hatte keine Lust, gegen Windmühlen anzukämpfen. Vermutlich sollte sie akzeptieren, dass sie hier nicht erwünscht war.

»Lass bloß den Kopf nicht hängen«, versuchte Maribel, sie aufzumuntern. »Uns fällt schon was ein. Jetzt schlafen wir alle erst mal drüber. Ein neuer Tag bringt neue Ideen, das hat schon meine Mutter immer gesagt.«

»Ihr seid so lieb zu mir«, sagte Julia und musste auf einmal mit den Tränen kämpfen. »Danke, dass du mich zu Pérez begleitet hast, Paco. Ich fürchte, ohne dich hätte man mich nicht einmal ins Haus gelassen. Ich hoffe bloß, ihr bekommt keine Scherereien meinetwegen.«

»Ach was!« Maribel winkte ab und schloss Julia fest in ihre Arme. »Er sollte sich was schämen, dieser Pérez. Seltsam. Bislang hatte ich eigentlich eine ganz gute Meinung von diesem Mann.«

»Die Menschen zeigen ihren wahren Charakter erst, wenn es um etwas geht.« Paco schnaubte. »Solange man nichts von ihnen will, fällt es ihnen leicht, freundlich zu sein.« Auch er schien ratlos. Dann raffte er sich auf. »Komm, Maribel, wir begleiten Julia noch bis zum Wagen.«

An diesem späten Abend zeigte sich der Himmel wie von einem leichten Schleier verhangen. Nur hier und da blitzten die lichtstärksten Planeten und Sterne hindurch. Der Mond war noch nicht aufgegangen, tiefe Dunkelheit lag über dem *barranco*.

»Komm gut nach Hause«, sagte Maribel und umarmte Julia noch einmal. »Und denk dran, es gibt immer einen Ausweg. Wir müssen ihn nur noch finden.«

Julia wünschte, sie könnte Maribels Zuversicht teilen. Schon lange hatte sie sich nicht mehr so niedergeschlagen gefühlt. Vielleicht, dachte sie, als sie durch die pechschwarze Nacht fuhr, ist es Zeit, mein Scheitern einzusehen. Doch als sie durch den Torbogen in den Hof der Finca trat und von Amo stürmisch begrüßt wurde, als sie das Haus aufschloss und durch den fast fertig eingerichteten Saal ging, wurde ihr Kampfgeist wieder lebendig. Es fühlte sich alles so richtig an, so als wäre dies genau der Ort, an den sie gehörte.

Hoffentlich hatte Maribel recht, und sie würden eine Lösung finden.

Als sie ganz in Gedanken ihre Zähne putzen wollte und natürlich kein Wasser aus dem Hahn kam, sank ihr allerdings wieder der Mut. Es war genau so, wie Paco gesagt hatte: Wasser war Leben. Kein Wasser zu haben, bedeutete den Tod. So sehr sie sich auch dagegen wehrte, die düsteren Gedanken begleiteten sie bis in einen unruhigen Schlaf.

Am anderen Morgen erwachte sie mit einem völlig ausgetrockneten Mund und trank gierig den Rest aus ihrer letzten Mineralwasserflasche. Erst danach bemerkte sie Amo, der vor seinem leeren Trinknapf stand und sie vorwurfsvoll anblickte.

»Wir sollten wohl einkaufen gehen«, sagte sie zu ihm, schlüpfte eilig in Jeans und T-Shirt, schloss das Haus ab und öffnete die Wagentür. »Na komm schon«, lockte sie den Hund. »Am besten kommst du mit, dann kriegst du am schnellsten was zu trinken.« Der Garafiano zögerte zunächst, ehe er mit einem Satz auf den Rücksitz sprang. Julia packte den Napf mit ein.

Statt zu einem der nächstgelegenen kleinen Läden fuhr sie weiter nach Los Llanos, um im großen Hypermercado einzukaufen, wo sie hoffte, niemandem aus dem Dorf über den Weg zu laufen. Dort räumte sie ein Regal mit Achtliterbehältern mit Trinkwasser beinahe leer und füllte auf dem Parkplatz Amos Trinknapf. Es rührte sie, mit welcher Gier der Hund den ganzen Napf in einem Zug leerte, und ihr wurde bewusst, dass sie die Verantwortung für ihn trug, seit sie ihn aufgenommen hatte.

Sie verstaute all die vielen Wasserbehälter auf der offenen Ladefläche und ging zurück in den Verkaufsraum, um Lebensmittel auszuwählen, denn sie hatte die Idee, Maribel und Paco samt der gesamten Familie zu einem echten Julia-Brunner-Menü einzuladen. Sie würde endlich mal wieder richtig kochen mit allem Drum und Dran, sie würde die Tische zusammenschieben und wunderschön eindecken. Dabei kam ihr in den Sinn, dass sie unbedingt noch Gläser brauchte und erstklassige Tischwäsche aus Damast. Es fiel ihr zwar nicht leicht, die bohrenden Gedanken beiseitezuschieben, die sie ständig daran erinnerten, dass sich diese Ausgaben vermutlich überhaupt nicht mehr lohnten, falls sie tatsächlich aufgeben musste. Als das Handy klingelte und der Lieferant der Profi-Küchengeräte den Einbau für den folgenden Tag ankündigte, musste sie den starken Impuls niederkämpfen, den Auftrag auf der Stelle zu stornieren. Was sollte sie mit einer eingerichteten Gastroküche ohne Wasserversorgung anfangen? Und wenn sie kapitulieren müsste – wer würde ihr eine Finca samt Restaurant am Ende der Welt unter solchen Umständen abkaufen? Niemand, der halbwegs bei Verstand war, würde so etwas tun.

In solche Grübeleien vertieft bog sie von der Straße in den Zufahrtsweg zur Finca ein. Diese Holperpiste würde sie dringend befestigen lassen müssen, ehe sie das Restaurant eröffnete, damit die Gäste bei der Anfahrt nicht in einem der Schlaglöcher stecken blieben.

Amo hatte sich auf dem Rücksitz erhoben und reckte seinen Kopf wachsam nach vorn. Und da sah es auch Julia. Vor dem Torbogen stand ein Traktor mit Anhänger, auf dem ein riesiges Etwas geladen war. Julia stöhnte auf. Welche böse Überraschung wartete wohl nun schon wieder auf sie?

Sie parkte den Wagen und sah sich nach dem Besitzer des Traktors um, als es plötzlich hinter einem der Seitengebäude raschelte und ein Mann zum Vorschein kam. Erleichtert atmete Julia auf, als sie Paco erkannte.

»*¡Hola!*, Julia. Gut, dass du kommst«, begrüßte er sie. »Ich hab mich schon mal im Garten umgesehen, wo wir den Behälter am besten deponieren.«

»Welchen Behälter denn?«, fragte Julia, nachdem sie ihn zur Begrüßung auf beide Wangen geküsst hatte.

»Na, den hier.« Paco wies auf die Laderampe des Anhängers,

und Julia begriff, dass es sich bei dem rechteckigen Gegenstand um einen sehr großen Container handelte. »Ich bring dir Wasser«, erklärte er. »Fünftausend Liter. Das sollte fürs Erste genügen, und du hast Luft, die Sache zu regeln.«

»Fünftausend Liter?«, echote sie verblüfft. »Wo hast du die denn her?«

»Aus unserem Reservoir«, antwortete Paco. »Was meinst du, kann ich mit dem Traktor in den Garten fahren? Ich hab gerade nachgemessen, ich sollte eigentlich ganz knapp zwischen Haus und Seitengebäude durchkommen.«

»Klar«, antwortete Julia, noch immer verblüfft. »Aber sag mal, so viel Wasser! Könnt ihr das denn entbehren?« Schließlich wusste Julia spätestens seit dem vergangenen Abend, dass Wasser auf der Insel ein kostbares Gut war.

»Ja, können wir.« Um Pacos Augen entstanden viele kleine Falten, als er sie anlächelte. »Wir haben ausreichend Reserven«, beruhigte er sie. »Du hast ja gestern gelernt, wie gut es ist, für den Notfall vorzusorgen. Da wir im Mai hohe Niederschläge hatten und wir das Regenwasser sammeln, sind wir gut aufgestellt.«

»Ach, Paco«, brach es aus Julia hervor. »Ihr seid einfach großartig! Ich weiß gar nicht, wie ich euch danken soll …«

»Nicht der Rede wert«, wehrte er verlegen ab.

»Hör mal«, wandte Julia ein. »Ist das denn auch klug? Ich meine, ihr macht euch damit bestimmt viele Feinde …«

Pacos helles Lachen ließ sie innehalten. »Ach was, Feinde! Erst in der Not erkennst du, woran du bei denen bist. Wir haben uns von jeher abseits gehalten, und heute bin ich umso froher darüber. Also, ich bring den Hänger jetzt mal nach hinten. Kannst du aufpassen, dass ich dir keine Schramme ins Haus mache?«

Paco lenkte den Traktor in den Hof und manövrierte ihn dann vorsichtig durch die Lücke zwischen dem Haupthaus und dem Seitengebäude hindurch in den Garten. Dort koppelte er den

Anhänger ab und legte Leitungen zu den Gäste-WCs und in die Küche. Sie waren rasch übereingekommen, dass sich Julia einstweilen in der Küche waschen würde, denn um das Wasser ins Obergeschoss zu transportieren, hätte sie eine stärkere Pumpe gebraucht, als Paco sie dabeihatte.

»Und du brauchst den Hänger wirklich nicht?« Julia sah überglücklich zu, wie das Wasser zunächst in einem feinen Rinnsal und dann immer kräftiger aus ihrem Küchenhahn in ihren Wasserkessel rann.

»Mach dir mal keine Gedanken«, beruhigte Paco sie und rieb sich zufrieden die Hände mit einem großen Stofftaschentuch sauber. »Ich würde das nicht tun, wenn es nicht in Ordnung wäre.«

»Dafür werde ich euch zu einem ganz besonderen Essen einladen. Was hältst du von Sonntagmittag? Sei so lieb und frag Maribel, Ana und Miguel, ob es ihnen passen würde.«

»Das ist wirklich nicht nötig …«, begann Paco, doch Julia unterbrach ihn sofort.

»Es wäre mir eine Ehre«, sagte sie. »Außerdem wird es Zeit, dass ich wieder ein bisschen in Übung komme. Schließlich will ich hier ein Restaurant aufmachen. Betrachte es als einen Probelauf.«

»So gefällst du mir besser«, gab Paco mit einem herzhaften Lachen zurück. »Unter diesen Umständen kommen wir gern.«

Es war gut, ein Ziel zu haben. Julia unternahm in den folgenden Tagen verschiedene Ausflüge über die Insel, um passende Gläser zu dem Geschirr zu finden. Nach einigem Suchen fand sie die schlichte Form, die sie im Kopf hatte. Blieb noch die Frage, welche Art von Tischtüchern zu der Einrichtung passte. Maribel hatte sie auf die Idee gebracht, sich die Arbeiten der traditionellen palmerischen Stickerinnen anzusehen, ehe sie auf klassischen Damast zurückgriff. Von ihr hatte Julia die Adresse einer Frauengruppe erhalten, die das alte Kunsthandwerk der Lochstickerei noch ausübte, und war begeistert von der Schönheit der Arbeiten und den vielfältigen Mustern, die von Generation zu Generation weitergegeben worden waren.

»Früher hat jede Hausfrau auf La Palma ihre Wäsche selbst bestickt«, erzählte die älteste der Stickerinnen. »Heute ist das leider außer Mode gekommen, und die Leute kaufen lieber Billigware.«

Die Freude der Frauen war umso größer, als Julia sich schließlich für ein Design entschied und davon gleich zwölf Tischtücher in den passenden Maßen samt Servietten in Auftrag gab. Ein großes Tischtuch, das für eine Familientafel gedacht war, nahm sie gleich mit und konnte es kaum erwarten, es am kommenden Sonntag mit ihren Freunden einzuweihen.

Dann machte sie sich daran, das Menü zusammenzustellen. Dabei würde Pacos Ziegenkäse eine Rolle spielen und selbstverständlich auch Maribels Honig. Sie würde Tintenfisch zubereiten, denn sie hatte nicht vergessen, dass Marcos ihr erzählt hatte, dass dieses Gericht im Mesón Flor de Sal eine lange Tradition hatte. Nachdenklich betrachtete sie die beiden identischen Döschen mit den Salzblumen aus Álvaros Saline. Sie hatte ihn schon lange nicht mehr gesehen. Was gut war, wie sie sich selbst einzureden versuchte. Je eher sie sich diesen Mann aus dem Kopf schlug, desto besser. Und doch wurde ihr klar, dass sie im Grunde die ganze Zeit an ihn dachte. Irgendwo in einem Winkel ihres Herzens war da stets die Frage, wann sie ihn wohl wiedersehen würde.

Versonnen öffnete sie eines der Döschen, nahm vorsichtig einen glitzernden Salzkristall zwischen Daumen und Zeigefinger und legte ihn sich auf die Zungenspitze. Er schmeckte einfach köstlich, und in Julias Kopf begann eine Idee zu wachsen. Salz war in der Gastronomie etwas so Selbstverständliches, dass es einen ungewohnten Kontrast brauchte, um ihm einen eigenen Auftritt zu verschaffen. Entweder ein Lebensmittel benötigte Salz, um selbst erst zur Entfaltung zu kommen, so wie zum Beispiel eine frische

Tomatenscheibe. Oder man kombinierte es mit einem wahrhaft überraschenden Aroma. Zum Beispiel zu etwas Süßem. So wie Salzkaramell.

»Süß und salzig«, murmelte sie vor sich hin, tauchte die Spitze eines Teelöffels in Maribels Sommertrachthonig und streute ein paar Salzblumen darauf. Nicht schlecht, dachte sie. Aber etwas Entscheidendes fehlte. Gedankenverloren griff sie in eine Schale mit Mandeln und wurde auf einmal ganz aufgeregt, wie immer, wenn sie einer neuen Kreation auf der Spur war. Das Aroma der Mandeln fügte sich ausgezeichnet ein. Rasch röstete sie einige davon in einer Pfanne an, ließ sie abkühlen, umhüllte sie mit einer feinen Schicht Honig und gab ein paar Salzflocken darauf. Die Mandeln bei einem neuerlichen Versuch grob zu zerkleinern, dann anzurösten und sie so mit Honig und Salz zu kombinieren war nur folgerichtig. Hoch konzentriert verfeinerte Julia die drei Elemente immer mehr, auf der Suche nach dem perfekten Geschmack. Mehr Honig, weniger Salz. Nein, mehr Mandeln und eine andere Honigsorte. Die aus den Bergen hatte einen bitteren Beigeschmack, wie würde sie sich zu den Mandeln machen?

Wie üblich existierte für Julia die Zeit nicht mehr, während sie etwas Neues ausprobierte. Und wenn nicht Amo hin und wieder in der offenen Tür zum Garten gestanden hätte, um sie daran zu erinnern, dass auch Hunde etwas zwischen die Zähne brauchten, hätte sie ihn völlig vergessen. Es war Abend, als sie endlich zufrieden war. Mandelkrokant mit Berghonig und Flor de Sal. Ihre Wangen glühten, und ihre Geschmacksnerven jubilierten.

Eilig notierte sie sich die genauen Mengenverhältnisse, die exakte Zeit und Temperatur der Mandelröstung. Zur Sicherheit machte sie ein paar Fotos von der Größe der Mandelsplitter, damit sie das Ergebnis reproduzieren konnte. Denn nichts war flüchtiger als ein durch Zufall entstandenes Rezept. Und eines der Geheimnisse einer erstklassigen Küche war die Fähigkeit, ein Gericht unter allen Umständen perfekt und ohne Qualitätsschwankung zu wiederholen.

Dass das in der Praxis nicht immer möglich war, wusste Julia natürlich. Denn wann bekam man schon die Zutaten in exakt derselben Qualität? Aus diesem Grund war sie immer selbst zum Großmarkt gefahren und hatte die Ware eigenhändig ausgesucht. Etwas, was viele ihrer Kollegen schon lange nicht mehr taten …

Erschöpft füllte sie Amos Napf mit Wasser, goss auch sich ein Glas ein und nahm es mit hinaus in den Garten. Dankbar betrachtete sie den Wassercontainer und ging daran vorbei zu den Obstbäumen. Seit Sam hier Ordnung geschaffen hatte, war aus der Wildnis ein stiller, zauberhafter Ort geworden. Die Luft war geschwängert vom Duft nach Salbei, Rosmarin und Lavendel, hier und dort flogen Schmetterlinge auf, und die noch unreifen Früchte der Granatäpfel hingen in den stacheligen Zweigen wie Kugeln an einem Weihnachtsbaum. Amo hatte die Nase am Boden und folgte offenbar einer Spur bis zu den Zitrusbäumen.

Die Sonne stand schon tief und vergoldete die Stelle ganz am Ende des Gartens, wo der erhöhte Fels ihn vor den Winden beschützte. Julia hatte sich schon lange nicht mehr die Zeit genommen hierherzukommen, jetzt stieg sie die Stufen hinauf und stellte sich in den Passatwind, der an diesem Tag sanft von Nordosten her wehte.

Dort unten lag der Salzgarten, so nah und gleichzeitig unendlich weit entfernt, jedenfalls erschien es Julia so. Eine völlig andere Welt, und doch gehörten Finca und Salzgarten irgendwie zusammen. Sie reckte den Kopf und versuchte, einen Blick auf das Häuschen zu erhaschen, in dem Álvaro lebte. Mehr als das Dach und eine Seite der Fassade konnte sie jedoch nicht erkennen.

Auf einmal hatte sie eine Idee. Sie würde auch Álvaro am Sonntag zum Essen einladen. Irgendwann musste doch so etwas wie Normalität zwischen ihnen möglich sein. Sie würde ihm eine

Einladungskarte schreiben und sie ihm persönlich überreichen. Und um ihrem Herzen Einhalt zu gebieten, das bei diesem Gedanken schon wieder heftig schlug, beschloss sie, ihm zu sagen, dass er gern Naira mitbringen dürfe. Denn immerhin waren die beiden ein Paar.

Und ehe sie es sich anders überlegen konnte, ging sie zurück ins Haus, suchte einen Bogen von dem schweren Papier heraus, das sie für die Menükarten gekauft hatte, teilte ihn in zwei Teile und faltete einen davon zusammen. *»Einladung«* schrieb sie mit großen, geschwungenen Lettern auf die vordere Seite. *»Zu einem nachbarschaftlichen Sonntagsmenü.«* Und darunter in ihrer normalen Schrift: *»Ich würde mich freuen, wenn Du es einrichten könntest, und natürlich ist Naira ebenfalls herzlich willkommen. Julia.«* In Ermangelung eines Briefumschlags band sie die Faltkarte mit einem Bindfaden zusammen, verzierte den Knoten mit einer Lavendelblüte und machte sich auf den Weg hinunter zum Salzgarten.

Julias Herz schlug vor Aufregung so laut, dass es in ihren Ohren dröhnte. Doch als sie unten ankam, war der Salzgarten verwaist. Auch als sie an die Tür des Häuschens klopfte, rührte sich nichts. Kurz war sie unentschlossen, was sie tun sollte. Amo, der ihr gefolgt war, stand auf einem Felsen und sah wachsam zu ihr herunter. Einen Briefkasten konnte sie nirgendwo entdecken. Dann sah sie einen schwarzen herzförmigen Lavabrocken, so groß wie ihre Hand, legte die Einladung vor Álvaros Haustür und beschwerte sie mit dem Stein.

Am Sonntag trudelten gegen zwei, wie es in Spanien üblich war, Julias Gäste zum Mittagessen ein und wurden von Amo würdevoll mit Schwanzwedeln begrüßt, nachdem er begriffen hatte, dass sie Julias Gäste waren. Besonders an Pacos Hosenbeinen hatte er viel zu schnuppern, vermutlich konnte er Chicos und Lunas Düfte riechen.

Julia hatte mit Devis Hilfe einige der Restauranttische in den Hof getragen, zu einer großen Tafel zusammengeschoben und für neun Personen eingedeckt. Devi, die sich angeboten hatte, Julia zur Hand zu gehen und beim Servieren sowie beim Abräumen zu helfen, war hingerissen von der prächtigen Tafel, die Julia außerdem mit einer Girlande aus frischen Blüten geschmückt hatte.

»Alles harmoniert fantastisch«, rief sie aus. »Eine Hochzeitstafel könnte nicht prächtiger sein!«

Paco überreichte Julia zur Begrüßung eine Flasche Ron Aldea von einer benachbarten Destillerie, die er ihr empfahl, einmal aufzusuchen. »Bestimmt kannst du daraus etwas Köstliches zaubern«, meinte er. »Außerdem sollte dieser Zuckerrohrschnaps in keiner Restaurantbar fehlen.«

Kaum hatte Julia sich bedankt, sah sie Miguel, der ein stattliches Gefäß aus Anas Werkstatt trug. Darin blühte eine prächtige Strelitzie.

»Zum Einzug und zur hoffentlich baldigen Eröffnung des neuen Restaurants«, sagte Ana und umarmte Julia herzlich.

»Hier macht es sich gut, oder?« Miguel stellte den Pflanzenkübel neben den Stufen ab, die ins Restaurant führten.

»Perfecto«, befand Ana. »Und für die andere Seite bekommst du demnächst einen zweiten, damit die Symmetrie gewahrt bleibt.«

»Das sieht wunderbar aus«, rief Julia aus. »Vielen Dank!«

»Dürfen wir uns das Haus von innen ansehen?«, erkundigte sich Maribel. »Ehrlich gesagt platzen wir alle beinahe vor Neugier.«

Julia lachte. »Natürlich! Kommt einfach mit.«

»Das ist ja ein richtiges Kleinod«, erklärte Maribel, nachdem Julia sie durch die ganze Finca geführt hatte. »Höchste Zeit, dass das endlich wieder mit Leben erfüllt wird. Und wie geschmackvoll die Einrichtung ist!«

»Eigentlich habe ich fast alles so gelassen, wie es war«, antwortete Julia bescheiden.

»Das hat du gut gemacht«, lobte Paco sie. »Vielleicht solltest du Señor Pérez und die anderen von der Wasserkooperative auch mal einladen! Wer das sieht, muss einfach begeistert sein und dich unterstützen.«

Emil und seine Freunde eroberten währenddessen die Finca auf ihre Weise, rannten bis in den Garten und durchstöberten jeden Winkel. Im Nu hatten sie die Höhle entdeckt und kamen aufgeregt zur Festtafel zurück, wo sich die Erwachsenen inzwischen niedergelassen hatten.

»Da führt ein Weg runter zum Meer«, rief Emil aufgedreht. »Bestimmt kann man dort schwimmen. Ach, bitte, Julia. Dürfen wir das ausprobieren?«

»Besser nicht«, gab Julia zögernd zurück. »Da unten befindet sich ein privater Salzgarten. Nach dem Essen könnt ihr ihn euch ja mal anschauen.«

»*Was* für ein Garten?«, fragte Emil.

»Eine Saline. Dort wird Salz gewonnen, man kann also nicht überall herumstiefeln.«

»Und Fische jagen kann man da schon gar nicht«, erklärte sein Vater.

»Wem gehört der Jardín de la Sal denn?« Maribel war hellhörig geworden.

»Er heißt Álvaro«, gab Julia zurück. »Seinen Nachnamen kenne ich nicht.«

»Der Salzmann aus der Markthalle«, rief Maribel überrascht aus. »Natürlich! Ich hab ihn mal gefragt, wo er seine Saline hat, und er hat es versucht, mir zu erklären. Hier ist das also …« Nachdenklich las sie die Inschrift auf dem Teller vor sich. »Und der Gasthof heißt Flor de Sal«, sagte sie. »Sicher hat das alles mal zusammengehört.«

»Ja, wer weiß?« Julia, die gerade eine Flasche Cava öffnen wollte, die spanische Variante von Sekt, hielt kurz inne. »Daran hab ich noch gar nicht gedacht.«

»Wie macht man denn Salz?«, wollte Emil wissen.

»Aus Meerwasser«, antwortete Julia und schenkte ihren Gästen von dem Schaumwein ein. »Man leitet es in flache Becken und wartet, bis das Wasser verdunstet ist. Vielleicht zeigt Álvaro es dir ja mal.« Wieder sah Julia kurz in Richtung des Torbogens, ob der Salzgärtner nicht endlich kam. Sie hatte keine Antwort auf ihre Einladung erhalten, was alles bedeuten konnte. Ablehnung oder die selbstverständliche Annahme, dass sein Kommen erwünscht war. Und das von Naira. Aber nein, rief sie sich zur Ordnung. Wenn er Lust gehabt hätte, ihrer Einladung zu folgen, wäre er schon längst erschienen. Sie stieß mit ihren Freunden an, nahm einen Schluck und verschwand in der Küche, um dort nach dem Rechten zu sehen.

Gemeinsam mit Devi trug sie die Vorspeise auf, einen luftigen Salat aus wilden Kräutern und essbaren Blüten, garniert mit feinen Scheiben von Pacos Ziegenkäse, den sie zuvor in einem selbst zubereiteten Essig aus Nísperofrüchten mariniert hatte. Danach gab es gefüllten Tintenfisch mit einer würzigen Orangensauce, dazu Safranreis auf persische Art mit Pinienkernen.

»Was ist denn bloß in der Füllung?«, fragte Ana und seufzte genießerisch, während die Jungen ihre Portion ruckzuck vertilgt hatten und von Miguel die Erlaubnis bekommen hatten, ihre Erkundungstour fortzusetzen. »Das schmeckt unglaublich lecker.«

»Das wird dir Julia wohl kaum verraten«, warf Maribel lachend ein. »Es ist schließlich ihr Betriebsgeheimnis, oder?«

»Nun ja, ich schreib dir das Rezept gerne auf«, gab Julia zurück. »Wenn du mir versprichst, es nicht weiterzugeben …«

»Ich schwöre es«, antwortete Ana feierlich.

»Wäre es nicht noch schöner, wenn wir den Tintenfisch auf diese Weise immer hier bei Julia essen würden?«, warf Miguel ein.

»Ja, das fände ich großartig«, erklärte Julia. Sie mochte es, wie ihre Freunde ihren Namen aussprachen, das J tief im Rachen angehaucht, so als hieße sie *Chulia*. Sie sah in die Runde und spürte, wie sie ein Glücksgefühl durchströmte.

»Bestimmt bereitet das keiner so gut zu wie sie«, fand auch Maribel und schob sich den letzten Bissen in den Mund.

Es war ein herrlicher Sommertag, die Sonne brannte fast zu stark auf sie herab. Julia machte sich im Stillen eine Notiz, dass sie für den Hof dringend Sonnenschirme anschaffen musste. Als der Hauptgang abgeräumt war, ergriffen Paco und Miguel kurzerhand die Initiative und trugen die Tische ins Innere des Hauses zurück, wo sie es sich gemütlich machten und über alle möglichen Themen plauderten, nur nicht über die leidige Sache mit dem Wasser.

»Du musst mich unbedingt bald im Observatorium besuchen«, sagte Miguel, als er gehört hatte, dass Julia es noch nicht einmal über die Baumgrenze geschafft hatte, jedenfalls nicht in wachem Zustand. »Am besten abends, der Sternenhimmel wird dir die Sprache verschlagen.«

»Warum gibt es eigentlich ausgerechnet hier so eine große Sternwarte?«, fragte Julia.

»Das liegt an der reinen Luft auf zweitausend Meter Höhe«, erklärte Miguel. »Und daran, dass es auf der Insel so wenig künstliche Beleuchtung gibt. Und seit die Sternwarte hier ist, wird die Außenbeleuchtung auf La Palma reglementiert, damit es keine sogenannte Lichtverschmutzung gibt. Auf diese Weise finden unsere Forscher hier Bedingungen, die ihresgleichen suchen.«

»Nirgendwo sieht man so viele Sternschnuppen wie auf unserer Insel«, warf Ana ein und lehnte sich an die Schulter ihres Mannes. »Wenn nur die Hälfte der Wünsche in Erfüllung gehen würde, die hier jede Nacht im Stillen geäußert werden, dann würden wir im Paradies leben.«

»Tun wir das nicht?« Maribels Augen leuchteten, und Julia konnte den Blick nicht von ihr wenden. Wenn ich eines Tages doch nur ein so zufriedener Mensch sein könnte wie Maribel, dachte sie sehnsüchtig. Und wieder warf sie einen Blick zur Tür.

»Hast du eigentlich noch jemanden eingeladen?«, fragte Maribel, als sie Julia in die Küche begleitete, um ihr zu helfen, den Nachtisch aufzutragen. Julia fühlte sich ertappt. Ihre Freundin konnte offenbar Gedanken lesen.

»Warum fragst du das?«

»Na ja, so oft, wie du heute zur Tür schaust, scheinst du wohl noch jemanden zu erwarten.«

Julia betrachtete die sauber aufgereihten Dessertteller. Auf jedem ruhte ein kleines Gläschen mit Flan und Honigmandelkrokant mit Flor de Sal. Fehlte nur noch jeweils eine Kugel von dem selbst gemachten Maracujasorbet, das im Eisfach darauf wartete, von ihr portioniert zu werden.

»Ich habe auch Álvaro und seine Freundin eingeladen«, gestand sie schließlich. »Und sie haben nicht abgesagt.« Entschlossen holte sie den Behälter mit dem Sorbet aus dem Eisfach. Er war so kalt, dass er sofort beschlug und die Luft über der Eismasse kondensierte. Julia tauchte den Portionierer in das warme Wasser, das auf dem Holzofen vor sich hin simmerte, und stach mit einer präzisen Bewegung die erste Kugel heraus.

»Dann kommen sie ja vielleicht noch«, antwortete Maribel, die sie nachdenklich beobachtete. »Und wenn nicht, sind sie selbst schuld. Jedenfalls haben sie bereits ein sensationelles Essen verpasst.«

Die Sonne stand schon tief, als sich Julias Gäste verabschiedeten. Emil maulte und wollte am liebsten auf der Finca bleiben. Er hatte das Zimmer entdeckt, das Julia für ihn eingerichtet hatte, und sprach wieder davon, wie gern er bei ihr leben würde.

»Selbst wenn mein Bruder es irgendwann erlaubt«, wandte Julia ein, »wie würdest du von hier zur Schule kommen?«

»Na, mit dem Bus«, gab Emil trotzig zurück. »Da vorn an der Kreuzung zur Hauptstraße ist eine Haltestelle.«

»Wir werden mal sehen, was dein Vater dazu sagt«, nahm Paco die Sache in die Hand. »Immerhin erlaubt er inzwischen, dass du bei uns sein darfst. Alles andere wird sich bestimmt fügen. Lasst uns jetzt lieber fahren, die Ziegen müssen gemolken werden.«

Sie hatte alles aufgeräumt und sich mit einem Glas Rotwein in den Garten zurückgezogen. Sie setzte sich auf die Mauer neben dem Granatapfelbaum, und Amo nahm neben ihr Platz. Noch klangen die Gespräche und das Lachen ihrer Freunde in ihr nach. Was für ein schöner Tag das gewesen war. Nur kurz hatten sie das Problem mit dem Wasser gestreift. Ana hatte die Idee in den Raum gestellt, ob es Sinn machen würde, nach Wasser auf ihrem Grundstück zu bohren, es war nicht ausgeschlossen, dass sich unter dem mächtigen Felsen, auf dem die Finca stand, ein Hohlraum mit frisch gespeistem Wasser befand, wie an vielen anderen Stellen der Insel. Paco allerdings hatte skeptisch den Kopf gewiegt und ihr geraten, ein geologisches Gutachten einzuholen, wenn sie solches im Sinn habe. Denn einen Brunnen zu bohren sei eine teure Angelegenheit. Ohnehin hatte sie im Augenblick dafür kein Geld mehr übrig.

Ein leichter Wind kam auf, und Julia ging ins Haus, um sich eine Jacke zu holen. Schon von Weitem hörte sie das Klingeln ihres Handys, das sie in der Küche gelassen hatte. Es war Claire.

»Wie geht es dir?«, wollte ihre Freundin wissen.

»Gut«, antwortete Julia und nahm das Handy mit hinaus in den Garten. »Und falls du mir gleich erzählen willst, dass Kercher endlich bezahlt, geht es mir noch viel besser.«

Claire antwortete nicht sofort, und Julia sank der Mut.

»Es gibt tatsächlich Neuigkeiten von deinem früheren Chef«, sagte Claire endlich. »Und zwar durchaus überraschende.«

»Sag mir nicht, dass er pleite ist«, bat Julia.

»Noch nicht. Willst du wissen, was er dir anbietet?« Julia

stöhnte auf. Sie wollte keine Angebote mehr von Kercher. Alles, was sie wollte, war, dass diese Sache endlich beendet würde. »Ich erzähl's dir trotzdem«, sagte Claire. »Aber hör mal: Sitzt du? Nicht dass du mir umkippst.«

»Jetzt mach's nicht so spannend«, bat Julia. »Ja, ich sitze auf meiner Gartenmauer. Unter mir der Atlantik, über mir der Sternenhimmel.«

»Und neben dir vermutlich ein Glas Wein«, fügte Claire hinzu und lachte. »Na gut. Dann hör mal gut zu. Kercher will dir das Restaurant verkaufen.«

Das war wahrhaftig eine unerwartete Wendung. Als Eigentümerin des Savoir Vivre könnte sie natürlich vollkommen anders agieren. Lange Zeit war das ihr Traum gewesen. Jetzt war es zu spät.

»Ich hab schon ein Restaurant«, antwortete Julia. »Außerdem hab ich kein Geld mehr. Was will er denn dafür?«

Claire nannte eine Summe, die durchaus angemessen war, wie Julia fand. »Wenn du interessiert bist, kann ich ihn bestimmt noch runterhandeln.«

»Wieso macht er das eigentlich?«, fragte Julia. »Steht ihm das Wasser derart bis zum Hals? Das ist wieder mal typisch Kercher: Erst wirtschaftet er das Restaurant herunter, und dann will er sich aus dem Staub machen.«

»So schlimm scheint es noch nicht zu stehen«, gab Claire zurück. »Sein Anwalt hat mir anvertraut, Kercher habe die Frau seines Lebens kennengelernt, und die hat nichts mit einem Restaurant am Hut. Er will frei sein, reisen können. Und ich vermute, er hat einfach keine Lust mehr auf das Geschäft.«

Meine Güte, dachte Julia kopfschüttelnd. Auf was für einen Armleuchter hab ich mich damals nur eingelassen. Und tatsächlich fühlte sie Wehmut bei dem Gedanken, das Savoir Vivre könnte aufhören zu existieren. So lange war es ihr Lebensinhalt gewesen. »Reizt es dich denn gar nicht?«, hörte sie ihre Freundin fragen. »Du könntest die Finca mit Gewinn verkaufen, wenn es nur am Geld hängen sollte. Und, wie gesagt, wegen des Preises verhandle ich gern …«

»Ach, Claire«, sagte sie mit einem tiefen Seufzen. Warum war das Leben nur so kompliziert? »Ich bin mir da nicht so sicher. Weißt du, im Augenblick läuft hier so manches nicht rund.« Sie nahm einen Schluck Wein und überlegte, ob sie Claire mit ihren Problemen belasten sollte. »So wie es im Moment aussieht, glaube ich nicht, dass ich überhaupt einen Käufer finden würde.«

»Was? Wieso denn nicht?« Natürlich war Claire jetzt alarmiert.

»Man hat mir das Wasser abgestellt.«

»Hast du die Rechnung nicht bezahlt?«

»Daran liegt's nicht. Hier läuft das anders. Man erwirbt Anteile am Wassernetz, um es mal ganz einfach zu sagen. Mit dem Kauf hab ich einen Mietvertrag auf ein bestimmtes Kontingent Wasser miterworben. Aber davon will der Vertragspartner jetzt Abstand nehmen.«

»Dann musst du mit ihm reden«, meinte Claire.

»Klar. Hab ich. Der stellt auf stur.« Julia legte den Kopf in den Nacken und blickte hinauf zu dem flirrenden Sternenhimmel. Auf einmal brach das ganze Elend wieder über sie herein. »Claire, die wollen mich hier nicht haben!«

Eine Weile sagte keine von beiden etwas. Julia konnte sich lebhaft vorstellen, wie Claire gerade die Neuigkeit hin und her wog.

»Das heißt, du hast eine Finca samt Restaurant, aber kein Wasser?«, fragte Claire ungläubig nach.

»So ist es«, antwortete Julia. »Ich muss das Problem irgendwie lösen. Vorher gibt es hier keine Restauranteröffnung. Und keine Möglichkeit, das Anwesen zu verkaufen. So oder so sitze ich also ganz schön in der Tinte.«

»Kannst du dir nicht einen anderen Wasseranbieter suchen?«

»Das werde ich versuchen. Obwohl es aussieht, als würden die hier alle zusammenhalten. Gegen mich.«

»Himmel«, rief Claire fassungslos aus. »Was hast du denen bloß getan, dass sie so geschlossen gegen dich sind?«

»Ich habe keine Ahnung«, gestand Julia. »Immer wieder krieg ich zu hören, dass ich die Finca auf keinen Fall hätte kaufen dürfen. Warum, ist mir schleierhaft. Schließlich stand sie jahrelang leer. Ach, was sag ich, jahrzehntelang. Und der Vorbesitzer wirkte überglücklich, dass ich sie ihm abnahm. So als hätte er sauer Bier anzubieten, und keiner wollte es.«

Der Nachtwind fuhr sanft durch die Blätter des Nísperobaums. Eine einsame Zikade stimmte irgendwo zwischen den Rosmarinsträuchern ihr Lied an.

»Das ist alles sehr rätselhaft«, meinte Claire. »Was machen wir also mit Kerchers Angebot?«

»Ich weiß nicht recht«, antwortete Julia niedergeschlagen. »Am besten sagst du ihm ab.«

»Nein, das tu ich noch nicht«, erklärte Claire nach kurzem Nachdenken. »Ich zögere das noch eine Weile hinaus und verhandele solange über den Preis. Julia. Wenn du das mit dem Wasser nicht lösen kannst, dann kommst du besser zurück. Auf die Finca kriegst du hier bestimmt einen Kredit. Zu irgendwas werden die Gebäude doch taugen. Notfalls als Lagerräume. Oder Tauchschule. Oder …«

»Na gut«, unterbrach Julia die sprudelnden Gedanken ihrer Freundin. »Zögere es raus. Auch wenn es für die Belegschaft alles andere als fair ist. Und je länger wir warten, desto mehr wird der Ruf des Restaurants leiden.«

»Meinst du nicht, du solltest mal ausnahmsweise an dich selbst denken?«, gab Claire sanft zu bedenken. »Soweit ich mich erinnere, hat dein Souschef dich übel auflaufen lassen.«

»Ja, das stimmt«, räumte Julia ein. »Aber nicht alle sind so.« Sie dachte an Amelie.

»Sobald du zurückkommst – *wenn* du denn zurückkommst –, wird der Laden wieder laufen«, versicherte Claire. »Bedenke: Auf La Palma musst du dich erst bekannt machen. Und wenn das Dorf, zu dem das Restaurant gehört, sich auf so gemeine Weise gegen dich sperrt, stelle ich mir das schwierig vor. Hier hast du einen Namen. Überleg es dir also gut.«

»Danke, Claire«, sagte Julia. Sie wusste, dass ihre Freundin es gut mit ihr meinte. »Du tust viel mehr für mich als eine Anwältin«, fügte sie hinzu. »Das kann ich dir überhaupt nicht vergelten.«

»Ach, mir fällt da schon etwas ein«, entgegnete Claire mit einem Lachen. »Zum Beispiel ein, zwei Wochen in deinem Gästezimmer mit Vollpension.«

»Ein ganzer Monat, falls du dich so lange freischaufeln kannst«, gab Julia dankbar zurück.

Sie saß noch lange im Garten, nachdem sie sich herzlich von ihrer Freundin verabschiedet hatte, lauschte den Geräuschen der Nacht, sog tief die verschiedenen Aromen ein, die von den Pflanzen ausgingen und vom Meer heraufwehten, und ließ ihre Gedanken schweifen. Doch im Grunde drehten sie sich nur im Kreis. Jede ihrer Überlegungen endete bei der Frage, woher sie Wasser bekommen könnte. Und wie sie die Leute im Dorf davon überzeugen sollte, dass ihre Pläne auch zu deren Vorteil sein würden. Und wieder landete sie bei der Frage, warum man sie ablehnte. Was hatte sie nur falsch gemacht? Sie hatte keine Ahnung.

Mit einem tiefen Seufzer stand sie auf und ging ganz ans Ende des Gartens. Im Licht der Sterne, das silbrig auf den Felsen lag, stieg sie die Stufen hinauf zu der kleinen Aussichtsplattform. Soweit sie es erkennen konnte, lag der Salzgarten dort unten in tiefer Dunkelheit. Álvaro war entweder nicht da oder schon schlafen gegangen.

Álvaro. Mit aller Deutlichkeit wurde ihr bewusst, dass vor allem er es war, der sie hier hielt. Natürlich liebte sie diesen Ort hier schon jetzt mit jeder Faser ihres Herzens, ja, sie hatte das Gefühl, endlich angekommen zu sein. Am meisten jedoch hing ihr Herz an diesem rätselhaften Mann. Leider vergaß es immer wieder, dass er bereits vergeben war.

Sie wandte sich ab und ging zurück zum Haus. Amo lag längst in seinem Körbchen im Restaurant. Vermutlich sollte sie tatsächlich in Ruhe über Kerchers Angebot nachdenken. Vielleicht wären die Leute aus dem Dorf ja zufrieden, sie loszuwerden, und Pérez würde einem neuen Besitzer der Finca das Wasserrecht wieder zurückgeben?

18

Calamar relleno – Gefüllter Tintenfisch

Über Nacht änderte sich das Wetter. Als Julia am Morgen aus dem Haus trat, bedeckte eine durchgehende Wolkendecke den Himmel, weißlich, dicht, fast wie ein Leintuch. Es war schwül, und die sonst so allgegenwärtige leichte Brise, die sie die Sommerhitze kaum fühlen ließ, fehlte.

Sie saß gerade in der Küche bei einer Tasse Kaffee und versuchte, ihrer To-do-Liste, die sie in der vergangenen Woche angelegt hatte, eine vernünftige Rangordnung zu geben, als draußen jemand ihren Namen rief und Amo sofort anschlug. Es war Álvaro, sie erkannte ihn sogleich an der Stimme. Ihr Herz klopfte wie wild, als sie hinaus in den Hof ging und den Hund zurückrief.

»*¡Buenos días!*« Álvaro hielt ihre Einladung in der Hand. »Tut mir leid, ich bin gerade erst zurückgekommen. Wie nett von dir, mich einzuladen.«

Julia erfasste mit einem Blick, dass er müde war. Trotz seines dunklen Teints wirkte er bleich. Tiefe Schatten lagen unter seinen Augen.

»*¡Hola!*«, grüßte sie zurück, erleichtert über die Erklärung seines Fernbleibens. »Möchtest du eine Tasse Kaffee?«

»Dafür ist leider keine Zeit«, antwortete er. »Ich wollte dich eigentlich um einen großen Gefallen bitten.« Er biss sich kurz auf die Unterlippe und sah unschlüssig in Richtung des Salzgartens. »Falls es dir keine Umstände macht. Ich meine, ich kann mir vorstellen, dass du eine Menge zu tun hast.«

»Was ist es denn?«, erkundigte sich Julia überrascht. »Ich helfe dir gern, wenn ich kann.«

»Das Wetter wird umschlagen«, begann Álvaro und trat von einem Fuß auf den anderen. »Und ich muss meine Salzernte vorziehen, ehe der Regen kommt. Eigentlich hatte ich das für nächste Woche geplant, und jetzt sind die meisten meiner Freunde, die sonst helfen, nicht da.« Wieder zögerte er.

»Brauchst du Hilfe bei der Salzernte?«, fragte Julia. In ihrem Herzen jubelte es. Solange Álvaro sie um einen Gefallen bat, konnte er keine so schlechte Meinung von ihr haben wie die anderen.

»Ja, genau.« Er schien tatsächlich in Verlegenheit zu sein. »Aber nur, wenn du magst.«

»Ich helfe gern. Wann geht es denn los?«

»Sobald du runterkommen kannst«, antwortete Álvaro sichtlich erleichtert. »Die anderen sind schon da.«

Julia nickte. »Dann zieh ich mich mal um. Muss ich irgendwas mitbringen?«

Er schüttelte den Kopf. »Ich hab alles unten. Arbeitskittel und Handschuhe. Ach, ein Sonnenhut wäre nicht schlecht. Auch wenn der Himmel heute bedeckt ist, die Strahlung ist immens.«

Julia zog ihre älteste Jeans an und das T-Shirt, das sie sonst immer zum Räumen oder Putzen trug, aß ein Butterbrot mit Maribels Honig und füllte sich eine große Wasserflasche ab.

Sie flocht ihr langes Haar zu einem Zopf im Nacken und cremte ihr Gesicht mit Sonnenschutz ein. Álvaro hatte recht, an jenem Nachmittag, als sie mit Maribel bei den Bienenstöcken gewesen war, hatte sie sich innerhalb weniger als einer Stunde einen leichten Sonnenbrand geholt. Prüfend blickte Julia in den Spiegel. Ihre Augen leuchteten, ihre Wangen waren gerötet vor Freude. Was ist los mit dir?, fragte sie ihr Spiegelbild. Nur weil er dich bittet, bei der Arbeit zu helfen, freust du dich, als wäre Weihnachten?

Sie wies Amo an, auf der Finca zu bleiben und sie zu bewachen, und wenn er auch nicht wirklich zufrieden schien, so blieb er doch an der Höhle zurück und sah ihr von dort aus noch lange nach.

Als sie im Salzgarten ankam, waren zwei junge Männer, die Julia noch nie gesehen hatte, bereits bei der Arbeit. Sie schoben mit langen Rechen – die jedoch anstelle der Zargen durchgängige Aluminiumblenden hatten – das Salz zusammen, das sich am Grund der wenige Zentimeter tiefen Salzbecken abgesetzt hatte. Ein vielleicht sechzehnjähriger Junge stand abwartend daneben. Gummistiefel und ein leichter Baumwollkittel, der ihr bis zu den Knien reichte, lagen für Julia bereit.

»Heute werden keine Salzblumen geerntet, wie neulich. Wir räumen die Becken aus«, erklärte Álvaro. »Vielleicht könntest du gemeinsam mit Lando das bereits trockene Salz in Säcke füllen?«, fragte Álvaro. Er wies auf die kegelförmigen weißen Salzhaufen, die er in den vergangenen Wochen nach und nach aus den Pfannen geschöpft hatte und die seither durch den Wind und die Sonneneinstrahlung getrocknet waren.

»*Claro*«, gab Julia zurück. »Wo sind die Säcke?«

Lando wies auf eine dicke Lage Leinensäcke, die über seiner Schulter hingen. Álvaro reichte ihr die Schaufeln.

»Füllt sie bitte bis zur Markierung«, bat er sie und wies auf ein unscheinbares Zeichen einige Zentimeter unterhalb des oberen Randes auf einem der Säcke. »Und zieht dann das eingenähte Band zu. Lando hat das schon mal gemacht. Stimmt's? Du erinnerst dich, wie das geht?«

Der Jugendliche brummte zustimmend und warf Julia einen prüfenden Blick aus den Augenwinkeln zu. Wer weiß, dachte sie und musste plötzlich ein Kichern unterdrücken, was man dem armen Kerl von mir erzählt hat. Hoffentlich fürchtet er sich nicht, jetzt gemeinsam mit mir arbeiten zu müssen.

Es stellte sich rasch heraus, dass sie und Lando ein prima Team waren. Zunächst hielt sie die Säcke auf, und er schaufelte das kostbare Weiß hinein, dann wechselten sie sich ab. Sie arbeiteten schweigend und effektiv, und nach knapp drei Stunden hatten sie alles trockene Salz verpackt und auf Álvaros Lieferwagen gehievt. Ein Sack wog fünf Kilogramm, und Julia spürte allmählich ihren Rücken.

»Was gibt es jetzt für uns zu tun?«, fragte sie den Salzgärtner und trank ihre Wasserflasche leer.

»Da drüben kannst du sie wieder auffüllen«, sagte Álvaro und wies auf einen Außenwasserhahn neben seinem Haus.

Julia stutzte. Sie hatte noch überhaupt nicht darüber nachgedacht, wie eigentlich Álvaro zu seinem Wasser kam. Während sie ihre Flasche auffüllte, arbeitete es fieberhaft in ihr. Woher stammte dieses kostbare Nass? Hatte Álvaro womöglich eine eigene Leitung bis hier herunter? Oder besaß er gar einen eigenen Brunnen? Hoffnung stieg in ihr auf. Sie musste ihn unbedingt danach fragen. Doch als sie sich nach ihm umsah, stand er bei den Männern mit den Salzrechen, beugte sich zu einem der frisch aufgeworfenen Salzhaufen und nahm prüfend eine Handvoll auf. Er drehte sich nach ihr um und winkte sie herbei.

»Möchtest du es mal mit der *raspadera* versuchen?«, fragte er und wies auf die speziellen Rechen. »Es ist besser, Sancho verpackt das feuchte Salz in Plastiksäcke. Das ist schwerer, weißt du? Alberto zeigt dir, wie es geht.« Sancho reichte ihr die *raspadera.* Das Wort kannte Julia gut, es hieß »Raspel« auf Deutsch, in der Küche brauchte man dieses Utensil häufig, auch wenn es ganz anders aussah. Und nachdem sie es einmal über den Boden der Salzpfanne gezogen hatte, verstand sie, warum es so hieß. Das Salz saß nämlich an vielen Stellen auf dem Untergrund fest und musste erst gelöst werden, ehe es an den Rand gezogen und schließlich mit Schwung aus dem Wasser gehoben werden konnte. Nach einer Stunde taten Julia die Oberarme und die Schultern weh, doch aufgeben kam für sie nicht infrage.

»Geht es noch?«, erkundigte sich Álvaro besorgt.

Julia nickte tapfer und sah, wie er immer wieder prüfende Blicke zum Himmel warf. »Warum ist es denn heute eigentlich so seltsam schwül?«, fragte sie und wischte sich den Schweiß von der Stirn.

»Calima«, antwortete er und wies zum Himmel. »Siehst du den rötlichen Schimmer? Das sind keine Wolken, das ist Saharastaub. In Kürze wird er sich überall niederlassen, auch auf dem Salz.«

»Und deshalb packen wir es ein.«

»Exacto.« Álvaro nickte. »Außerdem zieht diese Wetterlage meist starken Regen nach sich. Und Regen würde alles verderben.« Er musterte Julia aufmerksam. »Du arbeitest hart«, sagte er. »Wir machen jetzt alle eine kurze Pause. Möchtest du danach zusammen mit Lando lieber wieder Salz in Säcke füllen?«

»Ich helfe da, wo du mich brauchst«, sagte Julia und sah ihm in die Augen. Ein Lächeln erschien auf seinem Gesicht, das den ganzen Tag schon so sorgenvoll wirkte. Er nickte ihr zu und rief seine Helfer zusammen.

Er hatte *Bocadillos* für alle mitgebracht, mit deftiger *Chorizo* belegte Weißbrotstücke. Die mit Paprika gewürzte Wurst schmeckte lecker, machte aber durstig, und Julia füllte erneut ihre Wasserflasche auf.

»Wo kommt eigentlich das Wasser her?«, fragte sie.

»Aus den Bergen«, antwortete Álvaro, als wäre es das Selbstverständlichste der Welt. »Du kannst es ruhig trinken, es ist von guter Qualität.« Dann wandte er sich wieder einem seiner Freunde zu.

Ratlos nahm Julia wieder ihren Platz im Schatten der Felswand ein und streckte ihre schmerzenden Arme von sich. Es sah nicht so aus, als wüsste er, dass Totos Familie ihr das Wasser gesperrt hatte. Hätte er sonst so unbefangen reagiert?

Erst bei Anbruch der Dunkelheit waren sie fertig, oder besser gesagt, sie hörten einfach auf, denn es waren noch zwei Reihen Salzpfannen übrig. Als sich Álvaros Helfer verabschiedeten und wegfuhren, war Julia so müde, dass sie sich fragte, wie sie überhaupt noch den steilen Felsenweg zum Mesón hinaufkommen sollte.

»Was machst du mit dem restlichen Salz?«, fragte sie Álvaro. Im Westen war von dem Abendrot noch ein dünner glutroter Streifen übrig, so als hätte jemand mit einem Leuchtstift den Horizont markiert. Sie konnte kaum noch den Ausdruck auf seinem Gesicht erkennen. »Machen wir morgen weiter?«

Er schüttelte den Kopf. »Nein. Das war es jetzt.« Unbeweglich starrte er auf die restlichen Salzpfannen, die im Zwielicht deutlich heller leuchteten als die anderen, aus denen sie das Salz bereits geerntet hatten. »Ich bin zufrieden.«

Es klang aber gar nicht danach, fand Julia.

»Du kannst es ja später holen«, schlug sie vor. »Nach dem Regen. Wenn wieder genügend Sonne geschienen hat und …«

»Nein, Julia, das war meine letzte Salzernte.« Er wirkte niedergeschlagen. Wie meinst du das, wollte sie fragen, als er ihr zuvorkam. »Ich begleite dich jetzt nach Hause«, sagte er und wandte sich abrupt von dem Salzgarten ab. »Das bin ich dir schuldig. Du bist müde, und der Weg ist im Dunklen nicht ungefährlich.«

Sie wollte schon antworten, dass sie diesen Weg bei noch viel tieferer Nacht schon öfter genommen hatte, doch sie schluckte es hinunter. Wenn er sie begleiten wollte – sie hatte nichts dagegen. Die Frage, wo eigentlich Naira steckte, stellte sie lieber nicht. Selbst wenn niemals etwas aus ihnen beiden werden konnte, so beschloss sie, jeden Augenblick mit ihm einfach zu genießen.

Schweigend erklommen sie den steilen Weg die Klippe hinauf bis zur Finca, wo Amo sie freudig begrüßte.

»Bist du auch so hungrig wie ich?«, fragte sie, als sie endlich schwer atmend im Hof standen. Sie waren erschöpft, und die Luft war immer noch drückend schwer. »Möchtest du mit mir noch eine Kleinigkeit zu Abend essen? Ich hab noch etwas gefüllten Tintenfisch von gestern übrig. Das ist rasch aufgewärmt.«

Sie nahm das Feuerzeug vom Tisch, der im Hof stand, und zündete das Windlicht an. Als sie sich zu Álvaro umwandte, sah sie, wie er sehnsüchtig die Fassade des Hauses betrachtete.

»Du hast tatsächlich Tintenfisch gekocht?«, fragte er leise.

»Ja«, antwortete sie verwundert über den Ausdruck in seinem Gesicht. »Falls dir das nicht schmeckt …«

»Julia«, unterbrach er sie. »Dürfte ich mir … ich meine … kann ich mir einmal das Haus von innen ansehen?«

»Natürlich«, antwortete sie, erfreut über sein Interesse. »Sehr gern. Komm mit.«

Sie schloss das Portal auf, ging ihm voraus ins Restaurant und machte Licht. Sie hatte indirekte Wandleuchten anbringen lassen, die die Natursteinwände mit ihrem weichen Schein plastisch hervortreten ließen. Galeriestrahler waren auf die alten Fotografien gerichtet. Noch waren die handgestickten Tischtücher nicht eingetroffen, doch auch so wirkten die restaurierten Tische einladend. Einen davon hatte sie mit dem gefundenen Geschirr und dem Silberbesteck eingedeckt, eine weiße Serviette war sorgfältig gefaltet, und die neuen Gläser funkelten im Licht. Zufrieden wandte sie sich zu Álvaro um – und erschrak.

Mit geweiteten Augen sah er sich um. Dann griff er nach einer Stuhllehne, als ob er Halt suche.

»Álvaro«, rief sie aus. »Was ist los mit dir? Komm, setz dich bitte hin.« Sicher der Kreislauf, dachte sie, und schob ihm hastig einen Stuhl zu. Doch er setzte sich nicht, sondern inspizierte zu ihrer Verwunderung den Stuhl von allen Seiten.

»Ich kann es nicht glauben«, hörte sie ihn tonlos sagen. Er ging weiter zur Theke und berührte sie mit seinen Fingerspitzen, als müsste er sich vergewissern, dass sie wirklich da war. Sein Blick traf auf die Fotografien, sofort ging er von einer zur anderen, kopfschüttelnd, vor sich hin murmelnd, und Julia bekam Angst, er könnte womöglich den Verstand verlieren.

»Wo hast du die nur her?«, fragte er.

»Ich hab sie im Schuppen gefunden«, antwortete Julia und sah ängstlich zu, wie Álvaro die Tür zur Küche öffnete.

Sie folgte ihm und blieb auf der Schwelle stehen. Fast zärtlich strich er mit den Händen über den Sims des Kaminofens und wandte sich dem gusseisernen Herd zu. Ein trauriges Lächeln erschien auf seinem Gesicht, so als würde er einen alten Freund wiedersehen. Weiter ging er durch die Tür in den Flur, verharrte kurz vor den neuen Gästetoiletten, stieg zielstrebig die Treppe hinauf. Er muss das Haus von früher kennen, fuhr es ihr durch den Kopf. Ziemlich gut sogar. Oben angekommen legte er seine Hand auf die Tür zu Julias Schlafzimmer, so als wolle er sich vergewissern, ob sie wirklich noch da war. Dann drückte er die Klinke herunter.

Als Julia ihm leise ins Zimmer folgte, stand er einfach nur da und betrachtete das Himmelbett. Er wirkte noch immer vollkommen fassungslos.

»Das Bett hat hier gestanden«, sagte Julia, als sie das Schweigen als allzu lastend empfand. »Ich habe es nur wieder hergerichtet. Aber das weißt du wahrscheinlich?«

Álvaro nickte. »Alles hast du wieder hergerichtet.« Seine Stimme klang brüchig. »Es ist ein Wunder, wie du das hinbekommen hast. Alles ist so, wie es damals war.« Als sein Blick auf das Madonnenbild fiel, geschah etwas mit ihm. Er ging darauf zu und presste seine Stirn gegen das Gemälde. Seine Schultern zuckten. Und Julia begriff entsetzt, dass er weinte.

Sie hatte noch nie einen Mann weinen sehen, und Álvaros Anblick, wie er schluchzend an der Wand stand, die Stirn gegen das bemalte Holz gelehnt, brachte sie völlig aus der Fassung. Sie wagte nicht, ihn zu trösten, sondern wartete einfach ab, bis seine

Verzweiflung verebbte und er sich schließlich zu ihr umwandte. Er zog ein Taschentuch aus seiner schmutzigen Arbeitshose. Salz rieselte daraus auf den dunklen Holzboden.

»Du musst mich für komplett verrückt halten«, brachte er mühsam hervor.

»Nein«, antwortete Julia ratlos, holte rasch ein sauberes Tuch aus der Kommode und reichte es ihm. »Ich versteh nur nicht …«

»Natürlich nicht.« Er fuhr sich mit dem Tuch über die Augen. »Wie sollst du auch. Weißt du, das alles hier … Es ist für mich so … so …« Er suchte nach Worten und fand sie offenbar nicht.

»Du kennst dieses Haus, nicht wahr?«

»Ja, natürlich kenne ich es«, antwortete er. »Ich bin hier geboren.« Er wandte sich zum Himmelbett um. »Genau wie meine Mutter.«

»Was?« Julia starrte ihn fassungslos an. »Du bist hier geboren? Dann ist das ja dein Elternhaus!«

Álvaro nickte. »Bis zu meinem siebten Lebensjahr war es das. Ja.«

Julia hatte das Gefühl, dass der Boden unter ihr schwankte. Rasch setzte sie sich aufs Bett und rieb sich über die Schläfen.

»Bis zu deinem siebten Lebensjahr«, wiederholte sie schwach.

»Seither war ich nicht mehr hier drin.«

»Aber …« Julia versuchte, das helle Sirren in ihren Ohren zu ignorieren. »Warum denn nicht?«

»Das ist eine sehr lange Geschichte«, hörte sie ihn sagen.

»Alte Geschichten«, hatte der Möbelschreiner gesagt. Und wie hatte Marcos sich ausgedrückt? *»Eine alte Familienangelegenheit. Mit dir hat das nichts zu tun.«* Was für ein Unsinn! Und ob es mit ihr etwas zu tun hatte. Auf einmal war Julia wieder hellwach.

»Erzähl sie mir«, bat sie. Und als sie sah, dass er zögerte, fügte sie hinzu: »Komm, wir wollen endlich etwas essen. Und dabei erzählst du mir alles.«

»Ich kann einfach nicht glauben, dass du mir nach allem nun noch Tintenfisch auf den Teller legst«, sagte Álvaro, als sie eine Weile später gemeinsam am Tisch in der Küche saßen.

»Schmeckt es dir nicht? Ich kann dir auch ein *Bocadillo* machen«, bot Julia an.

»Oh doch, ich ess das für mein Leben gern. Das ist es ja gerade …« Álvaro nahm einen Bissen und schloss genüsslich die Augen. »Das war die Spezialität meiner Großmutter«, sagte er. »Dafür war das Restaurant berühmt.«

Ich weiß, dachte Julia traurig. Nur dass sie keine Ahnung gehabt hatte, dass die frühere Wirtin Álvaros Großmutter gewesen war. Wenn Marcos sie nicht komplett angelogen hatte, war er wohl mit Álvaro verwandt, überlegte sie, während sie hungrig ihre Portion vertilgte. Hatte er nicht behauptet, sie sei seine Tante gewesen? *Eine alte Familienangelegenheit.* Und sie war da mitten hineingeraten.

Sie holte die Kasserolle aus dem Ofen und legte Álvaro noch eine Portion auf, schenkte Wasser nach. Dann wartete sie geduldig, bis er gegessen hatte. Endlich legte er das Besteck auf den Teller und lehnte sich erschöpft zurück.

»Du möchtest wissen, warum ich mich so komisch benommen habe«, sagte er und schenkte ihr ein schiefes Lächeln.

»Ich nehme an, du hattest einen Grund dafür«, gab sie zurück. »Und wenn es nicht allzu persönlich ist, würde ich ihn wirklich gern erfahren.«

Álvaro starrte auf den alten Herd und schien mit sich zu ringen. »Du hast wirklich ganze Arbeit geleistet, Julia«, sagte er. »*Yaya* wäre sehr glücklich, wenn sie das sehen könnte.«

»Wer?«

»Belén. Meine Großmutter. Ich hab schon immer *yaya* zu ihr gesagt.« Natürlich, dachte Julia. Das heißt ja Oma auf Spanisch. »Sie war es, die dem Haus eine Seele gegeben hat. Und Julia …«, er sah sie an, und seine Augen wurden dunkel und weich, »ich kann nur sagen, du hast sie ihm zurückgegeben.« Er stand auf. »Komm, ich zeig sie dir.« Zielstrebig verließ er die Küche und führte Julia zu der Fotografie im Restaurant, auf dem das Gruppenbild zu sehen war. »Hier«, sagte er stolz und zeigte auf die junge Frau. »Das war Belén, als sie noch jung war. Jaime, mein Großvater, war fast doppelt so alt wie sie, aber sie waren das glücklichste Paar, das du dir vorstellen kannst. Hier ist er.« Er zeigte auf den Mann neben Belén. »Sein Name war Jaime Vásquez González. Er hat die Finca erbaut.«

Julia nickte. Diesen Namen hatte sie in der Grundbucheintragung gelesen.

»Dann ist das Baby da deine Mutter?«

»Ja«, antwortete Álvaro und ging zu dem Bild mit der kleinen Familie hinüber. »Sie hieß Alba. Ich hab nur noch wenige Erinnerungen an sie. Sie ist an den Folgen einer Fehlgeburt gestorben, als ich fünf Jahre alt war.«

»Seid ihr deshalb weggezogen?«

Er gab so lange keine Antwort, dass Julia bereits dachte, er habe ihre Frage gar nicht gehört. Stattdessen war er an einen der Tische getreten und fuhr sanft mit den Fingerspitzen über die glatt polierte Oberfläche.

»Nein«, sagte er schließlich. »Nicht deshalb.« Er setzte sich an den Tisch und sah sich im Restaurant um. »Aber mit ihrem Tod fing alles an.«

Julia folgte seinem Blick und versuchte, sich vorzustellen, wie Álvaro hier als kleiner Junge zwischen den Tischen herumgerannt war. Stellte sich die Bar vor wie dort auf der Fotografie, die Regale mit allen möglichen Flaschen gefüllt, und Belén, wie sie aus der Küche trat und ihre Gäste begrüßte. Sie blinzelte. Auf der Theke stand eine einzige Flasche, es war der Ron Aldea, den Paco ihr geschenkt hatte. Sie holte die Flasche und zwei Gläser, setzte sich zu Álvaro an den Tisch und schenkte ein.

»Du bist dir sicher, dass du sie hören möchtest, diese alte Geschichte? Ich kann dir sagen, besonders schön ist sie nicht.«

»Wenn sie so eng mit diesem Haus verbunden ist, sollte ich sie wohl kennen, oder?«

Er hob sein Glas, nickte anerkennend.

»Ron Aldea. Den hat meine Großmutter auch ausgeschenkt«, sagte er staunend. »›Immer nur das Beste für meine Gäste‹, hat sie oft gesagt.«

»Das ist ein guter Wahlspruch. Lass uns auf Belén trinken«, schlug Julia vor und hob ebenfalls ihr Glas.

»Auf Belén«, sagte Álvaro und nahm einen Schluck.

Julia, die selten Hochprozentiges trank, fühlte, wie der Alkohol sich nach der ersten Geschmacksexplosion auf ihrer Zunge mit Aromen von Früchten, Vanille und Zuckerrohr in ihren müden Gliedern ausbreitete und sie schwer werden ließ. Sie war unendlich müde. Und doch würde sie kein Auge zumachen können, wenn sie jetzt nicht endlich erfuhr, was hier geschehen war.

»Am besten beginnst du ganz von vorn«, bat sie. »Also, dein Großvater hat die Finca gebaut?«

»Genau«, begann er. »Jaime war in seiner Jugend wie viele andere Palmeros nach Venezuela ausgewandert und Anfang der Sechziger mit etwas Geld in der Tasche zurückgekehrt. Bis dahin war die Insel bitterarm gewesen, dann hat sie einen kleinen wirtschaftlichen Aufschwung erlebt durch die ersten Bananenplantagen, durch den Export von Tabak und Zigarren und unserem schönen Holz. Er hat meine Großmutter kennengelernt, und gemeinsam haben sie beschlossen, ein Restaurant zu eröffnen. Ihre Wahl fiel auf diesen Felsen hier, den sie günstig erwerben konnten. Kein Mensch hat damals gedacht, dass man aus dieser schroffen Klippe mit dem uralten Salzgarten darunter etwas machen könnte.«

»Der Salzgarten hat damals schon existiert?«, fragte Julia nach.

»Schon seit Menschengedenken«, antwortete Álvaro. »Er war

total verwildert, schon lange hatte sich keiner mehr um ihn gekümmert. Früher gab es viele solcher kleinen Salinen auf den Kanarischen Inseln, weißt du? Auch drüben in der Nähe des Flughafens gibt es noch eine antike Anlage. Diese hier hatten jedoch die meisten längst vergessen, weil sie so schwer zugänglich ist. Und Jaime hat ihn erneuert und erweitert und schließlich die Finca mit dem Restaurant gebaut. Dank Belén wurde das bald zum Geheimtipp. Die Alten schwärmen heute noch davon.«

Er drehte das leere Glas in seiner Hand und schwieg. Sein Blick ging an Julia vorbei in Richtung des offenen Kamins. Julia ahnte, dass er in Gedanken ganz woanders war, dort, in jenen Zeiten, als dieses Haus noch seiner Familie gehört hatte.

»Was ist danach geschehen?«, fragte sie leise.

Álvaro sah sie an, als hätte er sie ganz vergessen.

»Was dann geschah?« Er schien nach den richtigen Worten zu suchen. »Nach dem Tod meiner Mutter war mein Vater nicht mehr derselbe. Als Kind habe ich das nicht so wahrgenommen, aber später haben meine Großeltern mir erzählt, dass sie im Grunde nicht einverstanden gewesen waren mit der Wahl meiner Mutter. Er heißt Belisario, und ich fand ihn einfach nur großartig. Er hat die schönsten Spiele erfunden, und immer hatte er eine Geschichte auf Lager. Manche Leute kamen nur deshalb, um ihn erzählen zu hören. Für den Salzgarten hat er sich nie besonders interessiert, das war die Sache meines Großvaters, der sich darüber ärgerte, dass mein Papa ihm nicht geholfen hat. Und er hatte leider eine große Schwäche, die uns allen zum Verhängnis wurde.« Álvaro verstummte wieder und starrte auf das leere Glas in seiner Hand. In seinem Gesicht arbeitete es. Feine Muskelstränge an Kiefer und Wangen zuckten, als ob er auf etwas herumkaute. »Er hat die Finca im Spiel verloren«, sagte er plötzlich leise.

»Im Spiel?«, fragte Julia schockiert zurück.

»Und rate mal, an wen.«

Es brauchte einen Augenblick, bis Julia verstanden hatte.

»Dein Vater hat die Finca an Marcos verloren?« Álvaro presste die Lippen fest aufeinander und nickte. »Bei was für einem Spiel denn?«

»Domino.« Álvaro hatte die Fäuste geballt. »Mein Vater war richtig gut darin, der beste Spieler der Insel, das haben mir die Leute immer wieder versichert.«

»Dieses Spiel mit den schwarzen Steinen und den weißen Punkten drauf?«, fragte Julia bestürzt. »Die man aneinanderlegen muss?«

»Ja, genau. Aber nicht die Art Domino, die man als Kind spielt«, erklärte Álvaro. »Hier auf den Inseln gibt es viele verschiedene Versionen. Mein Vater war auf eine spezialisiert, die extrem strategisch ist. Natürlich bleibt es bei aller Strategie ein Glücksspiel.« Er lehnte sich zurück und schloss die Augen. »Nach dem Tod meiner Mutter hat er fast nichts anderes mehr getan, als Domino zu spielen. Und immer hat er gewonnen. Ich glaube, er fühlte sich irgendwann unbesiegbar. Und dann ist es passiert.«

»Und Marcos hat das, was er in einem Dominospiel gewonnen hat, tatsächlich eingefordert?«, wandte Julia ein. »Kein anständiger Mensch tut so was.«

»Marcos schon.«

»Und überhaupt, gehörte deinem Vater die Finca denn?«

»Ja, leider. Meine Großmutter hat das bitter bereut. Denn sie hat irgendwann, ich glaube, das war anlässlich meiner Geburt, das ganze Anwesen einschließlich des Salzgartens auf meine Mutter überschrieben. Und nach ihrem Tod hat Belisario alles geerbt. Eigentlich, so hat Belén immer gesagt, hatte sie das alles mir vermachen wollen. Aber wer überschreibt so einen Wert schon einem Säugling? Meine Mutter sollte das Anwesen für mich verwalten. Aber von einem Tag auf den anderen hat uns die Finca nicht mehr gehört.«

»Und der Salzgarten?«

»Der war davon nicht betroffen«, antwortete Álvaro. »Zum Glück. Aber die Finca mit dem Restaurant – die waren verloren.«

»Hätte man nicht mit Marcos reden können?«, fragte Julia immer noch fassungslos. Álvaro lachte traurig auf. »Mit ihm reden? Glaubst du, Belén hätte nicht alles versucht? Und nicht nur sie. Das ganze Dorf hat sich eingemischt. Doch mein Vater blieb stur. ›Spielschulden sind Ehrenschulden‹, hat er gesagt und seine Unterschrift unter die Urkunde gesetzt, die uns zu Heimatlosen machte.«

Julia konnte es immer noch kaum glauben. Entsetzt stellte sie sich vor, wie der alte Jaime und Belén aus ihrem Haus vertrieben wurden, zusammen mit ihrem siebenjährigen Enkel. »Wir mussten die Finca räumen. Für meinen Großvater war das so etwas wie ein Todesurteil, er war schon über siebzig, als das geschah, ein halbes Jahr später ist er gestorben.«

»Und dein Vater?«

»Der hat sich aus dem Staub gemacht«, gab Álvaro müde zur Antwort. »Nach Venezuela, wie Jahrzehnte zuvor mein Großvater. Ich glaube, er hat sich abgrundtief geschämt.«

»Hast du noch Kontakt zu ihm?«, fragte Julia. Sie dachte an ihre eigene Familie, die in alle Winde verstreut war.

»Kürzlich habe ich ihn wieder aufgenommen«, antwortete Álvaro, und zu Julias Verwunderung verschloss sich seine Miene plötzlich, so als hätte sie etwas Falsches gesagt. Er stand auf. »Es wird Zeit. Ich sollte jetzt gehen. Es war ein harter Tag, vor allem für dich. Danke für deine Hilfe, ich weiß das wirklich zu schätzen.« Er schluckte, sah sich noch einmal in dem großen Gastraum um, so als wolle er sich alles genau einprägen.

»Immer wieder gern«, antwortete Julia herzlich. Und doch war sie befremdet von seiner plötzlichen Förmlichkeit. »Das nächste Mal bereite ich etwas zum Essen für alle vor, wenn du es mir rechtzeitig sagst.«

Álvaro sah sie überrascht an, seine Augen lächelten. »Das ist nett von dir. Aber es wird nicht mehr notwendig sein«, sagte er. »Ich hab ja schon gesagt, es wird keine Salzernte mehr geben. Ich geh weg von hier.«

Julia verstand nicht gleich. Dann brach die Erkenntnis über sie herein wie eine kalte Welle. »Du gehst weg von hier? Aber warum denn? Und was wird aus dem Salzgarten?«

Álvaro zuckte mit den Schultern. »Keine Ahnung«, antwortete er kurz angebunden, und sein Gesicht wirkte auf Julia wie eine verschlossene Tür. Er sah aus, als wolle er noch etwas sagen, doch er schwieg. Endlich sagte er: »Jetzt, wo ich gesehen habe, wie großartig du das alles machst, fällt es mir leichter. Für Belén wird es ein Trost sein, wenn ich es ihr erzähle.«

»Sie lebt noch?«

»Ja, in einem Seniorenheim in der Hauptstadt. Es geht ihr dem Alter entsprechend gut.«

Julia war unwillkürlich auf ihn zugegangen. Sie wollte nicht, dass er ging, nicht so. Nein, er sollte überhaupt nicht gehen, schon gar nicht für immer.

»Álvaro …«, begann sie, als sie vor ihm stand, und wusste nicht, was sie sagen sollte. Das war auch nicht nötig. Als wäre es das Natürlichste von der Welt, hatte er seine Arme um sie gelegt, sie an sich gezogen und seine Lippen auf die ihren gepresst. Er schmeckte salzig, alles an ihnen beiden war voller Salz, und trotzdem wünschte sich Julia nichts sehnlicher, als dass sie ewig so stehen bleiben könnten, aneinandergeschmiegt und versunken in diesem langen Kuss.

Als er sie losließ, taumelte sie kurz. Dann fing sie sich wieder. So wie sie sich noch immer wieder gefangen hatte.

»*Adiós*, Julia«, raunte er und ging zur Tür.

»Bitte«, sagte sie so leise, dass sie nicht sicher war, ob man sie überhaupt hören konnte. »Geh nicht.«

Aber er war schon fort. Sie hörte seine Schritte, wie sie im Hof rasch leiser wurden und schließlich verklangen. Er war gegangen, so wie die Männer, die sie liebte, immer irgendwann gegangen waren. Und sie blieb wieder einmal allein zurück.

Tränen liefen ihr über die Wangen, als sie auf einmal fühlte, wie sich Amo an ihr Knie schmiegte und einen leisen Klagelaut von sich gab. Mit einem Schluchzen setzte sie sich neben ihm auf den Boden und schlang ihre Arme um seinen Hals. Der Hund hielt ganz still, während sie ihr Gesicht in sein weiches Fell drückte und ihren Tränen freien Lauf ließ.

19

Pastel de cabello de ángel – Engelshaar-Gebäck

Was hätte sie nicht für heißes Wasser aus der Dusche gegeben! So blieb ihr, als sie sich endlich ein wenig beruhigt hatte, nichts anderes übrig, als trotz der fortgeschrittenen Stunde einen Kessel mit Wasser warm zu machen, um sich am ganzen Körper zu waschen und ihr langes Haar von den Salzkrusten zu befreien.

So kann es nicht weitergehen, sagte sie sich, als sie Strähne für Strähne ihres Haares auskämmte. Ich brauche endlich wieder fließendes Wasser. Aber sie meinte auch noch etwas ganz anderes, was so einfach nicht weitergehen konnte: Warum gab es im Leben aller Menschen irgendwann ein Happy End, und nur in ihrem nicht?

Sie war todmüde und fand trotzdem keinen Schlaf. Immer wieder ging sie in Gedanken Álvaros Erzählung durch, glaubte im Halbschlaf, zwei Männer an einem Tisch sitzen zu sehen, über Dominosteine gebeugt. Belén mit ihrem Enkel Álvaro an der Hand, wie sie aus der Finca vertrieben wurden. Und Marcos, der ausrief: »Dann bin ich es los und den ganzen Ärger gleich mit.«

Irgendwann schlief sie doch ein und träumte, dass sie Salz im Mund hatte und kein Wasser, um es auszuspülen. Als sie aufwachte, hatte sie großen Durst, und ihr fiel wieder ein, dass sie vergessen hatte, Álvaro nach dem Ursprung seines Wassers im Salzgarten zu fragen. Sie stand auf, um etwas zu trinken, sah aus dem Fenster und stellte fest, dass in dieser Nacht kein einziger Stern am Himmel zu sehen war. In ihrem Zimmer war es heiß und drückend, und es brachte auch keine Linderung, das Fenster zu öffnen. Das also war Calima. Julia hoffte, dass diese Wetterlage sich bald änderte.

Am Morgen fühlte sie sich wie gerädert. Zu der schlaflosen Nacht kam ein Muskelkater, der so schmerzhaft war, dass sie Mühe hatte, sich überhaupt anzuziehen. Ihre Arme fühlten sich an wie Blei, und ihr Rücken tat weh.

Beim Frühstück überfiel sie ganz plötzlich wieder das heulende Elend. Sie musste sich eingestehen, dass dieser Ort ohne Álvaro nicht mehr derselbe für sie sein würde. Warum hatte sie ihn einfach so gehen lassen? Irgendwann hörte sie auf zu schluchzen, raffte sich auf und beschloss, nicht mehr länger tatenlos herumzusitzen, sondern etwas zu tun. Sie würde zum Salzgarten hinuntergehen und Álvaro bitten zu bleiben. Sie würde ihn fragen, warum er fortwollte. Und warum er sie überhaupt geküsst hatte, wenn es ihm so leichtfiel, sie gleich wieder zu verlassen. Und was es mit Naira auf sich hatte.

Mühsam schleppte sie sich den Felsenweg hinunter, nur um festzustellen, dass sie zu spät kam. Das Salzhäuschen war verschlossen, von Álvaro keine Spur, auch sein Wagen war nicht mehr da.

Niedergeschlagen setzte sie sich dorthin, wo sie am Vortag Mittagspause gehalten hatten. War das wirklich erst gestern gewesen? Sie legte sich auf den glatten Felsen und merkte, dass Wind aufgekommen war, der dunkle Wolken vor sich her trieb und zu einer dichten, schmutzig grauen Masse auftürmte. Genau wie Álvaro es angekündigt hatte. Bald würde es Regen geben, und das nicht zu knapp.

Stöhnend erhob sie sich, doch die Aussicht, ihren schmerzenden Körper den ganzen steilen Weg wieder hinaufzuschleppen, war niederschmetternd. Eine ungewohnte Lust überkam sie, einfach hier liegen zu bleiben und nie wieder aufzustehen. Als die ersten

Tropfen fielen, zog sie sich unter einen überhängenden Felsen zurück wie ein Tier, das seine Wunden leckt.

Verlassen lag der Salzgarten vor ihr. Die Regentropfen kräuselten die Oberfläche der abgeernteten Solebecken, die stahlgrau und abweisend die trüben Wolkengebilde reflektierten. Dort, wo die in der Sonne glitzernden weißen Salzhaufen gelagert hatten, waren nur noch schmutzig weiße Flecken auf dem schwarzen Vulkangestein zu sehen. Bald würden die letzten Reste vom Regen weggewaschen sein. Auf einem der Dämme lag eine vergessene Schaufel, oder war es die, bei der der Stiel nicht mehr festsaß, und Álvaro hatte sie absichtlich zurückgelassen? Bei ihrem Anblick kamen Julia schon wieder die Tränen. Auch sie hatte er zurückgelassen, nachdem er ihr mit diesem Kuss den Verstand geraubt hatte.

Irgendwann vernahm sie das Geräusch eines Motors, das sich näherte. Hoffnungsvoll stand sie auf und ging um das Haus herum, um zu sehen, ob sie richtig gehört hatte. Kam er zurück?

Nein. Es war ein fremder Wagen. Eine Frau stieg aus, es war Serena. Zunächst stutzte sie, als sie Julia sah, dann kam sie zu ihr.

»Hast du auch etwas vergessen?«, fragte sie, nachdem sie Julia auf beide Wangen geküsst hatte. »Álvaro hat mir erzählt, wie sehr du ihm gestern geholfen hast. Leider konnte ich nicht dabei sein.«

»Wo ist er denn jetzt?«, fragte Julia.

»Bei Belén«, antwortete Serena. »Er will seine letzten Tage hier auf der Insel mit ihr verbringen.« Sie seufzte und streifte Julia mit einem nachdenklichen Blick. Oder war er gar vorwurfsvoll? »Am Samstag fliegt er.«

»Wohin eigentlich?« Julia hörte selbst, wie kratzig ihre Stimme klang.

»Nach Venezuela, zu seinem Vater.« Serena zog einen Schlüssel aus der Hosentasche und ging hinüber zu dem Häuschen. »Wenn du mich fragst«, sagte sie über die Schulter zu Julia, die ihr folgte, »ist das eine total bescheuerte Idee. Aber mich fragt ja keiner.« Sie schloss die Tür auf und trat hinein. Julia konnte einen Blick ins Innere des kleinen Hauses werfen. Es bestand aus einem einzigen Raum mit einer provisorischen Küchenzeile, einem Tisch mit vier Stühlen und einer Kommode. An der hinteren Wand stand ein Bett, über das eine bunte gewebte Decke gebreitet war. »Er hat vergessen, den Strom abzuschalten«, rief Serena Julia zu und machte sich an dem Sicherungskasten zu schaffen. An der Tür drehte sie sich noch einmal um. »Ach, es ist so schade«, sagte sie leise, als sie die Tür abschloss. »Wir werden ihn schrecklich vermissen.«

Ich auch, dachte Julia, und ihre Brust wurde eng.

Nun stand Serena vor ihr und musterte sie eingehend. »Warum bist *du* eigentlich hier?«, fragte sie.

»Ich …« Julia musste sich räuspern, und beschloss, die Wahrheit zu sagen. Wenigstens halbwegs. »Ich wollte mich noch mal von ihm verabschieden. Jetzt bin ich zu spät gekommen.« Ihr wurde heiß unter dem Blick aus Serenas großen schwarzen Augen. Sie hatte das Gefühl, dass sie bis in ihr Herz sehen könnte. »Ich geh dann mal wieder. Allerdings …«, sie musste über sich selbst lachen, »ehrlich gesagt bin ich gar nicht sicher, ob ich es jemals wieder bis zur Finca hinaufschaffe. Ich hab einen furchtbaren Muskelkater.«

Serena lachte und ließ ihre blitzend weißen Zähne sehen. »Ich weiß genau, wovon du sprichst«, sagte sie. »Ich hab ja schon oft bei der Salzernte geholfen. Komm mit, ich fahr dich heim. Keine Widerrede«, insistierte sie, als sie sah, dass Julia abwinken wollte. »Das hast du dir in jedem Fall verdient. Álvaro hat gesagt, du hast genauso hart gearbeitet wie die Männer. Außerdem wird es gleich anfangen zu gießen.«

Dankbar stieg Julia zu Serena in den Wagen und fuhr nun zum ersten Mal auf dieser Piste, die in sanftem Bogen die gesamte Klippe umrundete und schließlich, weit entfernt von der Finca, auf die Straße führte. Serena behielt recht, auf einmal begann es heftig zu regnen.

»Das muss ein Riesenaufwand gewesen sein, diesen Weg zu bauen«, staunte Julia, und Serena nickte.

»Den hat Álvaro angelegt, als er zurückgekommen ist.«

»Er hat den Salzgarten also nicht schon immer betrieben?«

Serena schüttelte den Kopf. »Nein. Er ist ja bei uns im Dorf aufgewachsen, nachdem … na, du weißt schon. Seit sie da rausmussten. Nach der Schule hat er Geologie studiert und in verschiedenen berühmten Salinen gearbeitet, um das Handwerk des Salzmeisters von der Pike auf zu lernen. Vor acht Jahren hat er dann hier angefangen.« Sie schwieg und nahm die Auffahrt auf die Straße. Hin und wieder warf sie Julia von der Seite einen Blick zu. »Hat er dir denn das nie erzählt? Die Sache mit der Finca?«

»Gestern Abend«, antwortete Julia. »Er hat sich total gefreut, als er gesehen hat, dass ich das Restaurant wiederbeleben werde.«

»Du wirst das Mesón wieder aufmachen?« Serena war so überrascht, dass sie den Wagen beinahe in den Seitengraben gesteuert hätte. Es regnete inzwischen in Strömen, die Scheibenwischer schafften es kaum, die Sicht freizuhalten.

Julia nickte. »Ich bin Köchin. In Deutschland habe ich ein erstklassiges Restaurant geführt.«

»Das wusste ich gar nicht.« Serena konzentrierte sich wieder auf die Straße, und Julia war ihr dankbar dafür.

»Sag mal, warum gibt Álvaro den Salzgarten eigentlich auf?«, fragte sie. »Ist er nicht rentabel?«

»Doch, doch«, antwortete Serena. »Das Salz verkauft sich fantastisch.« Sie hatte die Stirn gerunzelt und blickte konzentriert geradeaus auf die Straße.

»Was ist dann der Grund?« Julias Kehle fühlte sich wieder staubtrocken an.

Serena warf ihr einen erstaunten Blick zu. »Das weißt du wirklich nicht?«

»Nein!«

Die Einfahrt zur Finca Flor de Sal kam in Sicht. Serena setzte den Blinker und bog vorsichtig in die holperige Piste ein. Einige Meter weiter blieb sie stehen und schaltete den Motor ab. Sie wandte sich Julia zu und musterte sie eingehend. Der Regen trommelte auf das Autodach, und Julia hatte das Gefühl, dass um sie herum die Welt versank.

»Hat er dir das gestern denn nicht gesagt?«

Verwirrt schüttelte Julia den Kopf. »Warum er fortmuss? Nein. Er hat mir die ganze Vorgeschichte erzählt und wie alles kam. Aber warum er weggeht und den Salzgarten aufgibt … ich hatte das Gefühl, dass er darüber nicht sprechen will. Aber es würde mich natürlich schon interessieren …«

»Das sollte es auch«, fiel ihr Serena streng ins Wort. »Der Grund bist nämlich du.«

»Ich?« Julia schnappte nach Luft. »Wieso sollte ich der Grund dafür sein?«

Serena stöhnte auf und ließ ihren Kopf gegen die Nackenstütze fallen. »Das weißt du wirklich nicht? Deshalb sind doch alle im Dorf so sauer auf dich.«

»Um Himmels willen, was hab ich denn Schreckliches getan?«

»Du hast die Finca gekauft.«

Julia wurde langsam wütend. »Na und? Die stand doch ewig lange leer. Wieso hat keiner von euch sie gekauft, wenn ihr sie mir nicht gönnt?«

Serena sah ihr in die Augen, dann stöhnte sie erneut laut auf. »Ach du liebes bisschen«, sagte sie. »Marcos hat dir das wirklich nicht gesagt?«

»Was denn?«, gab Julia heftig zurück. »Was hätte er mir sagen sollen?«

»Also, jetzt hör mal gut zu«, sagte Serena. »Diese Finca zu kaufen ist ein Tabu. Weil Álvaros Familie seit ewigen Zeiten versucht hat, sie zurückzubekommen. Glaubst du, Belén hätte sich einfach so verjagen lassen? Und Álvaro? Seit er zurück ist, also seit acht Jahren, steht er in Verhandlungen mit Marcos. Aber der alte Halunke will sie der Familie nicht zurückgeben. Er hat das Anwesen lieber leer stehen lassen, als es seinen rechtmäßigen Besitzern zu verkaufen.« Serena atmete heftig vor Zorn. »Als wir das begriffen haben, hat fast jede Familie in unserem Dorf versucht, ihm die Finca abzukaufen, um sie an Belén und Álvaro weiterzugeben. Das hat der alte Fuchs natürlich gerochen und ist auf keines der Angebote eingegangen. Bis Totos Vater auf die Idee kam, das Ministerium einzuschalten.«

»Das Ministerium?«

»Die Behörden sehen es überhaupt nicht gern, wenn solche Baudenkmäler verkommen. Álvaro hat eine Menge Geld für Anwälte ausgegeben, und es sah ganz so aus, als würde Marcos endlich vor die Wahl gestellt, entweder das Gebäude selbst zu bewirtschaften oder es endlich zu verkaufen. Und zwar an Álvaro.«

Julia war wie betäubt von dem Gehörten. Die Begegnung mit Marcos kam ihr wieder in den Sinn, wie schnell er ihr das Angebot gemacht hatte, ihr die Finca zu verkaufen. Wie sehr er gedrängt hatte, dass alles so schnell wie möglich ablief. Der Notar am anderen Ende der Insel, der selbst an einem Freitagnachmittag noch Zeit gefunden hatte, den Kaufvertrag rechtskräftig zu machen. Das alles hatte sie gewundert. Doch sie hatte es nicht hinterfragt.

»Álvaro stand kurz vor seinem Ziel«, fuhr Serena fort. »Und dann hast du ihm das Mesón vor der Nase weggeschnappt. Das ist der Grund, wieso dich alle so hassen. Und natürlich auch, warum Álvaro jetzt die Insel für immer verlässt. Denn ohne die Finca kann er den Salzgarten nicht auf Dauer betreiben. Das Häuschen da unten ist nicht zum Wohnen geeignet, es ist eigentlich nur eine Art Werkzeugschuppen und als Unterstand für die Salzarbeiter gedacht. Für ein Wohnhaus steht es viel zu nah an der Küstenlinie. Vermutlich weißt du nicht, dass es auf der Insel ein Gesetz gibt, das vorschreibt, dass zwischen jedem Wohnhaus und der Küste mindestens hundert Meter Abstand bleiben müssen. Die Behörden haben jahrelang ein Auge zugedrückt, denn alle haben geglaubt, dass Álvaro irgendwann die Finca zurückbekommen würde. Aber das ist ja jetzt endgültig vorbei.«

Das Schweigen, das nun eintrat, erschien Julia abgrundtief. Alles lag auf einmal glasklar vor ihr. Marcos hatte sie dazu benutzt, um Álvaro nach all den Jahren erneut sein Elternhaus wegzunehmen. Sie war zufällig zur rechten Zeit am rechten Ort gewesen. Oder am falschen, je nachdem, aus welchem Blickwinkel man es betrachtet. Ein Wunder, dass nicht auch Álvaro sie hasste.

»Wieso hat mir das bislang keiner gesagt?«, fragte sie verzweifelt. »Warum redet niemand mit mir? So findet man doch keine Lösung!« Sie spürte, wie ihr Tränen über die Wangen liefen.

»Die beste Lösung, so dachten wohl alle, wäre, dass du wieder verschwindest. Deshalb haben sie dir das Wasser abgestellt«, gab Serena zurück. »Jeder ist davon ausgegangen, dass du die Geschichte kennst.«

»Woher denn, wenn sie mir keiner erzählt?«, fragte Julia heftig. »Und ich verstehe immer noch nicht«, fuhr sie fort und wischte sich die Tränen ab, »warum Marcos dermaßen stur ist. Wieso hat er Belén das Haus denn nicht verkauft, wenn er es selbst nicht wollte?«

Serena zuckte mit den Schultern. »Meine Mutter hat immer behauptet, dass er sich rächen wollte, weil er Alba nicht bekommen hat.«

»Alba? Du meinst Álvaros Mutter?«

Serena nickte. »Marcos soll sehr verliebt in sie gewesen sein. Aber Alba wollte nie etwas von ihm wissen und hat stattdessen Belisario geheiratet. Meine Mutter sagt, dass er noch heute Albas Eltern die Schuld dafür gibt. Wobei er da sicher nicht ganz falschlag, keiner konnte ihn besonders leiden. Marcos soll als Kind schon so einen durchtriebenen Charakter gehabt haben. Heute ist er einer der reichsten Männer der Insel. Um Geld geht es ihm nicht. Er will dieser Familie wehtun. Und das ist ihm wirklich gelungen.«

Serena ließ den Motor anspringen und steuerte den Wagen bis vor das Tor der Finca. Wie betäubt saß Julia daneben und versuchte, das Gehörte zu verarbeiten.

»Das heißt, wenn Álvaro die Finca bekäme, dann würde er bleiben?«, fragte sie, als sie unter dem Drachenbaum anhielten.

Serena sah sie an. Mitgefühl lag in ihren Augen. »Du magst ihn gern, oder?«

Julia spürte, wie sie rot wurde. »Klar«, sagte sie betont leichthin. »Wer tut das nicht?« Sie dachte an Naira, die sie seit gestern fast vergessen hatte. Und an den Kuss, der sich so absolut richtig angefühlt hatte. »Geht er denn allein nach Venezuela?«

Serena lachte abschätzig auf. »Naira erzählt allen, dass sie ihm bald folgen würde.« Julia sank das Herz. Natürlich. »Also, wenn du mich fragst«, fuhr Serena plötzlich heftig fort, »ich finde, Naira tut ihm überhaupt nicht gut. Sie hängt sich zu sehr an ihn. Und er ist zu gutmütig, um ihr das zu sagen.«

Er war auch zu gutmütig, um mir die volle Wahrheit zu sagen. Julia lächelte bitter. Er hatte nicht gewollt, dass sie erfuhr, was sie ihm angetan hatte.

»Danke«, sagte sie und öffnete die Tür. »Fürs Mitnehmen. Und dafür, dass du mir endlich die Augen geöffnet hast.«

Alles erschien Julia nun in einem neuen Licht. Der Torbogen, der Hof, die Haustür. So als hätte sie das alles nur für eine gewisse Zeit geborgt und jetzt erst erfahren, dass es eigentlich anderen Leuten gehörte. Schon seit Langem.

Der Gastraum kam ihr auf einmal fremd vor, als hätte sie ihn für andere schön hergerichtet. Ein Auftrag, wie das Savoir Vivre, das ihr ebenso wenig gehört hatte.

Das Savoir Vivre …

Sie ging durch die Küche und zur Hintertür hinaus in den Garten. Amo war ihr die ganze Zeit gefolgt und sah sie fragend an.

»Ich bin wie du«, sagte sie zu dem Hund, »einfach aufgetaucht, obwohl ich hier nichts zu suchen habe.«

Der Regen hatte plötzlich aufgehört, Eidechsen flitzten umher, ein besonders großes Exemplar mit leuchtend türkisblauer Brust blieb selbstbewusst direkt vor Julia sitzen und beäugte sie, so als sei er hier der Herr und sie nur eine Besucherin. Sie ging weiter zu den Bäumen, die sie nicht gepflanzt hatte und in deren Laub die Regentropfen schimmerten wie kleine Juwelen. Vorsichtig, um nicht allzu nass zu werden, lief sie unter den Ästen hindurch zu dem Aussichtsplatz, von dem aus sie das, was sie noch bis vor einer Stunde als ihr Eigentum betrachtet hatte, überblickte. Aber es gehörte ihr nicht. Obwohl sie Geld dafür bezahlt hatte und im Grundbuch als Besitzerin eingetragen war. Es gehörte Álvaro und Belén.

Sie ging zurück ins Haus, gab Amo Futter und machte sich ein simples Omelett, was ihr an diesem Tag misslang wie schon seit ihren Lehrjahren nicht mehr. Dauernd stand ihr Álvaros bleiches Gesicht vor Augen, und erst jetzt, da sie die ganze Wahrheit kannte, verstand sie seinen schmerzerfüllten Ausdruck.

Er mag mich auch, dachte sie wehmütig. Deshalb wollte er mir nicht wehtun. Er geht lieber selbst, als dass er mir Vorwürfe macht.

Der Regen setzte wieder ein, und Julia streifte ruhelos durch alle Räume der Finca. Betrachtete lange Emils Bett, in dem er nie geschlafen hatte. Sie war einem Traum aufgesessen, einer Illusion. Sie hatte geglaubt, ganz neu anfangen zu können und sich ein Paradies zu erschaffen. Aber Paradiese gab es auf dieser Erde nicht.

Schließlich blieb sie vor dem Bild mit der Salzmadonna stehen, das Álvaros Selbstbeherrschung einen Riss zugefügt hatte. Ihr fielen die vertrockneten Farbtuben ein, die sie weggeworfen hatten. Wem sie wohl gehört hatten? Ob Alba die Malerin gewesen war?

Wie auch immer, das Gemälde gehörte Álvaro. Alles hier gehörte im Grunde ihm.

Sie setzte sich in den Schaukelstuhl und wählte Claires Nummer.

»Hast du es dir überlegt?«, fragte ihre Freundin sofort, nachdem sie sich begrüßt hatten.

»Ja, hab ich«, sagte Julia. »Ich nehme Kerchers Angebot an, falls es noch besteht.«

»Oh ja, das tut es«, gab Claire vergnügt zurück. »Und er ist schon merklich im Preis heruntergegangen.«

»Du musst mir einen großen Gefallen tun.«

»Alles, was in meiner Macht steht«, antwortete Claire. »Solange ich nicht zum Mars fliegen muss.«

»Und was ist mit La Palma?«

Im Grunde war es ganz einfach. Claire würde den Kauf mit Kercher festmachen und dann nach La Palma kommen, um mit Álvaro die Übergabe der Finca zu regeln.

»Ich will nichts daran verdienen«, schärfte sie ihrer Freundin ein. »Nur die Kosten, die ich investiert habe, soll er mir erstatten, mehr nicht.«

»Willst du nicht lieber selbst mit ihm …«

»Nein«, unterbrach Julia sie. »Auf keinen Fall.«

»Und ich dachte, du magst ihn.«

Julia schwieg einen Moment lang. »Das ist es ja gerade«, sagte sie dann leise. »Ich mag ihn zu sehr.«

»Und warum verschwindest du dann einfach von der Insel?«

»Er ist gebunden, Claire.«

Darauf wusste ihre Freundin nichts zu erwidern.

Herauszufinden, in welcher Seniorenresidenz Belén lebte, stellte sich als einfacher heraus, als Julia gedacht hatte. Schon bei der vierten Einrichtung, deren Nummer sie im Internet gefunden hatte, wurde ihr bestätigt, dass eine alte Dame namens Belén Vásquez dort wohnte. Schwieriger war es, den Brief zu schreiben. Oder sollte sie Álvaros *yaya* lieber einen Besuch abstatten? Was aber, wenn sie ihm dabei begegnen würde? Ein weiteres Problem war die Frage, was aus Amo werden sollte. Der Hund war ihr ans Herz gewachsen. Nach Deutschland mitnehmen konnte sie ihn jedoch beim besten Willen nicht.

Leichter fiel es ihr, den Flug zurück nach Deutschland zu buchen. Ihre Wohnung hatte sie noch immer nicht gekündigt, was sich jetzt als Vorteil erwies. Vielleicht könnte sie irgendwann ins Stockwerk über dem Savoir Vivre einziehen, ein so großzügiges Büro mit Vorzimmer wie Kercher brauchte sie wahrlich nicht. Dann würde sie voll und ganz ihrer Bestimmung leben und das Restaurant ihr Zuhause werden. Doch das würde sie alles sehen.

Gegen Abend ließ der Regen nach, und sie beschloss, zu Maribel und Paco zu fahren, um ihnen ihre Entscheidung mitzuteilen. Vielleicht, so überlegte Julia, könnten sie Amo bei sich aufnehmen, falls Chico und Luna das erlauben würden. Emil war an diesem Tag bei seinem Vater, was Julia mit Erleichterung zur Kenntnis nahm. Der Junge hatte sich schon seit einer gefühlten Ewigkeit nicht mehr bei ihr gemeldet. Zu wissen, dass er auf der Finca del Casco eine zweite Heimat gefunden hatte, war eine große Beruhigung für sie.

»Hast du dir das gut überlegt?«, fragte Maribel zweifelnd, nachdem sie mit immer größer werdenden Augen Julias Bericht angehört hatte.

»Zu überlegen gibt es da nichts mehr«, antwortete Julia. »Seit ich weiß, dass ich Álvaro bei dem Kauf der Finca ungewollt in die Quere gekommen bin, ist das alles keine Frage mehr für mich.«

»Er hätte wirklich mit dir darüber sprechen sollen«, wandte Ana ein, die gemeinsam mit Paco und Miguel am Tisch saß. »Das ist doch typisch Mann. Lieber einem Konflikt aus dem Wege gehen, als den Mund aufzumachen.«

»Ich glaube, er wollte mir das einfach ersparen«, sagte Julia nachdenklich.

»Das würde bedeuten, dass ihm viel an dir liegt«, warf Paco ein, und aus dem Munde des Ziegenhirten mit den weisen Augen klang das fast schon pathetisch. Julia konnte nicht anders, sie musste an den langen, salzigen Kuss denken, und ihr Herz tat ihr auf einmal wieder unsäglich weh.

»Keine Ahnung«, sagte sie und riss sich zusammen. »Meine Entscheidung ist gefallen. Seine Großmutter lebt in einer Pflegeeinrichtung in der Hauptstadt. Nach all den schrecklichen Jahren des Kampfes um ihr Zuhause muss es sie doch unendlich glücklich machen, wenn es endlich wieder zurück an die Familie fällt. Alles andere wäre einfach nicht richtig.«

Nachdenklich schaute sie aus dem Fenster und beobachtete, wie Chico und Luna gegenüber Amo ihre Rangordnung klarmachten. Zum Glück war der Neuling klug genug, sich ihnen unterzuordnen. Ob er allerdings begriffen hatte, dass dies sein neues Zuhause sein würde, wagte Julia zu bezweifeln.

»Und du?«, fragte Miguel. »Denkst du dabei auch ein bisschen an dich?«

Alle sahen sie erwartungsvoll an. Ja, was wollte sie eigentlich? In Deutschland würde sie wieder in ihr altes Leben eintauchen, und alles, was sie hier erlebt hatte, wäre bald nur noch Erinnerung. Sie fühlte die Blicke ihrer Freunde auf sich und wusste keine Antwort.

»Manchmal muss etwas eben einfach sein«, sagte sie schließlich.

»Du kannst ja jederzeit wiederkommen«, sagte Maribel sanft und griff nach ihrer Hand. »Dieses Gasthaus ist nicht der einzige Ort auf La Palma, wo du ein Restaurant eröffnen könntest. Wenn du willst, sehen wir uns inzwischen nach einem neuen Standort für dich um.«

Eine lebhafte Diskussion entbrannte um Immobilien, die infrage kommen könnten. Ana hatte gleich mehrere Ideen, und

Miguel wusste von einer verlassenen Finca auf tausend Höhenmetern auf halbem Weg zu den internationalen Observatorien.

»Da kommen viele Touristen vorbei«, sagte er. »Und die Besatzung der Sternwarte würde sich sicher auch über ein gutes Restaurant in ihrer Nähe freuen.«

»Ich weiß gar nicht, was dieser Salzgärtner damit anfangen will.« Maribel schüttelte den Kopf. »Belén ist viel zu alt, um ein Gasthaus zu führen. Wer, sagst du, ist noch mal seine *novia?*« Sie gebrauchte das etwas altmodische, aber durchaus noch übliche Wort für Freundin oder Verlobte.

»Ich kenne sie kaum«, antwortete Julia, und ihr Herz füllte sich mit Traurigkeit. »Sie heißt Naira.«

»Ist das nicht die junge Frau, die unter Epilepsie leidet?«, fragte Ana.

Julia nickte. Und musste unwillkürlich wieder an jenen Abend denken, an dem sie mit Álvaro unter den Palmen des Dorfes getanzt hatte, und alles so unwirklich schön gewesen war. Bis Naira einen ihrer Anfälle bekommen und Álvaro sie nach Hause gebracht hatte.

Verehrte Señora Belén, lieber Álvaro, schrieb Julia. *Anbei sende ich Ihnen den Zweitschlüssel zur Finca Flor de Sal. Nachdem ich endlich erfahren habe, dass dieses Anwesen seit langer Zeit Ihnen zusteht, mache ich selbstverständlich den Weg frei, damit Sie dorthin zurückkehren können. Meine Freundin und Anwältin Claire wird sich mit Álvaro über die Bedingungen der Übergabe verständigen. Ich erwarte nicht mehr, als ich für den Kauf, die Renovierung und die Ausstattung ausgegeben habe, und hoffe, dass wir uns auf diesen Betrag einigen können. Es tut mir leid, Anlass für großen Kummer gegeben zu haben. Hätte ich von Anfang an die Hintergründe gekannt, wäre das alles nicht geschehen.*

Ich kehre nun nach Deutschland zurück und wünsche Ihnen alles

Gute für die Zukunft in der Finca und im Salzgarten. Lieber Álvaro, ich wünsche Dir und Naira in Deinem Elternhaus alles Glück dieser Erde.

Julia überlegte, ob sie den letzten Satz lieber streichen sollte. Doch dann ließ sie ihn stehen, unterschrieb und steckte ihn zusammen mit dem Schlüssel in einen wattierten Umschlag.

Sie würde ihn am nächsten Tag persönlich in der Seniorenresidenz abgeben und sicherstellen, dass er auch wirklich bei Álvaros Großmutter ankam. Danach würde sie in aller Ruhe zum Flughafen fahren und der Insel den Rücken kehren.

Der Abschied von Emil war erstaunlich leicht gewesen. Der Junge war in seinem neuen Leben angekommen, und nachdem Julia ihm versichert hatte, dass sie ganz bestimmt einmal im Jahr das Savoir Vivre für sechs Wochen schließen und diese Zeit auf La Palma verbringen würde, schien er es nicht mehr weiter dramatisch zu finden, dass sie zurück nach Deutschland ging.

Bei ihrem Bruder, so fand sie, genügte ein kurzes Telefonat, um ihn über ihre Pläne zu informieren, und das Desinteresse, mit dem er die Neuigkeit aufnahm, zeigte ihr einmal mehr, wie wenig sie miteinander verband. War es nicht bezeichnend, dass neu gewonnene Freunde wie Devi und Sam und natürlich Maribel und ihre Familie ihre Abreise am meisten bedauerten? Dem stand ein ganzes Dorf gegenüber, das sicherlich jubeln würde, sobald sich die Neuigkeit herumgesprochen hatte. Nur ein Hund trauerte wirklich um sie, Amo, der sich gerade auf der Finca del Casco mehr recht als schlecht einlebte, wie Miguel ihr am Telefon berichtete, und den ganzen Tag die Einfahrt bewachte, vermutlich in der Hoffnung, dass Julia bald zurückkommen würde. Es brach ihr fast das Herz, wenn sie nur daran dachte.

Julia hatte bereits gepackt, als sie an ihrem letzten Abend ihre wärmste Jacke nahm und sich in ihren Pick-up setzte. Denn vor der

Abreise wollte sie auf ihre Weise Abschied von La Palma nehmen. Miguel hatte sie daran erinnert, dass sie die Insel nicht verlassen konnte, ohne ihren Gipfel besucht zu haben, und zwar bei vollem Bewusstsein und nicht halb ohnmächtig, wie bei ihrer Ankunft. Er hatte ihr geraten, dies bei Anbruch der Dunkelheit zu tun, um den Blick zur Abwechslung mal von dem Erdengeschehen abzuwenden und hinauf in die unendlichen Weiten des Firmaments zu schauen, denn wenn auch die Sonne über der Insel etwas Wundervolles war, so sei doch der Sternenhimmel ganz und gar einzigartig.

Im goldenen Licht des Sonnenuntergangs erklomm sie die Straße, die in nicht enden wollenden Schleifen den Berg hinaufführte. Sie erkannte die Weinberge wieder, die sie bei einem ihrer früheren Ausflüge entdeckt hatte und deren Erzeugnisse sie inzwischen kannte, die lichten Mischwälder, die in der einbrechenden Dunkelheit geheimnisvoll wirkten und irgendwann den Kanarenkiefern Platz machten, die die erstaunliche Fähigkeit besaßen, mit ihren Nadeln Feuchtigkeit aus den Wolken zu ziehen. Dann gelangte sie an jene Kreuzung, an der sie das letzte Mal falsch abgezweigt war, und fuhr weiter, passierte die Baumgrenze und fand sich in einer unwirtlichen Landschaft aus Felsen und niedrigen Sträuchern wieder. Ihr war, als wäre sie auf einen anderen Planeten geraten, als sie nach einigen Kilometern im Licht der Sterne die ersten der weißen kuppelförmigen Gebäude sah und die riesigen Parabolspiegel, die den Nachthimmel vielfach reflektierten. Hier also arbeitete Miguel.

Sie fuhr weiter, vorbei an den imposanten Anlagen verschiedener Nationen, die an den Hängen des höchsten Kraterrands der Insel verteilt standen, bis zu jenem Aussichtsplatz des *Roque de los Muchachos*, wo sie den Wagen auf demselben Parkplatz abstellte, auf dem sie damals fast ohnmächtig vor Erschöpfung und Hunger gewesen war. Damals hatten Touristen diesen Ort besucht, an diesem Abend, ihrem letzten auf der Insel, war sie ganz allein.

Als sie ausstieg, schlüpfte sie in ihre Jacke und war froh, auf Miguel gehört zu haben, der ihr geraten hatte, sie mitzunehmen, denn hier, auf 2426 Metern Höhe, wehte ein eiskalter Wind.

Julia sah sich um, erkannte die bizarren Basaltsäulen, an denen sie damals versucht hatte, Halt zu finden. Dann wandte sie sich dem Ausblick in Richtung Osten zu.

Dunkel hob sich der mächtige uralte Kraterrand, auf dem sie stand, von dem hellen Nachthimmel ab. In der Ferne erkannte sie, umspielt von silbernen Wolkenschleiern, die Silhouette der Nachbarinsel Teneriffa. Lange stand sie da und schaute, bis sie sich an Miguels Worte erinnerte und ihren Blick nach oben richtete.

Es war wie ein Eintauchen in ein Meer aus Lichtern. Während ihr in Deutschland der Sternenhimmel immer wie ein dunkles Tuch mit silbernen Sprengseln vorgekommen war, so erlaubte er hier einen Blick in seine tiefen Dimensionen. Auf einmal konnte Julia den unendlichen Raum erahnen, der sich hinter dem Glitzern der lichtstärkeren Sterne fortsetzte, immer weiter, mit winzig erscheinenden Himmelskörpern, von denen viele vermutlich in Wirklichkeit viel größer waren als die Erde selbst, nur eben so unvorstellbar weit von ihr entfernt.

Wie klein sie sich auf einmal vorkam, so unbedeutend ihr Schicksal, so absolut unwichtig, ob sie nun hier oder in Deutschland für andere Menschen kochen würde, angesichts dieser unbegreiflichen Weite. Einfach lächerlich waren die kleinlichen Streitereien unter den Menschen, die Rachsucht eines Marcos und der Zorn eines ganzen Dorfes, das sie vom Wasser abgeschnitten hatte, um sie zu vertreiben.

Und was war mit ihren Gefühlen für Álvaro?

Die hatten unter dem gigantischen Himmelszelt über dem höchsten Punkt der Insel genauso Bestand wie auf Höhe des Meeresspiegels, dort unten im Salzgarten. Ja, Julia gestand sich endlich ein, dass sie diesen Mann liebte, so sehr, wie sie noch nie einen Menschen geliebt hatte. Doch seltsamerweise hatte selbst der Schmerz darüber, dass sie ihn wohl nie wiedersehen würde, an diesem magischen Ort keinen Bestand. Liebe bedeutete eben, dem anderen das zu geben, was das Beste für ihn war. Vermutlich würde Álvaro es nie erfahren, aber im Grunde war auch das nicht wichtig.

Wichtig war, so viel wie möglich von diesem Gefühl mit in ihr neues, altes Leben zu nehmen. Und Julia nahm sich fest vor, über den Sternen der Gourmet-Juroren den echten Sternenhimmel, der die Macht hatte, alles in sein richtiges Maß zurechtzurücken, nie mehr zu vergessen.

Am nächsten Morgen packte sie ihren Koffer und die zusätzlichen Taschen in den Pick-up, ging noch einmal durch das ganze Haus, pflückte im Garten einen Strauß Rosmarin, den sie in ihre Handtasche legte, damit sein Duft sie während des Flugs begleitete, dann schloss sie alles ab und kehrte der Finca den Rücken. Sie hatte mit Claire verabredet, dass sie mit demselben Flugzeug auf der Insel ankäme, das Julia zwei Stunden später zurück nach Deutschland nehmen würde. Auf diese Weise hatten sie ausreichend Zeit, um das Geschäftliche zu besprechen und die notwendigen Papiere auszutauschen und zu unterschreiben. Claire hatte sich zwei Wochen freigenommen, um mit Álvaro alles zu regeln. »Eine kleine Auszeit tut mir gut«, hatte sie Julia versichert. »Und meine Mutter kümmert sich gern solange um Flo und die Zwillinge.«

Doch zuvor musste Julia noch den Brief übergeben, damit Álvaro ihn vor seiner Abreise nach Venezuela noch erhielt. Den Weg zur Seniorenresidenz fand sie auf Anhieb, sie hatte sich die Wegbeschreibung im Internet genau eingeprägt. Sie stellte den Wagen ab und begab sich zum Empfang.

»Ich habe einen äußerst wichtigen Brief für Señora Belén Vásquez«, sagte sie. »Und für ihren Enkel Álvaro.«

»Möchten Sie ihn der Señora selbst übergeben?«, fragte die freundliche Rezeptionistin. Sie sah auf die Uhr. »Sie dürfte schon im Speisesaal sein. Señora Vásquez isst immer gern sehr früh.«

Julia schluckte. Am liebsten wäre sie den Umschlag mit Brief und Schlüssel so schnell wie möglich losgeworden. Andererseits wollte sie wirklich sichergehen, dass er umgehend in die richtigen Hände gelangte. »Ihr Enkel ist auch schon im Speisesaal«, fuhr die Dame fort. »Gehen Sie ruhig in den ersten Stock. Halten Sie sich rechts. Dann gelangen Sie in den *comedor*. Heute gibt es übrigens *Pastel con Cabello de ángel* zum Nachtisch nach einem Spezialrezept von Señora Vásquez persönlich.« Die freundliche Dame lachte fröhlich. »Sie war ja früher eine bedeutende Köchin.«

»*Cabello de ángel?* Engelshaar?«, fragte Julia verständnislos.

»Kennen Sie nicht?«, fragte die Empfangsdame zurück. »Ein köstlicher Nachtisch aus karamellisierten Fasern einer speziellen Sorte Kürbis, die aussehen wie goldenes Haar. Man macht daraus eine Art Pastete. Sehr lecker! Wenn Sie möchten, können Sie gegen eine kleine Spende ruhig mitessen.«

Julia bedankte sich, holte tief Luft und ging die Treppe hinauf. Oben angekommen hörte sie bereits das Klappern von Besteck auf Porzellan und schnupperte den typischen Essensgeruch aus einer Großküche. Julias Nase nahm außerdem eine leichte Karamellnote wahr. Zögernd näherte sie sich dem Speisesaal und blieb auf der Schwelle stehen.

Zwischen den wenigen alten Menschen, die bereits um halb zwölf Uhr zu Mittag aßen, war Álvaros Gestalt nicht zu übersehen. Er saß halb von der Tür abgewandt und unterhielt sich mit einer zierlichen Dame mit grauen Löckchen, die langsam und bedächtig eine Gabel zum Mund führte.

Das also war Belén, Álvaros *yaya*, die strahlende junge Frau auf den Fotos im Restaurant. Einen Moment lang war Julia ganz in den Anblick der beiden versunken, wie sie so einträchtig beieinandersaßen. Dann sagte eine Stimme hinter ihr: »Kann ich Ihnen helfen?«

Es war eine junge Pflegerin. Julia holte tief Atem. Dies war die Gelegenheit, auf die sie gewartet hatte.

»Ja«, sagte sie. »Wären Sie so freundlich, und würden diesen Brief Señora Vásquez dort drüben geben? Ich möchte nicht stören. Außerdem hab ich es eilig«, schwindelte sie.

Die junge Frau nahm den Umschlag. »Señora Belén?«, fragte sie und sah zu Álvaro und seiner Großmutter hinüber. »Ja, das mach ich gern.«

Julia bedankte sich und wandte sich zum Gehen, doch etwas hielt sie zurück. Sie hielt inne und beobachtete, von der Tür halb verborgen, wie die Pflegerin dem überraschten Álvaro und seiner Großmutter den Umschlag reichte.

Noch ehe einer der beiden sich zur Tür umwenden konnte, suchte Julia das Weite. Jetzt noch einmal diesem Mann unter die Augen zu treten, das ginge über ihre Kräfte. Es war schon so schwer genug. Aber es war richtig so.

Am Flughafen hatte sie sich mit Gonzo verabredet, der den Wagen gegen einen angemessenen Betrag wieder übernahm und ihr mit ihren Taschen bis zur Flughalle half.

Es war noch viel zu früh, Claire würde erst in zwei Stunden ankommen, und so suchte Julia sich in der weitläufigen Abflughalle im oberen Stockwerk einen abgelegenen Platz. Sie wollte für sich sein. So viele Bilder zogen ihr durch den Kopf, so viele Eindrücke und Erinnerungen. Vor allem aber das Bild, das sich als letztes in ihre Netzhaut eingebrannt hatte – Álvaro bei seiner Großmutter, wie er erstaunt aufblickte und den Brief entgegennahm, den ihm die Pflegerin reichte.

Sie holte sich einen Kaffee in einer der Bars, kaufte eine Zeitung, und doch starrte sie auf die Artikel, ohne sie zu lesen. Stattdessen dachte sie daran, was sie in Deutschland erwartete. Sie würde René entlassen und sich möglicherweise von Paul und Markus trennen müssen. Zuallererst würde sie jedoch das Savoir Vivre für mindestens einen Monat schließen, um sich in Ruhe neu aufzustellen und ein deutliches Zeichen an ihre Kundschaft auszusenden, dass sich etwas grundlegend änderte. Flo hatte bereits angeboten, die Neueröffnung unter ihrer Leitung mit einer Pressekampagne zu unterstützen. Sie hatte keine Zweifel, dass es ihr gelingen würde, innerhalb eines halben Jahres den Ruf des Restaurants wieder ganz und gar herzustellen. Bei sich selbst suchte sie allerdings vergeblich nach dem Schwung, der sie bislang immer über schwierige Zeiten hinweggetragen hatte, und empfand kein bisschen Vorfreude auf das, was nun kommen würde. Und wie sie nach der Weite, die sie auf dieser Insel kennen und lieben gelernt hatte, je wieder ihre Tage und Nächte in einer fensterlosen Küche verbringen sollte, das war ihr im Augenblick schleierhaft.

Sie wird zurückkommen, die Freude, sagte sie sich und versuchte erneut, sich in einen Artikel zu vertiefen.

Endlich wurde die Ankunft von Claires Flugzeug durchgesagt, und Julia erhob sich, um langsam in Richtung des Bistros zu gehen, wo sie sich verabredet hatten. Sie wollte gerade an einem Tisch Platz nehmen, als sie hörte, wie jemand ihren Namen rief.

Sie drehte sich um. Vor ihr stand Álvaro.

»Du willst doch nicht wirklich abreisen«, fragte er und musterte erschrocken ihr Gepäck. »Das darfst du nicht.«

»Ich … ich glaube, es ist das Beste«, stammelte Julia und versuchte, nicht in seine wundervollen Augen zu schauen.

»Nein, auf gar keinen Fall!« Álvaro griff nach ihrer Hand, sie fühlte seine Wärme und den sanften Druck seiner Finger. »Komm, lass uns in Ruhe darüber reden«, bat er. »Ich will nicht, dass du fortgehst. Und meine *yaya* bringt mich um, wenn ich dich jetzt ziehen lasse.« Ein kleines Lächeln erschien auf seinem Gesicht. »Bitte.«

»Was gibt es da denn noch zu reden«, wandte Julia müde ein. »Gleich kommt meine Freundin, dann kannst du mit ihr alles besprechen.«

»Was wartet denn in Deutschland auf dich? Ein … ein Mann?« Seine Stimme zitterte ein wenig, so als würde ihm das etwas ausmachen.

»Nein, kein Mann«, antwortete Julia. »Ein Restaurant. Ich komme schon klar. Das Wichtigste ist, dass du endlich dein Elternhaus zurückbekommst und …«

»Das Wichtigste ist, dass ich dir endlich sage, was ich für dich empfinde«, fiel ihr Álvaro ins Wort. »Das hätte ich vermutlich schon lange tun sollen. Ich liebe dich, Julia. Vom ersten Moment an, als du nass wie eine Katze am Straßenrand standst, als du zum Dorffest kamst und … und … du darfst jetzt einfach nicht weggehen.«

Julia schluckte. Er liebte sie?

»Und was ist mit Naira?«, fragte sie.

Er sah sie verständnislos an. »Mit Naira? Was soll mit ihr sein? Sie ist meine Cousine, wir sind zusammen groß geworden, und … ja, sie geht mir manchmal ein bisschen auf die Nerven mit ihrer Anhänglichkeit und …« Auf einmal wirkte er, als ginge ihm ein Licht auf. »Du hast doch nicht etwa geglaubt, Naira und ich … Nein, Julia, wir sind kein Paar. Mit uns beiden hat sie überhaupt nichts zu tun.« Julia hatte plötzlich das Gefühl, dass ihre Knie aus Watte bestünden, sie wollte sich gerade hinsetzen, als Álvaro ihr zuvorkam. Er schloss sie fest in seine Arme und zog sie an sich. »Hast du mich denn auch ein bisschen lieb?«, flüsterte er an ihrem Ohr.

»Oh ja, ich … sogar sehr«, stammelte Julia.

»Bitte sag mir, dass du hierbleibst!«

»Nur, wenn du auch nicht weggehst.«

»Ohne dich gehe ich nirgendwo mehr hin«, versicherte er ihr, dann streiften seine Lippen zärtlich über ihren Mund, und er küsste sie, bis sich alles in ihr auflöste, was sie die ganze Zeit so bedrückt hatte, ihre Anspannung und die Traurigkeit, ihre mühsam immer wieder zusammengerafften vernünftigen Argumente, der alte Kummer darüber, dass sie sich immer so allein durchs Leben schlagen musste – all das schmolz und machte einem unendlichen Glücksgefühl Platz.

Auf einmal hörte Julia, wie sich jemand vernehmlich neben ihnen räusperte.

»Kann es sein, dass ich umsonst hergeflogen bin?« Es war Claire, die neben ihnen stand, die Hände in die Taille gestemmt und sie mit verschmitztem Grinsen betrachtete. Sie lösten ihre Lippen voneinander, aber nicht die Umarmung.

»Sagen wir mal so«, antwortete Julia, und noch immer ließ Álvaro sie nicht los. »Ich glaube, wir brauchen eine andere Art von Vertrag.«

»Die Finca ist groß genug für uns beide«, warf Álvaro ein, der kein Deutsch verstand. »Findest du nicht?«

Ganz kurz blitzte in Julia die alte Angst wieder auf, sich erneut zu täuschen, so wie damals mit Alain, und am Ende wie so oft allein dazustehen. Sie und Álvaro kannten sich doch im Grunde kaum. War es vorschnell, ihr Schicksal mit dem dieses Mannes zu verknüpfen? Nein, sagte ihr Herz. Wenn sie jetzt ihren Gefühlen nicht folgte, würde sie es ihr Leben lang bereuen.

»Ja, das ist sie«, sagte Julia und hatte das Gefühl, dass sich nun auch der letzte Rest von Sorge in ihr auflöste. »Die Finca ist definitiv groß genug. Und auch für deine Großmutter ist Platz, wenn sie möchte. Und für Amo.« Den würde sie so schnell wie möglich wieder zurückholen.

Álvaros Augen strahlten.

»Also kann ich Kercher nun doch absagen?« Claire sah fragend von Julia zu Álvaro. »Dir ist schon klar, dass du mir jetzt etwas schuldest, oder?«

»Freie Kost und Logis im Mesón Flor de Sal, solange du möchtest«, antwortete Julia mit einem Lachen. »Ach, ich hab euch einander noch gar nicht vorgestellt.«

Während der Fahrt zurück ließ Álvaro ihre Hand nicht los. Julia fühlte sich wie in einem Traum, nie war ihr die Insel schöner vorgekommen als an diesem strahlenden Sommertag, an dem die Sonne einmal mehr aus einem tiefblauen Himmel schien und alles mit ihrem Licht verzauberte. Der Regen hatte der Vegetation gutgetan, frisches Grün bedeckte die oft so karg wirkenden Hänge, Blumen hatten den Wassersegen genutzt, um ihre Blüten zu öffnen. Claire hatten sie nach einem ausgiebigen Imbiss am Flughafen, wo sie und Álvaro rasch Freunde geworden waren, in ihr Hotel gebracht, wo Julia bereits ein Zimmer für sie gebucht hatte. Am folgenden Morgen würde Julia sie abholen und ihr alles zeigen. Jetzt allerdings, das sah ihre Freundin ein, brauchten Álvaro und sie Zeit für sich.

Álvaro erzählte, wie überrascht er und Belén gewesen waren, als sie Julias Brief gelesen hatten. »Und dann hat sie mir ganz schön die Hölle heißgemacht«, berichtete er lachend, »dass ich ein solches Mädchen wie dich einfach gehen lasse.«

»Und woher hast du gewusst, wann ich fliege?«

»Ich hab deinen Bruder angerufen.«

»Was hast du?«, fragte Julia überrascht. »Du kannst ihn doch nicht leiden!«

»In solchen Situationen muss man über seinen Schatten springen«, gab Álvaro mit einem Grinsen zurück.

»Und er hat es dir tatsächlich erzählt?« Schließlich wusste sie, wie schlecht Jens auf den »Salzmann« zu sprechen war.

»Ich glaube, er war so überrascht von meinem Anruf, dass er völlig vergessen hat, dass er eigentlich nicht mit mir spricht.« Er lachte. Und wurde sogleich wieder ernst. »Ich hab ein paarmal versucht, dir alles zu sagen, Julia. Das mit der Finca. Und vor allem, wie viel du mir bedeutest. Aber du hast so abweisend gewirkt. Und an dem Abend, als wir die Salzblumen geerntet haben, da warst du kurz angebunden und bist gleich verschwunden.«

»Weil ich geglaubt habe, dass du mit Naira zusammen bist«, erklärte Julia.

»Und ich war mir sicher, dass du einen Freund in Deutschland hast«, gab Álvaro zurück. »Jedes Mal, wenn ich zu dir hochgekommen bin, hab ich befürchtet, dass du nicht mehr allein wärst.« Julia sah ihn erschrocken an. Nie im Traum wäre ihr eingefallen, dass er so etwas denken könnte. »Schau mich nicht so überrascht an«, sagte er mit einem verlegenen Lächeln. »Eine so wundervolle Frau wie du, dachte ich, musste ihren Traummann einfach schon gefunden haben.«

»Und ich hab angenommen, alle sind so unfreundlich zu mir, weil du mit Naira verlobt bist.«

»So viele Missverständnisse«, sagte Álvaro mit einem tiefen Seufzen.

Da war noch etwas, was ihr auf der Seele lag. »Warum hast du mir eigentlich nicht erzählt, was die Finca für dich bedeutet?«

»Ich hab gesehen, wie glücklich du hier bist«, antwortete er. »Da hab ich es nicht übers Herz gebracht.«

Julia lehnte sich auf dem Sitz zurück und schloss die Augen. Ihre Finger fühlten die Wärme von Álvaros Hand. Und bei dem Gedanken, dass sie nun wirklich zusammenbleiben würden, wurde sie auf einmal ganz ruhig. Alles würde gut werden, davon war sie überzeugt.

»Ab jetzt wollen wir immer ganz offen miteinander sein«, bat sie.

»Ja, das wollen wir.«

Und dann erreichten sie endlich die Finca, von der Julia geglaubt hatte, dass sie sie nie wiedersehen würde. Die Sonne stand hoch über dem Salzgarten und über dem Mesón und brachte das stolze Gebäude zum Erstrahlen.

»Dein Zuhause«, sagte Julia und drückte Álvaros Hand.

»Unser Zuhause«, korrigierte er sie und drückte ihr einen zärtlichen Kuss auf die Hand. »Und das soll es für immer bleiben.«

Epilog

»Ich bin mir nicht sicher, ob du weißt, was du tust«, sagte Claire leise. Es war das letzte Wochenende ihres Aufenthalts auf der Insel. Sie hatten beschlossen, es mit einem besonderen Essen zu feiern. »Schließlich kennst du sie ja noch gar nicht richtig.«

Julia antwortete nicht gleich. Fasziniert beobachtete sie, wie Álvaro seiner Großmutter die drei Stufen zum Portal des Mesón hinaufhalf und dann ihren Rollator nachholte. »Es ist ihr Zuhause«, erklärte sie dann. »Wie könnte ich ihr das verweigern?«

Emil rannte juchzend über den Hof und warf einen Stock. »Los, Amo«, rief er. »Bring ihn mir wieder.«

Schwanzwedelnd sah Amo von Emil zu dem Stock und wieder zurück. Das Apportieren musste er erst noch lernen.

»Aber dass du ihr gleich anbieten willst, hier bei euch zu wohnen«, insistierte Claire. »Also ehrlich, Julia, das halte ich für überstürzt!«

Julia zuckte mit den Schultern und folgte Álvaro und seiner Großmutter ins Haus. Claire würde das sowieso nicht verstehen. Julia hatte nie eine richtige Familie gehabt. Es rührte sie, wie liebevoll Álvaro mit Belén umging. Sie wollte diesen Mann glücklich sehen und brachte es nicht übers Herz, die Frau, die diesen wunderschönen Ort mit aufgebaut hatte, in einem Pflegeheim mitten in der Hauptstadt verkümmern zu lassen.

Jetzt stand Belén im Gastraum, still wie eine Salzsäule, nur ihr Blick schweifte langsam umher.

»Komm, setz dich, *yaya*«, sagte Álvaro und rückte einen Stuhl für die zierliche alte Dame zurecht.

Doch Belén schien ihn nicht zu hören. Wie vom Donner gerührt stand sie da und sah hinauf zu dem Oberlicht, das goldene Reflexe auf ihre weißen Löckchen zauberte. Ihr Gesicht mit den vielen feinen Falten wirkte auf einmal jung und rosig, und ihre hellbraunen Augen, die denen von Álvaro so sehr glichen, schimmerten feucht.

»Als hätte sich nichts verändert«, sagte sie schließlich und drehte sich zu Julia um. »Dreißig Jahre sind eine lange Zeit. Wie hast du das nur gemacht?«

Sie stützte sich auf ihren Rollator und ging langsam zu den Fotografien, betrachtete eine nach der anderen. Dann wandte sie sich zur Theke.

»Früher war die Wand dahinter verspiegelt«, sagte sie nachdenklich. »Aber vielleicht gibt es heute eine schönere Lösung. Mich hat eigentlich immer gestört, dass darin alles reflektiert wurde. Es war nicht einfach, das Licht gemütlich zu gestalten.« Sie sah Julia fragend an.

»Ich hab daran gedacht, den Putz zu entfernen und die Natursteinwand sichtbar zu machen«, antwortete diese. »Und nur wenige Flaschen zu zeigen, die meisten unter der Bar zu verstauen.«

Belén nickte und wandte sich zur Küchentür. »Darf ich?«, fragte sie.

»Selbstverständlich«, antwortete Julia überrascht.

Belén warf ihr einen fast schon konspirativen Blick zu. »So selbstverständlich ist das nicht. Ich habe es früher gehasst, wenn Leute einfach so in meine Küche spaziert sind.« Sie grinste, und Julia wusste mit einem Mal ganz sicher, dass sie und Belén sich ausgezeichnet verstehen würden.

»Du bist nicht irgendwelche Leute«, sagte sie und öffnete die Tür.

Inzwischen war der neue Gastroherd samt Backrohr und Dampfgarer in die alte Küche integriert worden, und somit war endlich alles so, wie Julia es sich von Anfang an vorgestellt hatte. Gespannt beobachtete sie Belén, die sich mit großen Augen umsah. Ihr Blick glitt von den neuen, schimmernden Geräten ungläubig zu dem alten, gusseisernen Herd, auf dem ein verlockend duftendes Ragout vor sich hin simmerte, dann zum Holzofen und wieder zurück.

»Du hast …«, die alte Dame musste sich räuspern, »du hast meinen alten Herd nicht rausgeworfen?«

»Nein, warum sollte ich? Ich finde ihn großartig«, entgegnete Julia. »Ich hab zwar erst lernen müssen, wie man mit ihm umgeht, aber inzwischen komme ich gut mit ihm zurecht.«

»Ich werde dir zeigen, wie ich darin meine Pasteten gemacht habe«, sagte Belén aufgeregt. »Und das Brot, das ich im Ofen gebacken habe. Ich hatte da ein ganz besonderes Rezept …« Sie hielt inne und sah Julia an. »Aber du hast bestimmt deine eigenen. Álvaro hat mir erzählt, dass du sogar einen Michelin-Stern errungen hast und …«

»Ich möchte deine Rezepte sehr gern kennenlernen«, unterbrach Julia sie sanft. »Es wäre mir eine Ehre, wenn du sie mir anvertrauen würdest.«

»Julia macht übrigens einen ausgezeichneten Tintenfisch«, warf Álvaro ein. »Der ist fast so gut wie deiner.«

Zu Julias Erleichterung begann Belén herzlich zu lachen. »Eines musst du lernen, mein Lieber«, sie sah zu ihrem Enkel und hob drohend den Zeigefinger, »sag einer Frau niemals, dass jemand anderes etwas besser macht als sie.«

»Da bin ich anderer Meinung«, widersprach Julia und musste ebenfalls lachen. »Wer aufhört zu lernen und glaubt, schon alles zu können, wird bald nicht mehr zu den Besten gehören.«

Der lange, anerkennende Blick aus Beléns Augen, denen man

die einundachtzig Jahre kein bisschen ansah, machte Julia dann doch ein bisschen verlegen.

»Da hast du etwas Wahres gesagt.« Álvaros Großmutter musterte sie nachdenklich. »Auch das Alter lässt sich viel besser ertragen, wenn man täglich nach etwas Ausschau hält, was man noch nicht kennt.«

Nach dem Essen, das sie auf Beléns Wunsch hin im Garten eingenommen hatten, stellte Julia erfreut fest, dass selbst Claire, der sie die Gespräche übersetzte, von der alten Dame ganz bezaubert war. Emil hatte bestimmt die Hälfte seines Essens an Amo verfüttert und nahm offenbar an, Julia habe das nicht bemerkt. Doch es lag ihr fern, ihn dafür zu rügen, sie war einfach nur glücklich, dass Jens es endlich erlaubt hatte, dass ihr Neffe sie besuchte.

»Darf ich aufstehen und mit Amo spielen?«, fragte Emil, als er fertig war, und sah so artig, wie er nur konnte, von Julia zu der alten Dame, die ihn mächtig zu beeindrucken schien.

»Ja, Emil«, sagte Julia. Und schon schoss er davon, und Amo, der im Schatten des Baums auf ihn gewartet hatte, sprang hinter ihm her.

Julia fühlte Álvaros Arm um ihre Schulter und lehnte sich an ihn, dachte an die wundervollen Tage und Nächte, die sie inzwischen gemeinsam verlebt hatten, seit er sie vor fast zwei Wochen im letzten Moment am Flughafen abgepasst hatte. Es war, als würden sie sich schon seit ewigen Zeiten kennen, und noch immer konnte Julia nur darüber staunen, wie nah sie sich einander fühlten. Ja, beide hatten sie in der Vergangenheit so manche Enttäuschung erlebt, sie hatten in den letzten Tagen ausreichend Gelegenheit gehabt, sich darüber auszutauschen. Umso mehr genossen sie die Zärtlichkeit und Leidenschaft, die sie beide füreinander empfanden.

»Ich hab mir übrigens erlaubt, zum Kaffee ein paar alte

Bekannte herzubitten«, unterbrach Belén ihre Gedanken. »Ich nehme an, sie werden gleich da sein.«

Sofort war Julia hellwach. Claire wechselte einen kurzen Blick mit ihr, so als wollte sie sagen: Na bitte, ich hab's ja gewusst! Schon beim allerersten Mal lädt sie ohne dein Wissen irgendjemanden ein, so als sei sie hier die Herrin.

»Ja?« Julia bemühte sich, nicht allzu erschrocken zu klingen. »Wen denn?«

»Ein paar Leute, denen ich den Kopf zurechtrücken muss.« Beléns Augen glitzerten kämpferisch. Mehr wollte sie offenbar nicht verraten.

»Nun«, sagte Julia und erhob sich, »dann werde ich mal den Kaffee vorbereiten.« Zum Glück hatten die Frauen von der Witwenkooperative an diesem Morgen ihre erste Probelieferung vorbeigebracht. Auch wenn Julia noch nicht ganz zufrieden mit dem Ergebnis war – für diesen Überraschungsbesuch waren die Kekse perfekt.

Mit gemischten Gefühlen betrachtete sie von der Küche aus die kleine Gruppe im Schatten des mächtigen Nísperobaums. Von dort, wo sie saßen, war der hässliche weiße Wassercontainer, den Paco ihr geliehen hatte, kaum zu sehen. Noch immer hatten sie kein fließendes Wasser, obwohl Álvaro Totos Vater vor ein paar Tagen bereits einen Besuch abgestattet hatte. Und Julia fragte sich, wann sie wohl endlich das Restaurant würde eröffnen können.

Da sie nicht wusste, wie viele Personen kommen würden, stellte sie aufs Geratewohl ein Dutzend Tässchen auf ein Tablett und schaltete die große Kaffeemaschine ein. Gerade, als sie die Mandelkekse auf die Etagere gelegt hatte, hörte sie Amo wachsam bellen.

Julia ging durch den Gastraum hinaus in den Hof und sah den Besuchern entgegen. Zwei Autos fuhren vor, den einen Wagen kannte sie, es war der von Toto.

Auf einmal war Álvaro an ihrer Seite. »Mach dir keine Sorgen, *cariño*«, sagte er leise. »Jetzt wird alles gut.«

Wenig später stand Señor Pérez mit einem fremden Mann im Hof und sah sich mit finsterer Miene um. Toto hatte Pepe, Serena und Naira mitgebracht. Amo tobte um sie herum und hörte erst damit auf, als Julia ihn zur Ordnung rief.

»*¡Bienvenidos!*«, sagte sie mit fester Stimme.

Pérez murmelte etwas und sah zu Boden. Der fremde Mann allerdings beantwortete höflich und ernst ihren Gruß, während sich die jüngeren Leute um Álvaro scharten und außer Serena, die Julia herzlich grüßte, so taten, als sei sie gar nicht da.

»Ihr wollt sicher mit Belén sprechen«, sagte Julia laut und vernehmlich. »Sie ist hinten im Garten.«

Sie ging den Besuchern voraus am Haus vorbei in den hinteren Teil des Anwesens und war gespannt, wie sich dieser Nachmittag noch gestalten würde. Als sie zum Tisch am Nísperobaum blickte, hielt sie erstaunt inne.

Belén hatte sich erhoben, nur wer genau hinsah, erkannte, dass sie sich mit der rechten Hand leicht auf dem Tisch abstützte. Obwohl sie nicht besonders groß war, wirkte sie wie eine Königin, die ihre Untergebenen erwartete. Claire sah den Ankömmlingen mit gerunzelter Stirn entgegen.

»Belén«, rief Señor Pérez fast schon ehrfürchtig aus und eilte auf sie zu, um sie auf beide Wangen zu küssen. »Wie geht es dir?«

»Mir geht es prächtig. Und euch?« Gnädig nahm sie auch von den anderen die Küsschen entgegen, nur der Mann, den Julia nicht kannte, drückte ihr die Hand.

»Ich habe nicht gehört, dass ihr die Besitzerin der Finca anständig begrüßt hättet«, sagte Belén streng in die Runde. »Und dabei ist mein Gehör noch ziemlich gut.« Während Pérez verlegen zu Boden sah, wirkten die anderen überrascht.

»Wir dachten … jetzt, wo Álvaro bleibt …«

»Was dachtet ihr?«, fuhr Belén auf. »Dass wir sie davonjagen, so wie ihr es vorhattet? Ist das jetzt der neue Geist unseres Dorfes? Fremden zu misstrauen und ihnen das Leben schwer zu machen?« Ihre hellen Augen suchten Pérez. »Alte Verträge zu brechen und sogar so weit zu gehen, jemandem das Wasser abzustellen?« Es wurde still unter dem Nísperobaum, selbst die Eidechsen hatten aufgehört, im dürren Gras zu rascheln.

»Belén«, begann Pérez kleinlaut. »Wir dachten … wir wollten …«

»Was wolltet ihr? Meinem Enkel auf diese Weise zu seinem Recht verhelfen? Wisst ihr nicht, dass aus Unrecht niemals Glück entstehen kann? Diese junge Frau hat nichts mit unseren alten Geschichten zu tun. Warum seid ihr nicht zu mir gekommen und habt mich nach meiner Meinung gefragt, wenn ihr schon glaubtet, in meinem Interesse zu handeln?«

»Yaya«, mahnte Álvaro leise. »Sei nicht *zu* streng.«

»Ich verlange, dass das aufhört«, schloss Belén. »Ihr solltet euch freuen, dass hier wieder Leben einkehrt. Julia ist in Deutschland eine berühmte Köchin. Es ist eine Ehre für das Dorf, dass sie sich bei uns niedergelassen hat.«

»Als Bürgermeister begrüße ich das natürlich sehr«, beeilte sich der Mann zu sagen, den Julia noch nicht kannte. »Mein Name ist Baltasar Alonso González«, stellte er sich ihr vor. »Bei allen Fragen können Sie sich gern an mich wenden, Señora Julia.« Wie in Spanien üblich, sprach auch er ihren Namen mit einem rauen »ch« am Anfang aus.

»Im Augenblick gibt es nur ein Problem«, sagte Julia und sah Totos Vater an. »Ohne Wasser kann ich das Restaurant nicht eröffnen.«

Wieder wurde es still. Pérez schien mit sich zu kämpfen. »Dann werden wir wohl einen neuen Vertrag schließen müssen«, sagte er widerstrebend. »Wenn Belén es so will …«

»Und ob Belén es so will«, fuhr Álvaros Großmutter zornig auf. »Juan Pérez Sánchez, ich muss mich doch sehr wundern. So kenn ich dich gar nicht. Wieso bist du so stur?«

Totos Vater presste die Lippen aufeinander.

»Weil ich es damals Belisario versprochen habe«, sagte er endlich. »Dass ich jedem Fremden den Hahn zudrehe, der sich hier breitmachen will. Und Marcos wusste das. Deshalb hat er auch niemals versucht, hier einzuziehen. Und die Finca hat er all die Jahre aus diesem Grund nicht verkauft.« Er warf Julia einen mitleidigen Blick zu. »Wir alle konnten es nicht fassen, dass …« Er brach ab.

»Dass er eine dumme Deutsche gefunden hat, die das nicht wusste«, vollendete Julia schmunzelnd seinen Satz. Pérez warf ihr einen Blick zu, dann musste auch er grinsen.

»Belisario hatte nicht das Recht, dich an ein solches Versprechen zu binden«, erklärte Belén, und ihre Augen blitzten zornig. »Hätte er damals nicht …« Die alte Dame schwankte kurz, dann stand sie wieder aufrecht. »Ich entbinde dich von diesem Versprechen. Und wenn dir das nicht genügt, werden wir meinem Schwiegersohn schreiben und …«

»Nein, das genügt, Belén«, fiel ihr Pérez ins Wort und wandte sich an Julia. »Wir wollen Frieden schließen«, sagte er und streckte die Hand aus.

Sie schlug ein und fühlte den festen Händedruck, der mehr sagte als viele Worte. Sie sah von Pérez zu seinem Sohn Toto und Álvaros anderen Freunden.

»Werdet auch ihr euch mit mir abfinden können?«, fragte sie ernst.

»Perdona.« Toto, schob seinen Strohhut in den Nacken. »Es … es war nicht persönlich gegen dich gerichtet.«

»Ich weiß«, sagte Julia. »Ihr habt geglaubt, für Álvaro handeln zu müssen.« Erleichtert nickte Toto.

»Wir hatten dich ja gewarnt«, ließ sich Pepe vernehmen. »Wir sind die rauen Nachfahren von Piraten!«

In sein befreiendes Lachen stimmten alle ein. Alle außer Naira, die Julia zwar die Hand reichte, es allerdings nicht schaffte, sie dabei anzusehen.

»Willkommen«, sagte dagegen Serena, und ihre dunklen Augen strahlten.

»Danke.« Julia atmete auf. Wenigstens sie schien sich zu freuen. »Ohne dich hätte ich wohl nie erfahren, warum ihr alle so feindselig wart. Aber jetzt ist alles gut. Wer möchte einen Kaffee?«

Sie bat Claire, mit in die Küche zu kommen und ihr zu helfen, die vielen kleinen Tassen zu füllen.

»Was ist jetzt eigentlich?«, fragte Claire. »Ich hab kein Wort verstanden.«

»Alles bestens«, antwortete Julia fröhlich und stellte rasch noch die Flasche mit dem Ron Aldea und ausreichend Gläser auf ein zweites Tablett.

»Ziehen die jetzt alle hier ein?« Claire schien die Sache nicht ganz geheuer zu sein.

Julia lachte. »Nein, das nicht«, gab sie zurück. »Aber vielleicht hab ich ein paar Stammgäste für mein Lokal gewonnen. Wäre das nicht schön?«

»Möchtest du bei uns wohnen?«, fragte Julia Belén, als die Gäste wieder gegangen waren.

Die alte Dame sah sie überrascht an, dann schüttelte sie den Kopf.

»Was meinst du, wie sollte ich jeden Tag die Treppe raufkommen und wieder runter?«

»Wir könnten auch eines der Nebengebäude für dich ausbauen«, schlug Julia vor. »Barrierefrei. Wäre das nichts?«

Álvaros Großmutter ließ den Blick über die Rückfront des

Hauses und den Garten schweifen, atmete tief die sanfte Meeresbrise ein, die vom Atlantik heraufwehte.

»Dass du mir das anbietest, ist sehr lieb von dir«, sagte sie. »Aber ich denke, ich bin in der Seniorenresidenz am allerbesten aufgehoben. Weißt du, ich habe mich dort mit einigen Damen angefreundet, wir gehen gemeinsam ins Café und ab und zu zum Friseur. Oder wir essen *tapas* in einer der benachbarten Bars. Mir gefällt es da, ich habe viel Gesellschaft. Außerdem weiß ich, was es bedeutet, ein Restaurant zu führen. Du wirst nicht die Zeit und vermutlich auch keine Lust haben, mich zu pflegen, wenn ich noch mehr Hilfe brauche als im Augenblick. Nein, Julia, das Letzte, was ich will, ist, jemandem zur Last zu fallen. Ich danke dir von Herzen für dieses Angebot. Zu Besuch komme ich allerdings gern, wenn ihr Zeit habt, mich abzuholen.«

»Das werden wir, *yaya*.« Álvaro lächelte sie an und drückte Julia die Hand. »Und ein hübsches Zimmer mit Bad können wir ja trotzdem im früheren Stall einrichten, damit du übernachten kannst, wenn du möchtest.«

»Und eine Siesta halten«, fügte Julia hinzu, »wenn du hier bist.«

»Das klingt ausgezeichnet«, meinte Belén und erhob sich. »Jetzt allerdings ist es langsam an der Zeit für mich, die Heimfahrt anzutreten. Was meinst du, Álvaro?«

»Deine Großmutter ist eine Wucht.« Julia schmiegte sich an Álvaro. Es war schon dunkel, und sie saßen auf dem erhöhten Felsen am Ende des Gartens. Claire war in ihr Hotel zurückgekehrt, und Álvaro hatte nicht nur Belén nach Hause gefahren, sondern auch Emil bei seinem Vater abgeliefert, was Julia ihm hoch anrechnete, denn die beiden waren noch immer wie Feuer und Wasser, vermutlich würde sich das niemals ändern. Der Mond war gerade über dem Inselberg aufgegangen und tauchte alles in sein silbernes Licht. Der Atlantik lag wie ein nachtblauer Spiegel unter ihnen und dehnte sich ins schier Unendliche aus, schien irgendwann mit dem Himmel zu verschmelzen, an dem die Sterne flimmerten.

»Weißt du, dass sie dasselbe über dich gesagt hat?«, flüsterte Álvaro und drückte ihr einen Kuss auf die Schläfe.

»Denkst du, die anderen werden sich an mich gewöhnen?«

Álvaro nickte. »Du gehörst jetzt zu uns.«

»Und du bist sicher, dass Naira nicht verliebt in dich ist?« Julia konnte diesen Gedanken einfach nicht loswerden.

»Ganz sicher.« Álvaro fuhr sanft mit seiner Zunge über ihr Ohrläppchen, strich ihr langes Haar zurück und begann, sie im Nacken zu küssen. »Wollen wir schlafen gehen?«, fragte er leise.

»Schlafen?« Julia reckte den Hals, genoss seine Liebkosungen.

»Na ja, irgendwann. Danach …«

»Wonach denn?«, fragte Julia mit einem leisen Lachen und fühlte seine Hand auf ihrer Brust.

»Komm, ich zeig's dir«, antwortete Álvaro, stand auf und reichte ihr die Hand.

Sie ergriff sie, ließ sich von ihm hochziehen und zum Haus führen, langsam, denn immer wieder blieben sie stehen, um sich zu küssen und zu liebkosen.

»Hättest du das gedacht, als du mich klatschnass am Straßenrand stehen sahst?«, fragte sie, als sie das Schlafzimmer betraten.

»Oh ja«, gab er zurück und zog ihr vorsichtig das T-Shirt über den Kopf. »Das wollte ich schon damals tun«, sagte er und hakte geschickt ihren BH auf. »Und das.« Er öffnete den Knopf ihrer Jeans.

Und dann sagte er nichts mehr, und auch Julia schwieg, gab sich seinen Händen hin und seinen Lippen, bis alle Worte aus ihrem Bewusstsein verschwanden und nur noch Zärtlichkeit übrig blieb und der Wunsch, diesen Mann nie wieder zu verlieren.

ENDE

Danksagung

Mein allererster Dank gilt der wundervollen Insel La Palma, auf der ich in den vergangenen Jahren viel Zeit verbringen durfte, und natürlich ihren Bewohnern, mit denen ich mich im Augenblick noch verbundener fühle als je zuvor. Die Kanarischen Inseln sind vulkanischen Ursprungs, das vergisst man gerne, wenn man auf ihnen Urlaubswochen erlebt. Und doch ist das Feuer unter den Füßen für sensible Menschen immer spürbar. Gerade das macht die Isla Bonita und ihre Schwestern zu besonderen Orten, mitunter aber auch zu gefährlichen.

Auf La Palma gibt es zahlreiche alte, aufgegebene Salinen. In voller Blüte steht der Salzgarten im Süden der Insel, die Saline Fuencaliente. Álvaros Salzgarten im Nordwesten der Insel ist allerdings von mir frei erfunden, ebenso wie das Dorf, zu dem er gehört. Ebenso frei erfunden sind alle Personen in diesem Roman sowie die Handlung. Eventuelle Ähnlichkeiten mit lebenden Personen sind also rein zufällig und keineswegs beabsichtigt. Eine Ausnahme bildet die Sängerin Ima Galguén, deren Musik ich sehr liebe und die aus diesem Grund Eingang in die Geschichte erhalten hat.

Ich danke allen, denen ich während meiner Aufenthalte auf La Palma begegnet bin und die mich auf dieses Buch vorbereitet haben, auch wenn keiner von uns das damals ahnte. Stellvertretend für alle danke ich besonders Werner Brock und Brigitte Werner-Brock, die nicht nur unsere Gastgeber waren, sondern zu Freunden wurden.

Dank gebührt meiner Schwester Brunhilde, die seit Jahrzehnten in Spanien lebt und mich immer wieder beraten hat. Herzlichen Dank auch an Sira Acosta Alonso und Klaus Martin Rygiert, die als Bewohner der Kanaren verlässliche Quellen für mich sind. Von Herzen danke ich auch dem ehemaligen Sternekoch Res Hubler für das Gegenlesen und Korrigieren der ersten Kapitel, damit in der Sterneküche des fiktiven Restaurants Savoir Vivre auch alles stimmt.

Wie immer helfen viele kluge Menschen mit, damit ein Buch entstehen kann. Meiner Agentin Petra Hermanns danke ich für inspirierende Gespräche, für Rat und Tat. Melanie Blank-Schröder, meiner Lektorin im Verlag, danke ich für die harmonische Zusammenarbeit, ebenso meiner »Außen«-Lektorin Ulrike Brandt-Schwarze für die fabelhafte Arbeit am Text.

Nicht nur im Liebesroman, auch im Leben ist die Liebe das Wichtigste überhaupt – ich danke von Herzen meinem Mann Daniel Oliver Bachmann für die seine.

Freuen Sie sich auf die Fortsetzung …

Der Roman ist ab Sommer 2022 im Buchhandel erhältlich.

Denn das Glück ist eine Insel

Tabea Bach
HIMMEL ÜBER DEM
SALZGARTEN
Roman

ISBN 978-3-404-18568-9

Julia und Álvaro sind glücklich miteinander. Der traditionelle Salzgarten mit seinem erlesenen Meersalz ist erfolgreich. Julias kleines Restaurant wird immer beliebter. Alles könnte so schön sein, wenn nicht ausgerechnet Jens, Julias Bruder und Vater ihres Patensohns Emil, ganz in der Nähe eine Tauchstation für Touristen eröffnen wollte. Denn zu Jens' Plan gehört, dass einige Unterwasserfelsen gesprengt werden. Doch dies würde das gesamte Ökosystem an dieser Küste gefährden – und natürlich auch den Salzgarten. Kann Julia den Salzgarten und die einzigartige Unterwasserwelt retten? Muss sie sich entscheiden zwischen ihrer Familie und dem Mann, den sie liebt?

Lübbe